U0801527

中国核工业报告文学丛书

东方巨响

中国核武器试验纪实

彭继超　著

中国原子能出版社

图书在版编目（CIP）数据

东方巨响 / 彭继超著. -- 北京 : 中国原子能出版社, 2024. 10. -- ISBN 978-7-5221-3578-6

Ⅰ. I25

中国国家版本馆 CIP 数据核字第 2024F7G893 号

东方巨响：中国核武器试验纪实

出版发行	中国原子能出版社（北京市海淀区阜成路 43 号　100048）
策划编辑	谭　俊
责任编辑	付　凯
责任校对	刘　铭
责任印制	赵　明
印　　刷	北京天恒嘉业印刷有限公司
经　　销	全国新华书店
开　　本	710 mm × 1000 mm　1/16
印　　张	25.75
字　　数	396 千字
版　　次	2024 年 10 月第 1 版　2024 年 10 月第 1 次印刷
书　　号	ISBN 978-7-5221-3578-6　　定　价　**60.00 元**

发行电话：**010-68452845**

罗布泊大气层核试验场指挥部站岗战士

1964 年首次核试验前的八千里巡逻小分队

1964 年 10 月，第一颗原子弹爆炸前王淦昌（左 1）彭桓武（左 2）
郭永怀（左 3）邓稼先（左 5）等在罗布泊核试验场

核试验防化分队行进在试验场区

罗布泊 1964 年中秋节的月亮，第一颗原子弹爆炸前夕，
挥手者为核试验基地司令员张蕴钰

核爆炸后侦察、取样分队冲向蘑菇云下

1964 年 10 月 16 日我国第一颗原子弹蘑菇云

1967 年 6 月 17 日我国第一颗氢弹蘑菇云

于 敏

王淦昌

邓稼先

朱光亚

吴自良

陈能宽

"两弹一星"元勋中的核科学家

（以上排名按姓氏笔画为序）

周光召

钱三强

郭永怀

程开甲

彭桓武

“两弹一星”元勋中的核科学家（续）

（以上排名按姓氏笔画为序）

1986 年作者在首次核试验爆心

1998 年作者再回首次核试验爆心

前言

历史将永远记住这一辉煌的时刻：

1964年10月16日15时，新疆罗布泊地区突然强光迸射，火球翻滚，蘑菇云直冲九霄，爆发出一声惊天动地的巨响。我国第一颗原子弹爆炸成功！

自那伟大的瞬间起，彰显我国国防力量日益强大的惊雷在这片土地上接连爆响：1966年10月27日，我国导弹核武器发射试验成功；1967年6月17日，我国第一颗氢弹爆炸成功；1969年9月23日，我国第一次地下核试验成功……

1969年2月，不满17岁的我参军来到这片神秘的土地，加入了光荣的核武器试验队伍，在罗布泊核试验基地生活工作了30年。我参加、经历了我国45次核试验中的31次，亲身经历了核爆炸闪光的炙烤、亲眼看到了核爆炸火球和蘑菇云的壮观、直接感受了核爆炸冲击波的撞击……多次的亲身体验让我时常感慨，倘若中国没有自己的原子弹、氢弹，我们的城市和乡村会不会变得像核试验场区的废墟一样？我们自己、我们的亲人会不会变得像那冲击波下无助的羔羊一样？庆幸的是，我们凭借自身努力建立起精干且有效的核自卫力量，用新手打造的核盾牌支撑起国家和平的大厦，支撑起我们民族挺直的脊梁。

从入伍至今的50余载，我一直工作、生活在“两弹一星”事业中，和“两弹一星”发展同步前进，和“两弹一星”队伍一起成长。亲历、见证“两弹一星”历程，记录、讲述“两弹一星”故事，学习、传播“两弹一星”精神，是部队赋予我的光荣使命，更是我发自内心的不懈追求。数十年来，我接触了许多老领导、老专家，见证他们在奋斗中走向辉煌、化作雕像、成为天上的星辰；结识了许多年轻科技人员，看着他们在奉献中成长、进步，成为国家的栋梁之材；目睹了许许多多新一代科技人才在创新中勇挑重担，肩负起承前启后的历史使命。这些人，有的是我的老首长、老前辈，有的是忘年交、好战友，有的是小伙伴、好兄弟，他们每个人都那么可敬可爱，每个人都有讲不完的故事，每当想起他们，我都觉得特别亲切、特别感动。当年，在核试验基地的采访中，我听闻了这样一个故事：1959年6月13日，核试验基地第一次党委扩大会在地窖里举行，一窝小燕子也正在这里破壳出世。一大早，基地第一任司令员张蕴钰就站在地窖门口，悄悄地嘱咐每一个前来开会的人：把脚步放轻点，把嗓门压低点，别惊扰了燕子，小燕正出壳呢。我就去北京问老司令是不是有这件事，老司令笑笑说：是有那窝小燕儿，戈壁滩上有这些小生命，不容易，这是我们生存的伙伴呀！老司令对我说：早年那些事情我们做过了也就过去了，忘记了，你现在又把它找出来写出来，彭继超啊，你现在做的事情，难度不亚于我们当年呀！老司令这番话让我十分震撼、终生难忘，戈壁滩上小燕子的呢喃和核爆炸的轰鸣在我的心里有了同等沉重的分量，成为我探究“两弹一星”历史、讲述“两弹一星”故事的一个强大的动力之源。

1993 年，我承担了原国防科工委领导交给的任务，创作长篇报告文学《东方巨响——中国核武器试验纪实》。在两年多的时间里，我查找阅读了几百万字的有关核试验的国内外资料，采访了数十个单位数百名领导、专家、工人和解放军官兵，全力以赴，精心创作。在作品中全面、系统地反映了我国核武器发展的辉煌历程，讲述了那些隐藏在成功后面、却远比成功本身更为激动人心的故事，真实生动地展示了决策者的高瞻远瞩、科学家的超群智慧、官兵们的酸甜苦辣，核大国角逐的世纪风云。出版后受到广大读者欢迎，获中宣部“五个一工程”奖和全军新作品奖，被称为爱国主义教育、“两弹一星”精神教育的优秀教材。后来，又在此基础上创作了电影纪录片《东方巨响——中国“两弹一星”实录》。

我由衷感谢中国原子能出版社的领导和同志们慧眼与热情，在庆祝中华人民共和国成立 75 周年、我国第一颗原子弹爆炸成功 60 周年之际，使《东方巨响——中国核武器试验纪实》一书得以再版，以新的面貌呈现在读者面前。

我期待这本书能受到更多读者喜欢，相信书中的故事能使很多读者感动。这主要是因为我们壮丽的核试验事业惊天动地、震撼人心，是因为我们光荣的核试验队伍可敬可爱、精神感人，是因为我们神秘的核试验故事丰富多彩、扣人心弦。我作为一名亲历者、记录者、讲述者，总觉得自己虽然一直在不懈努力，但取得的成绩和我们伟大事业还不相称，达到的水平和我们肩负的使命还有差距。

我将继续努力，坚持不懈，为把“两弹一星”精神一代一代传下去倾心尽力，争取创作更多更好的作品献给祖国、献给伟大的新时代。

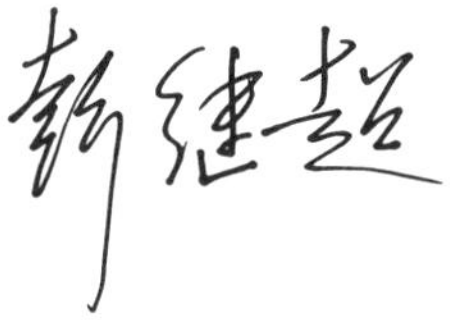

2024 年 9 月

目录

引子

我眼中的蘑菇云

当我们站在 21 世纪的门槛前，回望刚刚逝去的时光之流，就会发现，在这不长的历史河道中，那几朵最令人惊心动魄的浪花是核爆炸的蘑菇云。

我第一次看到核爆炸是 1970 年 10 月在罗布泊西面的阿尔干，那年我 18 岁——一个穿着一套破军装的新兵。

那是一个天气极佳的中午。

天很蓝。

沙漠很静。

我站在沙丘上，看了看手里的闹钟，戴上能把光线减弱一万倍的防护眼镜，抬头望望当空的太阳——太阳这时变成了一点暗淡的烛光，然后便死死地盯着东方的那片天空。

几分钟后，那里将出现另一个“太阳”——一颗氢弹爆炸的火球。

突然，眼前一亮，似闪电撕破天幕，强烈的光波扑面而来，刹那间，天地万物变成了一片空洞的惨白；闪光过后，是火球，极白，极亮，宛若亿万把焊枪电火汇成的光团在空中膨胀、照耀，把我的脸烤得火辣辣的；火球越来越大也越来越暗，一个声音告诉我，可以摘掉眼镜了。

依然十分耀眼的火球渐渐变成金黄色、粉红色、橘红色，几道紫色的光带翻卷着从火球底部拱起，不知不觉间把火球变成了一团五光十色的云；云也明亮，云中似有火光，色白，白色外是一圈黄、一圈红、一圈紫、一圈淡淡的黑边。

火云在无声无息中翻腾、变幻，里面色彩越来越浓重，周围却渐渐明亮起来；冷不防，一声惊天动地的霹雳猛然爆响，我浑身猛地一颤，冲击波来了，一阵又一阵轰轰隆隆的声音似乎是从天上传来，又好像是从地心发出，从四面八方把我围住，让人莫名其妙，仿佛整个世界都在爆炸。

就那么傻傻地听着、看着，不知什么时候，我已然坐在沙丘上，眼前的烟云已变成巨大的蘑菇，更确切地说，那景象也像一只紧握的拳头，一把撑开的太阳伞，一座汉白玉雕塑的高耸的火炬，只是它太大了，大得不可想象，无法形容……

不知坐了多久，看了多久，在蘑菇云渐渐消散的时候我才发现，和我一起观看这人间奇景的除了一位测量冲击波的技术员，还有一个伙伴——一只灰色的野兔。

这沙漠中的小生灵不知何时跑到我们身边的，它一只耳朵耷拉着，似乎并没感觉到我们的存在，只是睁大眼睛茫然地望着蘑菇云，望着天空，那是一双很美的红宝石一样的眼睛。

以后我又看了许多蘑菇云，以后我就知道了在中国之前世界上已腾起过几百朵蘑菇云，知道了比基尼、内华达和塞米巴拉金斯克，知道了广岛和长崎……

十几年前，一位诗人朋友来基地写了两句这样的歌："我把鲜花种上天，蘑菇云就像那红牡丹……"我便对他说："你大概没见过蘑菇云才这样说，我见过……"

作为一名在中国核试验基地生活了 27 年的老兵，我并不喜欢蘑菇云。我知道，我的罗布泊的前辈和战友们都不喜欢蘑菇云，没有谁喜欢这种东西！

多少年来，萦绕在我们耳边的是这样一个悲壮的声音：中国进行核试验、发展核武器是被迫而为的；多少年来珍藏在我们心中的是一个由周恩来总理用最简洁的语言描述的梦：防止核战争，消灭核武器。

正因为不喜欢蘑菇云，我们才选择了罗布泊这片被称作"死亡之海"的荒漠；

正因为不喜欢蘑菇云，我们才选择了"献了青春献终身、献了终身献子孙"的人生旅程。

当我的前辈和战友们走向荒漠、走向蘑菇云下的时候，就已经注定了我们的生活要多几分苦辛、多几分忍耐，注定了我们的生命要多一点悲壮、多一点沉重，注定了我们的记忆有一种特别的滋味，有一种常人难以体会的复杂的感情。

这是一种剪不断、理还乱的思绪，这是一种一两句话很难说清的东西。

也许，现在可以说了。当我握着邓稼先湿漉漉的手，后来又在他的遗像前看到了那盆枯死的马兰花，当我收下战友在八千里巡逻路上写的诗稿，当我看到第一任核试验基地司令苍老的脸上那纵横的泪痕，当我在核工业部一位老部长那里证实了毛泽东主席关于原子弹的另一句名言，当我拿着一朵天山的雪莲又一次访问中国首次核试验的总指挥，当我在核试验场的帐篷里听一位 40 多岁还独身生活的女技术员说：“我现在感觉累了”，当我在马兰亲手在一个 10 岁男孩的墓地上放下一块石头，当我面对着许许多多和我一样有着戈壁滩表情的战友，当我在核武器研究院的车间里看到工人赤裸的脊梁上一颗又一颗的汗珠，当我听到那些有关中国核试验的似是而非的传说，我就觉得，该讲讲这些事情了。

我应该讲讲这些事情了。

序章

千羽鹤·绿太阳·潘多拉盒子

周恩来——亚洲人民不能忘记第一颗原子弹是落在亚洲的土地上，第一个死在氢弹试验下的是亚洲人

1955 年，在美国投下原子弹 10 年之后，一位名叫酒井的 12 岁的小姑娘被白血病夺去了生命。

原子弹爆炸时，两岁的酒井距离中心一英里开外，没受到一点外伤。

后来她知道原子弹炸死了许多人，她的祖母也在原子弹轰炸中死了。每逢 8 月 6 日，她都在父母带领下把一只写着祖母名字的灯笼放到水里，每逢 8 月 6 日，广岛的河面上就漂着很多很多的灯笼……

酒井是全班跑得最快的学生，被选入了学校的接力赛跑队。可是有一天她突然晕倒在校园中，随即被送往红十字会医院。

按照日本的民间传说，仙鹤的寿命是 1000 年，如果折叠 1000 只纸仙鹤，可以治愈任何疾病。

酒井为了能活下去，便不停地折纸鹤。

她总共折了 966 只仙鹤，最后还是死了。

她的同学后来为她折满了 1000 只，将它们一并放在她的棺木里。

整个日本为这位 12 岁的小姑娘而哭泣。人们都知道在一年前的 1954 年 3 月 1 日，美国在比基尼岛上又爆炸了一颗当量为 1500 万吨的氢弹，使马绍尔群岛的居民受到放射性尘埃的严重辐射，使日本渔民高保山爱吉得了“原子病”致死。孩子成立了纸鹤俱乐部，为缅怀原子弹死难者继续折纸鹤，俱乐部还募捐建立了一座纪念碑……

这是一个令任何人见了都怦然心动的形象——

一个可爱的小女孩站在一座炸弹造型的雕塑上，高举着双手，永远捧着一只代表着和平和生命的仙鹤。

就在这一年在印度尼西亚万隆举行的亚非会议上，中国总理周恩来在 4 月 19 日的发言中说：“亚洲人民不能忘记第一颗原子弹是落在亚洲的土地上，第一个死在氢弹试验下的是亚洲人……世界上不论是生活在哪一种社会制度中绝大多数人民都要求和平，反对战争……他们要求禁止原子武器和一

切大规模毁灭性武器。他们要求将原子能用于和平用途，为人类创造幸福。”

是的，全世界都不会忘记广岛，不会忘记蘑菇云和黑雨，但正直而善良的人们同样不会忘记奥斯威辛集中营的毒气室，不会忘记南京大屠杀和日本关东军 731 部队的细菌弹，不会忘记法西斯侵略者给人类带来的一切灾难，不会忘记在格罗夫斯制造原子弹的同时希特勒和东条英机们也在研制原子弹……

日本侵略者的铁蹄和刺刀毁灭了无数的城市和村庄，而一颗原子弹却毁灭了日本的广岛。

广岛，成了人类永久的噩梦！

没有谁能说出 1945 年 8 月 6 日爆炸的那颗原子弹究竟毁灭了多少生命，有名有姓的 103 770 个死者的名单收藏在石棺中埋在广岛的和平公园里，墓碑上写着这样一段铭文：

安息吧，但愿这一错误不再重复。

据说，其中的“错误”二字曾引起了极大的争论：有人理解是指日本军国主义者发动的侵略战争，有人说是指美国投下了原子弹的举动，有人则认为是指“利用科学的成果进行屠杀伤害和毁灭的行为”……

不论这两个字到底是指什么，但事情毕竟发生了，原子弹已经出现了。

几十年来，不论人们赞美了千百遍还是诅咒了千百遍，原子弹这个怪物却依然存在着、发展着，给地球上的每一个生命都照上一丝光亮或投下一片阴影。

这一切究竟是怎样发生的？难道一开始这就是一个“错误”吗？

（德）艾尔夫雷德·德希林——对人类的决定性的进攻，现在从绘图板上和实验室里开始了

当 1900 年的钟声敲响的时候，无论是东方还是西方，人们都没意识到世界将进入核时代，天才的科学家们正在为原子核这个东西是否存在争论不休。

原子，atom——这个希腊文名词是“不可分割”的意思，自从在希腊

哲学家 2500 年前首先提出“原子论”之后，原子“不可分割”的概念在蒙昧和宗教的迷雾中沉睡了两千年，直到 1661 年，英国化学家波义耳（Robert Bogle）提出了化学元素的概念，人类才开始了对那神秘的微观世界的科学探索。1896 年，天然放射性的发现拉开了揭示原子内部奥秘的序幕；1897 年，英国物理学家汤姆逊在 4 月 30 日从阴极射线的研究中证实了电子的存在，从而推翻了希腊人的存在了两千多年的原子不可分的概念。

可是就在 1900 年，人们还在为原子是否真实的问题争论的难解难分。奥地利那位首次摄得超声子弹引起的压缩激震波锥面的照片，并推得锥角和超声倍数的关系（即“马赫数”）的伟大科学家因斯特·马赫说“原子不存在”；德国那位进一步证实了电离学说的伟大化学家奥斯瓦尔德也说“不存在”。在这个世纪的转折关头，奥地利的物理学家波耳兹曼挺身而出，维护了原子存在的真实性。1906 年，这位伟大的科学家在他 62 岁时，由于感到孤独和气馁，就在原子学说即将取得胜利的时刻，他却以为一切都完了，于是含恨自杀。

那些勇于探索、献身真理的科学家们是为人类盗取天火的普罗米修斯，他们开拓和创造的 20 世纪的物理学是一项永垂青史的业绩，这是人类想象力所共同创造的任何辉煌成果都无法比拟的。

1902 年，居里夫妇发现了自然界放射性现象并指出了放射能的强度；

1905 年，著名的科学家爱因斯坦提出了“狭义相对论”以及质量和能量的关系式 $E=mc^2$；

1911 年，英国科学家卢瑟福提出了一种新的原子模型；

1913 年，丹麦著名理论物理学家玻尔提出原子结构的量子化轨道理论，超越了在牛顿之后维持了两个世纪之久的物理学法则，在小小原子的内部建立起了一个世界；

1919 年，卢瑟福首次实现人工核反应，用 α 粒子轰击氮核打出了质子；

1929 年，英国物理学家考克饶夫和瓦尔顿制造成功第一台“静电加速器”；

1929 年，美国天文学家抽赛尔报告说有迹象表明太阳能是由氢的热核反应所形成；

1931年，美国物理学家劳伦斯设计制成第一台“回旋加速器”；

1932年，美国化学家尤里发现氘——重氢；

1932年，英国物理学家查德威克从α粒子轰击铍核的实验中发现“中子”；

1935年，美国物理学家登普斯特发现铀中有0.7%铀原子属于一种较轻的同位素铀-235；

1938年，德国物理化学家哈恩和施特拉普斯曼在研究中子与铀核的作用新形成的各种放射性元素中发现了铀的裂变现象；

1939年，约里奥·居里提出铀核裂变链式反应的可能性；

1940年，苏联科学家哈利顿和捷利多维奇提出了维持铀核裂变链式反应的条件，苏联做了世界上第一次铀核裂变链式反应的试验……

核时代从科学家的绘图板上和实验室里一步步走来了……

在美国芝加哥大学那座前不久已经拆除的建筑的外墙上，挂着一块引人注目的铸花金属匾，上面写着：

1942年12月2日，人类在此实现了第一次自持链式反应，从而开始了受控的核能释放。

在费米夫人1965年出版的《ATOMS IN THE FAMILY》一书中，这匾被称作“原子时代的出生证”。

当原子之火从建在足球场上的核反应堆中第一次随着人类的意愿无声无息的燃起又熄灭的时候，一位匈牙利出生的物理学家打开了一瓶意大利出产的基安提葡萄酒。

费米、西拉德、康普顿等科学家和所有在场的人都喝了酒，用的是纸杯，没有祝酒词，人们都悄然无声。

江泽民——半个世纪以来，物理学不断有新的突破、新的进展，其中不乏中华儿女的贡献

现代物理学在古老的东方大地上并不是一片空白。当人们叩击核时代的大门的时候，当苦难的中华民族在漫漫长夜中挣扎、苦斗的时候，一个

又一个炎黄子孙怀着科学救国的美好愿望，投身于“盗火者”的行列，他们的名字像明星一样闪耀在科学的天空，使我们直到今天仍能为之自豪——吴有训、严济慈、张文裕、赵忠尧、王淦昌、钱三强、彭桓武……

1914 年李耀邦以《以密立根方法利用圆体球粒测定 *e* 值》论文，获得美国芝加哥大学物理学博士，成为中国第一位物理学博士，他的成功，标志中国现代物理科学的诞生。

1917 年北京大学在国内率先设立物理学系；1919 年丁西林从英国回国，长期主持该系工作；1920—1925 年颜任光任该系教授，创办上海大华科学仪器公司，1922 年饶毓泰创办南京大学物理系，同年胡刚复创办南京高等师范学校（1923 年改为东南大学）物理系，还首次在国内建立物理学实验室，培养一大批包括严济慈、吴有训、赵忠尧等在内的物理新人；1925 年以测普朗克常数而扬名的叶企荪到清华学校，建立清华大学物理系；1928 年以验证康普顿效应而获美国芝加哥大学博士学位的吴有训，担任该系教授、主任、理学院院长；1929 年曾与 W.K 海森伯、W.泡利等一起工作的周培源，被该校聘为教授；1930 年该校成立中国第一所研究生院；1931 年发现射线反常吸收现象的赵忠尧重返清华大学执教；1933 年微波学家任之恭也来执教；日后成为著名物理学家的王淦昌、钱三强、彭桓武、胡宁、王大珩相继从该校毕业。北京大学物理系在丁西林、饶毓泰、王守竟、吴大猷等主持下，也培养出包括马大猷、马仕俊等在内的优秀人才。1931 年初，因研究压电效应而闻名的严济慈回国筹建北平研究院物理研究所，担任研究员、所长，兼任镭学研究所所长。在法国物理学家 D.朗之万促进下，中国物理学会于 1932 年成立，李书华为第一届理事长。朗之万为中国物理学会第一位名誉会员。

1937 年清华大学、北京大学和南开大学迁往昆明，成立西南联合大学，在叶企荪、吴有训、周培源、赵忠尧、王竹溪、马仕俊、吴大猷等执教下，培养出包括杨振宁、李政道、黄昆等在内的优秀学生。同年，被英国学者李约瑟誉为“东方剑桥”的浙江大学，也因日军入侵而内迁。该校物理系在张绍忠、何增禄、束星北、王淦昌、朱福执教下出现一批科技成果，其中王淦昌关于中微子的验证方法具有世界水平。

1946 年，钱三强、何泽慧在法国居里实验室发现铀核三分裂和四分裂现象；1957 年，杨振宁、李政道因提出弱相互作用中宇称不守恒理论而获得诺贝尔奖，同年，吴健雄用β衰变实验加以证实，1959 年，王淦昌小组在四万张照片中发现第一个反西格玛费超子事例。

1988 年 10 月 16 日，我国继原子弹、氢弹爆炸成功之后，第一台高能加速器——北京正负电子对撞机首次对撞成功。一个星期后，中国改革开放的总设计师邓小平来视察时讲了一个这样的故事：有一位欧洲朋友，是位科学家，向我提了一个问题，你们目前经济并不发达，为什么要搞这个东西？我回答他，这是从长远的利益着眼，不能只看到眼前。

过去也好，今天也好，将来也好，中国必须发展自己的高科技，在世界高科技领域占有一席之地。如果 60 年代以来中国没有原子弹、氢弹，没有发射卫星，中国就不能叫有重要影响的大国，就没有现在这样的国际地位。这些东西反映一个民族的能力，也是一个民族一个国家兴旺发达的标志。

1992 年 5 月，鲜花香飘京城。江泽民、杨尚昆、李鹏、宋平会见了中国当代著名物理学家严济慈、周培源、赵忠尧、朱光亚、王淦昌、汪德昭和华裔物理学家李政道、杨振宁、吴健雄、任之恭以及中国台湾物理学家吴大猷等。在同 300 多位海内外物理学家亲切会见、合影后，江泽民总书记发表了热情洋溢的讲话。他说：

“半个世纪以来，物理学不断有新的突破、新的进展，其中不乏中华儿女的贡献。不论这些贡献是来自海峡两岸，还是来自海内外学子之手，都是中华民族的光荣和骄傲。我们热情地欢迎海内外科学家为中国科技和经济的发展，为振兴中华继续贡献力量……”

（美）赫尔曼·海哲顿——这事物是如此可怕、巨大，人世间任何语言不能将它描画

直到 1945 年 7 月 16 日，原子之火在美国新墨西哥州的那片沙漠中爆

发惊天巨响的时候，那些盗火的普罗米修斯们还并不清楚他们究竟带给人间什么礼物。

地球上第一颗原子弹就要问世了。

天气却好像故意和那些制造原子弹的人为难。

一连几个星期滴水未降的新墨西哥州阿拉默果尔多沙漠，这天夜里突然大雾弥漫，狂风怒号，大雨倾盆。

由于天气恶劣，爆炸的时间不得不一推再推。曼哈顿计划的指挥官格罗夫斯将军和洛斯阿拉默斯实验室主任、被称为美国“原子弹之父”的奥本海默博士一同走出隐蔽指挥所，冒雨在黑暗中徘徊，希望阴暗的天空露出一两点星光。

拂晓，天气稍有好转，多云，小雨，两三颗晨星在空中闪现。

于是，人类历史上的第一颗原子弹爆炸了，时间是 1945 年 7 月 15 日 5 时 30 分。

获准在现场采访的唯一的记者，《纽约时报》的威廉·劳伦斯惊喜地写道：

“说时迟，那时快，只见地球的肚腹中射出了一道光芒，这绝不是地球的光芒，而是众多太阳合而为一的光芒！

“这是世界前所未有的一次日出，一轮巨大的绿色超级太阳在转瞬之间就爬上了八千多英尺高空，它扶摇直上，直到云端，其光辉灿烂，映彻天际。

“这个直径为一英里的巨大火球在向上升腾，其色彩不断变化——由深紫色变成橘黄色——其体积不断膨胀，在膨胀中又不断升腾，被禁锢了亿万年的大自然的能量获得了自由。

“在这短暂的一瞬间，这火球呈现出一种人间没有的绿色，很像日全食时日冕的颜色。

“此时此刻，天崩地裂。人们似乎看到，自己在有幸目睹世界的诞生——在这创世纪的时刻，‘上帝说发光吧！’”

在爆炸地点南面约十公里的隐蔽指挥所里，奥本海默倚在一根柱子上，不禁联想起在印度圣诗勃哈加瓦基达中的一段：

漫天奇光异彩，

有如圣灵呈威；

只有一千个太阳，

才能与其争辉。

当巨大的蘑菇云腾空而起，他又想到了这首诗的另一行：

“我是死神，是世界的毁灭者。”

军人的观察和想象似乎比记者和科学家们毫不逊色，格罗夫斯的助手法雷耳将军用诗一样的语言描述了他在距爆炸地点一万码的指挥所里所得到的印象：

“爆炸的效果真可谓是空前的、辉煌的、美丽的、伟大的、惊人的。人为地产生发出如此巨大能量的现象以前从未发生过。闪光的效应难以言状。整个周围地区被强度数倍于正午太阳的灼热的闪光照亮，光线有金色的、紫色的、紫罗兰色的、灰色的和蓝色的。它照亮了附近山脉的每一山峰、山谷和山背，其明晰与美丽只能意会而不能言传。它是大诗人们所梦想过的但描绘不出的那种美丽。在爆炸后 30 秒钟，暴风开始向人和物冲击，立刻随之而来的是强烈的持续的可怕的怒吼，要想用语言传达当时的感受，从而使不在场的人们也领会生理上、理智上和心理上的作用是不可能的，想要领会，必须目击。”

对于千千万万的普通人来说，认识核这个可怕的怪物，却是从广岛开始的。

科学家们像《一千零一夜》中那个渔夫一样，想把被他们释放出来的魔鬼在肇祸之前再装入瓶中。著名科学家爱因斯坦和西拉德曾向美国总统罗斯福建议制造原子弹；德国投降后，他们又写信给罗斯福总统，反对使用原子弹。然而，这已经晚了。当罗斯福的灵柩运往华盛顿的时候，这封信仍放在他的办公桌上未曾拆开。

而美国制造原子弹的曼哈顿工程的负责人格罗夫斯将军则一直把建议使用原子弹看作自己的责任。从 1945 年初，他给人的印象就是唯恐战争在他的原子弹制造出来之前结束，使历时三年、耗资 20 亿美元、60 万人参加的巨大工程成为一种毫无意义的金钱挥霍，那样，赞扬和荣誉都可能变成嘲笑和指责。

新出任的杜鲁门总统只说了一声“干吧”，就解决了一场关于要不要投原子弹的争执。

（苏）朱可夫——第一次企图进行原子讹诈，却没有击中目标

1945 年 8 月 9 日，在原子弹投在长崎的当天，美国总统杜鲁门向自己的同胞们发表广播讲话时说：“我们感谢上帝，我们有了原子弹而敌人没有，我们要向上帝祈祷，让上帝告诉我们，照他的意志和为了实现他的目的应当怎样使用这种武器。”

其实，手握核大权的杜鲁门总统把自己当成了“上帝”，美国刚刚掌握原子弹，他就在波茨坦会议上对斯大林进行了第一次核讹诈。

波茨坦。

塞瓦林霍夫官的花园里，盛开的红天竺葵组成了一个 24 英尺的红星；王官周围，到处是身挎短枪的美国和英国的宪兵以及头戴绿色军帽、肩背冲锋枪的苏联边防军。

美、苏、英三国首脑和外长会议正在这里举行。

为保卫这次会议，斯大林从中亚细亚调来一个师作为护卫队。会议开始的第二天，美国陆军部长史汀生收到一份华盛顿发来的电报：

“孩子们满意地生下来了。”

他拿着这纸条来到丘吉尔首相住处，喜形于色地说：

“这表示着墨可奇沙漠里的试验已经进行了，原子弹已经是一个实在的东西了。”

在随后举行的会谈中，丘吉尔发现杜鲁门总统像是变了一个人。这个由于罗斯福猝然去世而入主白宫的来自密苏里州的小矮人，面对威风凛凛的斯大林，似乎腰板一下子挺直了许多。

丘吉尔最初并没有把杜鲁门这种突然的变化同那张小纸条联系起来。

1945 年 7 月 22 日上午，史汀生部长给丘吉尔看了格罗夫斯关于核试验

的报告，这份报告是21日上午由紧急信使用专机送达波茨坦的：

“这次试验的成功超过了任何人最乐观的预料。根据迄今为止可能得到的数据，我估计所放出的能量超过1万5千吨至2万吨梯恩梯当量。而这还是保守的估计……”

丘吉尔咬着雪茄烟高兴地说：“现在我才知道杜鲁门昨天遇到了什么事。当时对这一点我未能理解到。在他去参加会议之前，先读了这份报告，所以他变成了另外一个人。我现在知道了这勇气是从哪儿来的，我也感到有了勇气。”

杜鲁门、丘吉尔和他们的顾问经过一番密谋之后，决定最好还是把消息告诉斯大林。

杜鲁门对他的翻译波伦说：“我将在会议休息时踱到斯大林身边，漫不经心地告诉他。你不要像通常那样陪伴我，因为我不想就这一发展表露出其中有任何特别重要的东西。”

7月24日会议休息时，杜鲁门假装无意地凑到斯大林跟前，说：“我们有一种完全新型的炸弹，不同寻常一般。”

斯大林若无其事地点了点头：“我听了很高兴，希望你们用它来好好对付日本人。”

丘吉尔和波伦在房间的另一头仔细地观察着斯大林的面部表情，看斯大林那不动声色的样子，他们怀疑杜鲁门的话斯大林是否听懂。

甚至有人说：斯大林有点聋。

对波茨坦会议中发生的这个微妙的小插曲，丘吉尔在回忆录中写道：

“我现在回想起来就像昨天一样，斯大林的样子似乎很高兴，我深信他听到这个消息后，并不了解这件事情的重要意义。”

他们都低估了斯大林。

事实上，斯大林是听懂了，只是不露声色而已。朱可夫当时也在波茨坦，他回忆道：“斯大林开完会回来后，当着我的面与莫洛托夫谈起了刚才与杜鲁门进行的谈话。

“莫洛托夫立刻说：‘他们在抬高身价。’”

“斯大林笑了起来：‘让他们抬高吧。今天得和库尔恰托夫谈谈，要加快我们的工作进度。’”

“我明白这是指制造原子弹的事。”

“杜鲁门显然不知所措了，下一步该怎么办。使他感到泄气的是，第一次企图进行原子讹诈，却没有击中目标。苏联代表团的态度依旧和以前一样，就像什么事情也没有发生似的。”

波茨坦会议四年之后，1949 年 8 月 29 日，苏联的第一颗原子弹爆炸了。

斯大林，这个喜欢在谈判桌上用红铅笔画一个又一个狼头的苏联统帅，用实际行动给了杜鲁门一个很响亮的回答。

传说，普罗米修斯盗火给人类后，主神宙斯图谋报复，命火神赫匪斯托斯用黏土做成美女潘多拉，送给普罗米修斯的兄弟厄庇米修斯一只盒子。路上，潘多拉由于好奇，偷偷把盒子打开，于是里面所装的疾病、疯狂、罪恶、嫉妒等祸患一起飞出，而希望却留在盒底，人间因此充满了各种灾祸。

核军备竞赛这只“潘多拉盒子”一旦打开，飞向世界的灾祸是再难收回了。

1952 年 10 月 3 日，英国进行了第一次原子弹试验；

1952 年 10 月 31 日，美国进行了第一次氢弹试验；

1953 年 8 月 12 日，苏联进行了第一次氢弹试验；

1960 年 2 月 13 日，法国进行了第一次原子弹试验……

从 1947 年起，美国芝加哥大学《原子科学家公报》的封面上每期都画有一只钟表，根据世界风云变幻把表针拨到离午夜十二点——世界末日——的一定刻度上；1945 年《纽约时报》报道第一颗原子弹爆炸的题目就是“末日即将来临”！

原子弹真的使人类面临末日吗？

生活在核时代的人类就像盗火的普罗米修斯被绑在高加索的悬崖上，年复一年地遭受着核威胁这只秃鹰啄食肝脏的痛苦折磨。

超级大国用核爆炸的音响效果作为自己的外交语言，进行赤裸裸的恫吓和讹诈；人为的地震波无情地摇撼着小小的地球，核威胁的阴影日夜在天空游荡……

“比一千个太阳还亮”——

这世界上最壮观也最可怕、最美丽也是最残酷的景象就在你的眼前，不管你喜欢不喜欢，都不能不看！

第一章

中国，毛泽东说……

我站在中国核试验场的荒原上，看山。

已近黄昏，夕阳从山那边照来，山就成了天地间的一幅剪影。

“你看，那座山有什么特别的地方？”

基地的一位将军笑着说。

我知道，那座大山的腹中曾爆炸过一颗原子弹，我国第一次地下核试验就是在那里进行的。可山就是山啊，有什么特别的地方呢？

“你再看看，那山像不像一个人，一个我们都很尊敬的老人？”

我恍然大悟，是像！那气势如流的头发，饱满智慧的前额，高高隆起的鼻梁和坚毅的嘴唇以及下巴、胸膛无不惟妙惟肖！太像老人家了，越看越像。

我这才知道，那些长年生活在试验场的战友们，没事了就看山，慢慢就看出一些联想、一些新意来，不知什么时候，不知是谁，就给那山取了一个个名字——老人山、伟人山、毛泽东卧像。

毛泽东生前从未到过核试验场，在他逝世多年之后，试验场区的人们却觉得天天能看到老人家的形象。

人们更是没事了就看山，那山成了核试验场一大圣景。

其实山还是山，山无言，山就静静地在那里坦然地面对着历史、面对着天空。那山仿佛是一种昭示、一个象征。

（美）安娜·路易斯·斯特朗——我们坐在土坪上的一棵苹果树下，整个下午直到日落，远处的山都历历在目

当美国用原子裂变的火球将人类带入核时代，在中国西北角黄土高原的窑洞里，一双明察一切的眼睛正在煤油灯下注视着世界。

他就是毛泽东。

直到今天，这个世界上还没有哪一个人像毛泽东那样，对原子弹这东西有那么深刻、那么精确的见解，有那么大气、那么从容的心胸。

1945 年 8 月 13 日，美国在广岛投下原子弹才一个星期，日本刚刚宣布

投降，毛泽东就站在延安的窑洞前，对欢庆抗日战争胜利的人群谈到了原子弹。毛泽东说："美国和蒋介石的宣传机关，想拿两颗原子弹把红军的政治影响扫掉。但是扫不掉，没有那样容易。原子弹能不能解决战争？不能。原子弹不能使日本投降。"

"只有原子弹而没有人民的斗争，原子弹是空的。假如原子弹能够解决战争，为什么还要请苏联出兵？为什么投了两颗原子弹日本还不投降，而苏联一出兵日本就投降了呢？我们有些同志也相信原子弹了不起，这是很错误的。这些同志看问题还不如一个英国贵族。英国有个勋爵，叫蒙巴顿。他说，认为原子弹能解决战争是最大的错误。我们这些同志比蒙巴顿还落后。这些同志把原子弹看得神乎其神，是受了什么影响呢？是资产阶级的影响。这种影响是从哪里来的呢？是从资产阶级的学校教育中来的，是从资产阶级的报纸、通讯社来的。"

一年后，毛泽东以他特有的气魄和幽默，给"神乎其神"的原子弹取了个很形象也很别致的名字——纸老虎。

在杨家岭的一棵苹果树下，毛泽东用带着浓重湖南腔调的英语说：

"拍拍——太根儿！"（Paper-Tiger）

说完他就对自己的发音笑了起来。

这句话，以后成了毛泽东最喜欢说的一句英语，成了一句世界性的历史名言。

就在毛泽东笑谈纸老虎的一个多月前，1946 年 7 月 1 日，美国在南太平洋比基尼岛附近布放了一大堆陈旧的军舰和绵羊、猪、鼠等试验品，进行了一次代号"十字路口行动"的核试验。一架 B-29 轰炸机投下了地球上第四颗原子弹。这是第二次世界大战结束后，美国进行的第一次核爆炸试验。据专家们说："这一试验在纯军事方面的效果是不大的。可是在心理上的收效却很大。"

与此同时，从 1946 年 6 月下旬开始，国民党反动派以围攻中原解放区为起点相继在晋南、苏北、鲁西南、胶东、冀东、绥东、察南、热河、辽南等地，向各解放区发动了全面进攻。蒋介石在他的高级将领会议上狂妄叫嚣："不消灭共匪，死不瞑目"，并要在"三个月消灭共军"。气焰十分嚣张，不可一世。

正是在这样的情况下，1946 年 8 月 6 日，毛泽东在和美国作家安娜·路易斯·斯特朗的谈话中，发表了"一切反动派都是纸老虎""原子弹是纸老虎"的著名论断。

斯特朗是 1946 年 7 月 6 日从美国飞抵上海，然后又到达北平，同月 31 日搭乘美军观察小组飞机飞往延安。8 月 6 日，斯特朗在担任翻译的中共中央宣传部部长陆定一和马海德大夫陪同下，乘大卡车来到杨家岭毛泽东家。

在毛泽东窑洞前的一棵苹果树下，摆着一张桌子，四只小木凳。

斯特朗在她的回忆录中写道：

"我们坐在土坪的一棵苹果树下，整个下午直到日落，远处的山都历历在目。他的小女儿穿着一身花布衣裳，围着她父亲玩耍，有时伏到父亲的怀里，受到她父亲的爱抚……

"我们谈话不久，我就注意到在毛主席的窑洞上方大约二十米的草丛里有响动。不久以前胡宗南的飞机曾经在离毛主席住的窑洞不远的地方丢了一个小炸弹，所以这时我就猜想大概那里有警卫员在警卫主席的家。我问：'那儿有谁？'

"'是另外一家。'毛主席说，'他家的孩子对我的外国客人发生了好奇心。'这给我上了一课：人类的好奇心是相对的。原来引起山上的人注目的倒是我自己。在他们看来，毛主席是同他们合种山上一个菜园的邻居。

"我们谈话毫不拘束。翻译又是那样流利，毛主席自己的态度又是那样富于表达力，因而我并不感觉到有任何语言上的障碍。他的思路广阔无垠，考虑到古今中外的事件。他首先问我美国的情况。美国发生的事有许多他知道的比我还详细。这使我惊讶，因为我是几星期前才离开美国的，而他二十年来同国外连通讯的关系也没有。他安排情报工作就同搞军事战略一样用心。清凉山上那些监听新闻的小接收机为他所收集的情报是惊人的完整。他还曾一度通过军调部的飞机从世界各地运进书刊。许多美国新书已经为他全文或摘要翻译成中文。当外国客人来延安访问时，他也向他们打听各个国家的情况。

“我尽力之所及回答了关于美国的问题后，才提出了关于发生美苏战争的危险的问题，从而开始了现在已收录在《毛泽东选集》第四卷内的那次谈话。”

斯特朗问道：“国共两党之间达成政治解决的前景如何？”毛泽东说：“这要看美国的态度如何。如果他们不再支援蒋介石，再过半年或者一年，蒋介石不得不政治解决。就我们来说，我们一天也不愿意打，但如果形势迫使我们不得不打的话，我们是能够一直打到底的。别人要屠杀我们，所以我们起来自卫，这是谁都能理解的。”

斯特朗又问毛泽东对美国是否可能举行反苏战争的看法。毛泽东说：“关于反苏战争的宣传，包括两个方面。在一方面，美国帝国主义确实在准备着反苏战争，目前的反苏战争宣传和其他的反苏宣传，就是对于反苏战争的政治准备。在另一方面，这种宣传是美国反动派用以掩盖当前美国帝国主义所直接面对着的许多实际矛盾所放的烟幕。这些矛盾，就是美国反动派同美国人民之间的矛盾，以及美国帝国主义同其他资本主义国家和殖民地、半殖民地国家之间的矛盾。美国反苏战争的口号，在目前的实际意义，是压迫美国人民和向资本主义世界扩张它的侵略势力。”毛泽东认为美国对苏联发动战争并不那么容易。为了说明这一观点，毛泽东把茶杯和小白酒杯摆在桌子上，表示“美国人民”将“美国帝国主义者”同战争隔开，而美国和苏联之间还隔着极其辽阔的地带，这个地带的国家没有愿意卷入战争的。毛泽东把火柴盒和香烟放在这个地带，打趣地说哪一样东西代表哪一个国家。他说：“各国人民的合作，如果搞得好，就可以阻止第三次世界大战的爆发，否则第三次世界大战就会发生。”

斯特朗赞同毛泽东的观点，但她又问道：“如果美国使用原子弹呢？”毛泽东说：“原子弹是美国反动派用来吓人的一只纸老虎，看样子可怕，实际上并不可怕。当然，原子弹是一种大规模屠杀的武器。但是决定战争胜败的是人民，而不是一两件新式武器。”

毛泽东对“纸老虎”这个词特别感兴趣，他停下来看看这位美国记者是否领会了它的确切涵义。陆定一最初把它译成 Scarecrow（稻草人）。毛泽东让陆停下来，要斯特朗解释 Scarecrow 是什么意思。

斯特朗说：是“稻草人”，农民把它竖到田里吓唬乌鸦。

毛泽东说：这样译不好，这不是我的意思。纸老虎不是待在田里赶鸟用的，而是吓唬小孩子的。它的样子像一只凶猛的野兽，但实际上是纸糊的，一见水就软。

马海德在一旁听出了二者的不同，插话道：“不是 Scarecrow（稻草人）而是 Paper-Tiger（纸老虎）。”

毛泽东点头笑了，说马海德讲得对，是“拍拍太根儿”。

这以后，毛泽东就自己用英语说“纸老虎”这个名字。

毛泽东说：“一切反动派都是纸老虎。看起来，反动派的样子是可怕的，但实际上并没有什么了不起的力量。从长远的观点看问题，真正强大的力量不是属于反动派，而是属于人民。”毛泽东又举例证明他的观点，他说：“在 1917 年俄国二月革命以前，表面上沙皇是有力量的，而且是吓人的。但二月革命一阵雨，就把他冲跑了。希特勒也是被历史的暴风雨冲垮的。日本帝国主义也是这样。他们都是纸老虎。”他停了一下又用英语说道：“蒋介石也是纸老虎。”斯特朗问：“请等一下，我是一个记者，我是不是可以报道说，毛泽东说蒋介石是纸老虎？”毛泽东说：“不要只那么说，你可以说，如果蒋介石维护人民利益，那么他是铁老虎。如果他背弃人民，发动反人民的战争，就像他现在做的那样，那么他就是纸老虎，就会被雨冲跑。”

晚上，毛泽东用番茄、洋葱、蚕豆和辣椒招待斯特朗，最后上了一道甜食是“八宝饭”。这种甜食通常是用大米等八种美味做成的，但因延安的“宝”比较少，只好用花生、核桃、大枣和栗子做成象征性的“八宝饭”，斯特朗对这道甜食很满意。

饭后，他们又继续交谈，毛泽东说：

“什么是帝国主义的力量？它之所以有力量是由于人民还没有觉悟。主要的问题是人民的觉悟。力量不在于炸药、油田或原子弹，而在掌握这些东西的人，而这些人还有待于进行教育……”歇了一会儿，他接着说，“共产党之所以有力量是因为他们唤醒了人民的觉悟。在中国，我们共产党人只有小米加步枪，但最后将证明，我们的小米加步枪要比蒋介石的飞机加大炮更为强大。”

斯特朗说：“还有原子弹哩！”

毛泽东回答说，他怀疑在将来的战争中会再使用原子弹。正是广岛的大爆炸把原子弹搞臭了。现在全世界人民都起来反对它。他严峻地笑了笑又说道：“就是在比基尼岛上也没有把所有的猪全杀死呀。”

“原子弹的诞生，”他停了一会又说，“正是美帝国主义者灭亡的开始。他们依靠原子弹而不依靠人民，最后，原子弹不会消灭人民，而人民却会消灭原子弹。”

谈话继续到深夜，毛泽东提着马灯照路，一直把斯特朗一行送到卡车旁……

在以后的岁月中，毛泽东不止一次地说到原子弹，说到“纸老虎”——“拍拍太根儿”。

这句名言已深深地融会在每一个中国共产党人的血脉中。而大智大勇的彭德怀则以自己独特的方式表示了对帝国主义核讹诈政策的藐视。

在延安，一个外国记者找彭德怀谈话，问：“美国在日本的广岛、长崎投下两颗原子弹，威力是毁灭性的，给日本造成的损失太可怕了，实在无法形容，你听说了吗？”

彭德怀以极其轻蔑的口气反问：“有这桩事吗？不知道。”

这位记者没领会彭德怀的意思，惊讶起来：“哎呀呀！你怎么这样闭塞，这样无知，连这么大的事都不知道？”

彭德怀微笑着说：“不是我无知，而是你们太愚蠢了，这是我真的不知道，甚至没料到的。”

事实证明了毛泽东的说法，依仗美国原子弹撑腰的国民党反动派终于没斗过共产党的“小米加步枪”，被赶出了中国大陆。

当 1964 年 10 月中国第一颗原子弹爆炸成功之后，1965 年 1 月 9 日，毛泽东在人民大会堂会见了另一个来访的美国记者埃德加·斯诺，同他进行了 4 个小时的交谈。

斯诺问：“……你现在还认为原子弹是纸老虎吗？”

毛泽东说：那只是一种说话的方式，一种形象化的说法。当然，原子弹能够杀人。但最后人将消灭原子弹。到那个时候，它就真的变成了纸老虎。

斯诺问：“有人引用过你的话，说是因为中国人口众多，所以不像别的国家那样害怕原子弹。别的国家的人可能全部被消灭了，但中国还会有两三亿人留下来，重新再干。这种报道有任何事实根据吗？”

毛泽东答道，他还记不起说过那样的话，但是他可能说过。他想起了尼赫鲁访华时（1954 年 10 月）同他的一次谈话。根据他的记忆，他说过中国不要战争。他们都没有原子弹，但是如果其他国家要打仗，那么，全世界将遭大灾难，也就是要死许多人。究竟死多少，谁都无法知道。他不是单讲中国。他不相信一颗原子弹会使整个人类毁灭，以至要想找一个政府来谈和平都找不到。他同尼赫鲁谈话的时候，曾谈到过这一点。尼赫鲁说，他是印度原子能委员会的主席，原子能的破坏力量他是知道的。他确信没有一个人能生存下来。毛泽东回答说，大概不致像尼赫鲁所说的那样吧。原有的政府也许消失了，但别的政府会起来代替它们的……

斯诺回忆说，毛泽东最近看到美国人在核试验后六年视察比基尼群岛的调查报告。从 1959 年起，研究工作者就在比基尼了。当他们第一次进入主岛时，要在灌木丛中开辟小道。他们发现老鼠跑来跑去，鱼儿照常在河流中游动。井水可供饮用，到处草木茂盛，鸟儿在枝头鸣啭。细菌繁殖率达到每平方公里四百公斤。原子弹试验后也许有两年情况不好，但自然界还是继续发展。老鼠怎么还会活着呢？植物的生命被破坏了，但种子安然无恙，它们在地下冬眠，直到地面上的污染被清除。对细菌、鸟、鼠和树木来说，它也许又有所不同吧……

斯诺认为，毛泽东的最后一句话的更深刻的含意是，即使人类从地球上消灭了（进行大规模的自杀），可是生命绝不可能被人类所造的原子弹消灭。

当谈到裁军问题，毛泽东说："中国只进行过一次原子弹爆炸，但也需要加以证明，一颗能分两颗，这样地分下去，以至无穷。但是中国不希望有一大堆原子弹。既然未必有哪个国家敢于使用原子弹，所以它们实在是毫无用处。为科学实验，有少数几个也就够了。中国手里连一颗原子弹也不愿意有。"

毛泽东不愿意有原子弹；

中国不愿意有原子弹；

中国却不得不研制自己的原子弹。当核讹诈的大棒在头顶上晃来晃去的时候，一个受尽苦难却不甘屈辱的民族不愿光着脑袋仰望别人的核保护伞。

中国进行核试验，发展核武器是被迫而为的。

（美）约瑟夫·格登——这场苦涩的战争，几乎变成了美国的核战争

1949 年 10 月 1 日，毛泽东在天安门上按动电钮，升起了第一面五星红旗。

望着徐徐升起的新中国的国旗，毛泽东大声说："升得好！"

然而，毛泽东的声音在大海彼岸一些洋人的耳朵中却是那样微弱。

那些习惯于从男人的辫子和女人的小脚上认识中国的蓝眼睛们看来，中国不算数。

刚刚从战争废墟上站立起来的新中国需要建设、渴望和平，帝国主义却把侵略的战火烧到了她的大门口，直接威胁她的生存和安全。

1950 年 9 月，美国前副总统华莱士以友人身份给毛泽东写了一封信，说什么"如果新中国在学会制造卡车和拖拉机之前先学会了制造坦克，这将是一个世界的悲剧"。可是，就在这封信到达北京的同时，在两个月的时间内，美国的飞机已侵入中国 12 次，美国的炸弹已扔到了鸭绿江边。

周恩来在全国政治协商会议上说："是敌人不许我们建设，逼得我们不

能造拖拉机。”

毛泽东整整思考了三天三夜，毅然决定派遣中国人民志愿军抗美援朝，保家卫国。

这场战争是美国第一次没有凯旋班师的战争，尽管美国使用了除原子弹以外的所有武器，中朝两国人民和军队则以人民战争和巧妙的外交，制服了美国现代化的军事力量。

美国参谋长联席会议主席布雷德利将军说：“老实说，这是一场军事上的奇灾大祸，这是在错误的地点、错误的时间、同错误的敌人，打的一场错误的战争。”

尽管朝鲜战争开始时所谓美国的核保护伞也只是由四颗原子弹组成，尽管直到 1953 年 7 月 27 日在停战协定上签字，美国也没能投下原子弹，但在战场上和谈判桌上美国却不止一次地挥舞着核大棒对中国人民进行赤裸裸的讹诈和威胁，把世界推向核战争的边缘。

1950 年 11 月 24 日，美国侵略军总司令麦克阿瑟指挥“联合国军”越过三八线大举进攻，直扑鸭绿江边，他对将士许诺说：“战争即将结束，你们可以回家去吃圣诞节晚餐。”没想到，在圣诞节的第二天，“联合国军”又被中朝联军赶到三八线以南。

气急败坏的麦克阿瑟建议美国政府“宣布承认中国当局强加于我们的战争状态”，他还提议宣布之后跟着就把“三十到五十个原子弹投到（满洲的）空军基地和其他敏感的地点”；他还建议在击败中国人后应沿鸭绿江设置一条“放射性钴地带，以防共产党再度入侵朝鲜”。

其实，战争爆发以来，五角大楼就一直在研究可能使用原子武器的环境。11 月 20 日，亦即麦克阿瑟发动攻势前一个星期，美陆军参谋长劳顿·柯林斯将军对同事们说，“据悉，很快就会请参谋长联席会议就在朝鲜使用原子弹的问题发表意见。也可以想象，在中国共产党发动全面攻势的情况下，对部队和物资集结地使用原子弹，也许是使联合国军守住二条防线或尽早地进行一次向满洲边境推进的决定性因素。”他建议就使用核武器的可能性进行研究。

在中国人民志愿军大规模参战后的一个星期的时间里，显然没有就柯林斯的建议采取任何行动。参谋长联席会议秘书莱勒海军少将向联合战略研究委员会递交了一份“优先”请求。如果苏联人介入，莱勒希望提议“有可能使用原子弹，作为阻止继续进行这种干预或者协助从朝鲜撤出联合国军队的一个因素”。他请求就可能使用的原子弹的数量、目标地区以及关于“使用时间和运输方式”等考虑提出见解。他还请求就“事先提出或不提出最后通牒而对中国使用常规或原子炸弹”的问题提出意见。

11 月 30 日，参谋长联席会议的工作人员还在研究这一问题时，杜鲁门总统就在一次记者招待会上引发对核武器的讨论。

问（《纽约时报》记者安东尼·莱维罗）：总统先生，进攻满洲是否有赖于在联合国的行动？

总统：是的，完全是这样。

问（莱维罗）：换句话说，如果联合国授权麦克阿瑟将军向比现在更远的地方推进的话，他会这样做吗？

总统：我们将采取任何必要的步骤，以满足军事形势的需要，正如我们经常做的那样。

问（《纽约每日新闻》记者杰克·多尔蒂）：这是否包括使用原子弹？

总统：这包括我们拥有的任何武器。

问（《芝加哥每日新闻》记者保罗·利奇）：总统先生，你说的“我们拥有的任何武器”，是否意味着正在积极考虑使用原子弹？

总统：一直在积极考虑使用原子弹。我不希望看到使用它。这是一种可怕的武器，不应将其用之于与这场军事入侵毫无关系的无辜的男人、妇女和儿童——而如果使用原子弹，就会发生那样的事。

合众社老资格的记者梅里曼·史密斯显然认为，总统在这个问题上比原来打算的走得远。他给了杜鲁门一个逐渐后退的机会。

问：总统先生，我想再回到刚才提到的原子弹的问题上。你说在积极地考虑使用原子弹，我们清楚地理解了你的意思了吗？

总统：我们一直在积极地考虑，史密斯。这是我们的一种武器。

问（国际新闻社记者罗伯特·狄克逊）：总统先生，这是不是意味着用以打击军事目标或民用……

总统（插话）：那是军方人员将要决定的事。我不是一位批准这些事情的军方权威。

记者们提了几个问题后又回到原子弹的问题。

问（全国广播公司新闻记者弗兰克·布戈尔策）：总统先生，你刚才说这有赖于联合国的行动，这是不是意味着除非联合国授权，否则我们便不能使用原子弹？

总统：不，完全不是那种意思。对共产党中国的行动有赖于联合国的行动。战场上的军事指挥官将改变武器的使用，正如他以前常常做的那样。

美联社和合众社把杜鲁门的这番话飞快地传遍世界，《华盛顿邮报》的爱德华·福利亚德军道，“这在国内外”引起了“一片混乱”。英国官员说，这种说法使他们“大为震惊”，他们认为这意味着，难以捉摸的麦克阿瑟现在可以随心所欲地对中国人使用原子弹。

不管杜鲁门的动机如何，他的言论却在英国议会引起了轩然大波，大约一百名工党议员在一封递交给克莱门特·艾德礼首相的信上签名，反对在任何情况下使用原子弹。

在辩论中，艾德礼的助手发狂似的给美国使馆打电话。首相说，他打算在辩论中就势宣布，他准备会见杜鲁门，以讨论“共同关心的问题”，总统很快同意了，议会中的紧张气氛暂时得到缓解，休会时爆发了一阵欢呼。

杜鲁门关于核武器的谈话使匆匆前往美国驻联合国大使奥斯汀那里的其他西方大使们极为震惊。肖夫尔说，荷兰代表“含着眼泪”问他是否有机会避免战争。

在国际舆论的压力下，尽管杜鲁门总统经常公开保证不在朝鲜使用原子武器，但是在 1950 年 12 月，未装配好的原子弹悄悄地运到了一艘停泊在朝鲜半岛附近的美国航空母舰上。美国飞机还对北朝鲜进行了模拟核袭击。作为打原子弹战争的应急计划的一部分。

1953 年，朝鲜战争一直处在僵持状态，打打谈谈，谈谈打打，新上台的美国艾森豪威尔政府几乎使使用核武器变为现实。1月中旬，新墨西哥州核试验场的科学家们激动地报告，一种适用于大口径火炮发射的原子弹头第一次爆炸成功，这意味着核武器既可以用于战略目的，也可以用于战术目的。这一消息使参谋长联席会议立即重新考虑核政策，它在过去两年中常常把使用原子弹当成不现实的方案加以反对。尽管参谋长联席会议还没有准备马上提出使用这一新的战术核武器的建议，但是5月27日一份研究报告中一段措词小心的文字，表明了他们思想中出现了本质的变化：

在推进美国与朝鲜有关的目标时以更小的努力换取更大的成果的过程中，原子武器所起的作用表明有必要来重新估计限制在远东使用原子武器的政策。

鉴于在远东发展一种有效的常规能力这一概念的扩展，不失时机地使用原子武器应当被考虑来针对那些影响到在朝鲜的行动的军事目标，而且从军事行动上说，应当被规划为附属于涉及到向中国和满洲采取直接行动的任何可能的军事行动方针的一部分。

5月19日，参谋长联席会议提议“直接向中国的满洲”采取空军和海军行动，包括使用原子武器。联席参谋长们认为，时机的选择是头等重要的。所有必要的行动，包括“战略和战术上广泛使用原子弹”，都必须实施得以产生“最大限度的突然性和最大限度的冲击性”。以海军封锁为开端、逐步发展为一次地面攻势的逐步升级行动将缩小成功的机会。第二天，5月20日，国家安全委员会批准了这些建议。

凑巧的是，国家安全委员会采取这一行动时，杜勒斯正在作他的中东和亚洲之行。他挑选印度作为他警告要使用原子武器的一个讲坛。在同尼赫鲁总理的一次谈话中，杜勒斯表示，应当警告中国总理周恩来，如果不能达成停战协议，美国就要轰炸鸭绿江以北的满洲庇护所。杜勒斯还提到了美国成功试验了核炮弹，其口气强烈地表明美国将会毫不犹豫地在北朝鲜使用这种武器。

在此之前，装有核弹头的导弹已经运到冲绳岛。

在朝鲜战争结束之后的1954年，美英等国再一次考虑对中国使用核武器。美联社曾发布过这样一条新闻：

据昨天发表的一九五四年英国政府文件说，美国、英国、法国、澳大利亚和新西兰的军事领导人三十年前曾考虑过对中国使用核武器的可能性。这些文件是伦敦档案局三十年后根据法律许可发表的。它表明，1954年美国曾对丘吉尔首相的政府施加很大的压力，要求它加入一个拯救法国人的联盟……

英国的参谋长们在向丘吉尔内阁的国防委员会提交的一项秘密报告中说，这次会议决定：

如果由于中共入侵东南亚而突然爆发对华战争，我们将立即对军事目标发动空袭。为了取得最大限度的持久的效果，从战争一开始就将既使用常规武器，也使用核武器。

在以后的岁月中，蘑菇云的阴影一次又一次地在中国的大门口游荡——

1955 年 3 月，美国总统艾森豪威尔在一次新闻发布会上宣称，如果远东发生战争，美国当然会使用某些小型战术核武器；3 月 25 日，美国海军作战部长罗伯特卡尔内海军上将向报界透露说，美国已拟定了一个向中国全面发动进攻的计划。

1958 年 9 月，当我中国人民解放军炮击金门的时刻，艾森豪威尔于 9 月 4 日批准了一份文件，明确地讨论并接受使用核武器的可能性；美国向台湾海峡地区大量增兵，将能装上核弹头的 8 英寸榴弹炮运抵金门；1961 年、1968 年、1970 年，美国多次进行针对中国的核战争演习；1963 年，当中国即将进行第一次核试验时，美国一些人鼓吹对中国进行先发制人的打击；1969 年，当中苏边界发生冲突时，苏联一些领导人也企图对中国进行外科手术式的核打击……

面对核大国的赤裸裸的恫吓和威胁，毛泽东的回答是：美国的原子讹诈，吓不倒中国人民。在 1955 年一次同外国驻华大使的谈话中，毛泽东说："我国有六亿人口，有九百六十万平方公里的土地。美国那点原子弹，消灭不了中国人。即使美国的原子弹威力再大，投到中国来，把地球打穿了，把地球炸毁了，对于太阳系说来，还算是一件事情，但对整个宇宙说来，也算不了什么。我们有一句老话，小米加步枪。美国是飞机加原子弹。但是，如果飞机加原子弹的美国对中国发动侵略战争，那么，小米加步枪的中国一定会取得胜利。全世界人民会支持我们。”

刘杰——黄绿色的铀矿石就摆在毛主席的桌子上，毛主席笑着说，这是决定命运的

善良的人们把和平的希望寄托于新中国。1951 年，曾担任第一次世界保卫和平大会主席的法国杰出的科学家约里奥·居里，对即将返回祖国的中国放射化学家杨承宗说：

“你回国后，请转告毛泽东主席，你们要反对原子弹，你们必须要有原子弹。原子弹也不是那么可怕的，原子弹的原理也不是美国人发明的。”

居里夫妇的女儿约里奥·居里夫人还将亲自制作的 10 克含微量镭盐的标准源送给杨承宗，作为对中国人民开展核科学研究的一种支持。

1954 年秋，一个令人振奋的喜讯传到北京，传到中南海。

地质部在综合找矿中，第一次在广西发现了铀矿资源的苗头。

铀，是实现核裂变反应的主要物质。铀元素是法国科学家克拉普罗特于 1789 年发现的，恰巧当时发现了天王星，这种元素就以天王星命名，“铀”就是天王星英文名的第一个字母“U”的音译。

有没有铀矿资源，是一个国家能不能自力更生发展核工业的一个重要前提。得知发现铀矿苗头的消息，毛泽东一定要亲自看一看铀矿石。

当时任地质部副部长、党组书记的刘杰立即带着矿石标本来到中南海向毛主席汇报。就在这次汇报中，毛泽东说了关于原子能事业的另一句名言——“这是决定命运的”。

我曾根据传闻第一次把这句话写在电视系列片《祖国不会忘记》的文学脚本中，发表后，心里总觉得不踏实。1993 年 8 月，我在核工业总公司办公厅原主任李鹰翔及张纪夫同志的引见下，拜访了年近八旬的刘杰部长；

1994年10月，在核试验基地的招待所里，我又一次见到了这位老人。谈起40年前的故事，老部长依然是那样激动，他说：

“那是1954年的秋天，我们的地质专家把在广西采到的铀矿石标本送到了北京。那个矿是次生矿，开采价值不大，但这证明了我们中国的土地上有铀，有次生矿就很可能找到原生矿。当时大家都很兴奋，很激动。特别是苏联顾问，当时地质部有个苏联顾问，一看到铀矿石标本，眼睛都瞪大了，很高兴、也很神秘地说，要把矿石标本藏起来，带回苏联去研究。我把这个情况向中央、向周总理汇报了。没想到这么快，第二天就接到通知，让我到中南海去汇报，毛主席一定要亲自看一看铀矿石。这说明主席、中央对这件事情是多么重视。时间大概是八月底九月份，具体记不清了，反正是十月之前，天还不太凉，还能穿丝绸衬衣。接到通知后马上带着一块铀矿石，还带着一个测放射性的盖革计数器到中南海毛主席的办公室。就是丰泽园菊香书屋那间办公室，当时主席在那里办公，听汇报的有主席、少奇同志、总理，我记得好像还有朱老总。毛主席详细地询问了勘探情况，看了铀矿石显得很兴奋。他亲自用探测器测量着矿石，高兴地对我们说：‘我们的矿石还有很多没被发现嘛！我们很有希望，要找，一定会发现大量铀矿。’毛主席还说，‘我们有丰富的矿物资源，我们国家也要发展原子能。’那块矿石有拳头这么大，是黄绿色，当时我们也不懂，铀矿石就放在毛主席的桌子上，我记得当时还给几位中央领导说，看完了，大家要洗洗手。‘这是决定命运的’那句话是毛主席送我们时在门口讲的，汇报完了，毛主席很高兴，站起来，同我们握手。在门口，毛主席握着我的手，笑着说：‘刘杰呀，这个事情要好好抓哟，这是决定命运的。’回到部里，这句话我没传达，后来也没传达，当时觉得毛主席这是在跟我开玩笑，讲的一句笑话，毛主席一直讲原子弹是纸老虎，怎么又讲是决定命运的呢。现在回想起来，这句话确实很重要，这里面包含着毛主席战略上藐视、战术上重视的战略指导思想。在那次汇报后不久，毛主席、党中央毅然做出了发展原子能事业的战略决策……”

毛泽东举起酒杯站起来，大声说，为我国原子能事业的发展，大家共同干杯

1955 年元月 14 日，中南海，西花厅。

周恩来在召开一个小型的会议。参加这次会议的有物理研究所所长钱三强，地质部部长、科学院副院长李四光，国务院副总理薄一波，地质部副部长刘杰。

周恩来全神贯注，先请李四光汇报了铀矿的勘查情况，然后请钱三强介绍原子核科学研究的状况。他详细地询问了原子反应堆、原子弹的原理，和发展这项事业的必备条件。

“毛主席要听取这方面情况的汇报，明天你们还到这儿来。”周恩来最后安排说：“要做点准备，简明扼要，把问题说清楚。地质部可以带点矿石，三强可以带简便的仪器作汇报表演。”

当晚，周恩来给毛泽东写了一封信：

主席：

今日下午约李四光、钱三强两位谈过，一波、刘杰两位同志参加，时间谈得较长，李四光因治牙痛发烧，故今晚不可能续谈。现将有关文件送上请先阅。最好参定明（十五）日下午六时后约李四光、钱三强一谈，除书记处外，彭、彭、邓、一波、刘杰均可参加，下午三时前，李四光午睡。晚间，李四光身体进行不了。请主席明日起床后通知我，我可先一小时来汇报一下今日所谈，以便节省一些时间。

周恩来

十四晚

周恩来总是这样细心地关心照顾科学家，早在 1949 年 11 月 15 日，新中国刚刚成立一个半月，他就特意写信给新华社驻布拉格分社社长吴文焘和驻苏大使王稼祥。安排保护李四光回国：

吴文焘并告王大使：

李四光先生受反动政府压迫，已秘密离英赴东欧，准备返国，请你们

设法与他接触。并先向捷克当局交涉，给李以入境便利，并予保护。

周恩来

十一月十五日

而现在，在做出历史性的重大战略决策的前夕，周总理连李四光牙痛、午睡这样的细节都想到了。

第二天，李四光、钱三强等人按时来到丰泽园。

这是一次专门研究发展我国原子能事业的中央书记处扩大会议，刘少奇、周恩来、彭真、邓小平、李富春、薄一波等中央领导人都参加了会议。

毛泽东主持会议，开门见山：“今天，我们这些人当小学生，就原子能的有关问题请你们来上一课……”

李四光取出了黄黑色的铀矿石，说明铀矿资源和发展原子能的密切关系和勘察发现铀矿石的有关情况。

中央领导人一个一个传看着铀矿石标本，感到很新奇。就是这看来很普通的石块，会含有那种神秘的东西，会产生那样惊人的能量？这对于来自井冈山和延安的老革命家，是非常新鲜的。

钱三强汇报了全世界核物理学的研究和发展概况，和我国这几年的准备工作，然后把探测仪器放在桌面上，又把一小块放射源放在口袋里。然后从桌旁走过，探测器便立刻发出“嘎嘎……”的轻微响声。这时大家都高兴地笑起来。有的兴趣正浓，也接过来试了一试，也发出了同样的响声。有的领导提出这样那样的问题，气氛十分活跃。

当钱三强讲到攻破原子核发生链式反应所引起的震动，以及核物理研究成果将对整个社会发展所引起的巨大推动作用，更加引起了与会者的注意。

毛泽东点燃一支香烟，开始做总结性讲话：“我们国家，现在已经知道有铀矿，进一步勘探一定会找出更多的铀矿来。解放以来，我们也训练了一些人，科学研究也有了一定的基础，创造了一定的条件。过去几年其他事情很多，来不及抓这件事。”

毛泽东思考着，强调说：“这件事总是要抓的。现在是时候了，该抓了。

只要排上日程，认真抓一下，一定可以搞起来。”

毛泽东看看大家，接着说：“你们看怎么样，现在苏联对我们援助，我们一定要搞好！我们自己干，也一定能干好，我们只要有人，又有资源，什么奇迹都可以创造出来！”

大家一致拥护毛主席的意见，对发展原子能事业表示了极大的决心。毛泽东突然话题一转，以哲学家的眼光向钱三强提出了原子内部的结构问题。

“原子核是由中子和质子组成的吗？”

“是这样。”

“质子、中子又是什么东西组成的呢？”

钱三强一时答不出话来。会议以前，尽管他曾有所准备，但是，毛泽东所提出的这个问题，是从来没有人研究过的，也是从来没有人提出过的。

“原子”这个词在古希腊语中意思是不可分的。

钱三强如实回答说：“根据现在科学研究的最新成果，只知道质子、中子是构成原子核的基本粒子。基本粒子，也就是最小的，不可分的。”

“它们是不可分的吗？”

“现在的研究，是这样。能不能分，还没有被认识。”

毛主席缓缓地抽着香烟，思考着说：“我看不见得。”他带着商量的口气说：“从哲学的观点来看，物质是无限可分的。质子、中子、电子，也应该是可分的。一分为二，对立的统一嘛！不过，现在实验条件不具备，将来会证明是可分的。你们信不信？”

钱三强静静地听着，大家也都静静地听着、思考着。

“你们不信，反正我信。”毛泽东微笑着，抽着烟，在认真地谈着他最感兴趣的哲学问题……

吃饭的时候到了，大家来到餐厅，餐厅里摆了三桌饭菜。

毛泽东坐在钱三强这一桌，他的右边是彭真，左边是李四光，钱三强坐在他的对面。李四光本来是一口普通话，今天改用地道的湖北话，与毛泽东谈笑自如，十分开心。

“三强的父亲，是钱玄同。”彭真向毛泽东介绍说。

毛泽东微笑着点点头。

“钱玄同是北大的教授，主席那时也在北大，见过面没有？”

“知道，但是没有见过面。”毛泽东微笑着回答了彭真。接着对钱三强说：“最近我看了一本书，有你父亲写的文章，《新学伪经考》序。”

“父亲写这本书时，我在读高中，听他说过。他写这篇序，很认真，下了不少功夫。”

“钱先生在他的文章里，批评了他的老师章太炎。”

钱三强记得，爸爸与章太炎的关系是很好的，很尊重这位教师。在这篇序里，爸爸是怎样反驳这位教师的，钱三强并不太清楚。

“《新学伪经考》，是康有为的著作。他说许多古书都是经过后人篡改过的。章太炎对这本书有反对意见。”毛泽东解释说：“钱先生为这本书作了长序，这篇文章代表他对经学今文古文问题的成熟见解。他在文章中提出：总而言之，我们今后解经，应该以实事求是为鹄的，而绝对破除‘师说’‘家法’……钱先生就在这篇长序里，反驳了他的教师章太炎。有这种勇气，这是很不易的！”

开始上菜了。周恩来请客，往往一个海碗里有肉、豆腐，再加两个菜盘就开饭。今天是毛泽东请客，摆了六个菜，毛泽东平时滴酒不沾，这次却特意斟了一杯红葡萄酒。

毛泽东站起身来，举起酒杯大声说：“为我国原子能事业的发展，大家共同干杯！”

从此，一个伟大的奇迹诞生了。

那是中华民族千百年梦想孕育的辉煌，那是中华民族千百万儿女盼望的光荣。

第二章 中国心

程开甲——如果不回国，我决不会有现在这样幸福

有一个这样的故事——

在英国爱丁堡大学有一个来自中国的青年学者，他每天除去吃饭、睡觉之外的时间都埋头在课堂上、实验室和图书馆里。同学们都叫他波克（Book，书）；连房东老太太对这个不爱交际的黄皮肤的年轻人也常投冷眼，不无恶意地给他取了又一个外号“奶油棒冰”。他甚至没有工夫去咀嚼这寄人篱下的滋味，屈辱和苦闷都在他的沉默中变成了发愤攻读的动力源。有一天，他在报童激动的叫喊中得到了一个惊人的消息：中共在长江扣留了英国军舰紫石英号！那艘不顾人民解放军的警告开枪挑衅的英国军舰被解放军还击的炮火打伤了，英国朝野为此掀起了一场轩然大波。报纸上那一条条通栏标题却使这位中国学者眼中燃起了明亮的火花：中国有希望了，过去这么多年总是外国人欺侮中国人，现在中国人也敢还手了！也敢打外国人了。走，回祖国去！

这位青年学者迎着刚刚升起的五星红旗回到了祖国。他叫程开甲，现在是中国科学院院士。

程开甲教授是在天山深处的一座平房里给我讲这个故事的，那时，他已在中国核试验基地隐姓埋名了二十多年。

他喜欢数学，那里却连一个最简单的计算器也没有，他只好在一块小黑板上密密麻麻地写下一个又一个数学公式；他喜欢听交响乐，当时甚至没有一个砖头大的录音机；他那年近花甲的老伴每天穿着带补丁的旧军装，扛着铁锹和随军家属们一起去拾粪开荒，播种土豆和大白菜……

在交谈中，我提出过这样的问题：你如果不回来，在学术上会不会有更大的成就？

于是，程教授就给我讲了那个故事，他感慨地说：“如果不回国，在学术上也可能有更大的成就，但决不会有现在这样幸福，因为我现在所做的一切都和祖国紧紧地联系在一起。”

程开甲的邻居，留学美国归来的董寿莘教授直到年近古稀，还在核试

验场上带研究生，他说："对，程所长这句话说出了我们这一代知识分子共同的心情，一个人如果不能直接为自己的祖国做点贡献，个人有再大的名声又有什么意义呢？"

经历风风雨雨，尝尽酸甜苦辣，几十年来他们却从不后悔自己的选择。

正是这一往情深的赤子之心，凝成了中国西部荒原那惊天动地的巨响。

1967 年 6 月 18 日，中国第一颗氢弹爆炸成功后的第二天，路透社在一则消息中这样写道："中国在两年稍多一点的时间内，已经从第一个粗糙的原子装置进展到昨天的据传是成功的试验。这一成绩如果得到了证实，就表明中国的科学家们突出的专心致志的精神……具有讽刺意味的是，核武器方面的这一发展在很大程度上得力于西方的科学。据了解中国一直致力于核弹制造的十四名中国科学家中，有十二名是在西方受高等教育的，仅在英国受教育的就有其中的七名。"

是什么力量使这些海外赤子毅然归来，这在今天已不是秘密。回味一下那些发生在昨天的故事，却能使我们记住，"祖国"这两个汉字在炎黄子孙的心里有何等的分量。

留美学生——我们无时无刻不在热烈地想念着祖国

早在 20 世纪 20 年代，一批批中国青年知识分子赴西欧、北美求学，在世界著名的物理学家和核科学家的直接指导下，在核科学领域接受了严格的训练，并开始了实验和理论研究工作。吴有训、赵忠尧、钱三强、王淦昌、彭桓武等人，曾分别在康普散射，伽马射线反常吸收、核裂变、宇宙线实验和理论研究等领域作出了显著的成绩。可是旧中国政府腐败，社会动乱，一些有抱负的科学家回国之后，却很长时间缺乏开展研究工作的必要条件。赵忠尧、郑大章等人虽曾于 30 年代在国内开展过原子核物理和化学的研究工作，却都因经费拮据，设备匮乏，没有取得什么进展。

1949 年 10 月 1 日，东方地平线上升起了一个辉煌的太阳，她也在科学家心中升起了希望之帆，《义勇军进行曲》激荡人心的鼓点激起了科学家报效祖国的雄心。

11 月 11 日，就在共和国刚刚成立 1 个月以后，一个全国性的科研机构——中国科学院诞生了，中国的科学家们终于走到一起来了。

留美学生成立了“留美科协”。1950 年 6 月，他们在芝加哥附近召开的年会上发布了一封给全国科学工作者的信：“我们无时无刻不在热烈地想念着祖国，想念着你们，我们一致决心在最短时间内回国，回到我们所来自的中国科学工作者兄弟的行列，投身于建设新中国的巨潮。”

1950 年，200 多位中国留学生冲破重重阻挠回国参加建设。来到近代物理研究所工作的有理论物理学家邓稼先、金星南，实验物理学家肖健等。这之后，从 1951 年到 1957 年，由国外回来到近代物理所工作的科学家，有核物理学家杨澄中、陈奕爱、戴传曾、梅镇岳、李整武、郑林生、丁渝、张家骅，高能物理学家汪德昭，放射化学家杨承宗、肖伦、冯锡章，加速器专家谢家麟，计算机和真空器件专家范新弼等。一时间，我国核科学领域群星璀璨，各放异彩。他们成为中国核科学技术的先驱者。

朝鲜战争爆发后，麦卡锡主义的阴影笼罩着中国留学生，他们被禁止回国。空气动力学家钱学森被软禁了，他在航空科学与火箭技术上的卓越贡献成了他的回国障碍。

1954 年 4 月，在日内瓦召开印支国际会议。行前，周总理嘱咐代表团秘书长王炳南，在协商一批旅美华人回国问题时，务必向美方代表提出钱学森回国的问题。但是接触了十多次，美国代表约翰逊就是借口美国在朝鲜战争期间发布的文件，一点不松口。问题非常焦急。就在这时，一个机会来了。

1955 年 6 月的一天，陈叔通转给周总理一封信，是钱学森在家书中夹带的信。其中，钱学森请求祖国政府帮助他回国，并说那个文件，美国在 1955 年 4 月已取消，是有关当局仍然扣着不放他走。

“这真是太好了，据此完全可以驳倒美方代表的谎言。”周总理立即叫外交部信使把钱学森的信转给王炳南。

1955 年 8 月 1 日，中美大使级会谈在日内瓦开始。中方代表是驻波兰大使王炳南，美方代表是驻捷克斯洛伐克大使约翰逊。

中国对会谈采取积极的态度。当时确定的方针是：争取通过这个会谈解决一些问题，并为中美之间和缓和消除台湾地区紧张局势的高一级谈判作准备。在会谈中既要有坚定的立场，也要有协商的和解的态度。7 月 31 日，即会谈开始的前夕，中国最高法院军事法庭按照中国的法律程序，判决提前释放阿诺德等 11 名美国间谍。

王炳南在第一次会谈开始时，把这一判决通知了约翰逊，表示“希望中国政府所采取的这个措施，将对我们的会谈起有利的影响”。

根据双方的协议，会谈有两项议程，一是“双方平民回国问题”，二是“双方有所争执的其他实验问题”。而在第二项议程下，各方都可以提出它认为应予讨论的直接牵涉到中美双方的问题。

在讨论第一项议程时，关于中国在美国的华侨和留学生，中方要求美方对愿意回国的华侨和留学生给予返回祖国的权利而不加以阻挠，指出美国政府虽在表面上撤销了不准中国平民离境的命令，但许多愿意回国的华侨和中国留学生仍受到各种压力而不敢说出他们的愿望，或在说出后被迫宣布改变主意，而且很多人回国还有经济困难，因此，只有委托第三国从中协助，才能合理解决这个问题。

经过争论，双方终于在 1955 年 9 月 10 日就平民回国问题达成协议，其主要内容是：中美双方承认，在各自国家内的对方平民都享有返回的权利，并宣布已经采取且将继续采取适当措施，使他们能够尽速行使其返回的权利，中美两国分别委托印度和英国政府协助中美平民返回本国。这是中美大使级会谈达成的唯一协议。

1955 年 9 月 17 日，钱学森和他的妻子蒋英终于登上了轮船，踏上了祖国的海岸……

周恩来在评价中美大使级会谈时说：“我们要回了一个钱学森，单就这件事也是值得的。”

钱三强——我要回中国的北方去

1937 年，24 岁的钱三强考取中法教育基金委员会公费赴法国巴黎大学镭学研究所居里实验室作研究生，师从伊莱娜·居里。1939 年，钱三强与导师合作，参加铀和钍受中子打击后产生镧同位素 β 射线能谱的研究工作。这年 1 月，约里奥用云室拍摄到铀裂变的照片，获得重核裂变直接实验成果。伊莱娜准备研究裂变碎片的 β 射线能谱，钱三强负责云室的操作与测量工作。

1940 年，钱三强在伊莱娜·居里指导下，完成了 α 粒子同质子碰撞的研究工作，并以此为题的博士论文获得通过，获得博士学位。1945 年，钱三强受导师之命，赴英国布利斯托大学学习核乳胶技术，师从鲍威尔。这年冬天，钱三强学成回到巴黎，协助伊莱娜与约里奥的研究工作。1946 年，钱三强、何泽慧赴英国剑桥大学参加基本粒子会议，两位年轻博士关于核乳胶记录中子打击铀核的报告引起他们的注意，特别是报告中所展示的图片，如分岔点上发出的细长、浅淡径迹令人百思不解。回到巴黎，钱三强取得约里奥·居里夫妇的积极支持，带领两位法国研究生和何泽慧一起，进行夜以继日的研究工作，终于从精确的统计数字中发现：在中子撞击铀原子核发生裂变时，每三百次出现一次这种新奇现象。1946 年 12 月 9 日，经约里奥推荐，钱三强领导的科研小组在法国科学院《通报》上公布了三分裂变的研究结果，并附有历史意义的五张核乳胶照片。随后，何泽慧又发现其中有裂变为四个碎片的痕迹。经过大量实验，终于证明四分裂现象也有规律，大约一万个裂变中会出现一次。在约里奥指点下，在 1946 年 12 月 23 日首次公布四分裂变照片，并附有详细的测量计算。他们经过努力，向人们展示裂变现象研究的新境界，那就是：原子核在中子打击下，不仅可以分裂为二，还可以分裂为三乃至四。分裂为三的可能性，较分裂为二者小三百倍。分裂为四之可能性，较分裂为二者小约一万倍，三分裂所放出的能量，较二分裂稍强，四分裂所放出的能量，较二分裂弱。

1947 年，34 岁的钱三强任法国国家科学研究中心研究导师。这年 2 月，钱三强和何泽慧在美国《物理评论》上发表论文，第一次对三分裂变和四分裂变作出明确结论，这年 3 月 31 日，钱三强应邀在法国科学院作了题为《论铀的三分裂机制》的报告。

今天，钱三强三分裂理论为世人公认，已成为裂变物理一个重要分支。他的为中华民族争得无上荣耀的划时代的研究成果，使人们对核分裂的认识向前推进了一大步，在国际物理学发展史上写下了极为光彩的一页。钱三强的导师约里奥 · 居里认为："铀核三分裂和四分裂"是第二次世界大战以来法国核物理界一个重要工作。约里奥 · 居里当年曾将他们的成果在巴黎召开的世界科学工作者大会上宣布：

"在我们的实验室里，正在进行一项重要的工作，它本来是由英国的科学工作者开始，由我们的实验室做了更多的工作，已证明铀核分裂的新方式——三分裂和四分裂。对这新发现，我们的研究人员做了顽强的细致的工作，我们将遵守科技界的准则和传统，立即发表研究论文。它的国际性，可以由作者的国籍来说明。它是由两个中国青年科学家钱三强和何泽慧，两个法国青年科学研究人员沙斯戴勒和维聂隆共同努力取得的。我们反对某些国家把基础科学列入保密范围，这对世界科学发展是很不利的。"

约里奥 · 居里讲话的第二天，法国《人道报》《人民报》《时代报》，中国的《大公报》《新民报》均作了详细的报道。有家报纸的标题是：《中国的"居里"夫妇，发现了原子核分裂法》。副标题是："为原子研究开辟新天地，物理学大师均誉不绝口"。

为了表彰钱三强的科研成就，法国科学院 1946 年年底曾向他颁发了亨利 · 德巴维奖金。1947 年夏，法国国家科学研究中心在 1944 年任命他为研究员后，又晋升他为研究导师（法国科研学衔分 4 个等级，即教授级的研究主任，副教授级的研究导师，讲师级的研究员和助教级的研究助理）。钱三强的勤奋、才智和严谨的科学态度赢得了约里奥 · 居里夫妇的好评与同伴们的钦佩。

当时，在留法人员中，得到这样重要学术地位的中国人，只有钱三强一个人。

1947 年年底，约里奥教授把三分裂与四分裂的研究成果写在了实验室年度报告的首条位置。

第二年春天，钱三强找到中共驻欧洲的负责人刘宁一和孟雨同志，向他们表达了要回祖国的心愿。

“祖国的解放大约还需要两三年时间。”在卢森堡公园一条长凳上，刘宁一对钱三强说：“蒋家王朝就要垮台了。你们回到国内，先到北方一个大学待下来，培养一批学生，准备迎接解放。新中国诞生后，你们是大有作为的！”

钱三强把自己要回国的打算告诉了导师。

约里奥教授听了不禁愣了一下，少顷，说道：“您回去之后上哪儿呢？”

钱三强知道他是法国共产党党员，便直率地说：“回北方去。”那时，他已接到严济慈教授和清华大学叶企荪教授要他回国组建研究机构和参加教学的来信。

听了学生的回答，对中国解放战争形势分外关注的约里奥教授很满意：“很好！我要是你的话，也会作出这样的决定！”接着导师又满怀深情地说：“你在这几十年，从来没有问过超过你应问的事儿。我这里有几个核数据可以告诉你，将来你要用的话，比公开报道的要准确。”

话别时，约里奥·居里夫人语重心长地说：“我们俩（指与约里奥教授）经常讲，‘要为科学服务，科学要为人民服务。’希望你把这两句话带回去吧！”

1948 年 5 月，钱三强和何泽慧抱着刚满半岁的女儿祖玄，带着丰硕的科研成果和报效祖国的热忱，带着约里奥·居里夫妇的殷殷嘱托和难忘的记忆，由地中海登船，返回 10 年来梦魂萦绕的祖国。

1949 年 10 月 1 日，中华人民共和国开国大典在雄伟的天安门广场隆重举行。

当时已经担任全国政协委员和全国民主青年联合会副主席的钱三强，应邀登上了天安门城楼，与党和国家领导人、各界知名人士一起参加了开国大典。

在中华人民共和国诞生后一个月，中国科学院成立了。钱三强被任命为中国科学院计划局副局长，兼近代物理所副所长，所长是吴有训教授。不久，吴教授就任中国科学院副院长，近代物理所所长职务由钱三强担任。

彭桓武——回国不需要理由，不回国才需要理由

彭桓武很小就表现出对科学的强烈兴趣。他的父亲早年留学日本，后来加入了同盟会；回国后曾被清政府委派去争回被日本强占的吉林、延吉、珲春等县的主权。后来，主权争回来了，主争派却受到了排挤。彭桓武的父亲卸任后，即定居长春。

彭桓武 1915 年 10 月出生在这里，父亲让孩子们从小学英文，彭桓武又受长他一岁的哥哥的影响。读了《物种起源》《科学大纲》。中学时代，彭桓武接触物理、化学、平面几何、代数等，从此便对自然科学入了迷。

在长春、吉林、北平三处，彭桓武断断续续上了三年中学，他不断跳级，15 岁便高三毕业。报考大学时，选择了清华大学物理系。

1935 年，不到 20 岁的彭桓武大学毕业了，随即进入清华研究院深造。“卢沟桥事变”后，彭桓武辗转到了昆明，在数学大师熊庆来主持的云南大学任教。

这时欧洲现代物理学正进入繁荣勃发时期。1926 年诞生的新量子论（量子力学和量子场论）仍是物理学发展的前沿。对量子理论和量子力学有划时代贡献的薛定谔、海森堡、狄拉克、波恩等，仍在不懈地探索。而中国的物理学研究，20 年代才从几个高等学校零星地开展起来，30 年代刚建立两个研究机构，设备不全，人员不多，战事一起，教学和科研条件更差了。

1938 年，彭桓武考取了“英国庚子赔款”留学生，他在清华大学的教师周培源为他选择了导师——马克思·波恩。彭桓武来到东濒北海，人杰地灵的爱丁堡，成为波恩的第一个中国弟子。波恩是德国人，纳粹上台后流亡英伦。这位当代理论物理学大师可谓桃李满天下。他指导过的学生中，

有“原子反应堆之父”费米、“原子弹之父”奥本海默等科学界的精英。波恩与当时一般古板的德国教授大不相同，他对学生亲切随和，不拘小节；他善于启发学生，还是一名出色的讲演者，能把深奥的问题讲得清晰明了。波恩这一批学生中，除了彭桓武来自中国，还有英、美、法、德、爱尔兰人，后来参加了第一颗原子弹研制的大名鼎鼎的福克斯这时也在这里和彭桓武同窗。

彭桓武在波恩门下如鱼得水。他思维活跃，兴趣广泛。在波恩指导下，彭桓武研究晶格动力学、分子运动论，也涉足场论、固体物理。1940 年彭桓武获得了哲学博士学位。

1941 年，彭桓武来到都柏林高级研究院工作。

在都柏林高级研究院的两年间，彭桓武与海特勒、汉密特两人合作，研究关于解释宇宙线的介子的课题。他们综合了介子场论若干成果，对宇宙线现象作了较系统的解释。这个理论便以它的作者姓名的第一个字母命名：HHP。HHP 理论的主要工作出自彭桓武的手，彭桓武的名字一时广为同行所知。海特勒后来在回忆都柏林高级研究院生活时说：“同事中最受热爱的一个是中国人彭桓武”，“经常的兴致结合着非凡的天才，使他成为同事中最有价值的一个。”

随后，彭桓武又回到爱丁堡大学，独立开展研究。1945 年，彭桓武获得了科学博士学位。同年，他以量子力学与统计力学的一系列探索性工作，与波恩共获爱尔兰皇家学会的麦克杜格尔·布里斯班奖。

薛定谔接着又聘请彭桓武回都柏林高级研究院当教授，彭桓武开始指导研究生。1946 年夏，战后第一次基本粒子会议在剑桥大学举行，彭桓武应邀出席。

彭桓武在这里的科学界拥有了自己的位置，这是许多外籍学者求之不得的。

然而，彭桓武却念念不忘回祖国去。归程曾被战火阻隔，现在第二次世界大战结束了，他更加归心似箭。他和滞留在法国的钱三强相约，回国后联合志同道合的人干一场，让祖国借助原子时代的科学技术强盛起来!1947 年底，彭桓武登上东归的海轮。1948 年，当爱尔兰皇家学会选他为会员时，彭桓武已经在云南大学执教了。

当有的记者问他为什么回国，一向十分随和的彭桓武却表现出一种少有的激动：“不！我没有理由回答你的问题。你的问题应该换一种问法，那就是作为一个中国人，有什么理由不回到自己的祖国，并为她的富强贡献自己的一份力量呢？我有责任，利用自己的所学之长，来关心她，建设她，使她强盛起来，不再受人欺负。”

在 1993 年的采访中，我向彭先生谈起了这件事情，他说：“是的，我说过，回国不需要理由，不回国才要理由，这是很自然的事情，学成归国嘛!”说着，他悄悄地对我说：告诉你一个秘密，我是走后门回来的，走的英国海军的后门，当时，回国的轮船很紧张，我有同学在英军服务，我托他想办法，搭英国海军军舰回来的……

1949 年，彭桓武来到已经解放的北京，他和钱三强重逢了，暂住在叶企荪教授家里，他们终于能以促膝谈心代替纸上交流了，钱三强兴致勃勃告诉彭桓武：“中央准备成立一个人民的科学院，如果我的意见被采纳，就能成立一个近代物理所。”

“这回，咱们可以干起来了!”彭桓武跃跃欲试。他和钱三强商定，先从教育开始，解决物理学人才匮乏的问题。他回到母校清华大学，在国内第一次开设了正规的量子力学课程。

赵忠尧——反正除了中国大陆我哪儿也不去

我国第一台加速器是赵忠尧从美国带回来的，他回忆说：

1946 年夏，美国在太平洋的比基尼岛进行原子弹试验。国民党政府派两个代表去参观。我受中央研究院的推荐，作为科学家的代表，那时中央研究院的总干事萨本栋先生筹了 5 万美元，托我在参观完毕以后，买回一些研究核物理用的器材。钱数实在太少，完成这项任务是很难的事。不过，有总比没有好，而且，核物理在那时是一门新兴的基础学科，国家是需要它的。

开展核物理研究，至少需要一台加速器。而当时订购一台完整的 200 万电子伏的静电加速器要 40 万美元以上。很明显，在这样的条件下，不可能购买任何完整的设备。经与友人多次商讨，唯一可行的办法是，自行设计一台加速器，购买国内难以买到的部件和其他少量的核物理器材，当然，这是条极为费力费时的路。

照这个计划，我首先在麻省理工学院电机系静电加速器实验室学习静电加速器发电部分和加速管的制造，并采购电子学及其他零星器材。

加速器上的机械设备，都是专用设备，每种用量不大，加工精度要求又高，好的工厂很忙，不愿接受这种吃力不讨好的小交易。我为此奔走多日，有时一天要跑十几处地方，最后联系到一个开价较为合理的制造飞机零件的加工厂。这样，加速器运转部分，绝缘柱及电极的制造总算有了着落。与此同时，还替中央大学定制了一个多板云雾室，并且买好了与此配套的照相设备。加上核物理实验及电子学器材，都是用手头那点钱购置的。这期间，我曾在几个加速器、宇宙线实验室义务工作，以换取学习与咨询的方便。我的义务劳动也换得了一批代制的电子学仪器和其他零星器材，节约了购置设备的开支，制造和购买器材的工作花了整整两年时间。

1949 年，我开始作回国的准备工作。不巧的是，我起先联系的是一个国民党官僚资本经营的轮船公司，货已经存到了他们联系的仓库里。为了将器材运回新中国，必须设法转到别的运输公司。我利用 1949—1950 年年初中美之间短暂的通航时期，重新联系了一个轮船公司，设法将货取出来，办理托运回新中国的手续。没想到，联邦调查局盯上了这批仪器设备。他们不但派人私自到运输公司开箱检查，还到加州理工学院去调查。幸好，加州理工学院回答问题的杜曼教授为人正直，告诉他们这些器材与原子武器毫无关系。虽然如此，他们仍然扣去了部分器材。我特别感到可惜的是，他们扣下了四套完整的供核物理实验用的电子学线路。

我对联邦调查局私自开箱检查一事极为恼火，偏偏运输公司还找上门来，要我交重新包装的手续费。我当时就发火了："谁叫你们打开的你们向谁收！我的东西你们随便给人看就不对！"运输公司的人回答说："那是什么机关，能不让看吗？"是啊，这种事情是没有道理可讲的。想想只要器材能运回来再付一次费用只好算了。

这样，我在美国定制的这批器材装了大小 30 多箱，总算装船起运了。

1950 年春天，我也准备返回祖国。但是，这时中美之间的通航却已中止了，我不得不想别的办法。取道香港很难得到英国签证；绕道欧洲又颇费时日。这时，一家轮船公司愿意帮忙办理香港的过境签证。经过五个多月的等待，我与一批急于回国的留美人员终于得到了签证，于 8 月底在洛杉矶登上了开往中国的威尔逊总统号海轮。可一上船，联邦调查局的人又来找麻烦，把我的行李翻了一遍，偏偏扣留了我最宝贵的东西：一批公开出版的物理书籍和期刊，硬说这些是"不需要的东西"。轮船终于开动了。我尽管可惜那些书籍，倒还庆幸自己得以脱身。

没想到，旅途的磨难还远没有结束。船到横滨，我和另外两个从加州理工学院回来的人又被美军便衣人员叫去检查，硬说我们可能带有秘密资料，随身行李一件件查，连块肥皂也不放过，称之为"看起来像肥皂的一块东西"，扣下待查。这次我的工作笔记本都被抄走了，大件行李压在货舱里拿不出来，要等空船从香港返回时再查。我们三个人就这样被关进了日本的巢鸭监狱。无论我们怎样提出抗议，得到的回答只是："我们执行华盛顿的决定，没有权力处理你们的事。"同时，台湾当局则派代表威胁利诱，说只要愿意回美国或去台湾，一切都好商量。如此纠缠了两个月之久，我那时回国的决心已定，反正除了中国大陆我哪儿也不去。回绝了这些纠缠。只是不知事情还要拖多久。便决定利用在监狱里的空闲，找到一位同住的懂日文的中国难友当教师，上起了日文课。直到这一年 11 月中，在祖国人民和国际科学界同行的声援下，我们才获得释放，经香港回到祖国大陆。

经历数月的磨难，我终于在 1950 年 11 月底回到解放了的新中国。回国时，感到祖国一切都是新的，又受到了热烈的欢迎。自己向来未曾经过大的场面，又惭愧没有为人民做过多少事，心情很是兴奋与不安，只想尽快投入到工作中去，为新中国的科学发展出力。

我在美国费尽辛苦购置的一点器材，大部分都安全运回了国内。1955年装配完成的我国第一台质子静电加速器，主要就利用了这些带回来的部件、器材。同时，我们还着手研制了一台高气压型质子加速器。

虽然现在这两台加速器几乎到了进博物馆的年龄，但在建国初期，它们的确起过示范作用。

杨承宗——我出国是为了祖国，回去也是为了祖国

祖国解放。周总理号召国外留学生回国参加祖国建设。杨承宗学业完成，两拍电报给先期回国的钱三强，要求回国。

约里奥·居里先生是个胸襟广阔、性格豁达的人。听说杨承宗要回国，托他的夫人告诉杨：如果能在离法前详谈一次，他将十分高兴。

“你准备回去？”

“是的”。

“是什么想法？”

“我出国是为了祖国，回去也是为了祖国。”

“好！”约里奥·居里先生很赞赏学生的诚实、开朗而又执着的个性，便殷切地鼓励他。

“你回去请转告毛泽东主席，要反对原子弹，你们必须自己有原子弹。原子弹也不是那么可怕的，原子弹的原理不是美国人发现的。”

杨承宗听着这谆谆嘱托，看着这位相处 5 年之久的既严厉又慈祥的师长，心里很激动。

在约里奥·居里夫妇的帮助下，杨承宗购买了一些器材和图书，他还向居里实验室的法国朋友要了 10 克碳酸钡镭的标准源。

约里奥·居里夫人问：“你要那许多做什么？”

杨承宗回答：“我们中国大，地方多，一分开来，就分不到多少。”

他非常谨慎地放在衣箱中。

他计划着要带回一台 100 进位的进位器。这种进位器是法国原子能委员会自己设计，自己制造的。经过法国原子能委员会的特许，他终于买到了。

进位器很大，杨承宗为此专门买了一个大衣箱，把进位器拆卸装箱。这样，材料、器械、书籍、药品，满满地装了大小十几件，堆放在宿舍外面的走廊里，大学城的同学们跟他开玩笑："杨承宗，你是想把巴黎搬到中国去？"

约里奥·居里夫人提醒他："那么重要而多的行李，对你的旅行很不方便呀！"

约里奥·居里夫人看着自己的助教，也是杨承宗的好友布歇士先生，说："看样子要你去送他了。"

"我？"布歇士先生有些惊异。

"是的。"

约里奥·居里夫人信任地点点头。

布歇士先生一直陪送杨承宗从巴黎到达马赛港，帮助杨承宗叫脚夫，扛"行李"，平安、顺利地登上了远航的海轮"马赛号"。

"马赛号"到了香港。英国人不许杨承宗上岸，但让杨承宗及其同伴们在英警监督之下，直接到停泊港外的广州渡轮上，"行李"随身带着，杨承宗喜出望外，这真是求之不得的好事。

终于，1951 年 10 月，杨承宗回到了祖国！

王承书——我的选择没有错，我的事业在祖国

1986 年 10 月 6 日，王承书举行了一次小小的家宴。这并非生日的庆典，是为了纪念她一家回国 30 周年。

家宴上，王承书端起盛满果汁的酒杯，感慨万千："现在有人放弃祖国而去，有人出国学习不愿回来，而我却要纪念我回国的日子。有人说中国

穷，搞科学没条件，其实我们回来时何尝不知道那时的条件更差。但我们是中国人，祖国还处在百废待兴的时候，我不能等别人来创造条件，我要亲自参加创造条件、铺平道路的行列。30 年了，至今我可聊以自慰的是，我的选择没错，我的事业在祖国。”

1954 年年底，寒流侵扰着美国东北部的密执安州。

王承书走在大街上，一双秀眉打了个结，聪慧的双眼透出忧郁。

几年前，当一轮红日从东方升起，中国人民挺胸昂首地宣布“中国人民站起来了”的时候，一批批科学同仁登上了客轮，返回祖国。王承书面对襁褓中的婴儿，强压下了回国的强烈愿望。

看着儿子一天天地长大，听着儿子一口流利的英语，她的忧虑与日俱增。儿子是炎黄子孙，他应当熟悉自己的祖国。

然而，一纸文书，紧紧地锁住了王承书一家。美国政府为了对新生的中华人民共和国实行封锁，作出了明确规定：凡是学理工农医的科学家都不允许回国。

王承书夫妇不甘心，千方百计寻找回国途径，可对他们夫妇来说，回国的路条条都是死胡同。这一拖就是五年，人生能有几个五年？王承书怎能不焦虑？

突然，邮局门口的一个通知吸引了王承书的视线。她奔上前，迅速浏览了全文，细细咀嚼着每一个字，这张通知犹如春风。

原来，经过周恩来总理在日内瓦会议上的努力，中美就中国平民回国问题达成了协议。通知中清楚地写道：凡是愿意回国的中国人都可以回去，如有什么困难，可以找印度大使馆帮忙。

明知美国政府不会轻易放他们回国，王承书还是开始为回国做准备了。

每天夜深人静，万籁俱寂，儿子进入了梦乡，她就开始整理书籍。她细心地将书登记后，按投递标准六磅一包地打成小包裹。白天，她分别从几个邮局，将书寄到北京姐姐家。一年的时间，三百多包邮包从美国寄到了北京。这近两千磅的书刊，都是极其宝贵的资料，这三百多包书，饱含着一个科学家的赤诚。

一年过去了，申请如石沉大海，杳无音信。而对王承书夫妇的控制却日见严密了。美国政府要求每季报告一次王承书夫妇的行踪，还要有别人证明。

他们在被监视中等待。

终于有信了。王承书迫不及待地打开。她的脸色由红变白，由白变青，而后又因愤怒泛起潮红。拿信的手在颤抖：这简直是故意刁难！信中说道：你们俩人可以回中国去，但你们的儿子是美国人，我们不能给一个美国公民发到赤色中国的通行证。

王承书夫妇怒不可遏。他们找到印度使馆，申明：儿子的护照我们不要了，但我们一定要把儿子带回中国。

在印度使馆的帮助下，王承书夫妇终于得到回国的允许。他们收拾好了十个箱子，托运到旧金山，其余一切家私，包括两部小汽车、电视机、电冰箱，来不及卖，全部送给了别人。

王承书夫妇携子从中部到西海岸上船。新的麻烦在等着他们。

在他们上船的前一天，美方突然提出要检查他们的行李。货场上，他们的行李已被单独地挑出，放在一边，地上用红笔写着大大的“Reds”（即“红色”之意）。

所有的东西被打开了。检查人员一边检查，一边叨咕着“No here，No here.”东西翻遍了，他们转过头来，冷不防问了问：“你们有铀没有？”

“铀？”王承书夫妇一下明白了盘查的真正用意，他们几乎同时想起一位美国教授不久前讲过的话：“知道为什么不让你们回国吗？你们回去后就是潜在的原子弹制造者。”

“没有。”王承书很干脆。

“不，妈妈，咱们有铀。”儿子在一边接上话。

王承书吓了一跳，这当口，任何不慎都会酿成大祸啊！当她看到儿子拿出他的一套化学玩具时，拍拍儿子的头笑了。

事情并没有结束。

第二天早晨七点钟，两名不速之客来到了王承书夫妇居住的旧金山青年会馆，不由分说地“请走”了王承书的先生张文裕。

扣压？绑架？勒索？王承书紧紧搂着儿子，紧张、焦虑占据了她全部身心。

直到下午一点多，张文裕拖着疲惫的身子推开了房门。这几个小时里，他受到车轮战似地盘问：“你为什么要回北京？”“你在美国和谁联系过？”王承书知道，1937 年当日寇的铁蹄随着卢沟桥的枪声践踏中国大地的时候，正在英国剑桥大学卢瑟福教授指导下攻读博士学位的张文裕，就曾几番找导师要求提前毕业回国，卢瑟福教授问为什么，张文裕说现在祖国有难，我要回去和同胞们共赴国难；没想到现在回国又要费这么多周折，对一个血性男儿来说，有什么比这圣洁的亲情受到伤害更使人揪心呢？王承书从张文裕的目光里明白了一切。而这时离开船仅有两小时了，他们顾不得细谈，直奔码头。

路上，迎面来了一个陌生人。“恭喜了，你们就要回国了。”他皮笑肉不笑地对王承书夫妇说，“你们想回来时，随时可以打一个电话。”说着递过来一张名片。

“妈妈，为什么离开美国这么难。回来那么容易呢？”

为什么？怎么跟儿子说呢？

费尽周折，王承书一家终于登上了归国的轮船。

陈能宽——回祖国去，我们不能做无本之木

那是 1947 年，唐山交通大学的毕业生陈能宽，携带年轻的妻子，告别了亲爱的祖国，踏上了出国求学的路程。

在美国洛杉矶海关楼，陈能宽和妻子在办理入境手续，他正要在证件上签字。

“No！No！No！”

美国警察忽然大摇其头，满脸的笑意立即消失了，警察对黄皮肤的中国人说：“请按手印！”

“为什么这样呢？他们都是签字的呀！”陈能宽不解。

“可你是你，他们是他们！明白吗？”

“在美国，讲究民主……不是人人平等吗？”

“平等……你们支那人没有这个条件！”

“……”陈能宽明白了一切，他深感屈辱。

一个没有独立主权国家的公民，至多只能是个“二等公民”！

出生在湖南慈利县江垭镇一个小山沟里的陈能宽，和他的同龄人一样，在青少年时代就饱尝了民族危亡的耻辱：

接二连三的国耻纪念日，大片大片的国土沦丧，日益高涨的抗日呼声，不断地激励过他这位热血少年，他要立志找一条“救国之道”，因而拼命学习，希望有朝一日能用自己的知识报效祖国。

他以优异的成绩被保送到唐山交大矿冶系学习。大学毕业时，正值抗日战争胜利，他进入天津炼钢厂实习。可是报到后，他发现工厂的烟囱并不冒烟，全靠从东北买来的铁丝加工成钉子维持，面对这样萧条落后的工业，陈能宽不免黯然神伤。

就在这一年，留学考试刚好恢复，他和妻子通过自费考试，抱着“救我中华”的一腔热血漂越重洋。

在耶鲁大学，陈能宽以中国人特有的刻苦精神，潜心攻读冶金专业，获得博士学位。而立之年，他已是哈更斯大学讲师，威斯汀豪斯研究所研究员。还有三个可爱的孩子，一辆漂亮的小轿车和一个温暖的家……这些已是足以扎根美国的坚实基础了，然而他忘不了祖国曾在他心灵上烙下的印记，更忘不了曾对祖国许下的诺言。

陈能宽漫步在静谧的校园里。

突然，一把寒冷的刀抵在他的胸膛上：

“先生，这可是一把上好的刀啊！花100美元才到手的，想见识见识吗？”

“你要干什么？”

“不干什么，要你的命，把钱交出来！”

陈能宽反手一横，将歹徒推倒在地，一口气跑回家中。

“回祖国去，我们不能做无本之木！”他激动地对妻子和孩子说。当年，曾经向往到美国专攻土木建筑工程，一心梦想建造高楼大厦的妻子裴明丽完全理解她的丈夫，她含泪点头：

“等翅膀硬了，我们就飞回去！”

1955 年秋。中美两国在日内瓦达成“交换平民及留学生”的协议，他才真正看到了归回祖国的希望。

“怎么办？是立刻走，还是等一等？”他望着妻子怀中的小儿子发愁地说。

妻子理解丈夫的心情，“我们等了这么久，才等到今天的机会，孩子小不要紧，当年出国时丢下一个 8 个月的女儿，今天回去最小的也刚好 8 个月，多么有意思！”

“对，立刻走，免得夜长梦多。”星期五下班后，他直奔匹兹堡火车站，登上去纽约的火车，买了回国的船票。

冬天，他和全家人踏上了归途。

在百废待兴的新中国，各方面条件自然十分艰苦，但是，当 32 岁的陈能宽兴冲冲地骑着从海外带回来的自行车，到中国科学院应用物理研究所上班后，却立即感到了“给自己做事的幸福感”，他如一个螺丝钉，被一个博大的磁场吸引着。

“你们这么年轻，回来给祖国做事太好了！”周恩来总理在中南海会见他们时这样说。

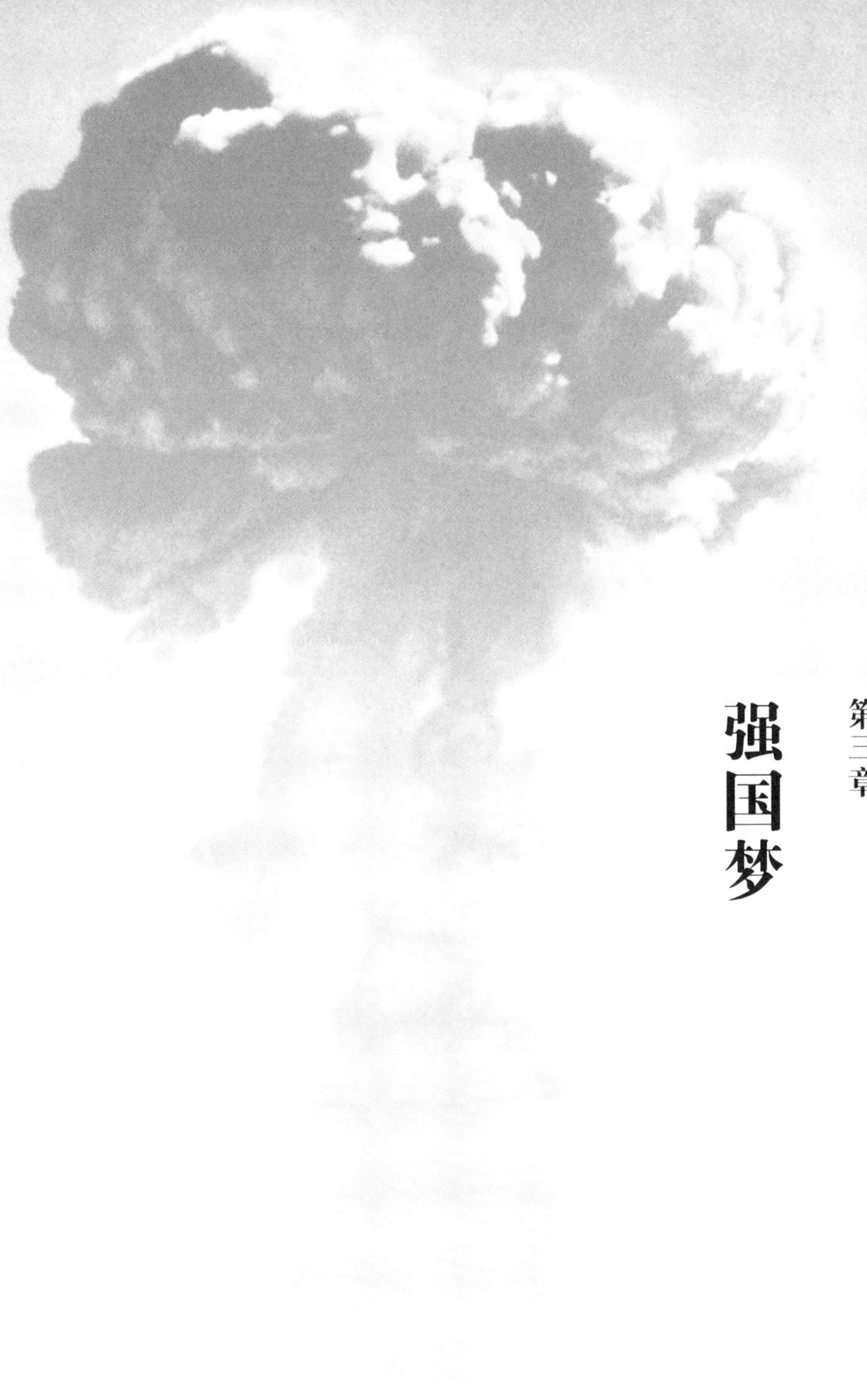

第三章

强国梦

聂荣臻——用科学技术来改变旧中国贫穷落后面貌，是我青年时期就有的夙愿

在英国剑桥大学卢瑟福教授揭示原子核的1919年，从重庆驶来武汉的轮船上，走下这样一位年轻人。他，还没坐过火车。

这位年轻人一上岸，就跑到当时京汉铁路的终点站看火车。见不到火车，他就趴在路轨上贴耳倾听有没有从远方来的车轮声。

这位年轻人就是怀着科学救国志向，前往法国求学的聂荣臻。

当时的聂荣臻无论如何也想不到37年后他会成为统领全国科技战线的元帅。

1956年10月的一天，中共中央总书记邓小平同志代表党中央找聂荣臻谈话，征求他对工作安排的意见。

邓小平在询问了聂荣臻的健康情况以后说：对你的工作安排，中央设想了三个方案，由你自己选择：一是中央已决定调陈毅专搞外交工作，他分管的科学技术工作由你来抓；二是彭真同志因工作太忙，中央想让他免兼北京市市长，你过去搞过这个工作，由你来当北京市市长；三是继续主管国防工业和部队装备。

聂荣臻对小平同志说："我不想当市长。对科学技术工作我倒很感兴趣。我们国家太落后，也迫切需要开展这方面的工作。国防工业与科学技术有密切联系，可能的话，将来兼顾也可以。但是，还是请中央决定。"

邓小平当即表示同意说：那就这样定了。

同年11月，中央任命聂荣臻为国务院副总理，主管科学技术工作。

从此之后，在36年的生涯里，聂荣臻一直是科技战线的决策者和领导者。科技战线的同志们都亲切地称他为"聂老总"。正如聂荣臻自己说的，"在党和毛主席的领导下，我的前半生参加了组织和建立武装队伍的工作，后半生我致力于组织和建立科技队伍的工作。"

当时，对聂帅自愿选择科技工作，有些同志很为他担心，善意地劝告说："你身体不好，这个工作很忙，千头万绪，又是跟知识分子打交道，麻烦太

多，最好还是不要管这个事吧。”聂荣臻没有为这些劝告所动。他说：“用科学技术来改变旧中国贫穷落后面貌，是我青年时期就有的夙愿……我的确怀有那么一点雄心壮志，决心在后半生把心血献给新中国的科学技术事业。”

聂荣臻1899年12月29日生于四川省江津县吴滩镇。自幼家境衰落，举家艰辛谋生。1917年他考入江津县立中学，开始吸收现代文化科学知识。这期间，正是五四运动前夕，国内外发生了许多重大事变，促使青年的他不断地思考、摸索自己要走的人生道路。1919年五四运动爆发，“民主”和“科学”两面大旗，召唤着无数热血青年。中国为什么受人欺负？不就是因为中国太贫穷落后！中国要富强，非有民主和先进科学不可。正是在“科学救国”这种情感的激励下，他积极参加当地学生爱国斗争后，于同年底，约了江津几名优秀青年，怀着美好的愿望，远涉重洋，去法国勤工俭学。

在国外求学期间，他渐渐接触了马列主义，开始认识到，只靠一些人学得先进的科学技术，救不了中国。只有建立人民当家作主的社会，科学技术才能发挥威力。他在给父母的一封信中，表达了这种心愿。他写道：“所学何为？决非一衣一食之自为计，而在四万万同胞之均有衣有食也；亦非自安自乐以自足，而在四万万同胞之均能享安乐也！此男素抱之志，亦即男视为终身之事业也！”1922年，他加入了中国社会主义青年团，次年春，转入中国共产党。从此，他投身于无产阶级革命事业，执著无悔。但在他心中，已立下了一个夙愿，在人民夺取政权后，要用科学技术来建设人民的新中国。

1956年由周恩来、陈毅、李富春、聂荣臻主持制定的《一九五六至一九六七年科学技术发展远景规划》中，特别强调发展原子能和火箭技术。

聂荣臻元帅感慨地说：“我们现在需要科学技术，就像1927年需要一支人民军队一样。”

毛泽东——在今天的世界上，我们要不受人家欺侮，就不能没有这个东西

中国共产党的领袖中，最早从电影上看过原子弹爆炸景象的是周恩来，

据后来成为中国核试验基地第一任司令的张蕴钰回忆，1946 年他作为军调处执行部第 25 小组的一名代表，曾在南京梅园新村周公馆看过一次美国原子弹爆炸的电影。

新中国成立前，1949 年 8 月间，刘少奇率中共代表秘密访苏，会谈中，斯大林曾邀请代表团看了一部试验原子弹爆炸的现场实况的片子。据说，这是苏联人第一次给外国客人看这样的纪录片。试验地点可能在苏联东北区接近北极圈的荒原地带。影片主要是表现原子弹的投掷，它对目标的命中、爆破的威力、蘑菇云的升起、破坏的范围和程度。

看完电影后，斯大林高兴地告诉代表团：科学技术在迅猛地向前发展，其速度有时出乎人们的意料。军事科学也一样，想要停止它、阻止它的发展，恐怕是不容易的。不过关于这方面的事，大家都不说话，而关起门来秘密地干。从斯大林的话中可以听出，他们正在研究发展更新式的武器，或许已有了新的突破。

1954 年 9 月 9 日，彭德怀同刘伯承率领代表团应邀赴苏联参观原子弹实地的军事演习，同去的有粟裕、陈赓、许光达、刘亚楼、邓华等。

就在这次去苏联之前的 8 月 20 日，彭德怀请物理学家钱三强来办公室讲解有关原子弹的科普知识。

当钱三强如约来到中南海永福堂，在院中等候的彭德怀迎上前去握着他的手说：“今天拜师求学，教师请进。”

钱三强从什么是原子核开始讲起，着重讲了原子弹的原理和构造。彭德怀和准备去苏参观的将军们耳听手记，遇到不明白的地方还要一问再问。

在讲课结束的时候，彭德怀问：“中国要研制原子弹该怎么办？”

钱三强说：“生产原子弹原料，反应堆比气体扩散法省力，但应先建一个试验性原子反应堆准备条件。”

在演习总结会上，苏联国防部长布尔加宁把一个精美的包装盒赠给彭德怀，内中装有飞行员投原子弹的金钥匙。

会后代表团的成员们争相传看，陈赓说：“光给把钥匙，不给原子弹有啥用？”

彭德怀说："你是军事工程学院院长，咱们还是自己干吧！"

1954 年 10 月，苏联赫鲁晓夫、布尔加宁率代表团来参加新中国成立五周年庆典，同时与中方代表团会谈。会议前彭德怀对李富春说："要把建造试验性反应堆的问题，提请苏联帮助。宁可削减项目，这个堆一定要争取尽早建起来。"

10 月 3 日在中南海颐年堂举行的中、苏两国最高级会议上，赫鲁晓夫问：你们对我方还有什么要求？

毛主席答道："关于这方面的事，双方的专家们天天在接触和交谈。他们相互协作，交换意见，协商解决问题，事情能办通。我们对原子能、核武器感兴趣。今天想同你们商量，希望你们在这方面对我们有所帮助，使我们有所建树。"

赫鲁晓夫听到这里愣住了，因为他不曾考虑过这个问题，思想毫无准备。他稍停了一下说，"搞那个东西太费钱了。我们这个大家庭有了核保护伞就行了，无须大家都来搞它。我们的想法是，目前你们不必搞这些东西，还是集中力量搞经济建设，发展与国计民生有关的生产，改善人民的福利，提高人民的生活水平比搞原子弹强。如果你们十分想办这件事，而且是为了进行科研、培训干部、为未来新兴工业打基础，那么我们可帮助先建设一个小型原子堆。这比较好办，花钱也不太多。"

毛主席回答："也好，让我们考虑考虑再说。"

1955 年 5 月，彭德怀去柏林、华沙返国途中经过莫斯科，赫鲁晓夫接见时，主动提出可以参观他们的核动力潜艇，安排彭德怀一行去列宁格勒访问波罗的海舰队，彭德怀在旗舰上检阅了仪仗队，受到隆重接待。舰队司令满口答应第二天立即去参观核潜艇。

可是，第二天早晨却告诉彭德怀"潜艇已出海"。

彭德怀有些气愤，但也知道这并非是当地驻军领导所能决定的。

经交涉后苏联方面又说可以到塞瓦斯托波尔去看，到后又说"黑海舰队没有核潜艇"。

彭德怀对此非常愤懑，两次碰壁，使他更加坚定了独立自主发展我国核武器的信念。

1956 年 3 月 6 日，彭德怀在中央军委扩大会议上作了保卫祖国的战略方针的报告，其中专题讲了“我们必须积极着手研究我国尚不能生产的新式武器（如核子武器、导弹和新式武器等）的设计制造问题”。建议在国务院或国防部直接领导下积极筹建航空和导弹的研究机构，并准备筹划核子武器研究机构。

同年 4 月 25 日，毛泽东在政治局扩大会议上讲话中指出：“我们现在已经比过去强，以后还要比现在强，不但要有更多的飞机和大炮，而且还要有原子弹，在今天的世界上，我们要不受人家欺侮，就不能没有这个东西。”

毛泽东扳着手指头风趣地说：“你对原子弹是真正想要、十分想要，还是只有几分想，没有十分想呢？你是真正想要、十分想要，你就降低军政费用的比重，多搞经济建设，你不是真正想要、十分想要，你就还是按老章程办事。这是战略方针的问题，希望在座的元帅们将军们开会研究一下，希望军委开会讨论一下。”

同年 11 月 16 日，中央决定设立三机部（1958 年 2 月改名二机部）主管我国核工业的建设和发展工作。

1956 年赫鲁晓夫大反斯大林，结果在世界范围掀起反苏反共的高潮，中共写了关于无产阶级专政历史经验的两篇文章，提出对斯大林要三七开，既分析了斯大林错误的性质和根源，又反击了帝国主义反苏反共的恶浪。在这种情况下，赫鲁晓夫为了换取中国的支持，对我国国防尖端技术援助方面表现有所松动。

聂荣臻敏锐地觉察到这个变化，他觉得这是个很好的机会，他对周恩来说：“是不是再和他们谈一谈，让他们援助一下，派一点专家，提供一些资料和样品，由我们自已搞。”

周恩来同志说：“可以先找苏联顾问谈谈。”

1957 年 7 月，聂荣臻遵照周恩来的指示，找当时苏联驻中国负责经济技术的总顾问阿尔希波夫，提出希望苏联在尖端武器的研究制造方面，对中国给予援助。他听后热心地说：“我本人同意，待请示我国政府以后再予以答复。”

1957 年 7 月 20 日，聂荣臻得到阿尔希波夫的答复，苏联政府对中国的要求表示支持，他受权宣布，同意中国派代表团去苏联谈判。聂荣臻随即将这个消息报告了毛泽东、周恩来。

同时，驻苏大使刘晓报告国内，苏联要我们派代表团去商量原子弹、P-2 型导弹技术援助的事。中央决定由聂荣臻同志任团长，陈赓和宋任穷任副团长，成员有刘杰、李强、万毅、钱学森等，组成中国政府代表团，到莫斯科与以别尔乌辛为首的苏联政府代表团进行了谈判。宋任穷和刘杰专门谈原子弹方面的问题。

宋任穷是第三机械工业部的第一任部长。1956 年，周恩来对当时任总干部部副部长的宋任穷说：要从军队里调个中央委员来加强地质战线。宋任穷思考了两天，毛遂自荐，对总理说就把我调出来吧。宋任穷回忆说：“当时才授军衔，我对穿那一身制服不习惯。总理说你能出来吗？我说总干部部有人，总理说要请示主席……我任部长后用很大精力抓地质工作，几乎所有搞铀矿地质勘探的地方都去过。当时，年纪还不大，不到五十岁，不论冬夏，都与干部工人一起住帐篷，同吃同住，并向他们学习地质找矿知识。”

中国代表团 9 月份去后，谈了个初步结果，派宋任穷回来汇报。刘晓对宋任穷讲，你回去向主席汇报，说赫鲁晓夫有困难，想请毛主席去莫斯科，使馆倾向于接受赫的要求，请主席来。此时恰逢国庆，宋任穷一下飞机，毛主席就把他叫到钓鱼台 12 号楼，周总理、邓小平、李富春等同志都在场。宋任穷汇报了两项内容：一是谈判的初步成果，二是大使馆的意见。

宋任穷汇报说：“要搞原子弹，一要找铀矿；二要建反应堆；三要搞浓缩铀厂，这种工厂很费电，苏联明确讲他们有部分用过的浓缩铀厂设备可以卖给我们；四要建铀水冶厂；五要搞从四氟化铀到六氟化铀的转化厂；六还要个锂厂，以后搞氢弹需要锂，苏联表示可以给我们一个锂厂。至于导弹方面，苏联答应给我们 P-2 型，这是陈赓他们谈的，我只看了模型。”

主席听了汇报后，对代表团的工作表示满意，认为宋任穷谈的这些都可以。

宋任穷立即给驻苏使馆打电话，对聂帅讲，主席、中央同意我们的意见，可以准备签署协议。整个谈判进展比较顺利，前后历时 35 天，于 10 月 15 日双方在莫斯科签订了两国政府协定，简称国防新技术协定。协定规定苏联援助中国研制原子武器，其中包括向中国提供原子弹的教学模型和图纸资料。

彭德怀——总有一天，我们的原子弹也要响的

中苏国防新技术协定签订 18 天后，1957 年 11 月 2 日，毛泽东率领有宋庆龄、邓小平、彭德怀、郭沫若、李先念参加的中国代表团到达莫斯科。

代表团到达苏联后的一个下午，彭德怀对翻译孙立忠说："今天晚上在克里姆林宫的小礼堂里，苏方专门要给主席和代表团的同志放映三部苏联秘密军事影片，内容是原子弹、氢弹爆炸和原子条件下的战斗演习，主席想找一位懂军事的翻译替他翻译电影，我看这个任务你比较适合，今天晚上你就给主席翻译吧！"

晚上八点半，代表团的同志们陆续走进克里姆林宫的小礼堂，这个礼堂可以容纳近二百人，里面的各种设备都很齐全，在当时已算是很先进的。苏方在电影厅内摆好了沙发、各种饮料、水果和香烟。毛泽东主席迈着稳健的步子、面带笑容进入电影厅。

大家刚坐好，电影就开始了。

银幕上，原子弹、氢弹爆炸成功的镜头一个接一个，爆炸时产生的蘑菇云直冲云霄。

毛泽东一面吸着烟，一面聚精会神地看着，还不时地小声自语道："好，好。"

小孙翻译着："……原子弹、氢弹的杀伤破坏因素有：冲击波、光辐射、贯穿辐射、放射性沾染和电磁脉冲。"这时毛主席突然侧过头对他说："小

孙，你对原子弹还挺内行的。”

当小孙翻译到“有了防原子设备可以减少损失……”时，主席跟身边的彭德怀风趣地说：“矛和盾是同时产生的，对吗？”

“对，对，”彭德怀把身体略向主席靠拢了一下继续说，“一种新式武器出现，总有对付它的新办法。”

这时，银幕上出现了彭德怀参观苏军在原子条件下的这一军事演习的镜头，主席高兴地对彭德怀说：“你去参观了，好嘛！”

电影总共持续了三个多小时，毛泽东坚持看完了三部电影。礼堂的灯亮了，大家正准备离去。他从沙发上站起来，高声地说：“同志们请等一等，先不要走。今天晚上我们看的电影是苏联秘密军事影片，同志们一定要注意保密，不要到外面随便去讲，我们这些人知道就行了，不要再扩大范围……”之后，毛主席转过头来亲切地对小孙说：“今天你翻译得不错，已经成了原子弹专家了。”

毛主席对彭德怀说：“这次我们的军事代表团不是也来了，剑英也来了，来了这么多的高级将领，要他们在苏联好好学习，多看看苏联的先进科学技术，作点调查研究，将来他们也要制造原子弹、氢弹嘛！”

彭德怀说：“军事代表团现在由叶剑英同志带队在列宁格勒访问。开完两个会议，我就要带他们到苏联各地去参观，一定按主席的指示办，这次三总部和各军兵种的主要领导人都来了，的确是个好机会。”

接着主席对小孙说：“等以后我们自己造原子弹、氢弹时，很需要像你们这样的人才……”

小孙不好意思地说：“主席太夸奖了！”

彭德怀从礼堂走出来，边走边同代表团的同志们说：“原子弹、氢弹的确很厉害，杀伤力很大。过去只有美国有原子弹，到处吓唬人，现在苏联也有了，打破了美国的原子垄断。主席说我们自己将来也要制造原子弹，当然要花很多钱，不能多搞，但为了对付帝国主义的侵略，为了国家安全，为了自卫，不搞不行。我们准备聘请苏联专家来帮助我们制造原子弹。总有一天，我们的原子弹也要响的……”

1958 年 6 月 21 日，毛泽东在中央军委扩大会议上说：

“原子弹就是那么大一个东西，没有那个东西，人家就说你不算数。那么好吧，我们就搞一点吧。”

“搞一点原子弹、氢弹、洲际导弹，我看有十年工夫完全可能。”

许多年后，人们才越来越认识到毛泽东这句话中“一点”两个字的精辟而丰富的意义。

核大国那些自以为很高明的政治家和将军们疯狂进行核军备竞赛，以堆积如山的核弹头使自己的武库达到超饱和状态，以至于后来成为沉重的包袱。

而中国却以必要而有限制的次数最少的核试验，用“一点”原子弹、氢弹支撑起自己的和平盾牌；中国从来没参加核军备竞赛和其他任何形式的军备竞赛，中国从没使自己背上沉重不堪的核包袱。

在我近几年的采访中，许多科学家和领导者都为毛泽东“一点”这两个字赞叹不已。

而在 1958 年的日历上，最大密度地记录着美苏两国核竞赛的曲线。

这一年，仅美国就进行了 66 次核试验，十月一个月竟达 23 次之多，甚至有一天在 18 个半小时内进行了三次不同形式的核爆炸。

1958 年 10 月 16 日，国防科学技术委员会成立，聂荣臻任主任，陈赓任副主任。

聂荣臻说：“前进，并且要赶上和超过我们的对手，这就是中国人民的唯一的出路，否则我们就将永远被人家欺负。”

第四章

迈向核门槛的中国军人

李觉——我就不相信，原子弹只有美国苏联能造出来

1957 年 8 月 1 日，李觉将军回到故乡山东沂蒙山区，看望分别多年的母亲。

“我只在母亲身边待了 36 个小时，又赶快跑回北京来了，个人要服从组织啊。”

1993 年的一个夏日，白发披肩、长须飘胸的李觉老人在他北京的寓所给我讲述当年的故事，我们的面前，摆着一只斟得满满的酒杯。据说，这位老人经常用浓烈的白酒接待来访的客人。从下午直到傍晚，那天我们整整交谈了五个小时。交谈中我突然想起一位朋友说过，人类最伟大的发明，一个是原子弹，一个是酒。我想可能没有哪个人能像李觉那样同原子弹和酒，都有如此密切的关系。他轻轻挥动着芭蕉扇，浓浓的乡音透着浓浓的亲情。

“我参加革命后一直打仗，后来又到西藏，已经多年没见我的母亲了，但我不能在家多待，当时组织上正有一项很重大的任务在等着我。”

告别母亲，脱下戎装，李觉走上了一个全新的战斗岗位。

1957 年夏天，任西藏军区副司令兼参谋长的李觉少将住进了北京的医院。

“1956 年，我在内地开完会匆匆赶回拉萨，为迎接陈毅副总理率领的中央代表团来西藏参加自治区筹委会成立大会作准备，就在返回的途中，我晕倒了，一连晕倒了几次，一检查，是心脏出了毛病。”

其实，不仅是心脏有病，像许多从枪林弹雨中冲杀过来的将军一样，李觉身上还带着战争年代的累累伤痕——他的左腿、左胳膊都负过伤，他的左耳也被炸药包的爆炸震聋了。

“那是 1946 年，我任作训科长，在一次战斗中抱着炸药包送到敌人的碉堡前，又隐蔽在战壕里等了一会儿，怎么还不响呢？我想爬上去再看一看，刚一起来，就听到轰的一声，就什么也不知道了。等我醒来，我们的部队已经冲了上去，仗打赢了。从那以后，我的左边这个耳朵就聋了。”

“五七年夏天，我住在协和医院，准备动手术。有一天，陈赓同志来看我，问：‘李觉，身体怎么样啦？’

“我说：‘能吃能喝，没什么事了。’

“陈赓笑着说：‘好啊，过几天，军队要欢送你。’

“我感到有点奇怪，问：‘为什么？’

“陈赓只是笑笑，不回答。

“过了三天，宋任穷同志来了，他当时是三机部（核工业部）部长，还兼着军委总干部部第一副部长，他对我说：‘老李，你的工作已定了，你到赖传珠同志那里，他会告诉你。’

“赖传珠同志当时是总干部部第一副部长，第二天我就去找他。

“赖传珠同志说：‘你来得正好啊，现在是和平时期，准备让你去搞国防工业，到三机部去，具体搞什么，到了后会告诉你。’

“那是 1957 年 7 月的下半月。‘八一’过后，我就到三机部报到了。

“宋部长笑着说：‘调你来，是党中央决定的，准备让你来搞原子弹。’

“好家伙，搞原子弹！我当时心里一震，我是不是听错了。我过去接触过无数的手榴弹、炮弹，还用手电筒的灯泡做过电雷管，可从未想过搞原子弹呀！

“我说：‘我什么也不懂。’

“宋部长说：‘组织大家一起搞嘛，过去熟悉的东西放下来，不熟悉的东西要进行新的学习，在工作中学。’

“作为一个党员，在党组织交给的任务面前，是不能讲条件的。记得当年在延安抗大，有一天邓小平同志来找我说：‘李觉，你化装成流亡学生，到山西阎锡山部队去搞地下工作，先进行抗日宣传，时机成熟了可以拉一支队伍过来。’我当时也吓了一跳，说：‘我不会搞这个事情，邓小平同志没理会我会不会的问题，说‘去，找梁必业同志领路费。’说完抽着烟就走了。我就到阎锡山部队去了，后来拉了一个连回来了。

“我不懂原子弹，当时大家也都不懂啊，在工作中学吧。

“这就是在战争中学习战争啊，我就不相信原子弹只有美国、苏联能造出来。

“我对宋部长说：‘好，我服从组织的安排。’”

从此，李觉将军在研制原子弹、氢弹的秘密历程中奋斗了大半生。

1958 年 1 月，李觉出任刚刚成立的二机部九局第一任局长。

“这是二机部最重要的一个局，负责核武器研制和基地建设工作。”宋任穷同志在他的回忆中这样说。

两位副局长是吴际霖和郭英会。

郭英会是位从广东投奔延安的老八路，建国后在周恩来总理主持军委日常工作期间，他在总理办公室做军事秘书。后来，他主动向总理要求：“现在是和平时期了，我想去学习，将来参加国家的工业建设。”总理同意了。

而吴际霖的经历，却是坎坷中涂抹着浓重的悲剧色彩。

他生于四川成都的一个封建官僚家庭。父亲是四川军政界的幕僚，亲戚中在四川政界做官者不少。他本来也可以踏上仕途，可他从青年时代起，就对官场的虚伪、腐败非常憎恶。

1937 年，他从华西大学化学系毕业后，发现自己的专业在当时科学落后的中国，并无用武之地。一天，他见到国民党军政部开办特种技术训练班的布告，特别高兴，觉得自己的一点知识应该为国家效力，就去报了名。他失望了。在一个半月的受训中，国民党军官的蛮横和法西斯式的教育，使他十分反感，但为了上前线抗日，他还是忍受下来了。

训练结束后，他被派到山西前线，为国民党士兵讲防化常识。大概连他自己也没有想到，这一次离川，别离了自己年轻的妻子和幼小的儿女，竟一去十几年，断绝音信。

在国民党军队里，恶浊的现实，使他觉得原来的想法实在是太天真了。就在他苦闷、徘徊、思索的时候，遇到了在同一部队的地下党员王寒秋，多次推心置腹地交谈，使他明白了国民党政府不可能给中国带来光明的前途，只有中国共产党才是人民的希望。

1940 年一个风雪交加的夜晚，他在王寒秋的帮助下，带着机密资料，逃离了国民党部队，经西安八路办事处转赴延安。他开始用自己的知识为八路军进行弹药实验工作。

抗日战争结束后，党派他到鲁南，陈毅让他负责补充部队弹药和修理军械的任务；1948 年转赴渤海地区负责军工生产。在粉碎国民党重点进攻山东的战斗中，他溶进了自己的心血。

就是这样一个忠心耿耿的知识分子、革命干部，解放后在中央重工业部山东铝厂当厂长时，却受到了不应有的磨难。新中国成立了，工业的恢复和发展，需要大批技术人才，吴际霖大胆使用旧中国留下来的工程技术人员，尽可能地发挥他们的专长，使铝厂生产恢复发展得很快。但由此引起一些人的非议和不满，“重用资产阶级知识分子”的帽子不断地向他扣来。与此同时，一些人还虚构了吴际霖受贿的罪名，将他非法禁闭，吊打刑讯使他精神和肉体上都蒙受了极大的痛苦。

中共山东分局及时发现了这个错案并坚决纠正。当时负责重工业部的陈云同志得知此事后，决定调吴际霖到北京工作。

李觉见到吴际霖的第一印象，是觉得他太瘦弱了。他中等身材，身子单薄，略显削瘦的脸上架着一副高度近视的眼镜，像个标准的文弱书生。

“欢迎你！欢迎你！”李觉紧紧地握着他的手说。

“好……好的。”吴际霖操着浓重的四川口音，语调有点不那么连贯地回答。他不苟言笑，好像还有点拘谨，与李觉的热忱、爽朗形成了鲜明的对照。

他很快地在工作中显示出过人的胆识和才华，人们才发现，他那单薄的身躯中竟蕴藏着那么强烈的热情和能量。

直到 1993 年，吴际霖在“文化大革命”中被迫害致死已经 20 年了，我在核武器研究院的采访中，人们还在充满感情地谈论着这位创业初期的老领导。

1958 年 1 月 21 日，吴际霖拟定了九局 1958 年工作纲要及第一季度工作计划；3 月，苏联专家安德列耶夫·卡列尼奇等 12 人选厂组来到中国，开始选厂筹备；5 月，李觉、吴际霖、郭英会、何广乾和苏联专家初步选定青海省海晏县的金银滩为原子弹研制基地的厂址。

中央很快批准了他们的筹建报告,确定核武器研制基地建设为02工程。

三个月后，由来自全国各部队的2000名转业干部和战士，以及7000多名民工和2000多名建筑工人，组成了万人施工大军，顶风冒雨，昼夜不停，浩浩荡荡地向中国西部进发。

铁道兵部队和交通部十万火急地抢修铁路和公路。

来自全国各地的器材、设备源源不断地运来。

数以千计的大学毕业生、留学生以及刚从国外回来的专家、学者，参加了原子弹研制的进军行列。

1958年7月，新成立的北京第九研究所在花园路破土动工，作为接受苏联提交原子弹模型与技术资料的场所。

与此同时，浓缩铀、反应堆、核燃料元件、铀水冶等工厂和矿山的建设陆续展开；苏联援建的一堆（反应堆）一器（加速器）在北京西南部坨里建成并正式移交使用。

中国，一场规模空前的向原子能进军、向科学进军的伟大战役悄悄地打响了。

彭德怀——你们还对我保密啊，0673就是原子靶场嘛

这地方，最可看的风景是太阳、月亮和地平线。

丝绸之路被风沙吞没了；

楼兰王国梦幻般地消失了；

时间和空间、生命和声音似乎都停止了、凝固了；

在中国核试验基地的建设者到来之前，人类历史已在这里中断了千年。

新的历史从那个秋天的早晨开始。

一群身穿便衣的中国军人悄悄来到敦煌，在古阳关外的大戈壁上安下营帐。

一天，在西北视察的彭德怀元帅在鸣沙山下接见了这支部队的勘察大队长张志善和政委常勇。

张志善报告说：“我们是 0673 部的。”

元帅笑了：“你们还对我保密啊，0673 就是原子靶场嘛。毛主席说了，要搞一点原子弹……”

也许是巧合，美国爆炸第一颗原子弹的新墨西哥州的那块沙漠叫“死亡地带”，而中国罗布泊核试验场也曾被称作“死亡之海”。

核武器巨大的破坏力决定了进行这种试验的人们只能到远离人烟、没有生命的地方去从事自己的事业。

在中国核试验基地的开拓者身上，一开始就负载着这似乎是相互矛盾的双重使命：

为了炸响原子弹，他们要寻找广阔与荒凉；为了自身的生存，他们又渴望发现绿色和生命。

1958 年 5 月 27 日至 7 月 22 日，中央军委在北京召开扩大会议，研究加强部队建设和国防建设的问题。

商丘步校政治委员后任核试验基地第一任政治委员的常勇也参加了这次会议。

一天，国防部五部部长万毅找到常勇吹风说：“你们学校可能撤销，要领受新的任务，张爱萍副总长要当面交代。”6 月中旬，张爱萍副总长在他的办公室里召见了常勇，当时在场的有工程兵司令员陈士渠、国防部五部部长万毅，张副总长开门见山地说：“我们国家要建设现代化的国防，中央也做出决定，我们要搞原子弹。今年四月，军委已决定由你们负责组建两支部队，一支叫 0673 部队，负责建设原子靶场，以后搞核武器试验；一支叫 0674 部队，负责建设原子仓库，以后管理原子武器。0673 部队和 0674 部队既是代号又是番号。你和副校长张志善到 0673 部队，校长贾乾瑞和校务部长洪有道到 0674 部队。学校的干部一分为二，0673 部队可以多分一些。”张爱萍还说：“原子靶场和原子仓库这两项工程的建设，连同正在建设的 0029 工程都归陈士渠司令员领导，军委成立了特种工程指挥部，陈司令员兼任特工指司令员。今后的有关事宜就找他。”张爱萍最后指示常勇随陈士渠司令员去甘肃敦煌西部地区勘察原子靶场场址。

过了一两天，常勇便随陈司令员率领的勘察队到敦煌勘察。当毛泽东在军委扩大会议上讲搞一点原子弹的时候，常勇正作为原子弹靶场选场委员会的成员随特种工程指挥部司令员陈士渠上将，风尘仆仆地奔波在大西北的戈壁滩上。

1958 年 8 月 15 日清晨，一列混合小型专列，驰过嘉峪关，缓缓开进了敦煌附近的峡东车站。当时，那位 0673 部队副主任、原子靶场勘察大队长张志善也许还没有想到，从此他将在大西北的戈壁滩上度过 30 年，那时的心情是兴奋和新奇。

这是一个少有好天气，晴空万里，轻风徐徐。人们走出车厢，望着塞外这陌生的地方，不禁异口同声地说："总该到了吧？"

这个专列是 8 月 10 日从商丘发出的，经过五天的长途旅行，人们虽有些疲惫，但仍被塞外的风光所吸引。他们在站台边活动着身躯，观赏着风光，而心里却有些忐忑不安。

从商丘出发时，部队进行了动员，内部讲执行一项特殊任务，至于到什么地方，干什么工作，干多长时间，大家还一无所知。当时的保密工作是极其严格的，给亲人写信只能说是到外地出差。火车驶过古都开封、洛阳、西安，继续西进，又过兰州、酒泉，出了嘉峪关，每通过一个地方，同志们都增加一层疑虑。即使下了火车，还向哪里去呢？大家心中仍然没数。

敦煌是古代丝绸之路上的一座名城，有着悠久的历史和灿烂的文化，这里的莫高窟、壁画和藏经洞名扬中外。这个坐落在戈壁沙漠中的县城不算大，古城的街道也很狭窄，但市面整齐，各类商品好像比内地还丰富，街道上人来人往，熙熙攘攘。大部队安排在大街南端的一个大院里，收拾得干净整洁。下午，常勇、张志善去各个驻地看望同志们，大家都在忙着整理床铺，住的房子还好。大家都不断地问："不再走了吧，何时交代新任务啊？"一个冒冒失失的小伙子还提出"不会叫我们来开垦'西大荒'的吧？"

汽车营、测绘大队、工兵营先后到达敦煌，8 月 17 日，勘察大队正式成立。指挥机构设在珍珠泉，离敦煌 80 公里。珍珠泉，是一片平地，有一口泉眼，地表很松软，一脚踏上，会冒出像珍珠一样的水泡。

他们的主要任务是搞大地测量、绘制地形图和进行地质勘察，测绘大队组成四十多个组，每组六至七人，配属一台“63 车”，分散在一百多公里宽的正面上由东向西测量。工兵分队主要配给水文地质勘探队钻井、挖探坑。

一天下午，收工回来已经很晚了，张志善看到干部、战士一个个情绪不大正常，有的围在一起交头接耳。他便凑上去和他们闲扯，是不是工作太累了？想家了？害怕艰苦生活了？他们摇摇头说都不是。这时，一个干部冲着他说：“这叫打的什么仗，一天到晚闷在鼓里，晕头转向的。”

其他几个干部也七嘴八舌地说：

“上刀山下火海我们不怕，但死也要死个明白。”

“我们都是经过党审查合格的，为什么不能把实情告诉我们呢？”

说得也是，再不把实情告诉大家，会更加影响情绪和工作进展。8 月底，在敦煌一座新落成的电影院里，部队领导向勘察队员们宣布了这一振奋人心的秘密。

张志善站在舞台上，声音激动得有点颤抖：“同志们，经上级批准，大队党委让我给大家交个底，我们的任务是勘察建设我国原子弹、氢弹的试验靶场!”

刹那间礼堂沸腾了，千百人如梦初醒，狮吼般的声音震撼着沉睡着千百年的戈壁沙滩。许多人当时就流下了眼泪，想不到，这辈子还能干上这样一件如此辉煌的事业。

从此，同志们再也不乱发议论了，人人精神大振，都自觉地早出晚归，同时间赛跑。

八九月的戈壁滩，头上骄阳如喷火，脚下大地似蒸笼，最热时，地表温度达摄氏 50 多度。几天的工夫，野外作业的同志，个个被晒成了绛紫色，胶鞋底都烫得变了形。在这样干热难耐的条件下，战士们在野外测量、打桩、竖立三脚架、钻探、刨石头、挖探坑（每平方公里要挖一百个三米深、两米长、一米五宽的坑），为了保质、保量、按时完成任务，每天工作都在九至十个小时，后勤部门的同志看到大家没有东西遮荫，开始在敦煌附近收购了大批草帽，结果戈壁滩风大，草帽戴不上，又特地从兰州订做了一批白布帽，分送各单位，干部战士编出了歌谣，称赞小白帽是“安全帽，遮荫帽，又挡风，又挡尘、戴在头上乐死人。”

在珍珠泉一带，还有一种可怕的花蚊子，这种蚊子又瘦又长，大白天就敢成群结伙向人进攻，它们落下就咬，一咬就是一片疙瘩。晚上，队员们一起碰情况，只好坐在蚊帐里，谁发言就用手电照一下。那时还没有电，开会时也只给记录的点一支蜡。

在戈壁滩上勘察，遇到的最大困难就是“行路难”。茫茫戈壁，沟壑纵横，沙丘遍布，很多地方自古就没有路。在勘察队指挥部前方 40 公里的地方，横躺着一条巨大沙梁，谓之“沙龙”，阻碍着勘察队员们的西进之路。为了走过去，大家决定沿着“沙龙”边缘侦察，一发现缺口就开车往里进。经过两天侦察，果然发现了缺口，同志们赶快插上红旗作为标记。第二天，数十台勘察车开过来时，缺口不见了。原来，昨晚的一场大风，使沙丘变了样，黄沙堵满了缺口，这里也无路可走了。他们只好给上级发电报，很快给调来了两辆装甲牵引车，把汽车一辆一辆地拖过沙梁。

在戈壁滩上，水就是生命，这里每年降水量只有十几毫米，上百公里内很难找到一个水泉，好不容易弄到一点水，常常是先洗脸，后洗脚，再洗衣服，舍不得浪费一点。随着勘察工作不断向前推进，离大本营越来越远，一百公里外，只能两天送一次水，而整个大队只有两台送水车，仅仅能供应一些饮水。由于长期不洗脸，个个成了大花脸。到 10 月份，离大本营就有 400 公里了，送水显然是不可能的，大家在勘察时就注意找水泉，有时几天也找不到一滴水，就相互匀一匀存水，渡过难关。

生活是极其艰苦的，运输距离长，无道路，车辆又少，生活供应不上。主食吃的是当地的面粉和小米，都带沙子，特别是小米无水淘洗，沙子更多。有的在吃饭时，用水沉沉沙子，有的干脆合沙而咽，无法咀嚼。副食供应就更加困难，新鲜蔬菜拉到生活点后，都变成了干菜和烂菜。肉类只有少量的咸肉，此外就是靠榨菜和葱头。同志们说，这同二万五千里长征比起来，除了没有敌人紧追，有粮食吃之外，其他条件也差不多。不少同志生病，流鼻血、烂嘴、夜盲，药物也很少，好不容易才从兰州买了点鱼肝油丸补养。尽管这样，全体同志情绪高涨，不少同志带病工作，毫无怨言。战士们还豪迈地说："为了革命拼命干，为了社会主义把沙咽。"

在茫茫的戈壁沙漠，地形地貌几乎一样，都是灰褐色的沙石，没有什么明显的植物标记，野外作业要靠自己掌握方向，否则随时都有迷路、丢失的危险。

来戈壁滩不久，战士们就总结出"三宝"："风镜""水壶""指北针"。外出时，先用指北针定好方向，回来时沿着路辙走。但是只要一起风，路辙很快就消失了，有时在沙石上走，根本印不出车辙，这就全靠指北针指示方向。

有一次，张志善和副大队长史国华等六人，乘两台小车外出回来，遇上了大风，迷失了方向，一直没有找到走过的车印。天黑了下来，大风裹着沙石，拍打着车体啪啪作响。他们估计离营地不会太远，一定要摸回去。走啊走，一直到了半夜，还没摸到家。他们恍惚发现一棵枯树，小车从树边过了好几趟，等又转过来时，就在树下停车，插上一面小红旗作为标记，又继续赶路。谁知过了半个小时，又来到了树边。这时他们才知道是在这里转圈子呢。于是，他们只好停车休息。等天亮一看，离驻地还不到一公里路。就在这天晚上，整个指挥部一夜没睡，出动了大批人员、车辆，四处找寻，打了机关枪，放了曳光弹、信号弹，照明弹，可是他们什么也没有听到，什么也没有看见。同志们找到他们后，大家紧紧地拥抱，又是哭，又是笑。张志善打趣地说："同志们放心吧，我们搞不出原子弹，马克思是不会接见我们的。"

在戈壁滩深处，曾发生过这样一件事：测量队一个组的两名战士，在扛着标杆回帐篷时迷了路。大风刮了两天两夜，两个战士把剩下的一点点水湿了湿嘴唇，商量个主意，为了减少水分蒸发，他们躺在地上用衣服蒙住头，不说话，不喊叫，过上一会儿就互相叫一声："你还有气吧？""有气呢。""你还活着吧？""活着呢。"全大队出动，整整找了两天，第三天终于发现了他们。这时，两个战士已经昏迷过去了。在医生的抢救下，慢慢地给他们灌水，使他们苏醒过来了。医疗队把他俩送到敦煌休息，给他们小米稀饭喝。五天后，他们康复了。当领导和同志们去看望他俩时，他们说："我们知道肯定不会把我们丢下不管的。"

11 月，勘察队已走出 500 公里，来到鄯善附近的底坎儿。这是一个维吾尔族人的小村子，有几十户人家，汽车开进村子后，老乡们吓得不敢搭话，因为这些不速之客个个头发很长，胡子拉碴，满脸都是污泥，衣服脏得不像样。仔细瞧瞧，有帽徽、领章，才知道是解放军来了，乡亲们把战士们拉到家里，洗头洗脸，理发，刮胡子。司机把水送回营地，一停车就高兴地把帽子抛向空中，向大家宣布："我们见到人啦!"

1983 年 5 月 28 日，当年的汽车营营长，已担任核试验基地司令部副参谋长的傅才向我讲述了一些过去的事情——

汽车营总共三个连，"63 车"连，"51 车"连，吉姆道吉车连。"51 车"连主要搞运输，吉姆道吉车连也是搞运输。

"63 车"勘察任务一直在场区。我主要是在这个连。十台水车，勘察，定点测绘。

开始没有报话机，总参测绘局有电台。我们是配属他们。

都是住在帐篷，皮帽子皮大衣，都盖上，起来头脸都是白的，一层霜。最大的问题是吃水，三斤汽油也换不来一斤水，近 300 公里，从孔雀河入口拉水，走一百七八十公里。

一个人一天两缸子。吃喝，洗漱，都是它。脸是经常不洗。

车在路上跑，没站，没住处。有个战士叫刘干树，在罗布泊的东北角有点泉水，刘和排长去。那个水有毒，黄羊喝了就死，泉边上有许多黄羊骨头、骆驼骨头，白花花的。他们喝了两口，一直胃痛，以后两个人的胃都开刀了。

还有一个叫何祥轩，他到了现在的芦庄。到那里车坏了，那里有草，虫子特多，还有狼。车一停，狼成群结队围上来，他在驾驶楼里待了一夜。

还有一次，我带三台车从中站到芒庄，220 公里。在路上休息时，带五六个瓜，一人一半，吃完后，我说别扔，都扣上，弄不好还能用上。回来时找不到路了。围一个路转了一上午，也没出来。还是这个路。水油都不多了。结果把水放到一个车上，走一段又坏了，那滋味就像人掉到海里一样，没边没沿没人。一看晚了，打了点柴。水箱的水放出来是红的，有的战士要喝，我不让喝，你一不注意，他就在小管上接一点，喝两口，赶快把缸子藏起来。打柴时又碰到了我们扔的西瓜皮，又是一人一半啃了一次。硬过了一夜半天。

就是没人叫苦。

有一次，我们发现了一架飞机。我带辆车晚七点时发现的，住在芦庄。一看，在山坡上有一个飞机。当时三支枪，四个人。我说：你一个半自动步枪不要动，一有动静就掩护。我带了一支冲锋枪，一支手枪上去，没动静，我又让冲锋枪掩护。我不打枪谁也不能打枪。我到门上一看："赶快出来，不出来就扔手榴弹了。"没动静，我上一看，金条一大捧，元宝、钢洋两三袋，还有饼干，还有白炮台香烟。有巴基斯坦的信。是国民党的飞机。里面有厚厚的沙子。

我们研究，把门封好，东西没一个人动。回来报告了。公安部门来了后，除了有我们的脚印外，什么都没动。

后来才知道是 1949 年，从巴基斯坦回来的飞机，在博湖遇到大风，一下子给吹到罗布泊，降落到这个平坦开阔的沙堆上了。

在二十几公里外的沙滩上，发现了一个女的。不是我的，人坐着休息时，脚一划拉才发现，沙堆里怎么有皮鞋？一扒，一拉头发，人站起来了，穿黑旗袍。都干了。

没有动东西。拆飞机时，有个战士拣了两块钢洋，要交给我，我说你留着作个纪念吧，他打了一双筷子。这个战士后来复员了，不知哪去了，名字我也想不起来了，他连蘑菇云也没看到过，嗨……

张蕴钰——鲜红的热血涂在印版上，印出光灿的国史，有此机遇何志不酬呢？

经过 3 个月的艰苦奋战，到 1958 年 10 月下旬，敦煌的勘察工作基本结束。10 月 27 日至 11 月 7 日，陈士榘司令员率领由工程兵设计院、一机部四院和总后营房部等有关单位组成的工作组以及苏联专家到现场勘察，最后确定了各场区位置。

爆心定在敦煌西北方向，直线距离 130 ~ 150 公里。指挥区距爆心 60 公里，距敦煌 80 公里，生活区在敦煌西湖农场，距敦煌 10 公里左右，整个试验场区布局就此初步定了下来。

1958 年 10 月 29 日，原三兵团参谋长张蕴钰到达敦煌，就任 0673 部队主任。

8 月初，在北京开会的三兵团副司令员曾绍山电话中告诉张蕴钰："你的工作有变动，电话中不讲，你立即到北京来，我在北京饭店等你。"

张蕴钰于第二天由大连乘火车到了北京来。当晚就同曾绍山到灵镜胡同 41 号去见陈赓副总长。

到了那里还没坐稳，陈副总长就对他说："张蕴钰，叫你去搞原子弹靶场，这是我推荐的。好好搞，建设好了交给别人，可以吗？"

张蕴钰回答说："行！服从命令！"

陈赓继续说："好！你去找安东，叫他给你说说情况。"

总共就是这么几句话，使张蕴钰进入了新的境界。告别后，王勉秘书送他们出门。

在党的任务面前，张蕴钰从来都没说过"不"字。

可是，这天出门以后，他却突然想：我怎么能接受这么重要的任务呢？这事情确实太重大了。要不要回去说个"不行"呢？

然而，张蕴钰没有在北京的街头漫步，没有在前进的路口踌躇。他坚定地走向西北大漠，走向中国历史需要另起一行书写的辉煌的段落。

三十年后，他在回忆中用这样的语言描述当时的心情："当决定我担任首任核武器试验基地司令员时，我更是心情畅快精神振奋并感到荣幸。我明明知道这个工作对我来说是十分陌生的，对解放军任何人也都是一样，这是我军前所未有的任务，也知道搞原子弹是在荒凉的地区，而旅大是少有的好地方，但到什么地方去不是当兵的应该考虑的事，挑拣工作也不是我的风格。”

他在给基地科技人员的一封信中写道：“上几代的爱国者已经捐躯、代谢，处于当代的我们能为祖国的现代化效力该是多么幸福啊！”

“将鲜红的热血涂在印版上，印出光灿的国史，有此机遇何志不酬呢？”

那落日隐没的地方是西吗？又像又不像。

黄羊远去的地方是东吗？又像又不像……

张蕴钰站在玉门关外的大戈壁上，出神地环顾着四周，眼前都是一样的沙滩、沙丘、沙谷，都是一样的空旷、开阔、荒凉，都是一样粗犷、辽远的地平线……

“真像是到了月球！”张蕴钰望着慢慢爬起的月亮，忽然伏卧下来把耳朵紧紧地贴在松软的沙丘上：

“我要听一听，有没有月亮在天空沙沙行走的脚步声。”

他听到的只是自己的心音咚咚咚、咚咚咚，像擂鼓，似奔雷……

他又坐起来，点燃一支香烟，大口大口地吸着，默默地望着远方。

刚刚上任的张蕴钰，与其说是核试验场的一号首长，不如说是吉卜赛大篷车队的一个首领。

一到敦煌，他就日夜不停地奔波、思索，在大漠落日的夕阳中间，在幽远沙哑的驼铃声里，寻找建设核试验场的理想之地。

在敦煌，张蕴钰看到苏联专家对核武器试验场的设计。试验场设计为可试验 2 万吨 TNT 当量的原子弹，提出的编制有靶场主任，学术秘书、力学测量室、光学测量室、核测量室、放射化学测量室和技术室。这就是苏联专家提供的有关建立核试验场的全部知识。

他看了之后感到很惊讶：美国在比基尼岛已经试验 1500 万吨 TNT 当量的氢弹了，我们建个试验场只能试验 2 万吨级的原子弹，这真令人费解！

他手握方向盘，亲自开车在戈壁急驰，在沙丘间穿行，他要寻找更加辽远的地平线。

鸣沙山、月牙泉、千佛洞……

古董滩、烽火台、汉长城……

西风迎面扑打，烟尘滚滚而来。凝固的历史，沉重的文化，使他胸中充满了无限的豪情，也涌起了阵阵悲凉。

他听到了鸣沙山在诉说自己的历史：古代有位出征的将军，夜间率人马在这里宿营，一阵狂风袭来，将军和士兵都被埋入沙中，从此鸣沙山时闻鼓角齐鸣和如雷的吼声。那是古代将士不屈的魂灵吗？

他看到了千佛洞的壁画：怀抱琵琶、手捧鲜花的飞天女在阴暗的洞窟里飞行了千百年，至今仍保持着奋飞的舞姿。那是中华民族破壁腾飞的理想吗？

跃起过血汗天马的渥洼池，横卧大荒的白龙堆，曾经商旅相望的古丝路……都涌现在他面前诉说着，召唤着。要奋进！要崛起！

现在，各个核大国的本土，在太平洋，在世界各地，建立了十几个设备完善的大型核试验场：内华达、埃尼威托克、约翰斯敦、新地岛、谢米色拉金斯克、圣诞岛……我们在自己的国土上建设核试验场，为什么只搞 2 万吨呢？

应该看的都看完了，张蕴钰在玉门关外默默地思考着，试验场距敦煌 120 公里是不是太近了？大孔土能搞工程建设吗？施工和生活用水从哪里来？这个地方不行！

回到住地张蕴钰和常勇、张志善、史国华等谈了试验场的条件：只能试验数万吨，距敦煌太近，地质不好，百里内无水源，应另选场区好。

在 1983 年 5 月 9 日的采访中，已接替张蕴钰担任基地司令员的张志善告诉我："张蕴钰同志一来，就说这个地方不行，他问为什么选在这里，我说苏联专家定的，能搞 2 万吨。张蕴钰同志说可真是麻子不叫麻子，叫坑人。"

回到北京，张蕴钰向安乐、陈士渠、总参军务装备部长万毅同志分别汇报了情况和意见。在陈赓副总长召开的办公会议上，张蕴钰汇报了敦煌场地情况，陈赓说："那里不好，你们另找一个吧！"

.几乎在张蕴钰报告的同时，1958 年 11 月 21 日，苏联中型机械工业部部长 E.N 斯拉夫斯基也给中国写信表示，敦煌不适合建场，建议将靶场中心区移至罗布泊地区。

英雄所见略同。

看来，如果没有傲慢与偏见，在科学的问题上，人们是能够超越国界取得共同语言的。

张蕴钰为什么一到敦煌就能说个"不行呢？"

在北京，张蕴钰对我的这个疑问报以淡淡一笑："这是常识嘛。"想了想，他又说："我爱看《参考消息》。"

1958 年 12 月，总参谋部批准了向罗布泊地区转场的报告。

罗布泊地区方案是五六三工程选场委员会考虑过的一个方案，经过勘察比较，核试验场的创业者将目光重新投向了罗布泊。

张蕴钰飞临罗布泊地区上空，俯瞰着脚下的土地，眉宇间不时透着几分欣喜、一点悲怆：

环绕罗布泊淖尔这一汪苦水的是千古死寂、千里荒原。这里没有村落，没有炊烟，只有海浪般连绵起伏的沙丘，寸草不生的砾漠，千姿百态的雅丹，清冷沉寂的古城废墟和触目惊心的白骨枯木……

广阔、荒凉，真是建设核试验场的天然理想场地！

他忽发诗情，喃喃吟诵：

"玉关西数日，广洋戈壁滩。

求地此处好，天授新桃园……"

他和他的战友们成为这片土地的主人了。

这是一片古老的国土，两千多年前的楼兰王国就建立在这块土地上。那时，楼兰正处于东西方的交通的枢纽，是丝绸之路上的一座繁华的城市，水草兴旺，商旅不绝。西汉、匈奴和一些游牧民族国家经常为争夺楼兰进行厮杀，战火连绵。公元前 77 年，西汉大将霍光派傅介子杀死了楼兰王，另立楼兰王弟尉屠耆为王，更国名为鄯善，国都南迁。公元 4 世纪后，楼兰这颗丝绸之路上的明珠就从历史舞台上销声匿迹了。留给后人的是荒漠的土地、谜一样的传说和边塞诗人的苦吟悲唱……

为试验原子弹、氢弹这毁灭性的武器，张蕴钰在寻找广阔与荒凉；可是，眼前这荒凉景象又使他心中阵阵刺痛。他在楼兰古城前凭吊，他在烟尘飘渺中遐想。他觉得风沙弥漫之处似乎能看到古代军旅的大旗飘飞，自己仿佛是个披发杖剑的将军，情不自禁地挥扬起手臂校阅想象中的金戈铁马……他要在这没有生命的地方建立起保卫生命的坚强矩阵，他要使我们的民族在这动乱不安的世界中不再遭受楼兰人的命运。

12 月 22 日，张蕴钰率领他的“吉卜赛车队”开赴罗布泊实地勘察。

古代僧侣曾从这里去西方寻找灵魂的慰藉，他们看到的是恐惧：“多有恶鬼热风，遇则皆死，无一存者，上无飞鸟，下无走兽，遍望极目，唯以死人枯骨为标志耳。”

近代探险家从西方来这里猎奇和掠夺，他们留下的是悲号：“可怕！这里不是生物所能插足的地方，而是死亡的大海，可怕的死亡之海!”

张蕴钰带领人马来开拓、创业，在一片蛮荒中，他发现的是希望，是力量，充满他胸中的是使命感、自豪感和如泉奔涌的诗情。

他喜欢亲自开车。在淮海战役中他用缴获的汽车学会了驾驶技术。在朝鲜战场的第五次战役中，缴获了三辆汽车只有一个司机，他曾自己开一辆，又押着美国俘虏另开一辆，把军指挥所的人员、电台运回驻地。在这里，他又一次找到了大显身手的广阔天地，直到 1966 年年底，选好了地下核试验场之后，他最后一次亲自把汽车开出了场区，恋恋不舍地摸着方向盘，说：“现在基地规定没有执照的不准开车，以后，我不开了。”从此再没摸过方向盘。

风沙里野炊，寒星下露营，都给了他极大的乐趣。

他自豪。在古龙城勘察，面对那千姿百态的“雅丹”地貌，他赞美：“集岛成大国，瀚海生土林，碍堡列千阵，万里过鲸群……”他感叹：“龙城亲得见，幸者几多人。”

他乐观。在漫长、单调的路途上，他给战士们讲故事，讲上甘岭，讲西游记，用欢快的笑声驱赶长途跋涉的疲乏。在新年迷路的情况下，他带领大家支帐篷、包饺子，他回忆说："饺子熟了，大家饱餐一顿。戈壁滩大，饺子也大，就是没有酒也过了个好年。我和工程兵设计院的蒋继宗同志攀谈起来。他是留德生，一般情况说早应有家，但他还没有结婚。我说你勇敢一点么，顺口给他念了《浮士德》中的一首诗：'美丽的姑娘，我可不可以挽着你的手儿送你回家去？'你不要怕碰钉子嘛！"在风雪严寒中，人睡在单帐篷里头发和被子都冻在了一起，他还在兴致勃勃地吟诗。

有时，他竟是那样多情善感。他回忆说：有一天，日将落时我们到达了罗布泊。在孔雀河入泊口，河两岸生着柳树、芦苇，对于戈壁旅人来说，这真是天上掉下来的美景宝地。有水了！喝吧！洗吧！连汽车上的尘土也洗刷干净了。黄羊到河里来饮水，对我们这些不速之客投来温良的目光。谁也不想惊扰它。它从容地喝完水，大模大样地离去了。当晚我们宿营在罗布泊。

第二天早饭后，他们继续西行，来到塔里木盆地边缘的黄羊大沟一带，用了三天时间对这里的地形、地貌、水源、土质进行了初步的勘察，发现这里北部有海拔 5400 米的天山博格达峰和它的支脉、海拔 2000 米的库鲁克山，南有海拔 5000 米的阿尔金山，南北两山组成两道高大的自然屏风。东部为土山和丘陵，再南是一望无际的沙漠，并有罗布泊和孔雀河丰富的水源。正中是一片南北宽 60 公里、东西长 100 多公里的原始戈壁。在周围 300 多公里内，没有村落、炊烟，有开采价值的矿藏也微乎其微，是进行核试验的得天独厚的好场地。他们就地打下了一根木桩，这就是使用了 16 年之久的大气层试验场。

在荒无人烟的戈壁滩上勘察，张蕴钰和战士们一起喝苦水，住帐篷，斗酷暑，战严寒，经受的艰难困苦是难以想象的。但 30 多年后，我向他问起当年的艰苦生活时，张蕴钰却微微一笑说："怎么个艰苦，我说不出。那时候，对生活是不介意的，看到孔雀河，能喝到苦水也觉得很不错；住帐篷，也觉得比战争时期住战壕强多了，至少没有敌人飞机、大炮轰炸吧。

对苦不以为苦，相反觉得能尝此苦是幸运。当时对个人的考虑都被雄心壮志淹没了。旺盛的情绪压倒了一切艰辛。真正折磨人的困难，是科学技术上的难关和工作上的难处，使人浴寒风而汗流，暴烈日而寒战。可是，每当解决一个难题，心里那个高兴啊！就想作首诗。”

他让我看了他的诗集，前言上写道：“我于 1958 年奉命入新疆组建核试验靶场，历经十余年，并于 1964 年 10 月 16 日成功地进行了我国首次原子弹试验。自然之景入眼，心血之涌成言，实时记事，乘心书情，偶有诗作……”其中 30 多首诗，都是在这片大戈壁上写的。

像茫茫夜空有星光，浩浩大海有岛屿，荒凉的大漠中也有清泉，有鲜花，有绿洲。

1959 年春天，张蕴钰率领核试验基地的创业者穿越漫漫沙海，从罗布泊地区来到博斯腾湖。清凉的湖水，肥美的土地使饱经风沙的勘探者欣喜若狂。

张志善起草的一份电报说：“这里土地肥沃，能种菜，种粮，这里水源充足，水是甜的，还带有点香味……”

国防科委副主任万毅看到电报后拊掌大笑：“水还带香味！他们都成了诗人啦……”

是的，在这些豪迈的创业者心中，核试验场的一切都能引起诗的想象，诗的情感。

他们满怀诗意给这片复苏的大地命名。

泉水边，一点雁影掠过，这泉便成了雁翅泉；

沙沟里，一群黄羊出没，这沟便命名为黄羊沟；

孔雀河畔，几丝摇曳的芦苇，这里就成了孔雀的彩屏，名之曰开屏村；

还有那骆驼山、蜻蜓山、雀儿沟、白云沟……都倾着他们美好的诗情。

最富有诗意的名字是核试验基地的生活区——马兰。

在人们的想象中，谁能把这美丽的花朵同那熔铁化石的原子之火融在一起呢？

名字是张蕴钰取的。

据考证，一说是："部队选的生活点，原是一片盐碱滩，一条天然水沟从中流过，两旁长满了马兰草。五月，基地领导在此规划蓝图，正值马兰花盛开，张蕴钰提议，大家一致赞同，命名马兰村。"还有一说，马兰这个名字和楼兰也不无关系，当马兰建成了一座美丽的戈壁新城，建立起自己的电视台之后，基地同志请老司令为电视台命名，张蕴钰沉吟片刻，说："就叫楼兰电视台！"

我们无须比较、取舍，两种说法都很有诗意。愿我们的事业像雷霆般壮烈，生活像鲜花般美好。

愿楼兰大地上中断的历史在今天得到延续和发展。

在北京，我告诉已经离休的张蕴钰，这两年，南疆地区卷起了一阵"马兰热"，每逢马兰花开，身着节日盛装的各族青少年都从数百里外来旅游，少年儿童在马兰广场举行入队仪式，一对对恋人在马兰的绿树丛中举行婚礼……

马兰，已深深扎根在边疆各族人民的心中。

张蕴钰欣慰地笑了，他自言自语地说，

"应该修马兰志。马兰，应该印在中国地图上……"

令人久久不能忘怀的是有个这样的故事：

1959 年 6 月 13 日，总参谋部正式通知原子靶场改称核试验基地，这一天是基地成立的日子。

基地第一次党委扩大会在马兰的一个地窖中，一窝小燕也正在破壳、出世。

一大早，张蕴钰就站在地窖门口，悄悄地嘱咐每一个前来开会的人：

"把脚步放轻一点，把嗓门压低一点，别惊扰了燕子。"

中国核试验基地就在创业者的慢声细语中，在一窝乳燕的呢喃声里宣告诞生了。

中国的第一任核司令在基地成立的时候竟是那样关心一窝燕子，当时，他想了些什么呢？

20 多年后，在北京与他交谈中，一提到这窝燕子，张蕴钰那双铁灰色的眼睛立刻变得柔和起来，声音竟有些颤抖：

“哦，那一窝小燕……大漠上，有这些小生命，不易……”

在那一刻，我的眼睛也湿润了，我觉得自己像沐浴在细密的春雨之中，心里一阵阵发痒，发甜……

第五章 “596”来龙去脉

“596”是中国第一颗原子弹的代号；

“596”标记着那个令人屈辱和愤怒的日子——1959 年 6 月。

1957 年 10 月 15 日中苏签订的《国防新技术协定》规定，苏联应向中国提供原子弹教学模型和图纸资料，但事后苏方却以种种借口拖延不给。先是要看有专门的储藏仓库，等我国将专门仓库盖好后，又提出保密条件不够；而在中国采取相应的保密措施，苏方专家也表示满意后，1958 年 10 月，苏联原子能利用总局供应局局长波利雅可夫复函中国二机部刘杰副部长“鉴于教学模型及资料储藏室的建筑工程将于 1958 年 10 月完工，教学模型及技术资料将于 11 月发至中华人民共和国”，但是到了限期，苏方还是拖着不给。

赫鲁晓夫下台后在晚年的回忆录中道破了其中的秘密：“我们的专家建议我们给中国人一枚原子弹样品。他们把样品组装起来并装了箱，随时可以送往中国。这时，我们负责核武器的部长向我作了汇报。他知道我们同中国的关系已经恶化到了不可挽回的地步。”

“‘我们曾得到指示向中国运送一枚原子弹样品，’他说，‘现在已经准备好可以运走。下一步该怎么办？我们等待您的指示。’”

“我们专门开了一次会，决定该怎么办。我们知道，如果我们不给中国送去原子弹，中国人一定会指责我们违背协议，撕毁条约，等等。另一方面，他们已经展开了诽谤我们的运动。并且还开始提出各种各样令人难以置信的领土要求。我们不希望他们获得这样的印象，好像我们是他们驯服的奴隶，他们要什么，我们就给什么，而不管他们如何侮辱我们。最后，我们决定推迟给他们送去样品的时间。”

而被蒙在鼓里的中国还在组织代表团，准备启程赴苏就上述问题进行谈判。正在这时，1959 年 6 月 20 日苏共中央致中共中央的信到了北京，信中以当时苏联与美国、英国等西方国家正在谈判禁止试验核武器的协议，赫鲁晓夫与艾森豪威尔即将在戴维营举行会谈为理由，提出暂缓按协定向中国提供原子弹教学模型和图纸资料，两年以后看形势发展再说，单方面撕毁了中苏“国防新技术协议”。

从 1958 年 10 月 15 日到 1959 年 6 月，不到两年时间，苏联就把刚刚签订的协议变成了一张空文，这一切是如何发生的呢？

在鲜花和笑容的后面

1957 年 11 月 12 日，毛泽东率领中国代表团飞往莫斯科。

苏联专门派来迎接毛泽东的图-104 客机经过 8 个多小时的飞行，于下午 3 点多钟，在莫斯科机场徐徐降落，毛泽东走出机舱，赫鲁晓夫等苏联党政领导人及胡志明等前来迎接，仪仗队整整齐齐。

礼宾仪式过后，赫鲁晓夫与毛泽东同车前往下榻的克里姆林宫。汽车转弯处聚集了许多手持旗帜和鲜花的欢迎群众。毛泽东注意到，每个转弯处都有这种安排。他说：“我不是请你们不要搞什么仪式，少来人接吗？怎么还这么隆重。”

赫鲁晓夫不无庄严地解释说：“是啊，我们收到了尤金的报告，说您有这样的请求。我们讨论了，大家认为不行。其他国家的领导人来了都是照例办的。您来了，像毛泽东这样的客人，礼遇是不能简化的。”毛泽东说：“谢谢你们的盛情，我看共产主义实现了，这一套也就都没有用了。”

从 11 月 2 日到 21 日，毛泽东和中国代表团在克里姆林宫受到苏共中央和苏联政府的盛情接待。毛泽东和我们党的其他领导人除了参加苏联社会主义革命 40 周年庆祝大典的活动以外，还出席了 12 个社会主义国家共产党和工人党代表会议，出席了 68 个国家的共产党和工人党会议。在两个会议中间，同各国党的领袖们一起签署了《莫斯科宣言》和《和平宣言》。

苏共中央在两个会议结束时举行宴会，毛泽东祝酒说：“谢谢苏共中央和苏联政府的邀请。谢谢今天招待我们这么多好吃的东西。我们开了两个很好的会，大家要团结起来，这是历史的需要，是各国人民的需要。”毛泽东略一停顿，提高了声音，像青春洋溢的青年一样，用他那高亢的抑扬顿挫的湖南高腔，朗诵一首诗。他说：“中国有首古诗：两个泥菩萨，一起打碎（罗）。用水一调和，再来做两个。我身上有你，你身上有我。”

宴会厅响起热烈的掌声。赫鲁晓夫举起酒杯，一边大声叫好，一边在毛泽东的酒杯上碰出清脆的一声响。

到处是欢呼和笑容，到处是鲜花和掌声，然而，就在这鲜花和笑容的后面，已经弥漫起分裂的阴影。赫鲁晓夫对毛泽东提出的“百花齐放”的口号疑虑不安，又一次以“撤专家”来施加压力。

同时在战争与和平问题上，毛泽东与赫鲁晓夫之间也出现了深深的裂痕，分歧的焦点仍然是毛泽东那句关于原子弹的名言——“纸老虎”。

在一次宴会上，毛泽东说：“赫鲁晓夫同志，我跟伏罗希洛夫讲过，我在报纸上看见你们国防部朱可夫讲话，说是哪个社会主义国家遭受帝国主义进攻，你们都将迅速回击。这个说法不对，国家都是独立的，没有邀请你们怎么能出兵？”

“难道我们不是社会主义阵营吗？”赫鲁晓夫尽量用一种和平友好的语气争辩说：“朱可夫不是代表他个人说这番话的，他代表中央委员会表达了集体的决定。我自己也这样说过。”

“谁决定也不对。我们是社会主义阵营，但又是独立国家。”

“既然是阵营，那么两阵交锋，敌人打你的左翼，中军和右翼不该迅速行动吗？”

“不能完全这样比喻。”毛泽东温和而又不容含混地说：“我想，起码对中国是不许这样的。你们照顾好自己就行；我们自己会打他们。把他们打回到他们出发的地方。”

“可是，你想过军事力量的对比吗？”

“斯大林曾经担心我过不了长江，担心打过长江会引来美国人武装干涉。你问问米高扬，我怎么对他们讲的？我说我们曾经遇到过外国帝国主义的武装力量威胁，我们不吃那一套。我们攻打济南，进入青岛等地的美国第七舰队就没敢动。我们打北平天津，驻在塘沽的美国舰队没有等到我们的部队来，就带上国民党军队逃跑了。他们如果在中国的土地上打我们，我们就毫不客气地消灭他们。我让米高扬捎话，请斯大林放心。我打过了长江，结果怎么样呢？”

“不错，那一次你是正确。可是现在这些经验已经过时了。”赫鲁晓夫稍稍显出激动，“现在是什么形势？现在有了原子弹！”

“纸老虎。”毛泽东讲了一句带有浓重湖南乡音的俄语。

赫鲁晓夫目瞪口呆，他不知道毛泽东讲什么？肯定不是中国话，但又哪里听得懂湖南腔的乡土俄语？李越然不得不把毛泽东的“湖南俄语”翻译成标准俄语。

这一次赫鲁晓夫激动地叫了起来：“纸老虎？克利姆·米高扬，听见了吗？他说原子弹是纸老虎！亲爱的毛泽东同志，你这样的观点使我很吃惊。在原子弹面前，双方军队的数目与真正力量的对比对战争的结果已经没有任何意义，谁的军队越多，他的炮灰也越多！在原子弹的阴影下，没有军队，只有一堆堆灰！”

毛泽东眉毛渐渐聚拢。他对赫鲁晓夫的观点同样感到吃惊、愤慨。忽然他舒眉展颜一笑，用一种淡淡的使人能够平静下来的口气说：“那么战争还有没有正义和非正义的区别？如果出了战争狂人，你就只有投降了？赫鲁晓夫同志，怕是解决不了问题的。无非是乱扔原子弹，就算是死一半人，剩下的一半人还可以在废墟上重建我们的家园……”

为了这段话，在几年后中苏论战中，苏联指责中国“不惜牺牲一半人民的生命去打核战争”，中国国内以为毛泽东没讲这个话，而是李越然翻译有误，忙追查实情。幸好有文字记录，中俄文对照，李越然翻译准确，而且多强调一遍“就算是”。“就算是”三个字很关键，强调了可能性，而且是敌人强加于我们，而且是从最坏处着想，绝无热衷核战争之意。中共肯定了这段话，并对苏方争论做出激烈的反驳。

中国政府发言人声明中说：“苏联领导人的谣言，造得太大了，太离奇了。全世界一切用脑筋的人都会想一想，中国连一颗原子弹也没有，怎么能够发动核战争呢？”

不仅是赫鲁晓夫，许多其他国家的共产党领导人也对“纸老虎”这个观点很不理解。

别人越是反对，越是不理解，毛泽东越是想把他的观点充分表达出来，使各国共产党对他的观点能正确理解。

在 1957 年 11 月 18 日会议上的讲话中，毛泽东说：“现在世界分为两大阵营，对抗的两大阵营。谁的力量更强些？算一下吧。二次世界大战，美国有多少钢？苏联有多少钢？”毛泽东做着手势说出两个数字。继续讲下去：“但是，苏联打败了法西斯，是世界反法西斯的主力。现在苏联又发射了一颗卫星上天。美国虽然吹得神乎其神，为什么连一个山药蛋都没有抛上去呢？”

会场响起掌声和喧哗声，毛泽东说：“分析完力量对比之后，现在我感觉到国际形势到了一个新的转折点。世界上现在有两股风，东风、西风。中国有句成语：不是东风压倒西风，就是西风压倒东风。我看目前形势的特点是东风压倒西风，也就是说，社会主义的力量对于帝国主义的力量占了压倒的优势。”

接着，毛泽东又说：“现在还要估计一种情况，就是想发动战争的疯子，他们可能把原子弹、氢弹到处摔。他们摔，我们也摔，这就打得一塌糊涂，这就要损失人。问题要放在最坏的基点上来考虑。我们党的政治局开过几次会，讲过这个问题。现在要打，中国只有手榴弹，没有原子弹，但是苏联有。要设想一下，如果爆发战争要死多少人？全世界二十七亿人口，可能损失三分之一；再多一点，可能损失一半。不是我们要打，是他们要打，一打就摔原子弹、氢弹。我和一位外国政治家辩论过这个问题。他认为如果打原子战争，人会死绝的。我说，极而言之，死掉一半人，还有一半人，帝国主义打平了，全世界社会主义化了，再过多少年，又会有二十七亿，一定还要多。我们中国还没有建设好，我们希望和平。但是如果帝国主义硬要打仗，我们也只好横下一条心，打了仗再建设，每天怕战争，战争来了你有什么办法呢？我先是说东风压倒西风，战争打不起来，现在再就如果发生了战争的情况，作了这些补充的说明，这样两种可能性都估计到了。”

赫鲁晓夫小而胖的手轻轻抚过光亮的头顶。他大约是在后悔一个月前签订的那项协定。根据那个协定，苏联要向中国提供一个原子弹样品，以及生产这种原子弹的技术资料。

毛泽东——要谈政治条件，连半个指头都不行；赫鲁晓夫——我不明白他为什么这样动怒

1958 年，苏联连续向中国提出两项损害中国主权的建议，显示出要在军事上控制中国的意图。

4 月 18 日，苏联国防部部长马利诺夫斯基元帅致函中国国防部部长彭德怀元帅说，为了指挥苏联在太平洋地区活动的潜艇，迫切希望在 1958 年至 1962 年间，由中国和苏联共同建设一座大功率的长波发报无线电中心和一座远程通信的特种收报无线电中心（即长波电台）。信中还具体提出：

建成这两座中心所需费用，苏联出大部分，中国出小部分。这种军事通信设施虽也为中国国防建设所必需，但在中国领土上由中苏合资共建，而资金的大部分又来自苏联，这就涉及长波电台将归谁所有、由谁控制的问题，中国不能不慎重考虑，严肃对待。

中国国防部部长于 6 月 12 日复信苏联国防部部长表示：中国政府同意建设大功率长波电台，欢迎苏联在技术方面给予帮助，但一切费用应由中国全部承担，建成后可由中苏两国共同使用；并建议两国政府就此签订一项协定。可是，苏方对中方要拥有电台的全部所有权这一原则性立场不予重视。它于 7 月 11 日向中方提出的协议草案中，仍坚持由中苏双方共同建设和管理，实际还是要求把电台作为中苏所共有。苏联的协定草案是中国所不能接受的。中方提出了修改意见，明确建议电台由中国负责建设，主权是中国的；装备器材凡中国不能自行解决的，向苏联订货；技术方面请苏联专家来中国帮助；建成后两国共同使用。这就使协定的性质变为由中国建设和管理、苏联只提供某些援助的一项军事技术合作协定。后来毛泽东主席会见苏联驻华大使尤金，在谈到长波电台问题时，在座的彭德怀元帅说：我们中央讨论了这个问题，既然苏联认为有必要建设，我本人同意，费用全部由我们负担，共同使用，但所有权归我们，否则政治上不好。毛

主席强调说明：在军事上搞“合作社”是不适当的。

就在中苏关于“共建长波电台”问题发生争执的过程中，苏联又向中国提出建立共同潜艇舰队的问题。当时苏方曾不断地向中方谈到现代海军舰艇的发展趋向和苏联试制新型潜艇的情况，建议中方向苏方订购新的海军装备。考虑了苏方的这些意见，1958 年 6 月 28 日，周恩来总理写信给苏联部长会议主席赫鲁晓夫，希望苏联在中国海军建设方面给予新的技术援助。但在中国提出上述要求后，苏联驻华大使尤金于 7 月 21 日求见毛泽东主席，以苏联领导人赫鲁晓夫的名义提出，苏联的自然条件使它不可能充分发挥新型潜艇舰队的作用；中国的海岸线很长，条件很好，因此希望同中国商议建立一支共同的潜艇舰队。毛主席听后当即表示：首先要明确方针，是我们办，你们帮助，还是只能合办，不合办，你们就不给帮助。

第二天，7 月 22 日，毛泽东主席和中国其他一些领导人继续同尤金大使谈话时，对尤大使说：“要讲政治条件，连半个指头都不行”“你们可以说我是民族主义”“如果你们这样说，我就可以说，你们把俄国的民族主义扩大到中国的海岸。”

尤金第一次来谈，毛泽东便严肃地问他：“你们是什么意思？为什么要这么个搞法？”尤金解释不清。毛泽东有些恼火，严厉地说：“你讲不清，请赫鲁晓夫来讲！”

尤金回去便向莫斯科紧急发电报，返回来再次请见毛泽东，还是说要搞一个联合舰队，以对付美国第七舰队。毛泽东听后很生气，追问苏方的真实想法究竟是什么？尤金依然回答不清。毛泽东说：“不行，这事必须弄清楚。请你转告赫鲁晓夫同志，让他自己来讲！”

就这样，尤金给赫鲁晓夫拍了电报，赫鲁晓夫决定马上来华。

隔一天，7 月 31 日赫鲁晓夫便来了。

赫鲁晓夫首先埋怨尤金，说他可能没有听明白苏联领导的意思，然后说明自己的想法。大致谈的是，根据一项协定，苏联的飞机可以在中国的机场停留加油。现在台湾海峡的局势紧张，美国第七舰队活动猖狂。苏联舰队进入太平洋活动是为了对付美国的第七舰队，远程潜艇服役后，需要在中国建一个长波电台，等等。

赫鲁晓夫打着手势讲了十几分钟，加上翻译，就讲了有半个多钟点。毛泽东神色肃穆，不停地吸烟，望着赫鲁晓夫默默地听。赫鲁晓夫显然对毛泽东的想法不了解，对毛泽东将会出现的反应估计不足，越讲情绪越高，有些得意。

突然，毛泽东抬手做个手势，只说了一句话：“你讲了很长时间，还没说到正题。”

赫鲁晓夫一怔，随即显出尴尬：“是啊，是啊，你别忙，我还要继续讲，继续讲下去……”他强做笑脸，有些不自然。“尤金告诉我了，您很火，尤金不行，他没讲清楚。我们只是想法，想跟你们商量……”

毛泽东问：“请你告诉我，什么叫共同舰队？”

“嗯，嗯，”赫鲁晓夫支支吾吾地解释：“所谓共同么，就是共同商量商量的意思……”

“请你说明什么叫共同舰队。”毛泽东抓住要害不放。

“毛泽东同志，我们出钱给你们建立这个电台。这个电台属于谁对我们无关紧要，我们不过是用它同我们的潜水艇保持无线电联络。我们甚至愿意把这个电台送给你们，但是希望这个电台能尽快地建起来。我们的舰队现在正在太平洋活动。我们的主要基地……”

毛泽东越听越恼火，拍了一下桌子，愤然立起身，指着赫鲁晓夫的鼻子：“你讲的这一大堆毫不切题。我问你，什么叫联合舰队！”翻译李越然见此情景，在译语的使用上力求准确地表达主席的情感，使赫鲁晓夫充分感到问题的严肃性。

赫鲁晓夫脸孔涨红了，仍然搪塞道：“我们不过是来跟你们共同商量商量……”

“什么叫共同商量，我们还有没有主权了？你们是不是想把我们的沿海地区都拿去？”毛泽东愤怒地说：“你们都拿去算了！”

陪同赫鲁晓夫参加会谈的苏联副处长费德林是位著名的汉学家，精通中文。他用俄语从旁提醒赫鲁晓夫说：“毛泽东可真动火了！”

赫鲁晓夫耸耸肩，一双细小而敏锐的眼睛眨两下，摊开两只胖而小的手，带着鼻音嘟囔着：“我们没有这个意思，不要误解。我们在家里已经商量过了，现在是和我们的中国同志商量，就是要共同加强防御力量……”

“你这个意思不对。”毛泽东重新坐下，他至今还没有附和过一句赫鲁晓夫。在 1957 年的莫斯科会议上，毛泽东还注意选择一些有共同点的问题谈谈，这次不然：“你明明是搞联合舰队！”

赫鲁晓夫皱起眉头，提高一些话音：“我们只不过是来跟你们一块商量商量，没想到引起你们这么大误解。”说着，赫鲁晓夫愠怒地连连摇头：“这就不好商量，不好办了。”

赫鲁晓夫曾多次责怪埋怨尤金不会办事，现在这样收场他大约也感到不好下台。想了想，又建议：“毛泽东同志，我们能不能达成某种协议，让我们的潜水艇在你们国家有个基地，以便加油、修理、短期停留？”

“不行！”毛泽东断然拒绝，“我不想再听到这种事！”

“毛泽东同志，北大西洋公约组织国家在互相合作和供应方面没有什么麻烦，可是我们这里竟连这样的一件事情都达不成协议！”赫鲁晓夫微露愤懑。

毛泽东说：“不能！”

赫鲁晓夫忽然一笑：“为了合情理，假如你愿意的话，毛泽东同志，你们的潜艇也可以使用我们的摩尔曼斯克作基地。”

“不要！”毛泽东慢条斯理地说：“我们不想去你们的摩尔曼斯克，不想在那里搞什么名堂，也不希望你们来我们这儿搞什么名堂。”

赫鲁晓夫无声地望着毛泽东。

毛泽东像给赫鲁晓夫上课一样继续讲道：“英国人、日本人，还有别的许多外国人已经在我们国土上待了很久，被我们赶走了。赫鲁晓夫同志，最后再说一遍：我们再也不想让任何人利用我们的国土来达到他们自己的目的了。”

“不同意就不同意吧，我们不提这个建议了。”似乎就此结束他也不好下台，赫鲁晓夫不无遗憾地说：“为什么要这样误解我们呢？毛泽东同志，你是知道的，我们苏联是对你们中国作出了许多援助……”

“这是另一个问题，”毛泽东用柔和的声音将援助和主权问题区分开，礼貌而不失坚定地重复一句：“是另一个问题。”

直到20年后，在莫斯科过着黯淡的退休生活的赫鲁晓夫对他同毛泽东的这次会见仍耿耿于怀，他在回忆录中写道：“我记得很清楚，1958年毛泽东是如何断然拒绝了我们要求在军事合作方面的努力的。我不明白他为什么这样动怒，他始终也没有允许我们在中国建立潜水艇基地。”

在这次中苏最高级会谈中，苏联领导人没有再坚持他们原先的建议。但围绕长波电台和共同舰队而发生的争执，给中苏关系投下了新的阴影。

1959年9月30日，赫鲁晓夫访美之后匆匆赶到北京，参加新中国国庆十周年庆典，这是他最后一次访问中国。他在机场发表讲话说：“我是刚刚下了那架飞机，就登上了这架飞机。”

有记者问赫鲁晓夫这次到中国来带了些什么，赫鲁晓夫自以为得意地拍了拍口袋说：“我这个口袋装的是友谊，那个口袋装的也是友谊。”

就在国庆大典中，在天安门的城楼休息室里，赫鲁晓夫冷冷地对毛泽东说：“苏联不能给中国提供原子能技术。”

毛泽东——赫鲁晓夫不给我们尖端技术，极好！邓小平——中国共产党永远不会接受父子党父子国的关系

中国共产党历来主张，各国共产党之间的意见分歧，应该通过内部的平等协商和同志式的讨论与争论，求得认识上的接近和一致；一时解决不了的，可以耐心等待，让实践来证明谁是谁非。但是，1960年6月，赫鲁晓夫却利用二十一国共产党和工人党参加罗马尼亚工人党第三次代表大会的机会，策划了“布加勒斯特会议”，对中国共产党组织围攻，搞突然袭击。当中国共产党表示它“宁可被碾得粉碎也不屈服”之后，苏联就进一步在国家关系方面对中国加大压力。它从会后第十天起，相继采取了一些恶化国家关系的步骤。7月16日宣布召回在华工作的全部专家；7、8月间在新

疆博孜艾格尔山口附近地区挑起边境纠纷……

撤退苏联专家并撕毁有关的两国经济技术合作协议，是苏联领导人把两党分歧扩大到国家关系上的一个十分严重的步骤。

1960 年 7 月 16 日，苏联突然照会中国，要把苏联专家和顾问从中国召回，而且不等中国答复，在 7 月 25 日就通知说，在华工作的全部苏联专家均将于 7 月 28 日至 9 月 1 日离境。同时，苏联还片面中止派遣按照两国协议应该派遣的 900 多名专家。

7 月 18 日，消息传到北戴河。毛泽东对前来汇报的李富春说："要下决心搞尖端技术，赫鲁晓夫不给我们尖端技术，极好！如果给了，这个账是很难还的。"

7 月 21 日，中方复照苏方，希望苏联政府重新考虑并且改变召回苏联专家的决定，表示愿意挽留在华工作尚未期满的全部苏联专家，继续按原定聘期在中国工作。但是，苏方以毫无商量余地的态度，在一个月的短时期内，撤走了在中国帮助工作的 1390 名苏联专家，撕毁了中苏两国政府签订的 12 个协定和两国科学院签订的 1 个协定书以及 300 多个专家合同和合同补充书，废除了 200 多个科学技术合作项目。

事实上，在中国国防尖端部门工作的苏联专家，在照会之前就已开始撤离。

7 月 6 日，在北京核工程设计院工作的 8 名专家在合同尚未到期的情况下奉命提前回国；

7 月 8 日，正在兰州浓缩铀厂现场负责安装工作的 5 名专家也突然撤离；

到 8 月 23 日，在中国核工业系统工作的 233 名苏联专家全部撤走回国，并带走了重要的图纸资料。

苏联政府完全知道，苏联专家分布在中国经济、国防、文教、科研等部门的 200 多个企业和事业单位，在技术设计、工程施工、设备安装、产品试制和科学研究等方面担负着重要的任务。苏联领导人把苏联专家一下全部撤回苏联，使中国一些重大的设计项目和科研项目中途停顿，使一些正在试验生产的厂矿不能按期投产。

8 月 4 日，陈毅副总理兼外长向苏联驻华大使契尔年科语重心长地说：“中国经济受损失是小事，对两国的友谊造成伤痕是大事，中苏两国在马列主义基本理论和国际问题上有些分歧可以辩论，但不能伤同志友谊，希望两国关系不再坏下去。”

尽管苏联撤退专家和撕毁协议给中国建设造成严重困难和巨大损失，但中国政府当时仍以团结为重，热情地欢送苏联专家，感谢苏联人民和苏联专家给予中国人民的帮助。陈毅副总理在中国政府举行的欢送会上说：“彼此之间建立了深厚的友谊和感情，我们一向把专家们当作我们的良师益友，你们对我们的帮助，我们是永远不会忘记的；最近有许多苏联专家奉调回国，你们离开，我们在经济建设方面，在科学技术方面当然会有一些困难，但是我们只能尊重苏联政府的意见，让你们走。”陈毅这些话由衷地表达了中国政府和中国人民对苏联专家的珍贵情谊。

中国用依依惜别的心情送走了为中国建设事业作出贡献的苏联专家，但也严肃地向决定召回这些专家的苏联领导人表示中国决不屈服于苏联的压力。1960 年 9 月中苏两党高级会谈中，在谈到苏联领导人把两党分歧扩大到国家关系时，中共中央总书记邓小平坦率地说：“中国共产党永远不会接受父子党父子国的关系。你们撤退专家使我们受到损失，给我们造成了困难，影响了我们国家建设的整个计划和外贸计划，这些计划都要重新进行安排。中国人民准备吞下这个损失，决心用自己双手的劳动来弥补这个损失，建设自己的国家。”

即使一百年也造不出什么原子弹，中国人民也不会向苏联领导人的指挥棒低头，也不会在美帝国主义的核讹诈面前下跪

“不见前年秋月朗，订了三家条约。”

这是毛泽东在当年中苏论战中写下的诗句。

在三十多年后的今天，我们暂且不去评价这个条约的是非曲直，但有一点却是可以肯定的，那些核大国当年在莫斯科签署的这个文件，曾给中

国人的民族感情造成过极大的伤害。

1962 年 8 月，苏联正式通知中国说：美国国务卿腊斯克建议签订一项协定，其中规定：第一，核大国将承担义务，不把核武器及其生产所需要的技术情报转交给无核国家；第二，没有核武器的国家将承担义务，不生产、也不向核大国索取这类武器，不接受核武器生产所需的技术情报。通知说：对于腊斯克这些建议，苏联政府给予肯定的答复。

中国政府在 1962 年 9 月、10 月和 1963 年 6 月，三次向苏联政府提出备忘录，指出苏联向美国承担义务，是苏联自己的事；但中国希望苏联不要破坏中国的主权，代替中国承担义务，“中国人民决不承认某一个或某几个大国垄断世界核力量，对别的国家任意发号施令的特权”。

中国原来希望，在作了这些劝告之后，苏联领导人不会把事情做绝。不幸的是，他们对这些劝告根本听不进去。

1963 年 1 月，美、英、苏在纽约恢复了禁止核试验的谈判。

就在这次谈判的前夕 1 月 19 日，发生了这样一个小插曲，日本防卫厅长官志贺在日美安全协商会议上宣称“共产党中国拥有两颗核炸弹”；美国太平洋总司令费尔特则在第二天在东京举行的记者招待会上说：“我们（美国及其盟国）应该预料中共将在最近期内爆炸两颗核炸弹，”他补充说，他认为此一发展，“苏联应比我们自由世界更为担忧。”紧接着费尔特海军上将又跑到汉城说中国已拥有核弹的消息是“错误的”；志贺也在东京声称关于中国有核弹的话是“把别的情报混为一谈了”。

据《朝日新闻》21 日在晨刊“记者席”栏报道：志贺防卫厅长官在谈到日美安全协商委员会会议时“失言”，使有关人士轰动起来。这是因为他在傍晚举行的记者招待会上宣布说：“在日美安全协商委员会会议上谈到了共产党中国拥有两枚核炸弹的情况。”这个消息被报道出去以后，外国通讯社等方面纷纷来电询问防卫厅。刚好在同一天晚上，防卫厅邀请美国方面费尔特上将等人，举行宴会，正在欢乐。当时领导干部大吃一惊，追问了志贺长官。长官回答说：“我的话不够充分，而把别的情报混为一谈了”。因此，长官在同一天晚上重新举行记者招待会，作了更正。他非常抱歉地说：“以后要慎重。”

对于这一插曲，法新社记者马居斯1月23日在北京写道：

外国观察家们认为，日本和美国人士所谓根据××中国将在今年爆炸它的第一枚原子弹，甚至两枚炸弹的说法是“纯粹的猜测”。

美国国务卿腊斯克直言不讳地说：“美国所以对裁军协议这样感兴趣，其中一个原因就是具有核能力的共产党中国。”在合众国际社1963年1月27日发自华盛顿的电讯中，“腊斯克在谈到共产党中国可能在不太远的将来爆炸第一颗核装置的消息时说：他想这种心理影响将是十分严重的。他说，共产党中国不会立即成为核军事威胁，但是一定会产生严重的消极的影响，这是毫无问题的。”

英国《新政治家报》1月25日以《裁军，一线希望》为题发表评论，鼓吹把中国套入禁止核试验谈判：

“肯尼迪和赫鲁晓夫在过去几周中互致的私人信件的发表，引起了审慎的乐观情绪，在这种乐观情绪的背景下，本周在华盛顿恢复了禁止核试验的谈判……

“笼罩这些细节的阴影，是否应出现核国家的进一步的问题。法国没有代表参加日内瓦禁止核试验的谈判，它还没有被正式列为核国家……

“中国的情况甚至更难。中国人无疑正在为核武器而努力，而且美国谍报机关预料，他们将在未来12个月中进行他们的第一次试验。苏联没有办法制止中国进行试验或迫使他接受他没有参加谈判的条约。同时，苏联甚至比西方更担心中国作为一个核国家出现——赫鲁晓夫上周提到100吨级炸弹时便暗示了这一点。除非赫鲁晓夫同中国领袖们的争论得到似乎不大可能得到的解决，否则他不能指望通过交给原型核弹头的办法来避免中国试验。实际上，中国的问题只望通过美国方面的宽容来处理：要么美国必须接受排斥中国的核试验，要么它必须参加广泛得多的谈判，使中国回到国际大家庭中。”

与此同时，美国最高法院法官道格拉斯则为束缚中国，要求接纳中国进入联合国，合众国际社1月26日发自衣阿华州格利乃尔的电讯引用他的话说：

“中国共产党将在几年之内拥有核弹。”

“当天空充满载有核弹头的共产党中国轰炸机的时候，我怀疑我们还能在多久的时间内继续硬说共产党中国不存在。”

美联社 1 月 22 日发自伦敦的电讯说：“英国政府已敦促中共及法国参加东西双方关于终止核子武器试验的任何协定。英国外交部发言人评述苏联之主张法国必须参加任何禁试协定时，已表明英国认为共产党中国是一个‘潜在的核子国’。”

南通社 1 月 21 日发自华盛顿的消息说：“据外交观察家说，法国坚持要建立一支国家核力量的态度以及关于中国也将爆炸它的第一颗原子弹的消息将刺激美苏的会谈，并促使迅速达成禁止核爆炸的国际协议。”

《芝加哥太阳时报》1 月 28 日刊登了《纽约先驱论坛报》的特派记者法里斯发自华盛顿的一篇文章，标题是：《美国争取禁止核试验以便跑在共产党中国前面》：

“美国小姐正在争取时间设法同苏联达成禁止核试验的协定。它希望在中国日——即不久就会出现的共产党中国爆炸它的第一个核装置的日子之前取得进展。”

“因为，据我们的最高级官员说，中国必将对世界局势起‘严重的、消极的影响’。”

“北京——或者华盛顿——宣布赤色中国已经成功地爆炸了一枚核装置（在愤怒地射出去之前，它还不是一个‘武器’的那一天可能不远了。”

“国务院上星期重申，华盛顿的态度是：在莫斯科、华盛顿和伦敦达成了禁止核试验的坚定协定以后，就要立即作出努力使其他国家加入这个协定。

“国务院的一个发言人说，美国将会要求法国签字，华盛顿希望莫斯科会要求北京跟着做。”

随着美、英、苏关于禁止核试验谈判的进展，西方神经过敏的记者和政客们对中国原子弹的臆想到了歇斯底里的程度，以至于《华盛顿邮报》1963 年 2 月 11 日发表社论提醒人们不应有歇斯底里的想法——

“中国目前的有限的力量的政治上和心理上的意义是更难做出判断的。

任何这种调查都必须涉及中国发展原子弹对东南亚发生的影响。即便没有大的运载系统，中国的原子弹也具有很大的恐怖和威胁方面的价值。不可能期望西方的核优势会像限制莫斯科那样充分地限制北京。原子弹——或整个中国军事力量的发展——将迫使对次大陆国家作出新的安全安排。这将使美国重新规定在这个地区的利益。这些问题的迫切性是可以预料的——应当最认真地加以研究。对今后来说，这些问题是足够令人担心的，但是人们没有理由对今天危险的程度感到歇斯底里。”

然而，就在两天后，从印度报纸传出的一则更加离奇的消息又在世界各地的报纸上变成了大字标题——

“传说中共已在新疆首次试验原子弹”；

“不丹锡金地震新疆涌现光云”。

1963 年 2 月 13 日，路透社在发自各地的电讯中这样写道：

［路透社新德里 13 日电］印度地震学家今天设法证实有关中共上月在新疆沙漠进行了一次核弹爆炸的报道。

该项来自锡金首府干托的报道，系在《印度快报》上刊出。

该项报道说，中共曾于 1 月 11 日在新疆沙漠爆炸第一枚核子装置。

印尼政府地震学院院长坦当博士评论该项报道时说，他没有听到中共举行过核子试爆的报告，但会设法查阅天文台的记录器。

《印度快报》的报道说：1 月 11 日那天晚上，不丹与锡金两地出现了历时 15 秒钟的震动。

而在同一时间，据说新疆沙漠上空涌现大块的光云。

［路透社日内瓦 13 日电］此间裁军会议上有若干西方及不结盟国国家代表团官员对新德里一项报道（说中共可能于 1 月 11 日在新疆沙漠爆炸了一个核子装置）表示怀疑。

他们说，这是他们首次听到的消息，以前也未曾听到过任何可以使人相信该项报道的消息。

［路透社东京 13 日电］东京中央测震所今午说，日本各地测震站今天没有报告出现任何可能是所传中共在新疆沙漠地区进行核爆所引起的不寻

常震动。

日本地震学家说，他们的报告并非最后报告，他们仍在查阅纪录带。

［路透社华盛顿 13 日电］美国原子能委员会一位发言人今日说：原子能委员会没有情报证实印度报纸的一项消息称，中共曾在 1 月 11 日爆炸一个核子装置。

在吹吹打打、真真假假的喧闹中，1963 年 7 月 25 日，苏联终于同美国和英国在莫斯科签订了《关于禁止在大气层、外层空间和水下进行核试验的条约》。这个条约不包括禁止地下核试验。这就是说，苏美等已拥有核武器的国家可以继续通过地下核试验来改进和发展其核武器，而中国要进行一般核试验来建立自己核力量的权利却应该被剥夺。

苏联对美国提出的签订这个条约的建议开始也持反对立场。直到 1963 年 6 月 9 日，苏联还通知中国说：西方国家在停止核试验问题上的立场，目前不能为达成协议提供基础。可是一个多月以后，苏联却突然把自己一直否定的东西全部接受下来。苏联的这个一百八十度大转弯，决不是偶然的。当时，中苏两党从 1963 年 7 月 5 日在莫斯科开始举行的高级会谈已经以失败告终。7 月 14 日苏共公布了《苏联共产党中央委员会给苏联各级党组织和全体共产党员的公开信》，指名全面攻击中共及其领导人，把中苏公开论战推进到一个新的阶段。恰恰在这个时候，苏联签订了三国部分禁止核试验条约。连美国代表团团长哈里曼都对记者说：这次三国在禁止核试验问题上所以能够达成协议，第一个原因是目前的中苏分歧，赫鲁晓夫在这个时候非常想要有这么一个条约。

1963 年 7 月 29 日，哈里曼在华盛顿对记者说，他曾与赫鲁晓夫讨论中共一旦变成一个大的核国家苏联将会如何的问题，赫鲁晓夫对他说，他不认为这日子会很近，因为中共缺少发展核子能力的必要的工业基地，包括武器与运送系统在内。他补充说，自从 1960 年以来，苏联并没有给予中共任何工业援助。哈里曼说：“看来赫鲁晓夫并不十分关心这个问题。”

1963 年 7 月 31 日，中国政府发表声明，揭露了这个条约的歧视性，指出其目的在于巩固那些核大国的垄断地位，束缚别人的手脚，而它们自己却可以继续制造、储存和使用核武器。声明提出了全面、彻底、干净、坚决地禁止和销毁核武器的主张，并倡议召开世界各国政府首脑会议来讨论这个问题。

8 月 3 日，苏联政府发表声明，攻击中国政府 7 月 31 日关于全面禁止和彻底销毁核武器的声明，为苏联签订部分禁止核试验条约辩护；

8 月 15 日，中国政府发言人声明发表，评苏联政府 8 月 3 日的声明；

8 月 21 日，苏联政府发表声明，答复中国政府发言人 8 月 15 日的声明；

9 月 1 日，中国政府发言人声明，再评苏联政府 8 月 21 日的声明。

一时间，你来我往，唇枪舌剑，中苏公开论战达到了空前激烈的程度。

1963 年 8 月 15 日，中国政府发言人声明中说：“苏联领导人，勾结美帝国主义，企图捆绑中国的手脚，非自今日始，远在 1959 年 6 月 20 日，当所谓停止核试验条约还没有影子的时候，苏联政府就片面撕毁了中苏双方于 1957 年 10 月 15 日签订的关于国防新技术的协定，拒绝向中国提供原子弹样品和生产原子弹的技术资料，作为苏联领导人 9 月到美国同艾森豪威尔会谈的见面礼……”

而苏联政府在 8 月 21 日的声明攻击说：“从中国政府发言人 8 月 15 日的声明中可以看到，中国领导人最抱怨苏联的是苏联没有向中国提供原子弹的样品。”

9 月 1 日中国政府发言人声明对这一诬蔑给予了坚决的反驳：“苏联领导人讲不出什么道理为三国条约辩护，就诉之于诬蔑中国，诬蔑之一就是：中国所以反对三国条约，是因为苏联没有给中国原子弹，这是蓄意歪曲中国的立场。”

“我们在上一次声明中已经详尽地说明，早在 1959 年，为了向美国送礼，苏联领导人就拒绝向中国提供制造核武器所需的技术资料了。但是我们为了顾全大局，一直没有讲这件事情，甚至在兄弟党之间也没有讲。如果不是苏联领导人伙同美帝国主义压迫中国承担义务不生产核武器，我们本来是不准备讲的。”

“我们的揭露使苏联领导人大为恼火，说什么这是泄露了社会主义阵营各国在防御方面的秘密文件和情报，并且说，要对此做出自己的结论。请你们不要装腔作势，你们自己完全知道，早在我们发表上次声明许久以前，你们就已经把中苏之间关于核武器方面的机密告诉美国人了。”

“真正的问题是，苏联领导人认为中国不该生产核武器，也不许中国生产核武器，而只许几个核大国，特别是全世界人民的敌人美帝国主义继续生产核武器……”

“在苏联领导人看来，整个世界和全人类的历史，都是围着核武器在转的。因此，他们紧紧地抱着自己的核武器，唯恐旁人拿去，唯恐旁人也有，打破他们的垄断地位。他们的神经很紧张。他们把中国对三国条约提出的原则性的批评，说成是中国想要原子弹而不得。”

“我们觉得，苏联领导人的这种态度很好笑。这种态度使我们想起了中国古代的一个故事：”

“惠子相梁，庄子往见之。或谓惠子曰：‘庄子来，欲代子相。’于是惠子恐，搜于国中，三日三夜。庄子往见之，曰，‘南方有鸟，其名为鹓鸰，子知之乎？夫，发于南海而飞于北海，非梧桐不止，非练实不食，非醴泉不饮。于是鸱得腐鼠，鹓鸰过之，仰而视之曰‘吓！’今子欲以子之梁国而吓我邪？”

“这个故事的含义就是：人各有志，不要以小人之心度君子之腹。”

30 年过去了，第二次世界大战后的两极格局变成多极世界，对话代替了对抗，缓和代替了冷战，中美关系已经改善，苏联已经解体；从戈尔巴乔夫 1989 年访华同邓小平会见，中苏关系“结束过去，开辟未来”后，中苏及后来的中俄关系已由过去的对峙状态变成了友好邻邦、和平伙伴关系，两国的战略核武器不再互相瞄准对方，当年论战的两方主帅毛泽东与赫鲁晓夫也早已成为历史人物。但是，回望那些历史，中国政府发言人声明中的两句话总在我心中回荡——

“中国不是很穷、很落后吗？是的，很穷、很落后。据苏联领导人说，中国人喝大锅清水汤，连裤子都没有得穿，怎么有资格生产核武器呢？”

“苏联领导人嘲笑中国落后，未免太早了。他们也许说得对，也许说得不对。但是，不管怎么样，即使一百年也造不出什么原子弹，中国人民也不会向苏联领导人的指挥棒低头，也不会在美帝国主义的核讹诈面前下跪。”

这是一身威武不屈、贫贱不移的骨气，一腔不怕鬼、不信邪的正气，一股独立自主、奋发图强的豪气，一种不畏艰险、勇攀高峰的志气。中国，再不是任人欺侮的国家了。

第六章

记住那个年代……

1963 年 5 月 20 日，港澳及世界各地的一些报纸用大字标题登载了这样一则消息：

英科学家谈中共今天科学面貌

知名科学家俱匿迹

可能幕后发展核弹

这条美联社 1963 年 5 月 19 日从华盛顿发出的电讯说：“一位英国科学家星期日提出了关于共产党中国的科学概况，并且推测高级人员不在场也许意味着他们从事幕后的重要计划。”

英国化学家汤普森在出版的《国际科学和技术》杂志上，报告了他和皇家学会最近（对中国的）的访问。

编者在汤普森的文章前面写的按语中说：“那些在国外知名的科学家没有露面一事表明，有着一个也许是在俄国指导下的核计划，这个计划不是让访问者看的。”

英国的一行人包括生理学家、生物学家、物理学家、晶体学家各一人和化学家汤普森本人。

汤普森说，虽然英国代表团没有询问共产党中国在核物理学和核能方面的进展，他们很有可能已在核反应堆方面取得相当大的进步，这也许是在俄国人的帮助下取得的。

汤普森写道：“对早先为我们所知的科学家们现在的行踪的询问表明，他们也许是在特别的实验室忙于进行重要的计划。”

当时，铁幕分割的西方世界还不知道苏联和中国已闹到毁约反目的地步，聪明的科学家只是以自己的想象去猜测中国同行们的行踪。

这次汤普森的推测却并非空穴来风。一批杰出的中国科学家确实已经隐姓埋名，在幕后发展核弹。

苏联专家撤走后，聂荣臻元帅激愤地说：

“逼上梁山，我们自己干吧，靠人靠不住，也靠不起。党中央寄希望于中国自己的专家。”

1959 年 7 月，周恩来在庐山会议期间向前来汇报苏方“59.6”来信的宋任穷、刘杰传达了中央的决策：我们不理睬它，自己动手，从头摸起，准备用八年时间搞出自己的原子弹。

就在这个月，朱光亚调任核武器研究所副所长；随后王淦昌、彭桓武、郭永怀三位科学家也投身于这一神圣的事业；在这光荣的行列中还有程开甲、邓稼先、陈能宽、周光召、于敏、龙文光等一大批优秀的专家和技术骨干。

一颗颗璀璨的明星从自己所拥有的那片天空突然失踪。他们秘密地聚集在一起，结成了另一个辉煌的星团。每颗星都在这里燃烧着、奉献着，把光和热献给那个崇高的目标——那个为祖国创造太阳的壮丽事业。

当中国的原子弹、氢弹爆炸成功后，许多不知内情的人往往想当然的去寻找或制造中国的“原子弹之父”“氢弹之父”。其实，当代科学的发展早已不是爱迪生时代，原子弹、氢弹的研制是一项十分宏大的系统工程，中国没有“原子弹之父”“氢弹之父”。中国的核试验事业是集体的事业，它取得的每一次成功都凝聚着千百万人的奋斗和创造。辉煌和光荣不属于哪一个人，却属于每一个人，属于每一个在这条战线上埋头苦干的无名英雄。

他们是中国驾驭核火的一代精英、一代元勋，是中国铸造核盾牌的集体英雄、集体功臣。

1992 年初春，中国改革开放的总设计师邓小平在南巡谈话中又一次提到原子弹，这位 88 岁的老人动情地说：

“我们要感谢科技工作者为国家作出的贡献和争得的荣誉。大家要记住那个年代，钱学森、李四光、钱三强那一批老科学家，在那么困难的条件下，把‘两弹一星’和好多高科技搞起来……”

钱三强——中国已经改朝换代了。尊严和骨气再也不是埋在地层深处的矿物

钱三强是一个在中国几代知识分子的心目中闪耀的名字；

钱三强曾是我国原子能事业的一面飘扬的旗帜；

现在，钱三强已变成了一尊铜像。

1993 年 10 月 16 日，是钱三强诞辰 80 周年。这一天，也是我国第一颗原子弹爆炸 29 周年。

1993 年 10 月 11 日上午，350 多名科学家、知名人士隆重聚会在中国原子能科学院，举行纪念钱三强八十诞辰报告会暨《钱三强论文选集》首发式和钱三强教授铜像揭幕仪式。

核工业部的首任部长，84 岁高龄的宋任穷同志前来亲自为钱三强铜像揭幕，表达了一位老将军对这位杰出科学家的缅怀和尊重。宋任穷在回忆中说：“钱三强同志是著名核物理学家，重原子核三分裂与四分裂的发现者。1948 年回国后，一直积极推动核科学研究事业。他是我国原子能研究所首任所长，成立三机部后任副部长兼所长。他在我国原子能事业的创建与发展中，有独特的贡献。在普及原子能科学知识，培养推荐科学技术人才，建立综合性核科研基地，引进和吸收外来技术，组织领导重大科技攻关和科技协作等方面，做了大量工作，起到了别人所起不到的作用。”中国科协主席朱光亚、中国科学院院长周光召、中国核工业总公司总经理蒋心雄、中国原子能科学院院长朱祖训等钱三强的同事与学生在发言中深情地怀念钱老卓越贡献和崇高品格：

“三强同志是世界闻名的、杰出的核物理学家，是我国原子能科学技术事业卓越的创始人和开拓者……我国原子能科技事业能够在一穷二白的基础上，以较快的步伐走向繁荣昌盛，成为我国科学技术发展史上的奇葩，光彩照人，震惊世界，三强同志在其中作出了极其重要的贡献，这一功勋是永世不可磨灭的。

“我们有一个共同的认识：在科学界，钱先生是我们这个时代的代表，同时，他又是我们这个时代的楷模，他那坦荡顾大局的胸怀、勇挑重担的气魄、杰出的组织才能、甘为人梯的精神、谦逊朴实的作风和他那只求奉献不求索取的高风亮节，永远是我们学习的榜样，我们将永远怀念他。

“三强同志具有浓厚的爱国主义精神，他的科学视野极其广泛。他不仅是我国科学技术事业一位卓越的组织者领导者和实干家，而且是我国科技界一位著名的社会活动家。”

钱三强的老朋友、老同事，中国科学院院士彭桓武用发自内心的诗句概述了钱三强对我国科技事业的巨大贡献，表达了他的怀念之情：

八宝灵堂送别哀，徐行无语思低回。

人民站起新时代，科学还需指点才。

遍国贤才不断求，知人善任预为谋，

顺从需要多方面，组织科研一统筹。

各路英雄齐会战，八方协作善为媒，

喜传捷报春雷响，请进花厅酒一杯。

科学为人民幸福，“核能”促世界和平，

忠心遵照党领导，服务竭诚终此生。

1949 年 1 月 13 日，北平宣告和平解放。钱三强情不自禁地骑上自行车和年轻人一起，飞快地到了长安街，置身于载歌载舞的人群中……

钱三强的心向着光明、向着党，党也时刻惦记着这位从进步青年成长起来、又与党曾经患难与共的科学家。刚解放不多天，北平军管会主任叶剑英同志就派人与钱三强取得了联系。

当三强高兴地来到军管会驻地时，负责接管文教单位的周扬、钱俊瑞等同志亲切地会见了他。周扬同志对三强说：“你的情况，党组织都知道，欢迎你和我们一起工作。”

几天以后，钱三强接到了一个不寻常的通知：党组织决定让他参加新中国派出的第一个代表团，到法国巴黎出席世界和平大会。代表团团长，就是后来出任中国科学院院长的著名学者郭沫若。三强深切感到，党是多么信任自己呀！

钱三强生前回忆说——

我那时回国半年多，在北平研究院原子学研究所工作并在清华大学任教，正着手培训原子核科学干部和筹备建立实验室，但物质上困难很大，很想借到巴黎开会的机会，托我在法国的老师约里奥·居里教授帮助定购中型回旋加速器的电磁铁和其他一些仪器、图书、资料等。我把这个想法向丁瓒谈了，但又有些后悔，因为战争还在继续，国家经济和人民生活还很困难，要拿出外汇购置仪器图书实非易事。丁说他可以反映一下我的要求。不料几天过后，中共中央统战部部长李维汉同志在怀仁堂附近一间小房子里约我会面，他对我说："你想趁开保卫世界和平大会的机会，定购一些研究原子弹核科学需要的器材，中央很支持。你提的预算 20 万美元的数目，可能不是一次能用完；北平刚解放，国家经济还需要恢复，因此，这次预备先在代表团带的费用中支付 5 万美元，以后再陆续支付。中央对发展原子核科学很重视，希望你们好好筹划。代表团副团长是刘宁一同志，你过去很熟悉，这次需要支付款项时和他商量办理即可。"听到这个传达，当时真是心里暖乎乎的，有这样为民族、为事业着想的党和领导，中国新兴科学的发展定会大有希望！后来知道，党中央作出这样的决定，是由于周恩来同志起了重要作用。

代表团乘火车到达莫斯科，在向法国使馆申办到巴黎去的签证时，结果被拒绝入境，戴高乐政府反对苏联、中国、东欧等国家的代表去巴黎开保卫世界和平大会。苏联方面及时和法国的约里奥·居里（世界和平大会主席）等联系，决定在巴黎和布拉格同时举行大会，一个会议两个会场，重要发言两个会场都能听到。4 月 20 日大会开会时，约里奥·居里对法国当局不给签证的作法首先提出抗议，他还讲出"真理旅行不需要签证"的警句，全场为之热烈鼓掌。第二天正在开会过程中，忽然传来中国人民解放军解放南京的消息，顿时会场充满了欢呼声、掌声，互相握手拥抱，表示祝贺。这时主席台前几个外国代表把身体比较轻的我国代表丁瓒，抬起来向空中抛举，大会气氛达到了高潮。中国人民为保卫世界和平作出了重要贡献。

在当时形势下，原以为能去巴黎见到约里奥·居里的计划不能实现了。经过与刘宁一同志商量，在代表团款项中取出中央批准的经费的十分之一（即 5000 美元），托来布拉格开会的一位有身份的法国代表，带给了约里奥·居里。后来我国核科学家即用这笔经费购买了仪器和图书带回国内。

原来预计定购回旋加速器电磁铁的计划没有能够实现。

1948 年，在钱三强回国前夕，他的两位导师——约里奥·居里夫妇签署了一份评语。他们写道："钱先生对科学事业满腔热忱，并且聪慧有创见。十年期间，在那些到我们实验室来并由我们指导工作的同代人当中，钱三强最为优秀……钱先生还是一位优秀的组织工作者，在精神、科学与技术方面，他具备研究机构领导者所应有的各种品德。"

屹立在世界东方的新中国为钱三强提供了广阔的舞台。钱三强曾经说过："我们这一代从事科学工作的人，多少年来，一腔热情渴望着为祖国的强盛而施展抱负。然而，只是到了新中国诞生，受到中国共产党的启发教育和信任，才真正实现了自己的夙愿。"

1955 年年初党中央决定，利用苏联提供的援助，建设自己的原子能工业。

1958 年 9 月 27 日，苏联援助建设的反应堆和加速器正式移交使用，在现场举行了隆重的移交典礼，陈毅副总理剪彩，聂荣臻元帅和郭沫若讲话，中外来宾 1000 多人。从此，中国有了一个综合性的原子能科学技术研究基地。该基地由中国科学院物理研究所更名为中国科学院原子能研究所，仍属中科院和二机部双重领导，以二机部为主，钱三强任所长。基地汇集了一批科技人才，赵忠尧、王淦昌、彭桓武、何泽慧、朱光亚等著名核科学家，以及刘少奇的儿子刘允斌、彭湃的儿子彭士禄、李四光的女儿李林，都在这里工作。这个基地在我国原子能事业建设和发展中，特别是对于原子能科技骨干的培养，起到了"老母鸡"的作用。

面对赫鲁晓夫背信弃义的行为，钱三强说：

"作为一个有爱国心的知识分子，此时此刻的心情是什么滋味！我很清楚，这对于中国原子核科学事业，以至于中国历史，将意味着什么。前面有道道难关，而只要有一道攻克不下，千军万马都会搁浅。真是这样的话，造成经济损失且不说，中华民族的自立精神将又一次受到莫大的创伤。"

1960 年 8 月 9 日，二机部向所属单位发出《为在我国原子能事业中彻底实行自力更生的方针而奋斗》的电报。指出：今后我部的事业完全由我们自己干。因此，在思想上、组织上和行动上迅速适应新的变化，必须抛弃一切依赖思想。

1961 年 7 月 16 日，中共中央发出《关于加强原子能工业建设若干问题的决定》，指出：为了自力更生突破原子能技术，加速我国原子能工业的建设，中央认为有必要进一步缩短战线，集中力量，加强有关方面对原子能工业的支援。身为二机部副部长兼中国科学院副秘书长和原子能研究所所长的钱三强承担着各有关技术协作项目的具体组织领导工作。

他贯彻部党组的决定，除继续致力于原子能所的学科建设外，开始调整所内科技力量为二机部的一线任务服务。为解决当时正在建设的气体扩散工厂首批六氟化铀供料，他组织了生产工艺攻关，为扩散机的核心元件分离膜安排了预研。他在原来已经在院内为原子弹和核潜艇的研制布好点的基础上，又安排了一批为氢弹设计所需的理论和实验课题，还安排了核武器所需的轻重核材料制备的工艺研究，以及为核工业服务的辐射防护研究等。

钱三强亲自组织了原子弹点火中子源的研制。

一天晚上，钱三强找到所里的一位年轻化学工程师王方定。

“研究原子弹的点火装置，需要我们支援。这个时间紧、担子重的任务，所里决定调你去参加。”一见面，钱三强就直截了当地向小王布置了任务。

王方定禁不住一阵紧张，深感到这副担子太重了。然而，他从所长那期待和信任的目光中，得到了鼓舞，增强了勇气。

“你看，”钱三强指着放在办公桌上的一个容器，深情地说，“这是我 1948 年从法国带回来的一点放射性废渣原料，放了十几年了，一直舍不得用。现在交给你，你们好好搞，快点搞出来！”

王方定小组的青年科技工作者没有辜负所长的期望。他们在钱三强夫人何泽慧教授等老科学家的具体指点下，把生命安危置之度外，终于以数百次的化学实验，赢来了最后成功。

钱三强为部署一线任务，除了组织攻关和协作外，当核工业系统到处需要科技骨干时，他顾全大局，把所内最优秀的人才输送出去。特别是在核武器研究所筹建阶段，由于他知人善任，他亲自提名推荐一批各专业的学科带头人，都被党组所同意而接受。

邓稼先、朱光亚、王淦昌、彭桓武、周光召、忻先杰、陆祖荫、吕敏、于敏、黄祖洽、唐孝威、何祚庥等著名科学家和技术骨干先后调到核武器研究所和核试验研究所。当后来部党组决定成立一批专业的研究所和工厂时，原子能研究所又不失时机地将有关研究室、组成建制地调出去，成为新建所和工厂的基础力量。

从 1959 年至 1965 年 7 月，原子能研究所调给外单位的科学技术人员共计 914 人，其中正副研究员、正副总工程师 28 人，助理研究员、工程师 147 人，研究实习员、技术员 712 人。与此同时，还为部内兄弟单位培训了 1706 名科学技术干部；加上 1958 年以来为高等院校等单位培训了 1185 名科学技术人员（包括到该所实习的研究生和大学生），和为全国各省市培训的 976 名放射性同位素应用人员，共输送和培训了 4781 名科学技术人员。这些人员中的多数都成为“两弹”攻关和核科研中的中坚力量。在原子能研究所，钱三强曾不止一次地讲：

“要顾全大局，打破本位主义思想……舍得把最好、最顶用的人用到最需要、最关键的地方去，不分是你的还是我的。这样既解决了急需，为国家作出贡献，又能使人员交流，人才成长。好的人才输送出去了，年轻些的就很快地自然成长起来了。就像割韭菜一样，一茬接着一茬……”曾有人说过：在中国研制“两弹”的悲壮进程中，原子能研究所是“满门忠孝”。

桃李不言，下自成蹊。在钱三强铜像揭幕式上，朱光亚动情地说：“我同今天在座的许多同志一样，曾长期在三强同志的领导下工作，亲自聆听和感受到他的教诲。我个人 1955 年从长春调回北京（三强同志那时叫我‘归队’），几十年来一直在他的领导、指引和帮助下受到他很大教益……”周光召把他主编的《钱三强论文选集》赠发给参加仪式的科学家和负责同志，他说，今天“使我们联想很多，尤其我们许多作为他的学生和晚辈的人，曾经直接受到钱老的培养和关怀，回顾以往，我们的心情更是难以平静”。

作为钱三强的一位相处几十年，相知很深的老朋友，彭桓武先生感慨地说："在科学家中，三强入党较早，当时形势要求他在组织领导工作与个人科研工作之间进行选择。正像他 1982 年接见记者时说：我想借用马克思的一句话来与青年们共勉。马克思说：'如果我们选择了最能为人类福利而劳动的职业，我们就不会为他的重负所压倒，因为这是为全人类所做的牺牲；那时我们感到的不是一点点自私而可怜的欢乐，我们的幸福将属于千万人，我们的事业并不是显赫一时，但将永远存在，而面对我们的骨灰，高尚的人将洒下热泪。'我想正是这些信念，使他选择了前者，忠心遵照党的领导，热情积极地工作，在党领导和科学家之间架起了很好的桥梁，使许多科学家和大批青年的创造性得到发挥，直到取得集体的胜利。"

"钱三强"却一如他生前那样谦虚而坦荡地微笑着，在绿树和鲜花丛中微笑着，无悔的笑容凝固成一尊历史的青铜雕塑。

邓稼先——做好了这件事，就是为它死了也值得

邓稼先的手很凉，有汗，湿漉漉的。

我们握手，互道辛苦，但都有点心不在焉。

当时我们的注意力都被几公里外的那座大山吸引着，再过一会儿，那里将爆炸一颗原子弹。

那是在罗布泊的一次地下核试验的前夕，曾担任过国防科委核武器局第一任局长的基地政委胡若嘏介绍我认识了邓稼先。

那紧张的工作不允许有更多的交谈，于是我们相约，有一天到他长期生活的大西南的研究院去，再听他好好讲那秘密历程中的故事。

没想到那是他最后一次到罗布泊试验场；

没想到那时他已是一位身患绝症的病人；

没想到，当我几年后来到那座科学城，邓稼先已成了一尊雕像。

在邓稼先家的客厅里，我看到了一盆令人怆然心动的马兰花。这是参加核试验任务的同志特意从罗布泊带给他们的邓院长的。马兰花已经枯干了，曾经浓绿的叶片苍白的几乎透明，它和它那遗像上的主人那样，把生

命和颜色献给了阳光和时光。但它依然保持着挺立的姿态——那是活着的形象啊！邓稼先的夫人许鹿希教授细心地用白色塑料线把这枯干的马兰花缠绕起来，摆放在邓稼先遗像前。许教授告诉我："这花，已经摆了好几年了。"在邓稼先遗像旁的玻璃板下，还摆放着一张领奖通知单，上面写着：……国家科技进步特等奖；获奖项目：原子弹的理论突破及武器化，氢弹的理论突破及武器化；奖励金额：1000 元……

那一刻，我突然百感交集却又无话可说，只能低下头来鞠躬，再鞠躬……

许教授告诉我：邓稼先去世后，这客厅一直保持着原来的模样，这是杨振宇来访时他们倾心交谈坐的沙发、这是邓稼先到戈壁滩去背的水壶、这是准备停电时点的蜡烛……

那支洁白的蜡烛只点燃了一半……

许教授拿着一本美国人刘易斯写的英文版的《中国原子弹的制造》，慢声细语地讲述着邓稼先和他的战友们的故事，那是永远活在她心里的故事啊——

那时候，他们都很年轻。

"到南方去到北方去到祖国最需要的地方去……"1958 年，年轻人的歌声是那样真诚而潇洒。

歌声飞扬在暖融融的阳光普照的那片高粱地。

北京郊区这片年年岁岁生长高粱的农家土地，如今却要长出一颗原子弹。

1958 年深秋。钱三强找到邓稼先："小邓，我们要放个'大炮仗'这是国家绝密的事情，想请你参加，你看怎么样？"说完，他又严肃地说："这可是光荣的任务啊！"

他们最初接受的任务很明确，"向苏联来华的专家学习，看懂那颗教学模型弹"。其次，将有一车皮的俄文资料让他们翻译。

面对如此艰巨、光荣、关系重大的事情，一时间，"娃娃博士"不免有些惶恐、胆怯地说："呵，研究原子弹！我能行吗？"

"能行。你就和大家一起干吧！这是祖国对你的信任。这件事关系到国家的安危……相信你能干好的！”钱三强拍着他稚嫩的肩膀说。

他失眠了。妻子许鹿希见他神情有些异常，问他发生了什么事？

“没有什么，我要调动工作。”他平静地说。但想到以后不可能长年和妻子、孩子生活在一起，他不免有点惆怅。他怀着深深的歉意说：“鹿希，往后家里的事我就不能管了，我的生命就献给未来的工作了，做好了这件事，我这一生过得就很有意义，就是为它死了也值得！”

许德珩先生的女儿许鹿希虽然不知道邓稼先要调到哪里？干什么工作？她明白她的丈夫要做的一定是关系到国家利益的大事业，而且相信他会豁了命来干的。这是因为他们都经历过国破家亡的苦难。

一切都从这片象征“0”的高粱地里开始了。

新垒的小屋是湿的，地是湿的，被窝同样是湿的。他和一些年轻人围着火炉搓手跺脚，在寻觅和创造关于一种“火”的神话。

他们毫无怨言地当起了泥瓦工。

修建准备存放原子弹模型的库房。原子弹模型始终没有等到，苏联专家却撤走了。

昔日的高粱地里，是突然而至的复杂情绪——恼怒与失落，激昂与迷惘——卧薪尝胆的东方式的激情。

1960 年 1 月 3 日，九局在“科研工作计划纲要”中明确提出：“我们的事业完全建立在自己的科学研究基础上，自己研究，自己试验，自己设计，自己制造，自己装备”，“从无到有，从小到大，从低级到高级”。

同年 6 月 9 日，刘杰部长向九所组长以上人员交底，并提出要“争取高的，准备低的；争取好的，准备差的”。刘部长对邓稼先说：“你要有思想准备，原子弹的理论设计要自己干。”

邓稼先点点头。

一个星期后的 6 月 15 日，1959 年 7 月调任九所副所长的朱光亚向邓稼先在内的一部分技术骨干提出，由于苏联人撕毁合同，我们的事业要建筑在自己工作的基础上。朱光亚进行了技术交底并讲解了一份绝密文件。

那是根据 1958 年 7 月，苏联专家聂金、加弗利洛夫、马斯洛夫一个报告整理的文件。

宋任穷在回忆录中对这次报告作了客观的评价：

“1958 年 6、7 月间，苏联派三个搞核武器的专家来华考察和工作。先到青海看了核武器研制基地厂址，7 月 15 日回北京作了报告，我和刘杰、袁成隆、钱三强、吴际霖、郭英会等都去听了。这次报告对我们研制原子弹初期工作是有益的，起到了引路的作用，加快了研制进程，争取了一些时间。可是他们讲的，毕竟只是一种教学概念，不是工程设计，而且有的数据根本不对，苦了我们用两年左右的时间，经过反复计算才完全弄清楚。后来的研制工作，完全是靠我们自己的科技人员，刻苦钻研，艰苦探索，反复实验，逐步过关，最后达到 1964 年核爆炸试验成功。”

“那次报告之后，我请这几位苏联专家在北京饭店吃了一顿饭，总顾问扎吉江也参加了。以后又请他们参观了一些机械厂和研究所，他们参观后说，没想到你们的工厂有这样的水平，我们对你们估计低了，你们的机械制造水平相当高，我们苏联有些厂子还不如你们。这些专家对我们是友好的，他们有的过去当过红军，后来才改学技术。”

在 1993 年的采访中，刘杰告诉我：“在那次报告中间，苏联专家一看我们在做记录，很生气，当场让把本子烧掉。宋任穷同志反应很快，说：我是中国政府的部长，也是中共中央委员，你们应该相信我，把记录本都交给我处理，你们放心吧。苏联专家也就不好再说什么。后来我们根据记录和回忆整理了一份文件。那次报告是起到了引路的作用……”

不知是无意还是故意，苏联专家和报告中有的数据留了一个个谜团。

从教学概念到理论设计，一切还要靠我们自己从头摸起。

那是我们国家最艰难的岁月，邓稼先和他的同事们开始了艰苦的理论攻关。他们最先进的运算工具只是一台乌拉尔计算机，大量的数据主要靠手摇计算机和计算尺，甚至用算盘来运算。现在人们都知道陈景润演算的那几麻袋稿纸，可很难想象，邓稼先他们演算的稿纸竟装了几十麻袋，堆了满满一大间仓库。

作为九所理论部主任邓稼先肩头压着千斤重担。

他和他的同伴们要用数学手段模拟原子弹的爆炸。

别人的深夜正是他们的黎明。陈旧的电子计算机被敲打得劈劈啪啪……中子输运、状态方程、流体力学，一个洁白的“0”的靶标在邓稼先的眼前晃动。

三年困难时期中最严重的时刻，无情的饥饿，使昔日高粱地里活泼可爱的歌声变得有气无力了。年轻人在紧张的运算之后，力不从心地叫着：

“老邓，老邓，我们饿得慌——”这时邓稼先从街上捧回饼干，眼睛润湿得如两口苦涩的老井。

邓稼先这些年轻的伙伴们，平均年龄只有 23 岁。他们用稚嫩的肩膀挑起历史的重负，勒紧腰带向道道难关发起一次又一次的猛攻。在原子弹总体力学的计算中，有个参数对探索原子弹的原理有着重要作用，但他们的计算结果与一般概念相比，误差竟达一倍以上。问题究竟在哪里呢？他们已经是第四次重复计算了。每计算一次不知要付出多少复杂而艰辛的劳动。

那单调、机械的动作，每个人都要重复千万次。此外，还要把得出的数据画在比桌子还大的图表上，一次要填几万个。由于工作量大，忙的时候，需要三班人轮换着计算、画图、分析，昼夜不停地加班。

有一天，宋任穷和刘杰两位领导同志来了。宋部长了解了年轻人计算参数的情况后，高兴地说：“这些年轻人干得不错。别人预言我们搞不出来，这就是压力。你们是搞流体力学和空气动力学的。你们把压力变成了动力，这正是我们事业的希望！”

他还提出一条建议：“多开一些学术讨论会，让年轻人各抒己见。”

于是，一个别开生面的讨论会开始。专家、学者和年轻的科研人员聚集一堂，大家提出问题，答辩论证，实行科学民主，谁对就听谁的。

这些平日里文质彬彬的专家、学者和大学生，往往为了一个方案、一个公式、一个数据争论起来，时而面红耳赤、时而又和风细雨、时而是咄咄逼人的质询、时而是有理有据的答辩。在这里，只要你有独到的见解，充足的论据，你就有发言权和说服力。

著名科学家彭桓武、郭永怀也像年轻人一样，热情地在讨论中各抒己见，在黑板上写下一个又一个计算公式，以他们深厚的基础理论启发着、活跃着年轻人的思路……

第五次计算、第六次计算……第八次、第九次计算，每一次计算，他们都加进去了一些新的因素。这些日子，年轻人的身心几乎都沉浸在这些参数的计算中了。手摇计算机发出的单调的“哒哒”声响和枯燥复杂的数字、公式，似乎成了这些年轻人最喜欢的音乐。

在第九次计算结束不久，周光召从国外回来了。他是彭桓武的研究生，曾以出色的成绩、严谨的作风、勤学的态度，赢得了彭桓武的赏识。

1959年，周光召正在莫斯科杜布纳联合核子研究所工作。9月的一天，钱三强在中国驻苏使馆人员的陪同下来到杜布纳，向在这里工作的中国人员通报了苏联毁约的消息。

30年后，钱三强在回忆中说：

“苏联专家撤走后，周光召立即把在苏联杜布纳联合核子研究所工作的部分中国专家召集到一起，进行讨论：离开外国人的帮助，中国依靠自己的力量能不能研制成原子弹？回答是肯定的。二十几个人联名向国内写信：请缨回国参战。”

周光召起草的联名信是这样写的：

“作为新中国培养的一代科学家，愿意放弃自己搞了多年的基础理论研究工作，改行从事国家急需的工作任务。我们随时听从祖国的召唤。”

1961年年初，周光召回国后任九所理论部第一副主任。

他仔细看了年轻人九次计算后的一叠厚厚的手稿，觉得他们的计算是没有什么可挑剔的。问题是需要有个科学的论证，才能使人信服。周光召从炸药能量利用率着手，求出炸药所做的最大功率，从理论上证明了用特征线法所作的计算结果的正确性，使对压紧过程的流体力学现象有了透彻的理解。数学家周毓麟等研究了有效的数学方法和计算程序，经在中国科学院计算技术研究所的104电子计算机上进行计算，其结果和特征线计算结果完全相符。

谜底解开了，难关攻破了，理论部年轻的科研人员，为自己正确的计算结果得到科学论证而欢欣鼓舞。

1963 年 12 月 14 日，香港《天天日报》刊载了一幅这样的漫画：

毛泽东戴着镰刀铁锤图样的臂章，夹着《原子知识》的书本，双手捧着一个原子模型，在皱着眉头沉思；而赫鲁晓夫秃着脑袋火冒三丈地在一旁斜眼盯着。

漫画的标题是：不再是一个谜？

那位不无恶意的漫画作者却没有想到，早在两年前，在彭桓武、邓稼先、周光召、周毓麟等科学家和青年科技人员的努力下，已经攻克了原子弹设计的理论难关。

对于毛泽东和中国共产党人来说，原子弹早就“不再是一个谜”！

王淦昌——我愿以身许国

1961 年 3 月的一天，王淦昌迈着稳重的脚步，走进二机部部长办公室。这是一次难忘的会见。二机部部长刘杰和副部长兼中国原子能研究所所长钱三强会见了王淦昌。

刘杰向王淦昌传达了中央要求自力更生发展核武器的指示和周恩来总理的口信。早在一年多前，苏联专家将要撤离中国的时候，刘杰就将中国制造原子弹的希望寄托在王淦昌等中国科学家的身上了。当时有位同情中国的苏联专家临走前对刘杰说：“不要紧！我们走了你们也能把原子弹制造出来，因为你们有王淦昌和其他许多有才能的优秀科学家……”

望着王淦昌疲惫的脸。刘杰说：“王教授，我们今天请你来，是想请你做另外一件事，这件事和杜布纳的研究完全不同。我们想请你参与和领导研制原子弹。”沉吟片刻，刘杰又说：“现在有人卡我们，说我们离开他们的援助，十年、二十年也休想制造出原子弹来！因此，我们要为祖国争一口气……”

听到要造出中国的原子弹，王淦昌心头翻滚着半个世纪的风云，一幕幕难忘的图像在他脑海闪现：上海租界的印度巡捕、“三一八”惨案中烈士殷红的血、叶企荪与吴有训教授的教诲、德国犹太籍导师迈特内停止授课后的悲凉心境，以及辗转流颠、七次搬动校舍的在战火中苦苦挣扎的“东方剑桥”——浙大的师生……

祖国，多么深刻的字眼，多么丰富的含义。她使多少人燃烧，又使多少人献身。她是每个平凡而又崇高的中国人心中的太阳！

王淦昌教授怔怔地听着，他脸上的表情在飞速地发生变化。他明白中央领导和周恩来总理对自己的器重，也明白祖国已经把这副沉重的担子压在他的肩上了。他的嘴唇嚅动着，半晌，才迸出了积压在他心头多年的一句话：“我愿以身许国！”

这使人想起民族英雄岳飞的名言：“以身许国，何事不可为？”

“我愿以身许国！”一年前，王淦昌还在苏联杜布纳的联合原子弹研究所工作，当听到国内遭受严重自然灾害的消息时，他再也坐不住了，乘车专程到莫斯科中国大使馆求见刘晓大使，见面后，王淦昌二话没说，就取出一张存折，双手递上送给刘晓大使。说：“刘晓同志，这是我在苏联工作期间节余的十四万卢布，请你收下！转交给祖国人民吧……”

刘晓接过这笔巨款，迟疑地问：“这合适吗？”

王淦昌坦诚地说：“这是理所应当的事。现在国家遭到困难，我作为祖国的儿子，尽点自己的心意还不应该吗？”

抗日战争时期，他在逃亡中的西南联大和妻儿忍饥挨饿，却把结婚戒指和一些金银首饰捐献给前线将士。

1952 年，从美国归来不久的王淦昌又出现在朝鲜战场上，他和钱三强一起，作为国际科学调查委员会的工作人员，冒着生命危险调查侵略军发动细菌战化学战的事实，有力地揭露了帝国主义的罪恶阴谋。

现在，当祖国召唤的时候，王淦昌又一次豪壮地作出了自己的选择——“以身许国”。

三天后，他放下自己回国后已经开始研究的课题，话别家中老小，来到核武器研究所……

人的命运有时往往不是由自己安排的，但只要把自己个人的命运与祖国的命运结合在一起，他的生命就会放射出灿烂的火花……

王淦昌就这样服从了命运的安排！

一项新的使命，一场新的战役。从此，中国核武器的研究攻坚战的行列里，多了一个化名王京的组织者和领导者，他和上万名技术人员，战士一起，在核武器研制基地隐姓埋名，奋斗了 17 年。

这是开战前的 17 号工地的爆轰物理试验场，王淦昌带着许多年轻人天天与炸药、雷管打交道。起初，试验用的“碉堡”尚没有修成，他们就用沙袋围起来做试验。长城外的风沙，弥漫在昏黄天空。人站在野地上，常常是没做完一天试验，汗水沙土就粘胶在一起了，每个人都成了泥人、沙人……

风沙、酷日考验着人的意志。

在爆轰试验、固体炸药工艺研究和新型炸药的研制，以及射线测试和脉冲中子测试等方面，王淦昌日夜操劳，指导解决了一系列的难题。他经常深入到那简陋的营房里，给科研人员讲解有关炸药研制的原理；他还经常和郭永怀一起钻进工棚，像普通技术人员一样搅拌炸药……当时正是国家三年困难时期，不仅试验条件简陋，物质生活也很艰苦，过分的辛苦使许多人都得了浮肿病……

王淦昌毫无怨言，他充分理解祖国对他的信任，晚上住在帐篷里，他的思绪仍像在贵州湄潭、莫斯科的杜布纳一样地驰骋，他仿佛自己又回到了青年时代。他知道：这是祖国的“争气弹”。不仅显示国家的实力，而且更主要的是要让外国人看到，具有五千年文明史的中国人并不比外国人傻，外国人能干的事，我们中国人也同样能够干！

有一天，金属物理学家陈能宽博士，见王淦昌教授没日没夜地在工地上操劳，脸颊明显地消瘦了，便抽空去附近的水库钓鱼。他钓到一尾大鲤鱼，这对于长年在野外作业靠野菜干馍充饥的科技工作人员来说，是个不小的收获。他想应该给王先生补补营养了，但又怕王淦昌不会接受这番好意，于是又像主持攻关小组工作会那样，请大家围着那条在水桶中游动的鲤鱼献计献策。鱼在桶中欢快地游着，把水珠溅在一位同志的额头上。那位同志一拍额头，笑道："有了，我们就说师母的烹调技术好，把这条鱼提到王教授家里去……"

当晚，一伙人围在王淦昌的饭桌前，品尝"美味"。王淦昌见众人不动筷子，便夹了一大块鱼肉，笑嘻嘻地放进陈能宽博士碗里……

一年以后，年近花甲的王淦昌又带人来到青海高原。在高山缺氧、呼吸困难、吃不下饭、睡不好觉的艰苦环境中，他仍日夜坚持工作，对每项技术，每个数据严格把关，一丝不苟，为第一颗原子弹的成功付出了心血。

第一颗原子弹爆炸前，组织上送疲劳过度的王淦昌去广东从化温泉疗养，时间是一个月。一天，他午饭后散步，遇见素有儒将风度的陈毅元帅。陈毅元帅和他并肩而行。一面走，一面把手攥成拳形，又忽然放开来，问王淦昌："你们这玩意儿什么时候造出来？"

"快啦！"王淦昌点点头说。

"明年行不行？"陈毅元帅又急切地问道，一双睿智的眼睛中透出信任的目光。

"再过一年差不多啦！"

"噢！"陈毅元帅松了一口气："我希望你们赶快造出来。那个东西响了，我的外交部长也好当了！"

第二天，朱德、陈毅、聂荣臻三位元帅特地设宴招待王淦昌教授和他的夫人吴月琴女士。

彭桓武——这件事总要有人来做，国家需要我来，我就来了

一见面，彭桓武先生就给我开了个玩笑：

"噢，你准备写篇报告文学，报告文学者，就是说你可以胡编，我可以不看，不信也……"

几句话把我的拘谨给打消了。

趁彭先生去烧开水的工夫，我打量着他那简朴的寓所。饭厅一角的小桌上，摆满了用过的和待用的碗、盘，饭桌前的墙壁上，挂着一张营养素

成分图表——我知道彭先生这些年来一直独身生活，却没想到身为科学院院士的78岁的老人却连一个帮着做饭的人也没有。客厅里书橱和写字台上，摆满了书籍和资料，我特意打量了一下他那陈旧的沙发，沙发的两头的扶手已深深地凹下去——曾给他开车的邵春贵师傅给我讲过：有一次我问彭先生你这沙发是怎么回事，彭先生说你猜猜看，我说是胳膊压的吧，彭先生笑着说不对，是头压的，我喜欢躺在沙发上看书，这是我的枕头。

我早就听说了彭桓武先生的许多传说，听许多人说彭先生的道德文章都堪称一流；听说彭先生40多岁才结婚，后来夫人又先他去世；听说他年轻时工作之余喜欢在街头看人下象棋；听说在核武器研究所任副所长时每当饭后就一边思考问题一边踢着路上的石子散步；听说彭先生爱写诗，还是中关村一个诗社的活跃分子……

特别是一个这样的故事给了我很深的印象：

前几年彭桓武先生主持的核武器理论设计获国家自然科学奖一等奖。

按照国家规定，这项一等奖的唯一的一枚金质奖章应授予名单中的第一位获奖者。当研究所所长给彭先生送去这枚奖章，他却执意推辞：

“这是集体的功勋，不应由我一个独享。”

“不，彭公，这是国家的规定，请您一定要收下。”

略加思索之后，彭桓武接过了奖章：

“好，既然这么说，我就先收下，”但是他接着说，“现在这枚奖章已经归我所有了，我就有权来处理它，请您带回去，就放在研究所，送给所有为这项事业贡献过力量的人们吧。”

说着，彭桓武提起笔来，顺手撕下一张日历，写下这么两句话：“集体、集集体，日新、日日新。”

谈起这件事，彭桓武告诉我：“我不是谦虚，是事实，我们的核武器完全是集体智慧的结晶。刚开始，没有谁懂得原子弹、氢弹，是靠集体智慧，集体攻关，集思广益，我们才攻破了一个又一个难关，其中的每个人，包括我们这些老一些的专家也都要从头摸起……”

说到这里，彭先生忽然一笑：“你听说过吗，周总理还说过我呢。”

“为什么？”

“我想，当时可能是总理看我说话很随便，像小孩似的，就说了‘彭桓武啊，这可是严肃的政治任务啊’！”

“那是 1961 年，我和王淦昌、郭永怀到九所报到不久，周总理在中南海西花厅接见了我们，交谈中，总理问：彭桓武，你在过去见过原子弹吗？我说谁见过那玩意儿啊！总理又问：你以前懂不懂原子弹啊？我说谁懂得那玩意儿啊！总理就对我说了那句话，我一直没有忘记这句话，这是严肃的政治任务。”

彭桓武是和王淦昌同一天来到核武器研究所的，在祖国召唤的时刻，走进这个神秘的领域，以全部的身心投入到我国核武器的理论攻关中去。

回顾当年的心情，彭桓武的语言中没有慷慨激烈的悲壮，却有一种天经地义的自然：

“这件事情总要有人来做，国家需要我来，我就来了。”

其实，在此之前，彭桓武就在为这神圣的事业尽心出力了。在 1988 年 7 月的一次采访中，朱光亚告诉我说：“彭桓武没调来之前就开始出主意，那时，我们经常到原子能所去找他请教……”

彭桓武担任了副所长和第四技术委员会主任，负责中子点火装置的理论研究和设计，朱光亚担任副主任。在北京郊区一座树荫掩映的灰楼里，彭桓武指导那些年轻的科技人员研究、计算；在青海高原的金银滩，彭桓武参与指导核爆前的重要爆轰试验；在罗布泊的核试验基地，他洒下了心血与汗水。在他身边，成长出一批批年轻的科技专家。

几乎每项工作都是开创性的。由于国外严格保密，核武器理论中许多重要的物理现象、规律及其计算方法都要依靠我们自己研究掌握。

在彭桓武的建议下，核武器理论的攻关者们每个星期一的上午召开专题研讨会。卓有成就的著名科学家和初出校门的后辈聚在一起，对难题“会诊”，各抒已见。这里没有年龄与资历的差别，只有对科学真理的平等探讨。会议室的黑板上，是大伙儿疾思走笔的场所，一个个公式写上去又被擦掉，一个个计算结果得出后又被否定，谁有道理就听谁的。

彭桓武从不以大科学家自居，始终平等待人，实事求是地研究问题，不懂就问。他一直认为，研制原子弹离不开集体的智慧和力量。他特别器重和喜爱那些年轻人，深知他们为计算每一个参数付出了多大的努力。但年轻人在某些地方考虑不周时，他就提出自己的看法。他有时在黑板前，写出一大串计算公式，从另一个方面启发年轻人的思路。他热情鼓励年轻人都谈出自己的看法，从各种不同的意见中发现每一点有价值的东西。他运用强有力的理论手段把复杂的方程组予以简化，完成了原子弹反应过程的粗估计算，科学地划分了反应过程的各个阶段，提出了决定各反应过程特性的主要物理量，为掌握原子弹反应的基本规律与物理图像起了重要的作用。

困难的还有工作条件。虽然国家把当时仅有的科学院自制的电子计算机尽量保证他们使用，但计算尺和手摇计算机仍是“常规武器”。对此，彭桓武后来回忆说：“我们穷人有穷人的办法，想了些窍门，可能计算上比人家省些时间。整个过程中，数学计算没拖实验的后腿。”

难题被一个又一个地解开了。1962 年 9 月，我国第一颗原子弹的理论方案宣告诞生。

李佩——如果郭永怀活着，他一定会为今天祖国的强大高兴的

在对核武器研究院的采访中，我看到了这样一张照片：1992 年 11 月，王淦昌、彭桓武、朱光亚、陈能宽、程开甲等科学家来到大西南的那座科学城，回到了曾经朝夕相处的战友们中间，他们的笑容是那么亲切，那么愉快。

但是，人们永远不能看到力学专家郭永怀的笑容了。这位为核武器发展做出卓越贡献的科学家已化作一尊凝重的雕像，默默地站立在北京中国科学院力学所的绿树丛中。

郭永怀是和王淦昌、彭桓武一起来到核武器研究所的。直到今天，提起这位科学家，人们都称他有一颗金子般的赤子之心。

郭永怀在青岛读中学时，看到市区被欧美势力和日本划分。外国人在中国土地上横冲直撞，趾高气扬，他的内心就像被刀割一样。正是出于此，在美国留学时，他毅然放弃攻了多年的物理专业，改学航空，准备为抗日战争服务。1949 年新中国成立后，他从内心里为祖国的新生感到欢欣。为了创造回国的条件，他在美国从不参加机密工作。一次，校方让他填一张表，其中有一条是："如果发生战争，你是否愿为美国服兵役？"郭永怀看了半天，愤然拿起笔，在上面写了个大大的"不"字。美方为阻拦他回国，寻找借口将他妻子李佩无理传讯一年多；台湾方面也专门派人来，劝他去台湾。郭永怀激愤地与那个人论战了几个小时。奋斗没有白费，根据周总理 1954 年在日内瓦与美国达成的协议，郭永怀通过律师向美移民局据理力争，终于 1956 年回到了祖国。

他在北京见到了先期回国的钱学森同志，兴奋地流下了热泪。钱学森推荐他为中国科学院力学研究所副所长。在我国原子能事业发展的关键时刻，钱学森再一次向党推荐了郭永怀。

对郭永怀来说，这意味着将要接触机密，将要默默无闻地为祖国献身。这位在美国坚持拒绝接触机密的科学家，在祖国召唤的时候，毫不犹豫地投身到研制原子弹的秘密工程。

郭永怀副所长负责核武器的力学部分和武器化，被任命为第三技术委员会主任。他组织大家对核装置的结构力学、结构强度、压力分布等进行具体的研究和计算，并指导大家进行核装置的静态力学和动态力学试验。作为研究院的主要领导人之一，他对核武器的总体发展提出了很好的建议和设想。

在郭永怀的文集中，文稿只收集到 1957 年，在为祖国强盛的奋斗中，他义无反顾地舍弃了自己的一切，甚至包括每个普通人都会有的业余爱好——听音乐的时间都没有了，他把从美国带回的两箱唱片全部送给了中央人民广播电台；把整整三大本邮票也送给了邮政总局；他十分爱好摄影，后来也顾不上了……

1968 年 12 月 5 日，刚刚参加了一次核试验任务的郭永怀，因飞机失事永远离开了我们。在无情的烈火中，他仍然紧紧抱着那个装有核武器资料的皮包。

在我 1994 年的采访中，已经 86 岁的王淦昌教授仍对失去这位好同志痛惜不已：

“安排好那次试验任务，本来我们是一块回北京的。周总理爱护我们，曾嘱咐我们尽量不要坐飞机。到了兰州，郭永怀一定要坐飞机回来，他说这样能省时间，他说他是搞空气动力学的，原来是搞航空的，应该带头坐飞机。没想到我们坐火车回到北京，他已经不在了。那时真该硬把他拦住一块坐火车……”

当时周恩来立即命令有关部门，要彻底查清事故的原因。钱学森十分沉痛地说：“一个生命，有智慧的人，一位世界知名的力学家离开了我们，生和死，就那么十秒钟！”

1993 年秋，在郭永怀烈士殉职 25 年之后，我到中关村看望了郭永怀的夫人李佩教授。李佩教授说：“如果郭永怀活着，他一定会为今天祖国的强大高兴的。”

陈能宽——敢于从事危险作业，这是一个核武器研制者起码的素质

1993 年 10 月，当我采访国防科工委科技委副主任陈能宽教授时，没有谈论个人经历、生活艰辛、攻关苦乐，一见面，这位多才多艺的科学家便同我谈起了诗、文、毛泽东、爱因斯坦……

陈能宽教授说：“1964 年，我国爆炸了第一颗原子弹。我在现场参加试验，亲眼看到，伴随着春雷般的巨响和急剧升腾的蘑菇云，参试人员纵情鼓掌、热泪盈眶。我过去翻阅过原子弹爆炸的图片，但在实际中接触到这盖世的声色时，竟情不自禁地拿出怀中的笔记本，记下‘东方巨响’几个字和一句话的感想：‘神州日月增光’……”

我说：“我正在琢磨这篇报告文学的名字，现在好了，就用你的这四个

字——东方巨响。”

陈教授笑了，却突然问：“你喜欢诗词吗？你对毛主席的《念奴娇·昆仑》这首词怎么理解呢？”

于是，我们一起吟诵起毛泽东那雄论视千古的伟大词章：“……千秋功罪，谁人曾予评说……太平世界，环球同此凉热。”

我不避弄斧之嫌，谈了自己对这首词的理解，由此，我们谈起了人类的过去、未来、战争、和平、核武器、核禁试……

陈能宽说：“中国为什么要下决心搞原子弹？如果让我说，最根本的理由是中国国家利益的需要，特别是国家安全利益的需要。这也就是动力所在。”

“我还记得：1960 年正式开始研制第一颗原子弹以后，就不断接触到从全国各地选调来的同志。其中有将军、党政干部、科技人员和工人，他们那种‘起来，不愿受核讹诈，不愿做核奴隶’的心情，那种‘奉命于危难之际’的责任感和光荣感，我认为是真实的历史反映。”

“值得提到的是老一辈科学家的榜样。他们大多是从事基础研究的，很有造诣，有的已经世界知名。如果完全从个人兴趣选择出发，研制武器的吸引力就不一定处于首位。但他们决定毅然以身许国，把国家安全利益视为最高价值标准。这更是国家决策深得民心的历史鉴证……”

是的，也正是这样的“责任感和光荣感”，这样的“最高价值标准”，使陈能宽服从祖国的安排，走上了一条陌生而艰辛的路。

1960 年，陈能宽被任命为九所第二研究室主任。从此，他隐姓埋名，销声匿迹。

那时，他只有 37 岁，还很年轻。刚一上班，更年轻的组长们被他叫到办公室。他二话没说，递给组长一捆油印的试卷。

“测验！”

“啊？”

几分钟后，这捆试卷被分发到了每个年轻人的手中。

“每人必答，时间两小时，允许用字典。”

青年们面面相觑，望着陈主任亲笔刻写的试卷，不由得有点紧张，不知道是怎么做完试题，又是怎么交上试卷的。

他连夜改完了 100 多份试卷。每一份试卷上都留下了他刚劲的笔迹和详细的批语。

“搞科研的，外语是重要的工具，这次测验很多人答得不错，也有不足之处，要再努力。”他的声音铿锵有力，字里行间透着认真的工作态度和严谨的治学作风。

小伙子们受到了震动。就这样，陈能宽带领这支年轻的队伍开始了艰难的攀登。

1960 年 2 月 29 日，在北京远郊的古长城下，爆轰试验场及炸药研制实验室第一期工程破土动工。当年 5 月 1 日前，打响了爆轰物理试验的第一炮。

起步是艰难的。当时，为爆轰实验提供炸药部件的工程师张寿齐在 1993 年告诉我：“熔炸药用的蒸汽锅炉是在护国寺买的一个普通的茶水炉，熔药桶是从工程兵借来的，用马粪纸做的药模代替了金属药模，用人工搅拌代替了机械搅拌，靠这些土办法浇铸出第一批炸药部件……那里正好是个风口，一刮风，就沙尘呼啸，什么都看不见、听不见，夏天冰雹有乒乓球大，能把羊打死，冬天接雷管起爆线要不断跑到工号去烤手，否则手冻僵了，接不上……”李觉院长对我说，“爆轰试验场刚有点头绪，一场大雨，山洪把帐篷工号都冲掉了，熔药桶冲到了官厅水库的边上，找回来一看，碰坏了，不能用了。他们回来向我报告，急得都要哭了。我说别急，没关系，我们再从头来……”张爱萍将军在 1988 年和 1993 年两次向我谈到：“有一次我到工程兵靶场去检查工作，正碰到陈能宽他们在附近打炮，搞爆轰，他们让我去看一看，我一看什么都没有，我说你们就这么搞试验呀，赶快让工程兵给他们解决一些器材……”

饥饿威胁着年轻的试验队伍，许多人浮肿了。据 1960 年 12 月的医疗资料记载，正在建设的青海基地浮肿病人 570 人；而在北京的九所得浮肿病的就有 79 人。

张寿齐说："那时，我们整个组都浮肿了。搞实验一天要打十几炮，挖坑、支架，体力劳动很重，晚上还要分析数据和测量底片。"

作为实验队队长，陈能宽经常和技术人员一道，冒着雾腾腾的粉尘和蒸气浇铸炸药部件。蒸汽熔化的炸药，气味难闻，而且有毒，但越是这样的时候，越需要尽快搅拌，这样炸药部件才能密度均匀，他们轮流作业，大汗淋漓……

大家都没有怨言，因为他们知道，自己的每一滴汗水都和那神圣的目标联系着，这里的每一次炮声都是梦想中的惊天巨响之中的一个音符。

肚子饿了，他们就向附近的老乡买些红果和地瓜充饥；偶尔他们也去收割后的庄稼地里找到一些剩下的玉米、土豆或萝卜……

最令人难忘的是工作上的难处和技术上的难关。

一个个方案产生了，推翻了；一个个设想出现了，否定了。

他们在接连不断的炮声中证明着自己也否定着自己。

为了从当时的实际条件出发，加快研制的进程，陈能宽根据自己坚实的理论基础和国外的有关资料，大胆地进行了突破原子弹爆轰原理的新方案的研究。

这个新方案的研究，震动了人们的心。它可以把设想中的第一颗结构先进的原子弹很快地变成现实。但是，技术难度也是很大的，尤其是计算机能力不够，还不可能在理论上为这个方案作出可靠的计算；只有边试验、边计算、边设计，而这样，又大大地增加了工作量。陈能宽坚定地说："难度很大，但我们只好破釜沉舟，走这条路了。"

郭永怀从力学的角度，反复地进行估算，大胆地支持了这一方案。

科学家们经过详尽的讨论，通过了这个方案。于是陈能宽在王淦昌的指导下，开始设计第一个实验元件……

"起爆！"电钮按下，"轰"地一声，实验元件爆炸了。示波器、高速转镜紧张地记录着爆破结果。场地上，滚滚硝烟，向天空冲去。不等硝烟散尽，技术人员又迅速地抱着第二个实验元件冲了上去。他们一起堆沙丘、接电缆、插雷管。转瞬间，第二炮又打响了。第三炮、第四炮……第十一炮、第十二炮……紧张的时候，一天要打十几炮。

“轰！”“轰！”不停的爆破声，在空旷的塞外回响。一年多的时间里，他们打了上千炮，取得了大量的数据，突破了原子弹起爆元件设计的技术难关。

接着，陈能宽和大队人马一起奔赴青海高原，进行原子弹爆炸前的大型爆轰实验。

那天晚上，陈能宽回到家里，对妻子裴明丽说：

“我要走了。”

“你到哪里去？”妻子关切地问。

“你不是看过电影《昆仑山上一棵草》吗？我要到那样的地方去……”

妻子并不知道陈能宽到什么地方，对她来说，那只是一个抽象的信箱号码。几年中，陈能宽从一个“信箱”走到另一个“信箱”，带着他的梦想和诗情，带着那些雷管和炸药……

爆轰实验，美国人称作“逗龙尾巴的游戏”，而中国的科学家们却喜欢说是“放炮仗”。

其实，陈能宽和同伴们何尝不知道他们经常面临的危险和艰辛。

他常说：“敢于从事危险作业，这是一个核武器研制者起码的素质。”

他给妻子的信中写道：“如果我有什么不幸，你要想得开。当年我们抛弃洋房、轿车，带着儿女回国，正是为了干一番事业，让祖国富强。”

“不辞沉默铸金甲，甘献年华逐紫烟。”陈能宽用这样的诗句抒发自己的情怀。

杨承宗——那个时候，不知哪来的这股干劲

1961 年 4 月 4 日，二机部部长刘杰约见杨承宗，说是“谈谈”。谈什么，没有说。

杨承宗有些纳闷。他来不及细想，驱车前往。部长办公室里除了刘杰、钱三强，还有一位赶来参加“谈谈”的 40 多岁的中年人。杨承宗后来才知

道是北京第五研究所的党委书记李奎年。

刘杰面含一丝不易察觉的笑容，十分热情，请杨承宗入座。刘部长开门见山地提出一个问题。

“你说说，什么道理，我们的原子能事业不能大踏步前进？”

杨承宗睁大眼睛望着部长，没法回答。这么严肃、重大的问题，一下子怎么回答呢？他正在沉思，刘杰却说：“五所有些情况，要请你去看看。”

五所的党委书记李奎年连忙站起说：“我是特地赶来接您的。”

到了五所，他真的“看”了。五所的环境、自然条件都不错，确实有许多事可做。他跑到图书室，书架上的书，还远不如他家里的藏书呢！

“怎么不多买些科技书籍，没有钱吗？”

“钱有的。”管理员回答，“书店里带‘铀’字头的书全买来了。”

这不能怪管理员不懂，暂时也没办法让他懂。他们缺乏研究工作的经验。

杨承宗察看了各研究室仪器设备。这更令他吃惊，许多室缺少必要的仪器，科研人员怎么工作，怎么研究？研究原子能不能凭这样的条件工作。

这时，他完全明白了部长让他来五所“看看”的用意，那是激发他的责任感，从而让他留在二机部工作啊。

刘杰部长十分慷慨：派给他一辆小车，由他专用。他很忙，家在中关村，五所在东郊，每周还要到西南郊的科技大学授课 5 课时。在这段时期，他打破了单位、部门的界线，每天都排得满满的。他心领了刘杰的好意，他把专车留作公用，单身搬到五所居住。他想，住在五所，任何时候都可以工作，处理事情，节省时间。每周他只在去科大完成系主任工作和授课的前一天晚上回家住宿。而这一晚还得在家里备课，忙过半夜。第二天清早 5 时就得起床，赶班车到科大讲课。

许多年后，杨教授在追述这段往事的时候，不无兴奋地说：“那时候，不知哪来的这股干劲，每天只睡四个小时，好像不知道疲倦。”

就是这样，他了解了五所的一些真实情况，他没接到调命，没有明确什么头衔，便留在五所工作了。杨承宗对当时五所的技术力量作了一次摸底，觉得单薄，不适应科研、实验工作的需要。于是他走访各大学，跟负责分配的同志争得面红耳赤。连续几年，终于要到了一批有为的青年。这是一批可贵的力量，在此后工作中发挥了较好的作用。

此外，他还常常领着人，亲自进城买仪器，买科技书籍。二机部主管仪器设备的六局，认为杨承宗买的仪器可靠、实用、先进，能放心，很信任。只要杨承宗签买的仪器、设备，六局总是批准，拨款，很少查问。

杨承宗喜爱读书，也爱买书。科技图书室的书越来越多。他有一点时间，就常常钻进图书室。一天傍晚，他在室内读书，忘了时间，管理员没在意，只觉得里边悄无声息，以为没有人，便锁了门，下班走了。直至管理员吃过晚饭，休息后，再来上班，才发现杨承宗。

“你没回去？”

“早下班了，现在又上班了。”

上班后就有许多事等着他处理，杨承宗这才慌忙地走了出去。

杨承宗和同事们的心血没有白费。在那艰苦的年代，五所提前 3 个月交出了足够一颗原子弹用的原料。

70 年代中，法国原子能委员会主任委员德约克（杨承宗在居里实验室工作的同事）参观了五所的设施和研究项目之后，激动地对陪同人员说：“今天我看了五所，我觉得我们应该派人到你们这里来学习。”德约克没能见到杨承宗，他不知道杨承宗曾在五所工作。

你愿不愿意隐姓埋名一辈子？王承书答：“我愿意！”

1961 年春的一天，钱三强把王承书请到自己的办公室，神色严峻而庄重：“你愿不愿意隐姓埋名一辈子？”

王承书似乎预感到了什么，“我愿意！”她严肃地答道。

“那好！你去搞核扩散，把那里的理论搞起来。”钱三强详细地介绍扩散厂的严峻形势，明确指出理论研究要为扩散厂上马铺路搭桥。

王承书悄然无声地在物理学界消失了。她这是第三次改行。

1956 年，王承书和她的丈夫，著名高能物理学家张文裕冲破重重困难回到祖国之后，先在北京大学讲授统计物理，后又到中科院近代物理所理论研究室工作。

这年年底，王承书愉快地服从国家需要去进行同位素分离的研究，这在当时是中国的一个空白。

两年后，她又愉快地服从组织安排，去从事受控制核聚变理论研究工作，这在当时也是中国的一个空白。

现在，王承书再一次改变了自己的研究领域，把为祖国攻克难关、填补空白的重任毅然压在自己纤弱的肩头。

一次又一次地改行，对于一个年过不惑的女科学家来说，并不是件很容易的事情，但是王承书却有自己的选择。她说：“祖国正处在百废待兴的时候，我不能等别人来创造条件，我要参加创造条件、铺平道路的行列。”

为了创造条件、铺平道路，王承书开始了长达 20 年的集体生活，一日三餐吃在食堂，晚上住集体宿舍，正在上小学的儿子七天才能见母亲一次。王承书说：“对于每一个人来说，生命本身就是一种消费。在我这一生中，事业占据了我整个生命的三分之二，为此我失去了一个女人应该给予这个家庭的一切，但是，我并不后悔……说真的，我 40 多岁才归国，我的青春年华大多耗费在美国，我对祖国已经负债很多，现在国家又这么信任我，把这么重要的工作交给我，这在国外是无法想象的，我怎么能怠慢，不全力以赴呢？”

撤走的苏联专家扔下 4000 台横躺竖卧的机器，摆在王承书面前的任务是，把这些机器正确地排列起来，生产出浓缩铀。

王承书的同事和学生钱皋韵回忆说：

“这个工作当时是很敏感的，保密性很强。哪儿也学不来。专家走的时候把资料全带走了，什么也不知道。”

王承书的学生诸旭辉告诉我们：

“苏联专家留下四本笔记，那个笔记上记的东西有人听过，她没听过，这笔记就是我们后来搞理论的一个基础。她把笔记本反复地看完了，一个一个地算完了，算完正确以后她自己再重新编起来，编好了再教我们。”

她的学生段存华激动地向我们讲述了王承书在工作中是怎样争分夺秒的：

“她往往是最早一个到，最晚一个离开的。那时我们都会骑自行车，她不会骑自行车，她怎么办呢，她走路，差不多要走三四十分钟的路。她每天上班跟我讲：段存华我要赶上在我前面的那个人，我一定要追过他，然后再追第二个，第三个。她就是这样赶时间。”

技术攻关需要大量复杂的计算，当时我国只有一台15万次电子计算机。为检验计算结果的准确性，王承书坚持用手边的机械计算机作必要的验证。她瘦弱的手指力量不足，只得将中指压在食指上，一下一下敲打按键。如此单调枯燥的工作，她和两位同事干了一年多，仅有用的数据就装了满满的三个抽屉。

新的一年就要到了，王承书和他的助手带着他们的研究成果，登上了西去的列车。

吃饭的时候，王承书却犯了愁。她每餐饭量只有一两。她怕浪费，便找到列车上的炊事员，请求能少给一点饭。炊事员看着她高雅的气质，合体的裙装，误认是归国探亲的旅游华侨，歪着头说了句：“你们华侨饭量可真小。”

“华侨？”王承书愣了一下，她低头看看自己，摇着头笑了。

谁能想到这位瘦弱的、年过半百的女子，是肩负着神圣而秘密使命的我国的铀同位素分离理论研究的领导者与开拓者呢。

当1964年的新年钟声敲响的时候，兰州浓缩铀厂正式启动投产。

王承书抑制不住心头的愉快，激动。但她又是冷静的。当成功的喜悦还未消退，一股忧愁又涌上她的心头：现在我们用的扩散机，都是国外的产品。我们需要丢掉洋拐棍，生产自己的扩散机啊！

一年以后，上级下达了研究制造大型扩散机的任务。王承书担任了这个扩散机的总设计师。部长郑重而恳切地对王承书强调：“这是咱们的生命线啊！”

王承书身负重任，可家里对她的工作却不甚了解，只知道她忙得不可开交，就连星期六回家，也是抱回一包材料，一头扎进去就是一整天，难怪儿子抱怨：“妈妈好像不是这个家的人。家里什么事也不管。”

一天，张文裕来和部长谈工作，临走时，部长对他说：“你叫王承书好好抓 C 号。”

张文裕莫名其妙。回到家里，对王承书说：“刘部长叫你抓四好，奇怪，不是说不搞四好五好了，怎么又让你抓好四好？”

王承书笑了。张文裕把 C 号听成“四好”。当张文裕知道自己心爱的妻子竟然是 C 号机的总设计师时，开怀地大笑：“好呀，保密工作做到家了！”

王承书心里却涌起一种难言的内疚，作为妻子，作为母亲，她给这个家庭的太少了。她和张文裕结婚 30 多年，加起来在一起的时间还不到三年！

1978 年，直到她已成为 66 岁的老人的时候，调到部机关工作，才告别住了 20 年的集体宿舍，结束了长时间的夫妻两地分居的生活。

但她觉得事业和家庭是不能两全的，她只能把更多的情和爱倾注在祖国需要的事业上。

1992 年，当她爱人张文裕教授逝世后，王承书把他们多年的积蓄 10 万元捐献给希望工程；1994 年，王承书又立下遗嘱，自己去世后不要任何形式的表示，遗体不用火化，送给医学和教学单位用，书籍资料全部给研究院，存款、国库券 10 万元给希望工程，其余的全部交党费。

1994 年 6 月 18 日，这个伟大的女科学家走完了一生的道路，逝世前，她在病床上说：“回想这一辈子，自己觉得做人还是做得比较正吧……好人，但没有做到一个真正的好共产党员。”

看着她交的最后一份党费——七千二百二十二元八角八分，许多人流了泪。一个科学家，把一生的每一点每一滴都献给了党和人民，而她自己还觉得做得不够好。在她的生命中“共产党员”这四个字该是多么崇高的目标呢？

第七章

从北戴河到西花厅

聂荣臻——我们不应该下马，应该攻关；张爱萍——再穷也要有一根打狗棍

1961 年 11 月 17 日，一封“绝密件”送到毛泽东的案头。这是一份《关于原子能工业建设的基本情况和急待解决的几个问题的报告》。

这份文件的前面这样写着：

小平同志：

我于十月九日到十一月二日同刘杰等同志到二机部所属的几个厂、矿、研究所了解了一些情况，向军委写了一个报告，现送上一份，供参阅。

此致敬礼

张爱萍

一九六一年十一月十四日

中共中央总书记邓小平写在这页纸头上的批语是：

“送主席、周、彭阅”

在这条批语下，小平同志又特意在括号里用小一些的字体写道：

“无时间，看前一页半即可。”

这份文件在毛泽东手上一直存放到 1962 年 12 月 27 日。人们不知道在这一年多的时间里主席究竟看了多少遍，但从“前一页半”上那钢笔、铅笔画下的一道又一道红色的蓝色的标记上，足以看出毛泽东对这件事情是多么关切和重视。

中国能不能搞出原子弹？什么时候才能炸响原子弹？当时已成为党内许多人都很关心的问题。宋任穷在回忆中说：

“1960 年年初，周总理带领一些部长在广州学习政治经济学。学习结束后，毛主席约见我们几个部长，康生也去了。康生一见我就谈起了什么时候能够爆炸原子弹的问题。我说，苏联原来答应给我们的原子弹样品和资料现在不给了，部党组经过再三研究，即使尽到最大努力，爆炸时间也得推迟到 1964 年。康生摆出一副最革命的架势说，1964 年爆炸迟了，还是应该 1962 年爆炸。康生讲了许多冠冕堂皇的话，毛泽东一直没表示，最后只

讲一句话：康生，你去当二机部部长吧。康生一听势头不对，便再也没吭声。康生明明知道 1962 年爆炸做不到，却偏偏一再坚持，足见他不怀好意……”

1961 年夏天，中央鉴于“大跃进”等“左”的思潮泛滥，导致国民经济比例严重失调，为此，要各条战线制订出一些条条来，同时酝酿对国民经济进行“调整、巩固、充实、提高”的八字方针。在这种情况下又出现了原子弹是继续“上马”还是“下马”的争论。

在北戴河召开的国防工业委员会工作会议上，这两种意见尖锐对立，争论的温度不断升高。

有些人认为，研制原子弹困难太大，主张“下马”，他们主要是强调苏联的援助没有了，当前的整个经济形势不好，国防尖端武器研制困难太多太大，我们的工业基础薄弱，原材料无法保证，品种规格不全，新材料研究困难重重，搞“两弹”花钱太多，影响了国民经济其他部门的发展等等。他们主张只搞常规武器，不搞“两弹”。用他们的话说：“你打你的原子弹，我打我的手榴弹。”

聂荣臻元帅是力主继续上马的，他在回忆录中写道：“对我来说，态度一直是很明确的，为了摆脱我国一个多世纪来经常受帝国主义欺凌压迫的局面，我们应该发展以导弹、原子弹为标志的尖端武器，以便在我国遭受帝国主义核武器袭击时，有起码的还击能力。同时，通过制定十二年科学规划和前一段研制尖端武器的实践，我们已经感到‘两弹’是现代科学技术的结晶，坚持搞‘两弹’，还可带动我国许多科学技术向前发展，所以，我们不应该下马，应该攻关，这就是我当时坚定不移的信念。”

毛泽东对这场争论十分关心。

1961 年 7 月，他让秘书从杭州打电话给聂荣臻说：不久前看到了一份材料，中国的工业技术水平比日本差得很远，日本现在还没有导弹、原子弹，但对此很重视。内部有争论，我们应采取什么方针？值得好好研究一下。毛泽东还打招呼说，他将在 8 月份亲自找聂荣臻等人谈一次。

聂荣臻 7 月 20 日来到北戴河，第二天就听取会议情况的汇报。他越听越感到不安，在困难面前，不少人对研制“两弹”的信心动摇了，问题的严重性显而易见。聂荣臻多次找人座谈，冷静分析情况，得出的结论是：“两弹”研制都已经有了一定基础。五院、二机部各拥有大学毕业以上的研究人员数千名和一批先进的研究设备，铀矿资源也能满足需求，特别是有一批世界第一流的研制“两弹”的爱国科学家，这是个决定性因素。“两弹”研制还带动了一系列科学技术的飞速发展。于是，他在听汇报时的插话中，在会上的发言中，一再强调“两弹”要继续攻关。

在 8 月 4 日的会议上，他作了比较系统的发言。他恳切地说：国防科研方面，“两弹为主，导弹第一”，这是去年 2 月中央军委扩大会议确定的方针，后来又得到中共中央批准，不能动摇，三五年内要力争突破尖端，现在遇到些困难，但这是历史任务，在困难面前是退还是进？我的意思还是要进。与此同时，强调“两弹为主，导弹第一”的方针，并没有排除常规武器的研制，应该两条腿走路。三五年内不管打什么仗，都得靠常规武器，这关系到国家的安危。因此，要特别重视常规武器研制和生产的配套问题。如果这方面的问题解决不好，同样要犯历史性的错误。无论是尖端武器，还是常规武器，现在上不去的关键是新型原材料、精密仪器仪表和技术力量分散的问题。这些问题不解决，就是尖端都停下来，常规武器也上不去。解决的办法是要列入国家计划，大家都来攻关，否则就事倍功半。尖端与常规武器要想上去，另一项措施是都要缩短战线，任务排队。聂荣臻形象地比喻说：这好比过河，大家都想过，但桥就那么宽，谁先谁后，得排排队，否则一拥而上，就谁也过不去。聂荣臻还笑着举了个例子，现在是“虱多不痒”，困难很多，要理一理，具体问题要有人具体抓，否则就像长虱子，长多了，就习以为常，不觉得身上痒了。这一形象比喻，引起了会场上一阵轻松的笑声。聂荣臻接着说，尖端与常规不是谁挤谁，谁怨谁的问题，而是要向中央和军委负责，要从解决具体问题入手，困难是有的，但我们可以上去，不管是尖端武器还是常规武器，都不要退。

对聂荣臻的意见，在日后的会议发言中，大多数人表示同意。但他仍不放心。他把当时的国防科委副主任刘西尧找来，面授了国防尖端武器研制应该继续攻关的意见，要他整理成文字。8 月 20 日，聂荣臻签发了《导弹、原子弹应坚持攻关的报告》，全文共 5000 多字，详细陈述了“两弹”攻关的条件、困难和拟采取的措施等等。报告上报中共中央后，很快，毛泽东、周恩来等中央领导人都表示同意。

毛泽东说：国防尖端技术，不但不应该“下马”，而且要加紧进行。

陈毅元帅用风趣的语言表达了鲜明的态度，他说：“脱了裤子当当，也要把原子弹搞上去。我这个外交部长，现在腰杆子还不太硬，你们把导弹、原子弹搞出来了，我的腰杆子就硬了。”

由北戴河回来后，聂荣臻派张爱萍、刘西尧、刘杰率领调查组到二机部核工业建设基地和原子弹研究设计的第一线进行考察，看看 8 月 20 日报告中提到“三个铀的主要矿山将于明后年建成；选矿、冶炼、金属加工和武器装配工厂已有大部分设备，一部分关键设备正在安排试制，争取于 1962 年 1964 年先后投入生产。这一套建设项目完成后，即可制造一般的原子弹”，这一段对中央带有保证性的话，究竟能不能落实。

10 月 9 日，一架飞机带着元帅的重托从北京西郊机场腾空而起。

“那是一架伊尔 14 飞机，坐 20 来个人，这一次调查跑了内蒙古、湖南、甘肃、青海等许多地方，每到一个地方，张爱萍副总长总是走在前面，到工地、到技术人员中间，”当时任国防科委二局（核武器局）局长的胡若嘏感慨地告诉我，“说起原子弹，别忘了张爱萍这位老将军。”

这位后来担任第一次核试验总指挥的将军在 1956 年便与核武器结下了不解之缘。

在北京那间简朴的会客室里，张爱萍将军对我说：“1956 年国家要制订科学技术发展规划，那个时候是周总理主持，陈老总具体负责，陈老总到外交部后是聂帅负责。记得周总理曾对我说，原来规划里没有国防科技的内容，现在增加一部分。因此要你也来参加……

“有一次我到青海检查战备工作，在西宁碰到了李觉，他让我到核武器研制基地去看看，我说这一次我没带这个任务，就不去看了，你说吧，有什么事情需要我办。李觉说，基地建设刚开始，施工任务很紧张，需要两个工程兵师。我说好吧，我回去就反映这个问题。回来后，向罗总长报告了，给他们派去了一些工兵部队……

“这次调查是在军委办公室会议上聂帅提出来的，跑了二十多天，回北京后，同刘杰、刘西尧同志研究，起草了那个报告。”

11 月 2 日，张爱萍、刘西尧、刘杰向聂荣臻汇报了调查情况；11 月 14 日，张爱萍、刘西尧在写给“聂副主席并报林、贺副主席、罗总长、军委”的报告中说：

几年来，我国原子能工业建设总的情况是好的，各项工作都有很大进展，打下了一定的基础。配合原子能工业的科学研究工作，自今年进一步组织二机部和科学院等有关单位的具体协作后，也有很大进展……从我们所了解的一些基本情况来看，明年是最关键的一年。若是组织的好，抓的紧，有关措施能及时跟上……在 1964 年制成核武器和进行核试验是可能实现的。

在这次调查中，张爱萍将军常给大家鼓励的一句话至今仍在广为流传：再穷，也要有一根打狗棒。

全国为两弹攻关雪中送炭；陈毅为知识分子“脱帽加冕”

在严峻的考验面前，战斗在原子能事业第一线的建设者迎着重重困难，坚持攻关。

青海西北核武器研制基地和酒泉原子能联合企业的主要领导李觉、周秩等，想方设法保留队伍，维持局面，继续率领全体职工坚持战斗在施工现场。粮食不够吃，副食供应不足，他们就采骆驼草籽、打猎捕鱼，千方百计补充一点营养。罗布泊核试验基地在最困难的时刻，“以戈壁为家，以艰苦为荣”成了全体同志最响亮的口号。车辆少，口粮运不来，张蕴钰司令员和常勇政委就率领机关人员徒步几十公里，一袋一袋往回扛；通向核爆心的公路，是战士们拉着石滚一步一步碾出来的。风沙扑面，汗流浃背，他们每天洗脸、刷牙却只有半盆水；蔬菜不够吃，许多战士得了夜盲症，戈壁老榆树的一串串榆叶、榆钱成了战士们治病的高级营养品；在孔雀河的故道上，一位工兵战士为打红柳条编筐迷失了方向，被荒原夺去了生命；助理员张荷泽 1960 年到哈尔滨调运奶粉时，发现有一袋破了，便用纸包起来如数运回基地，途中他宁愿饿着肚子也没吃过一口；器材处长李善同志调运物资的途中吃不饱肚子，就买几个生茄子充饥……

国防科技人员的冷暖牵动着党中央的心。在讨论五院、二机部需要解决的问题的书记处会议上，邓小平说：五院、二机部的科技人员，待遇要高些，工资要高些，生活安排要好些，由李富春同志挂帅，统一考虑解决五院、二机部所需的人力、物力和财力。

正在协和医院住院的聂荣臻元帅，得知科技人员的生活困难情况，心里很不安，决定用个人的名义向海军、北京、广州、济南、沈阳等军区的领导同志呼吁，请他们尽快设法给予支援，拨给国防科研战线一批猪肉、鱼、海带、黄豆、水果等副食品。

就在聂荣臻向各单位发出呼吁后不几天，副总参谋长杨成武和北京军区副司令员郑维山，到协和医院看望聂荣臻。聂荣臻专门对郑维山说“募捐”的事，他半开玩笑地说：“我知道你们的家底，你们有生产，有东西，你一定要拿出一些来。你可不能小气呀！”郑维山的回答也很干脆：“东西我一定搞一些，还可以打一些黄羊。”

陈毅元帅也来看望聂荣臻。听说此事，他对聂荣臻说：“我举双手拥护，向各单位‘募捐’，也加上我的名字。”他满腔热忱地对聂荣臻讲：“科学家是我们国家的宝贝，要爱护，我这个外交部长腰杆硬，也得靠这些人。我们不吃，也要保障他们起码的生活。”

于是，全军、全国各族人民又一次勒紧腰带，把各种物品送到国防科研生产和试验基地。粮食部一次就拨给二机部西北三个厂几百万斤黄豆，青海省给核武器研制基地调拨了四万只羊。商业部、总后勤部在兰州成立了二级批发站，加强西北地区核工业部门和特种部队的生活资料供应。

核试验基地缺少车辆运输的困难反映到中央书记处，身为总书记的邓小平亲自同北京市市长彭真商量，决定把北京市刚领到的 400 辆解放牌汽车全部调拨给基地。当基地汽车兵们看到一辆辆崭新的汽车时，感动得流下了热泪，因为他们深知正是国家困难时期，解放车出产并不多，而北京市又何尝不急需这些车……

各军区支援的食品送来了，聂荣臻对国防科委的领导说：这也是一项有力的政治工作。要把这些东西以中央和军委的名义全部分配给每个专家和技术人员。他特别说明，行政工作人员一律不分。笑了笑，又加了句："我是要检查的！"

不久，聂荣臻真的检查了。他要安东去五院检查，五院政委刘有光拍着胸脯说："要是我们做后勤的干部吃了一口，开除我的党籍！"

从各级干部到共和国领袖，都和群众一起在忍耐中走过那最艰难的岁月。

毛泽东不吃肉了；

周恩来不吃肉了；

毛泽东、刘少奇的子女在学校里吃和普通百姓的孩子一样的伙食……

1962 年春节，人民大会堂里却举行了一次盛大的宴会，以陆定一、陈毅、聂荣臻三位副总理的名义宴请一千多名自然科学工作者。

国防科委二局老局长胡若嘏说：拟定参加这次宴会核武器方面的专家名单我参与了，请帖是以三位副总理的名义发的，实际上是周总理的意思，主要是想让科学家们吃顿肉，补点营养……

彭桓武先生告诉我："这次宴会周总理也参加了，在主宾席上，总理一边是钱三强，一边是钱学森，我们一看，开玩笑说，好，我们的代表人物亮相了，我们明白，中央是给我们鼓鼓劲……"

给广大知识分子留下更加美好的印象的是广州会议。

1962 年春，羊城广州繁花似锦，一派生机。2 月 16 日，聂荣臻主持的全国科学技术工作会议在这里召开。

会议期间，聂荣臻分别找几位科学家谈心，他发现几位科学家表达了大致相同的情绪。有人提出："对资产阶级知识分子这个提法如何理解？"有人反映："一提知识分子就是资产阶级的，叫做资产阶级知识分子，这顶帽子总使我们感到低人一头……”知识分子的情绪集中表现在这个问题上。聂荣臻觉得这个问题很大，关系到几百万知识分子，他想在会议期间进一步做好知识分子的思想工作。

2 月下旬，周恩来、陈毅来到广州，聂荣臻请他们到会讲话。

聂荣臻在电话里对总理说：科学家们对说他们都是资产阶级知识分子，意见很大，怎么回答好？是否请您到会讲讲。

周恩来说：“就叫人民的知识分子，具体怎么讲，我到会上再说。正好戏剧创作等几个会议也在这里开，与会的都是知识分子，也要我讲话，到时候我集中讲讲知识分子问题吧。”

3 月 2 日，周恩来来到广州市政府礼堂，拿着一张从日历上撕下的小纸片，一口气讲了两个小时。在这篇后来收入《周恩来选集》中的《论知识分子》的讲话中，周恩来指出，现在不能笼统地称知识分子为资产阶级的知识分子。知识分子是脑力劳动者构成的社会阶层，旧社会过来的和新中国培养的知识分子，构成了社会主义的知识界。“十二年来，我国大多数知识分子已有了根本的转变和极大的进步。”会场上响起了长时间的热烈的掌声，一股暖流在人们心里回荡。

3 月 5 日陈毅的讲话把会议推向了高潮。陈毅说：“建国以来，我们已经有一支爱国的、人民的、社会主义的、无产阶级的科技队伍。你们是人民的知识分子。革命的知识分子，是为无产阶级服务的脑力劳动者。”

“不能经过十二年的改造、考验，还把资产阶级知识分子这顶帽子戴在所有的知识分子头上。”陈毅同志以他那诚恳坦率的语言，有力地冲击着与会者的心弦。“今天，要给你们‘脱帽加冕’，就是给你们脱掉资产阶级知识分子之帽，加上劳动人民知识分子之冕。十二年改造，十二年考验大家还是不抱怨，还是愿意跟着我们走，还是对共产党不丧失信心，这至少可以看出一个人的心。十年八年还不能考验一个人，十年、八年、十二年还不能鉴别一个人，共产党也太没眼光了！共产党不尊重文化，共产党不尊重科学这类话，不晓得马克思讲过？还是恩格斯讲过？愚昧是个很大的敌人。帝国主义是个敌人，封建势力是个敌人，愚昧——几万万人没有知识，没有科学知识，也是很大的敌人。”

会场群情激昂，掌声四起，每个人心里都觉得热乎乎的。

会议结束那天，陶铸代表中南局和广东省举行了盛大的招待会，来自全国科技界、教育界、文艺界的代表欢聚一堂。会前，聂荣臻特别指定了竺可桢和钱三强在会上代表科技界发言。

当时，钱三强49岁，已在我国原子能科学技术这块处女地上辛勤耕耘了十几个年头。正在组织原子弹、氢弹的苦战攻关，对知识分子问题和科技工作有许多深切的感受。

然而，由于他的工作特殊，他还把握不住哪些该讲，哪些不该讲……正当钱三强在认真掂量的时候，聂荣臻亲切地鼓励他说：“你在发言中，可以讲一讲大家关心的原子能工作，要放开了讲。”

当钱三强站起来讲话的时候，立刻引起了人们的关注。钱三强在介绍了有关科技攻关的情况之后，激动地宣布：

“我国原子弹的总体设计已经开始走上了轨道！”

“我国将在预定的时间里爆炸第一颗原子弹！”

话音刚落，全场立刻爆发出热烈的掌声。

钱三强宣布的“预定时间”，就是聂荣臻在1961年提出的国庆十五周年前后。

广州会议的春风很快吹遍了全国，科技人员的热情空前高涨。

在我同核试验基地科技人员二十几年的接触中，在我近两年的采访中，许多人都满怀深情地谈起这次广州会议，谈起总理、陈毅和聂帅的讲话给他们带来的鼓舞和振奋。

他们说：“那是灯火通明的年代。”

刘少奇——这件事还要总理出面才行

1962年夏天，二机部部长刘杰正在北戴河参加中央组织的读书班，学习马克思主义哲学思想。海滨凉风阵阵、气候宜人，刘杰心里却难以平静。

美国军舰、飞机不断侵犯我领海、领空，中印边界、台湾海峡局势紧张，世界上对中国原子能事业的进展纷纷猜测，每隔一段时间新闻媒介就掀起一场中国即将爆炸原子弹的传闻，有的甚至说中国已经爆炸了原子弹。

面对严峻的国际形势，中央领导对二机部的工作进度非常关心。周总理不止一次关切地问："刘杰，美国的鲍尔和艾尔索普对我国核爆炸的推测，我们能实现吗？"

陈毅元帅也多次询问："刘杰，我们的原子弹什么时候响啊？你们早一点把原子弹拿出来，我这个外交部长说话就硬了。"

宋任穷同志在1960年调任东北局第一书记后，刘杰接任二机部部长，作为核工业战线的主要领导，他深知自己肩头的责任是多么沉重。

这位参加过"12·9"学生运动，做过地下工作的老共产党员，1952年任地质部副部长、党组书记后，就开始组织铀矿资源的普查，1954年协助薄一波参与创办原子能事业，1956年三机部成立后作为常务副部长主持日常全面工作。宋任穷评价说："他对原子能事业钻研较深，考虑问题思路清楚，善于抓时机，抓关键，有效地推进事业发展。"钱三强也说过：到苏联访问的领导干部中，就刘杰同志去库尔恰托夫研究所参观过，他说不懂，看的头疼，但仍然坚持去看。1960年苏联专家撤走后，刘杰作为二机部部长，在党中央正确方针指导下，组织原子能工业战线迅速调整力量，转入全面的自力更生。经过1961年和1962年上半年的努力，核工业建设和核武器研制取得了重大进展。但是，还有许多重要技术难关没有突破。

在这种情况下，刘杰能给中央一个明确的回答吗？二机部1959年提出的"三年突破、五年掌握、八年适当储备"的奋斗目标能如期实现吗？

正在学习毛主席《矛盾论》《实践论》的刘杰，这时想起毛主席说的："大局抓住了，有些事形式上看是冒险，实际上是可以做到的。"思前想后，刘杰于1962年8月向党中央毛主席写了一封信，汇报了自己的学习心得和二机部工作情况，毅然提出争取1964年最迟1965年进行第一颗原子弹试验。

1993年采访中，刘杰部长对我说："我这等于是向中央立了军令状，当时是下了很大决心的。”

李觉将军告诉我：“刘杰同志从北戴河回来后，我和吴际霖去看他，汇报了一下九院的工作情况，一见面刘杰同志就向我们说：西方资产阶级能做到的事情，我们东方无产阶级一定能做到，而且要做得更好。我一看，哎哟，不得了，刘部长以前没这样说过话，这是在给我们加劲了。”

很快，二机部领导经过讨论，于 1962 年 9 月 11 日正式向中共中央提出争取 1964 年最迟在 1965 年上半年爆炸我国第一颗原子弹的“两年规划”。

10 月 19 日，国防工办向中央政治局常委汇报了二机部的两年规划并提出成立加强对原子能工业领导的中央专门委员会的建议。

刘少奇表示赞成，并说：经过努力，即使 1965 年搞出原子弹来也是好的。这件事要请总理出面才行。

10 月 30 日，国防工办主任罗瑞卿大将向毛主席党中央写了建议成立中央十五人专门委员会的报告。

报告说：“……最近，二机部在分析了各方面的条件以后提出，力争在 1964 年爆炸第一颗原子弹。这一目标的实现，不仅在国内是一件振奋人心的大事，而且会震撼全世界，在国际上产生巨大影响……建议成立中央专门委员会以加强对原子能工业的领导……这个建议，在 10 月 19 日国防工业办公室向中央常委汇报时，少奇同志已原则同意。根据少奇同志的指示，我们考虑，最好是总理总抓，贺龙、富春、先念、一波、定一、荣臻、赵尔陆、张爱萍、王鹤寿、刘杰、孙志远、段君毅、高扬等同志参加，组成这个委员会。委员会的日常办事机构，可附设在国防工业办公室……”

11 月 2 日，中共中央总书记邓小平在报告上指示：“拟同意，送刘、周、朱、彭核阅。”

11 月 3 日，毛泽东批准了这个报告，并写下了振奋人心的伟大号召：“很好，照办。要大力协同，做好这件工作。”

11 月 17 日，刘少奇在中央政治局会议上宣布中央决定由 15 人组成中央专门委员会领导原子弹研制工作。

邓小平说：你们的计划毛主席、党中央已经批准了，路线、方针、政策已经确定，现在就是你们去执行，你们要大胆去干，干好了是你们的，干错了是我们书记处的。

从此，周恩来总理又肩负起一项新的历史重任，为国防尖端事业倾注了毕生的心血。

朱光亚——谁能想到如此重大的历史事件，是在周总理极为普通的小会议厅里发端的呢

作为核试验基地的一个新兵，我亲身感受到周总理对核试验无微不至的关怀是从一个小数点开始的。

那是 1971 年，我在基地司令部机要处当译电员，在一次核试验成功后，我们译发了一份报告效应情况的电报。第二天，北京来电话说，昨天那份电报有一个数据不对头，请查一下，看是不是小数点错了。我们拿出电文底稿一看，果然是小数点错了。上级机关的同志告诉我们，那个数据是总理让查的。当时我感到很惊奇，日理万机的周总理对一个小数点这样细微的问题都能如此关注吗？老同志告诉我每次试验周总理都守候在电话机旁，他对试验场区的一切都了如指掌……

后来，我知道了周总理关于核试验的“高度的政治思想性，高度的科学计划性，高度的组织纪律性”的要求，知道了“一次试验，全面取效”的方针，知道了“严肃认真，周到细致，稳妥可靠，万无一失”的作风，知道了周恩来与原子弹的许多故事——

“1962 年底，周恩来总理出访亚非拉国家归来，途经乌鲁木齐做短暂停留。基地领导接到新疆军区通知，去自治区党委招待所出席一个会议。会后，总理请大家共进晚餐。晚餐很简单，但气氛却很活跃，晚餐进行到中间时，总理好像突然想起了一件事。他站起身说：‘我们国家在新疆有个原子武器靶场，他们在戈壁滩上条件很艰苦，任务很艰巨，希望新疆维吾尔自治区给予帮助，大力支持，请大家干杯！’

“听了总理的几句话，基地的同志备受鼓舞，大家在最困难的时候感受

到了党中央的亲切关怀……”

周恩来总理从 1962 年 11 月 17 日至 1974 年 4 月 12 日，亲自主持召开了 40 多次专委会议和许多专委小会，给人们留下了终生难忘的记忆：

“在每次专委会议之前，周总理总要我们充分调查研究。为了提高会议效率，节省总理和委员们的时间，我们办公室的同志在会前根据有关单位送来的报告，进行多方调研和选定几个议题，一般地一次二、三个，多则七、八个议题，《议题要点》包括办公室建议。周总理很欣赏这种作法，每次会前，都要一字一句地阅读《议题要点》和十几份甚至几十份有关的报告材料。开会时往往点名要我（刘柏罗，曾任中央专委办公室副秘书长）先念《议题要点》，还选定一两份重要报告材料，请报送的领导同志宣读和答辩，深入研讨。一般地每念完一个段落和议题，周总理就宣布停一分钟让大家发言，直到没有异议再继续念下一个议题和专办建议，周总理吸收大家意见后作一段结论性的发言，这样逐题讨论。上午开不完，就在总理食堂吃饭，下午继续讨论，有时吃过晚饭再讨论到深夜，有时连续开两三天。在专委会议上，只要有一个人提出有道理的反对意见，周总理都不马上拍板，要求大家‘下去搞清楚，下次会议再讨论’”。

“我（钱学森，曾任五院副院长、国防科委副主任）感受最深的是总理确实肯花时间认真听我们的意见。这是总理一贯的作风。每次开会来的人很多，不同意见的人也请来，总理反复问：‘有什么意见没有？’听了我们的意见，最后决定怎么办。在一次会中，总理问大家对一个问题有什么意见，秘书跑过去对总理小声说：‘这件事你曾经批过’（我猜想秘书大概是这么说的）。总理大声说：‘那有什么关系，我批了的事大家觉得不对可以改嘛！’”

“有一次核爆炸前几小时，我（刘柏罗）接到总指挥从核试验场来的电话说，发现气象突然变化，出现一个向西的强气流。我立即转报了周总理，他马上查问：‘是否会把烟云吹向邻国？’气象专家马上回答不了，周总理便立即决定暂停试验。当第二天查明不可能吹向邻国，气象也正常了，才进行了这次试验。”

“凡是接触过总理的人，谁都能讲出不少关于他无微不至关心人民的感人肺腑的事例。在这方面给我（钱信忠，卫生部部长）留下深刻印象的，是发生在我国第三颗原子弹爆炸前的一件事。那天深夜两点，我突然接到总理办公室打来的电话，让我立即去开会。会议开始后，总理说：‘按原定计划，今天凌晨 5 点要进行核试验，爆炸第三颗原子弹，但是我看到天气预报的材料后发现，现在的风向和原预报的风向发生了变化，这样有可能爆炸尘埃在大陆飘过时间延长，所以把你们请来，研究能不能按原计划进行试验？’由于距离原定试验时间只有几个小时，大家进行了紧张的讨论。我在发言中介绍了美国在比基尼群岛核爆炸试验，对我国南海渔场污染的监测材料和苏联进行核试验后对我国新疆北部人群和羊只影响的监测材料，并提出这次试验的吨位和尘埃飘过的时间可能与美苏进行试验后的情况相似。总理当即说：‘这两份调查材料很有参考价值，如果大家没有另外的意见，我们就决定按原计划进行。’接着总理又讲：‘尽管如此，为了保证试验区附近人民群众的安全，我们必须采取严格的防范措施。’在场的同志告诉总理，已通知有关地区的群众做好了准备。总理向在座的同志征求意见，同时还分析了可能出现的水源和蔬菜的污染，并提出了具体措施。随后总理即请秘书将会议讨论的情况通知甘肃省和有关部门做好预防工作。”

“每次开会，我们这些工作人员常坐在后面一圈沙发上，一汇报情况，总理总是让我们坐到前边来，离他近一点，他喜欢听做具体工作的人员汇报，掌握第一手材料……”

“在人民大会堂新疆厅，周总理趴在地毯上一边看图纸一边听科技人员汇报，我们过意不去，就找个小凳子让他坐下……”

“1966 年 5 月进行了含有热核材料的核试验，即我国的第三次核试验。公报发表之后，给全国人民极大的鼓舞，对国外也有很大影响。周总理决定由八一电影制片厂把三次核试验实况剪辑成纪录片，向全国放映。”

“不久，总理叫人通知我们到一个宾馆礼堂去参加审片。”

“当时由于‘文革小组’的几个人未按时到场，审片工作拖延了较长时间。我们几个人就抽空到礼堂一侧的休息室去交谈。”

“总理事先已审过片，他来到休息室向我们征询意见”。

“‘纪录片这样剪辑行不行？’他坐下来就问，‘有心人能看出什么秘密吗？’”

“我们说，第三次试验的画面不宜出现太多。”

“总理笑道：‘内容少了，群众可不满意呀。’又问我们：‘能想办法让群众多看些实况吗？’‘前两次的爆炸景象画面可不可能多选一些呢？’我们都赞成总理的意见。这时‘文化大革命’运动已经发难，总理还十分关切我们的工作有无困难，生活秩序有无保障，问有没有人抄我们的家，等等。”

“周总理如此为人民大众着想，百忙中还把科技战士的工作与生活放在心上，使我们深为感动……”

1970 年 10 月 15 日下午 6 时 25 分，周总理在人民大会堂福建厅会见法国前总理德姆维尔时说：“今天凌晨决定留你们一天，所以你们今天上午才知道。今天晚上请你们吃饭。留你们的主要原因，外电已经报道了，就是我们在空中进行了一次核爆炸。今天上午爆炸的烟云过了北京，我们出于安全的考虑，这条航线上的飞机暂停飞行。烟云是今天上午 8 时过北京的，由西向东，高空的风总是西风。你们原定起飞的时间是在 8 时以后，本来是没有问题的，很干净，不会造成污染，但出于对客人安全的考虑，所以挽留了你们一天”。周总理还说，“我们进行必要的和有限制的试验，一次试验证明有效了，就不必进行多次了。我们制造原子弹的目的，是为了打破核垄断……”

“我（朱光亚，当时任九院副院长）第一次受到周总理当面教导，是在 1962 年 12 月 4 日的专委会上。刘杰、钱三强等同志汇报原子能工业生产、建设情况和两年规划、原子弹研制等问题，我列席了会议并作补充汇报。”

“会议在西花厅里举行。当时的会议厅面积较小，厅里无别的陈设，好像只有为数不多的沙发椅紧凑地摆成一圈。周总理和专委会的领导同志围坐在一起，商讨关系到国家安危的大事。”

“当时，我国一方面受到核大国的威胁，一方面要克服经济困难。局势非常严峻。能不能加快发展自己的原子能工业就成为一个至关重要的问题。为此，周总理和聂荣臻副总理曾委托张爱萍、刘杰等同志到二机部所属单位进行了几个月的调查研究工作。1962 年 11 月二机部提出了研制原子弹的两年规划。这次专委会，就是审议这一规划。由于它几乎牵动全国各条战线，许多问题需要在会上商定，会议从上午开到下午，总理便留我们吃午饭。餐厅在会议厅背后，摆了两张大圆桌就没有多少空地了。每桌都是一大盆肉丸子熬白菜、豆腐。四周摆几小碟咸菜和烧饼。周总理及其他中央领导同志和我们同桌就餐，吃同样的饭菜。好几年后，余秋里同志曾告诉我们：这种大盆菜是周总理创导的国务院的传统饭菜，既有营养，又很方便。

“这种传统的饭菜在国家经济好转的年月里一直没有变化。一位在周总理身边工作的同志还给我们讲过一个小故事：1963 年的一次晚餐也是这样的饭菜。大家都入席了，后到的贺龙元帅进入餐厅后，望一眼每张桌上的食物，风趣地对总理说：‘总理呀，国家经济好转了，你家的饭桌上怎么还没体现出大好形势来呀！’

“总理笑道：‘大好形势是靠大家奋斗得来的。将来，国家富强了，也不能丢掉艰苦朴素的传统啊。’

“1962 年的那次专委会，下午汇报完后，中央专委讨论和批准了两年规划，周总理作了重要指示。他讲了 4 点，16 个字：实事求是，循序而进，坚持不懈，戒骄戒躁。要求我们在工作中必须按照客观规律办事。实事求是，既是思想方法，又是指导原则。要认识客观规律，也不能怕失败。在科学实验中，有时必须经过失败，甚至多次反复，才能成功。要循序而进，想超阶段跳过去是不行的。还要坚持不懈。做任何事，总是靠突击是不行的，只能在有一定可能性时才能突击。无论成功或失败，都要戒骄戒躁。略有所成就就骄傲起来固然不好，急躁也容易犯错误。我们大可在现有工业基础上，自力更生，立足于全国，搞出一点名堂来。

“这次专委会的内容，后来化成全国人民的行动。不到两年的时间，我国第一颗原子弹试验成功。接着，一步紧似一步地实现研制原子航弹、核导弹头到氢弹头的‘三级跳’计划。几年以后我才知道，从成立专委会起，这是半个月时间里周总理主持召开的第三次会议。谁会想到如此重大的历史事件，是在周总理极为普通的小小会议厅里发端的呢？”

以周恩来总理为主任的 15 人中央专门委员会，包括 7 名副总理和 7 名部长级的领导干部。他们都是国家政府、军队、工交、财贸、科研、文教卫生各方面的负责人，他们参加中央专委，就能够根据中央要求，动员各方面力量参加核工业建设和核武器研制攻关。中央专委从成立到第一颗原子弹爆炸之前，共召开了 9 次会议，确定了“先抓原子弹”的战略重点，批准并组织落实二机部的“两年规划”，讨论解决了 100 多个重大问题。

在周恩来和中央专委的组织领导下，围绕我国第一颗原子弹试验的攻关项目，开始了一场全国范围的大会战。

党政军民、各行各业、有关部委、有关地区都为核试验事业大开“绿灯”，先后有中国科学院、冶金部、化工部、机械部、航空部、电子部等 26 个部委、20 个省市、自治区包括 900 多家工厂、科研机构、大专院校参加了攻关会战。

1962 年 12 月，包头核燃料元件厂四氟化铀车间投料生产；

1963 年 3 月，完成了第一颗原子弹理论设计方案；

1963 年 8 月 23 日，衡阳铀水冶厂一期工程完工并开始试生产；

1963 年 11 月 29 日，六氟化铀工厂生产出第一批合格产品；

1963 年 12 月 24 日，一比二核装置聚合爆轰产生中子试验成功；

1964 年 1 月 14 日，兰州浓缩铀厂取得了高浓铀合格产品……

中国，这个世界上最先发明火药的民族，这个一百多年屡受欺侮却又不甘沉沦的民族，这个在中国共产党领导下站立起来的民族，正在一步一步走进核时代的大门，走向一个辉煌的历史瞬间，走向那个让所有的炎黄子孙都扬眉吐气的时刻。

第八章

托举丰碑的无名英雄

第一个原子弹铀球的诞生

1964 年的新年钟声刚刚敲响，兰州气体扩散厂生产出浓缩铀-235 的喜报就飞进了中南海。

元月 18 日，毛泽东高兴地在二机部的报告上批示："很好"。

5 月 1 日，第一套合格的铀-235 部件在酒泉原子能联合企业的工艺车间诞生。

当时的车间副主任、工程师祝麟芳回忆说：

开始时很顺利，连续加工了 5 个模拟产品，没有出现任何质量问题；之后，又用经过精炼提纯的××进行了 3 次模拟试验，发现铸件中心部位有"气泡"。

当时，我听到铸件出现气缩孔，心里猛地一惊。这个在意料之中又在意料之外的情况终于发生了！在北京攻关时，就想到过改变原料会出现新问题，那时用的原料问题不太明显，现在，这个"气泡"果然出现了！

时间已是 1964 年年初，距上级要求拿出产品日子已经很近。多次试验，"气泡"问题仍未解决，引起了二机部及全厂的普遍关注。姜圣阶总工程师急得吃不下饭，睡不着觉，每天赶到车间了解情况。我们商量了一下，决定继续冶炼，查出产生气缩孔的原因。每天浇一个部件，加工检验后都有大小不同的缺陷。一炉接着一炉，一天接着一天，气缩孔产生的原因始终查不出来。

当时，有人提出可能是原料的原因，也有人怀疑是铸模的问题，但都没有具体的改进办法。

记得在北京攻关的那些日子，我们用的是原始设施，同时还要与饥饿作斗争。现在有了比较现代化的设备，可是……难道只有用在北京时所用的一些土办法？

"气泡"像幽灵一样困扰着我们，每个人都心急如焚。我整天守在高真空感应炉旁，急切地等待着结果。工人是一班倒一班地干，而我只能连轴转。因为铸造是核部件产生的"龙头"，是整个过程中"关键一环"，这一关过不了，直接影响着后面各道工序的进展，而核部件的质量更是丝毫不能含糊，它关系着党中央制定的两年规划能否按期实现，关系着我国第一颗原子弹能否成功地爆炸！

最初一天一炉，一炉一检，经过讨论，后改为一天两炉甚至三炉。几十天飞速地过去了，还是没有突破性进展。这年春节，大家过了大年初一就到车间上班了，许多人的眼睛都熬红了。姜圣阶总工程师看在眼里疼在心上，强迫大家回去休息。可是问题没有解决，大家哪有闲心休息呢？我更是一刻不离，待在厂里连轴转，终因为疲劳过度昏倒了。当时医生下了“必须住院休息”的“命令”，可是我又怎么躺得住？“气泡”像磐石一样压在心头，令人透不过气来。

我一再向医生、护士请示，可他们还不允许我离开病房。最后我只好趁医护人员不在，穿好衣服偷偷溜出医院，搭一辆便车，回到车间。

“探伤结果如何？”进了车间，我忙向大家询问，可大家只有沉默和摇头，仍然一筹莫展。

小小的“气泡”牵动了上上下下的人心，副部长袁成隆和部总工程师张沛霖来到现场，在此成立了专家小组，与厂总工程师姜圣阶一起亲自坐镇，出现问题，立即拍板解决。大家全部心思都扑在“气泡”上，无时无刻不在思索解决问题的方案。铸造班长、主攻手张同星全部身心都投入了工作，在睡梦中还呼喊着“气泡”，“气泡”……

一天，姜圣阶总工程师回到总厂，向党委书记伍候山汇报了试验情况，同时建议将优秀车工、锻压工和检测人员都扩充到攻关队伍中来，以便集思广益，共同寻求解决问题的方案。攻关队伍扩大到30人左右，对各种方案一一进行全面研究和分析，由王青辉同志整理归纳出6个方案，提交会上讨论。在经过多次试验失败后，试验的步伐加快了。在一次部召集的技术会议上，一位专家建议我们攻关小组放弃正在探索的方案。可我们攻关队伍一致反对，说：“如果另辟新路，那么我们岂不是前功尽弃了……”最后还是张沛霖拍板决定。他是一位善于总结大家经验的人，他说，由于中国在现有的情况下无法得到有关核部件冶炼和铸造方面足够的国外资料，唯一可行的解决办法就是重复试验。他又说，我们的方向是对头的。我们已经取得了大量技术数据，这是成功的铺路石……

意见得到了统一，唯一可行的便是——继续重复试验！

1964 年春节期间，试验仍在继续。技术人员想出了各种革新方案和措施，铸造组把每个方案都收集起来进行研究，并且对比分析了多次试验的相关数据，最后形成了几个方案。将方案提交会上讨论，对多数人赞同的一个方案进行浇铸试验，“气泡”消除了！连铸几次，“气泡”都没再出现，这一关总算攻下来了！悬在大家心头的一块石头终于落了地。

1964 年 4 月 30 日，我们的技术人员通过一番精心准备，开始投入生产原子弹的核心部件——铀芯的工作。

为了加工核部件，我们的车工早在 6 个月前就开始进行模拟训练操作。在近半年的模拟生产中，光是加工过的代用料，就积了一大堆。他们常常迎着朝霞走进车间，披着夜色、拖着疲惫不堪的身子回到家中……担任主刀的原公甫在苦练中，体重减轻 15 公斤，当时他还只有二十几岁，可他为了早日加工出合格的核部件，把一切都豁出去了。经过苦练，他能在身着笨重防护服的条件下，极其准确、熟练地操作特种车床和其他工具加工高浓铀。加工实际原料需要极大的耐力和勇气，因为加工时要戴特制的口罩，套上特制的双层乳胶手套。我和大家研究，认为原公甫是最合适的人选，于是授权他主刀加工铀球。

加工铀球精确度要求非常高。平时无数次练兵，用的都是模拟料，今天可是真刀真枪地实干，因此，大家都捏着一把汗。

厂房门外，走廊上，人们脸上都露出焦急不安的神色。车间里，二机部副部长袁成隆和原子能联合企业的领导干部用关切的目光探询着身穿洁白防护服、戴着特制口罩、双层手套的原公甫。原公甫充满自信地对他们说：“请放心吧。”

“开始!”一声令下，主操作手原公甫走向操作台；监护人、记录员各就各位……

箭在弦上，一触即发……当铀球在夹具上夹好时，主操作手原公甫忽然失去沉着，变得慌乱起来，他突然意识到此刻他要加工的不是普通的钢球，而是原子弹的“心脏”，中国第一颗原子弹的“心脏”！他手中握着的不是操作手柄，而是数万人为之奋斗了10年的劳动成果，是中国第一个原子弹爆炸计划的得失！他很清楚，1964年4月，核部件加工的关键时刻来临之际，姜圣阶总工程师和周秩厂长为什么天天必到现场。加工的重任落在包括他在内的五个青年技术能手身上，他被排在第一。部领导、总厂及分厂领导对他们非常关心，经常过问他们的身体情况，了解他们的思想情绪，医务所的大夫每天都要问他们“哪儿觉得不舒服？休息得怎么样？”行政部门的同志，每天都要问他们想吃点什么……姜圣阶总工程师曾动情地对他说：“这是前人没有干过的事，组织上把它交给你，是党和人民对你的信任。核燃料是一种极其贵重的稀有材料，是我们的命根子，和我们的生命一样重要，能在你手中拿出第一个核部件来，人民是不会忘记的。”

原公甫的双手禁不住颤抖起来。这时，一位同事发现他有些紧张，就催促他开始加工。特种车床飞快地转动起来，原公甫的双手抖得更加厉害。突然，部件“啪”地一声掉进切削盘内……原公甫浑身猛地一颤，额上的汗水“刷”地流了下来，浸湿的衣服紧粘在身上。他脸色煞白，十分恐慌……

加工不得不停了下来。

有关领导随即决定暂停这项加工试验，把等候在车间外面的人们重新召集起来。原子能联合企业的周主任关切地走到原公甫面前，问他：“小原，怎么样？你还有信心干完这项工作吗？”

原公甫望着大家关切的目光，又慌又愧，一时不知说什么才好。

“今天不干了，推迟加工！”负责监护的同志说。

到底能不能接着干？

周主任征询我的意见。我说：“原公甫应该马上回到车床上，继续加工。”

我稳定了一下自己的情绪，用平静的语气对原公甫说：“对你来说，这项工作是不成问题的，失误不是由于你缺乏技术经验，而是由于你精神过于紧张，你的技术根本就没有发挥出来……”

我让原公甫喝杯牛奶，放松几分钟，把情绪好好调整调整，然后继续工作。

当时，已经是深夜了。我鼓励原公甫说："干！大胆干！"

原公甫这时情绪稳定多了，同志们的关怀和鼓励给他增加了新的勇气。他重新振作精神，再次走上岗位。

特种车床再次启动，操作手柄转动起来……原公甫神情专注，小心翼翼，一刀一丝，一丝一刀，每车三刀，复核一次，每次都用心把尺寸核对准确后再车下一刀。他屏住呼吸，全神贯注，加工、测量、调整，再加工、测量、调整，每一刀都要有100%的把握，就像为某位总统做心脏移植手术似的。

原公甫逐渐进入角色，他那高超的技术在沉着冷静的情绪配合下，发挥得淋漓尽致……

1964年5月1日凌晨，中国第一颗原子弹"心脏"（铀球）像一个新生婴儿，呱呱坠地了！经过严格检验，完全符合规格要求。

这时，根据中央专委的部署，第三机械工业部组织沈阳、西安两个航空发动机厂完成了几十套原子弹装置中的大型金属部件的制造任务。

1964年6月6日，进行了全尺寸爆轰模拟试验。这次试验除了不用核活性材料之外，其他部件全部采用原子弹装置核爆炸试验时所用的材料和结构。引爆系统也是采用核爆炸试验时相同的系统。这是原子弹装置核爆炸试验前的一次综合预演，试验取得完全成功，它预示着原子弹装置核爆炸成功在握。

1964年6月，快中子次临界实验装置的试制、安装和调试已告完成，随即开展了次临界度的测量。为了确保安全，杜绝意外事故，采取了"万无一失"的防范措施。每班试验除了物理员、电气员、机械员外，还特别设置了专职的安全检查员，要求所有试验人员熟悉安全规程，严格执行岗位责任制，一丝不苟地履行各自的职责。为了避免损伤将用于第一颗原子弹试验的核材料部件，每次开罐、装罐都徒手操作，按既定的守则细心进行。试验时，朱光亚等领导都留在现场。试验结果表明，现有增殖系统均处于相当深的次临界状态，即使按最苛刻的条件估计，在装配过程中及装配后出现某种意外的事件，也仍然不会导致核材料超临界事故。这些结果与理论预测是符合的。根据此次试验，遂制定出次临界安全操作规程。

经过 21 个月的艰苦工作，原子弹的理论、实验、设计、生产按计划全部完成。1964 年 7 月 20 日，在第二生产部副主任蔡抱真等人的组织领导下，负责各种部件分装和总装的工程技术人员和工人，投入紧张的装配工作。原子弹试验装置于 8 月 19 日全部装配完毕。

与此同时，在罗布泊，第一颗原子弹试验的准备工作已经全面展开。

永远的丰碑

1964 年 6 月 26 日，一座 102 米的高塔从罗布泊拔地而起。

我国刚刚度过了三年困难时期之后的 1962 年夏天，党中央作出了决定，要在两年内（即 1962—1964 年）进行第一颗原子弹试验。当时程开甲在北京九所任技术副所长，正在研究内爆球中心聚集理论。该所副所长吴际霖告诉程开甲，组织上要他到西北核试验基地创办研究所，并负责兼任核试验技术工作。他欣然接受了。开始，这项工作由国防科委副主任刘西尧和原子能所所长钱三强具体负责。他们确定由程开甲和吕敏、陆祖荫、忻贤杰四人为主，着手研究起草第一次核试验技术的总体方案。

第一次试验，若用飞机投掷，就会带来测试的测量和瞄准上的困难。因此，程开甲提出了以百米高塔上爆炸为宜。为了系统可靠而又便于保密，同志们又提出了敷设有线电缆遥控和遥测，不采用无线方案。有一次在讨论核爆炸的方式时，周总理插话说："不经过架子（指地面铁塔核试验）就空爆（空中投放原子弹）行吗？数据能取下来吗？"贺龙元帅说："空爆对外影响好些（指核尘埃污染少得多）。"讨论结果确定，仍按先易后难、循序渐进的原则，先在地面的铁塔上进行核爆炸试验，然后再搞飞机空投原子弹试验，待地上试验告一段落，便可集中更大力量全面开展地下试验准备工作。

铁塔是由工程兵研究设计院设计的。由于没有资料，我们的工程技术人员只有从西方公开发表的文章和照片中，找寻点滴启发。当设计我国第一座原子弹爆炸塔时，就是参考了法国杂志上的一张照片后，做出自立式塔架方案的。

原子弹地爆工程主要包括一百多米高的铁塔和测试设备的防护工程。美国第一颗原子弹的试验的铁塔只有 30 多米，而我们的铁塔 102 米，当时我国还没有百米以上的铁塔，能和它相比的唯一的铁塔是当时建立在广州的 90 米高的对外广播发射塔。

当时对于原子防护，许多国家曾公开发表过一些不尽相同的计算方法。我国第一次设计，要求安全系数大一些，多用些材料，上级还是允许的。我们遇到的困难是将原子弹用吊篮长垂直吊到 100 多米高的钢结构塔顶小室中，小室要求恒温，摇摆和震动有严格的限制，又面临着戈壁滩荒无人烟的施工和运输条件，这些都得在设计中考虑进去。1963 年年初，开始了紧张的核装置的运输、提升与摆放，塔体结构，以及爬行超重机的吊装方法等技术难题，胜利完成了这项设计任务。

在核试验场所有工程中，技术要求最高的是爆心铁塔工程。铁塔是无缝钢管结构的自立式塔架，有 8467 个构件，包括起吊、空调、电气 3 个设备系统。铁塔由工程兵研究设计院设计后，无缝钢管由鞍山钢铁公司专门生产，塔架由建工部华北金属结构厂加工，装原子弹的吊篮和专用起重机由北京起重机厂制造。

承受铁塔的基础工程，是一项由 4 个锥形整体式钢盘混凝土结构组成的新型工程。工程精度要求很高。担负这项任务的工程兵 124 团，施工前作了充分准备，熟悉了各项技术要求，制订了施工技术标准、操作规程和安全要求，实行了以技师为中心的岗位责任制，这些措施保证了优良质量。

1964 年 2 月，8 台大型平板拖车将铁塔构件运抵爆心。21 日，开始吊装，担负安装任务的是工程兵特种工程技术总队。他们组成了一个 160 人的安装队，在中央广播事业局、兰州化学工业公司建筑公司的支援下，开始了艰巨的工作。经过不懈的努力，终于用 68 个净作业日，在 6 月 26 日将铁塔安装成功。当时同时制作的供备用的另一副铁塔，至今还矗立在基地的西部，1980 年用它做了电视转播台的天线。安装这样一个庞然大物，难度很大，而且戈壁上的风速很大，更给施工增加了困难。然而，他们克服了重重困难，硬是创造性地把铁塔架了起来，并完成了原子弹的起吊上塔。当时，他们每天的补助只有四个馒头。

铁塔是戈壁滩上最高大、最耀眼的目标，也是最鼓舞人心的目标，它激励着人们以只争朝夕精神做好多项准备工作，迎接那个伟大历史瞬间的到来。

试验场区的特种工程建设，大部分是在 1964 年上半年开始施工的。工程项目共 150 余项，除百米铁塔外，主要还有主控站、分控站、各种测量工号、远近照相站、引爆电缆、控制及通信设施等。这些工程大部分是永备性的，少部分是首次试验专用的，向着爆心，分布在不同距离、不同方位上；连接各独立工号的汽车道路有 200 余公里。这些工程要在核爆炸条件下使用，保证各种仪器工作正常，因此多为地下或半地下的密封建筑，工程质量要求高，材料规格特殊，采用压力强的特殊构件，施工难度大。

施工是从 1963 年 4 月陆续开始的。1963 年底前主要进行试验指挥所的主体工程和铁塔基础工程建设，绝大部分工程集中在 1964 年上半年。参加施工的部队有工程兵 124 团、109 团的二营和加工连、122 团两个连。124 团是 5000 多人的大团，是施工的主力，最艰苦和工艺要求最高的工程往往都是他们的。在团长王国栋、政委刘际玉的领导下，以后全部承担了历次空爆场区的工程任务，每次都圆满完成了任务。当时，没有几台像样的机械，主要工具是锹、镐，采石还是打眼放炮，没有一台挖掘机和装渣机，“抬、挖、拖、拉、推”是主要的施工方式。工程面分散，远距离运水、运材料拌和水泥。戈壁滩上的气候，奇寒、烈日、风沙，昼夜难熬，然而同志们没有一人叫苦。就这样，124 团两年没离开场区，一鼓作气，保质保量地完成了施工任务，为我国的核武器作出了卓越的贡献。

为了保证质量，基地党委提出了“确保重点，兼顾全局，集中力量打歼灭战”的施工方针，按照任务的先后主次，划定了完成任务的时间线，成立了工程指挥所，分工副司令员张志善负责整个场区的工程指挥。各部

（分）队也都成立了相应的工程指挥机构，合理调配力量，科学组织施工，使工程建设有条不紊地进行。施工中，各级领导干部坚持在第一线，及时解决各种问题，严格技师检查，保证各种技术指标的落实。

为抢修试验场的特种工程，5000 工程兵日夜奋战。盛夏，地表温度达 50 多度，他们仍然坚持作业；严冬，气温在零下二三十度，他们照常不断施工。

1964 年 4 月 15 日，塔里木风暴袭来核试验场区。

15 日、16 日，风力 5 级至 6 级；17 日、18 日风力 7 级至 9 级，阵风高达 10 级至 11 级。

工兵 124 团，64 顶帐篷被刮翻，42 个班被迫露营。

连续几天没吃上饭，没睡好觉，但每个战士都有一个共同的决心：工期不能误。哪怕能为祖国的第一次核试验铲上锹土，也是为祖国的强大出了力，也是幸福的，光荣的。

特种工程按时完成了，原子弹就要起爆了，这些工兵战士却必须在“零”时前搬到 180 公里外的驻地，连原子弹爆炸的闪光也没看到。

然而，他们照样兴高采烈地庆贺试验成功，照样为祖国有原子弹自豪，战士诙谐地说：“保密条例上不是有规定吗？不该看的不看。”

每当谈起当年的这些工兵战士，核试验基地司令员张蕴钰都很激动：“战士们在几十米、上百米的高空作业，一天也就补助了四个馒头。我们这些当领导的什么时候想起来都觉得对不起这些同志们，为什么我们大家不挤一挤，多给他们两个馒头呢？总觉得对不起他们。好在当时大家都一样……”

说着，泪水就涌出了那双铁灰色的眼睛，顺着纵横的皱纹缓缓流淌。

木兰村、石头及其他……

在云集戈壁的千军万马中，有 40 多个女同志，张爱萍给这片帐篷取名“木兰村”，1978 年在一次大气层核试验中，我在场区采访了当年被称作假小子的翟芳芝——她当时40多岁了，还是独身一人生活在核试验基地。一切都过去了，只有当年那火热的生活成了人生最美好的回忆。她并没有为悄悄消失的青春后悔，她唯一的后悔是当年没有从核爆心拣颗彩色的石子作纪念。她说：

那时刚来，不知啥叫困难，当天就迷了路，晚上七点钟才到气象大沟。路难走，出去开会，回来屁股和背上磨了两个包，在大厢板上颠的。让女同志守着车，司机等出去找路，走着走着又迷了。他们站在帐篷顶上，用手电照，我们看到了光，才到101生活点，已经是2、3点钟了。炊事员很热情，往帐篷送饭。那水喝了就要跑厕所。第二天5、6点钟又起来，找2号（厕所）。大家心情激动。作为第一代搞核试验的人员，很激动，看到大铁塔，心里说不出的高兴。

我是搞电缆的，只把电缆放到孔里就行，不知里面是什么，各工号不能互串，现在基地的三队有陶秀英、四队有周玉芳、胡志利，五队几个女同志走了。在学校都是在城市里，来戈壁都不行了。喝孔雀河水，挖个大坑。水渗过来，又苦又涩，但大家都不说什么，一个小帐篷住九个人。都穿高腰鞋又不能洗澡，洗衣服，很艰苦，没擦脸油，大家都不怕苦。工号很小，人跪着干活，爬进爬出。

有一次八一厂拍电影，借衣服，后借不到把自己的衣服喷喷水，就行了。炊事班想方设法，把水放在壶里。我们一出就把水喝光了。有时看到戈壁滩的环境，成群结队跑过去喝水，一看啥也没有，哈哈大笑。老同志告诉我们，水要一点点省着喝。就那一点水，白天洗脸，晚上洗脚，几个人在两个盆里洗脚。

早晨起来还要出操，在戈壁滩上跑，抓得很紧。上班之后，各干啥就不知道了。我只是拉电缆时看到一点。回来后，还唱歌，很乐观。男同志提抗议，说吵得他们休息不好。坐大卡车，早晨一吹哨，大家排成队，管车的点名分车，一车为一队，一年为一个工作站，出发。都是搓板路，很颠，等车回来后说坐摇篮坐完了，该上这个床了。床是行军床，用铁棍穿，拉不平，直接搭起来，离地只能放一双鞋。号一吹不能说话，中午起来，床上一个人形，头、膀下各一摊水，热。

每天晚上开会，汇报工作，凑到一块。大家很团结，病了也不说，实在动不了，膀子一挺就扛过去了。所以没病号。喝场区的水，大家都肚子痛，也不吃药了。互相照顾，一下车，拼命跑厕所，还有的掉到厕所里。哪有现在的配电盘，只是钉几个大桩子，钉几个木板，上面挖洞。

那时责任心特强，怕完不成任务，张爱萍主任讲笑话，说不要学猴子搬儿，明明没问题可心还放不下，搬来搬去把小猴子搬死了。场区参试单位特多，像唱大戏的。进入工号孔工作，汗顺身往下淌，很多同志一块下，男的女的挤在一起工作，大家都很纯洁。工作一上午，没时间出来。一个站排上几百根线，怕接错了就完了。线要整齐，仪器要好，检查不合格，拆了重来。首先讲电缆是血管、动脉，电不通，弹不响。我们责任特重，那时特细心。在里面爬着检查，每天爬几公里。扒电缆沟，用小耙子，一点点扒。手的指甲都扒掉半截。战士很艰苦，有的战士裤子破了，在屁股上补块包袱皮，用铁丝挂上。没经纬仪，拉杆测量，在那里一点点扒。女同志帽子一摘，他们很惊奇地说，啊！来了女同志。当时天气很热，脚下温度有 50 多度，背上晒起了痱子。女同志也爬到架子上装探头。

当时没吵嘴的，像姐妹，晚上很热闹，戈壁滩像我们的家一样。开了好多次文艺晚会，同志们拉歌。年龄大的照顾小的，分什么好吃的，都留着，八月十五（中秋节）分的梨、月饼都给留，回来都干了，月饼都啃不动了。从马兰带回来的甜水，一个一口喝，舍不得，给别人留着，给男同志再送去。女的也穿着军装，号也不合适。解放军画报还来拍照。一路捂着肚子。搓板路，出去拉庆贺成功用的酒，汽车兵每小时十公里还怕颠坏，把衣服被子插到缝里，说酒是北京运来的，不能破一瓶。有的把鞋脱下来光脚开车，光着膀子。老同志睡在车下，新同志睡在驾驶楼。一个老兵把鞋塞在仪器中间，怕颠坏了。

当时，领导指哪里奔哪里，有困难自己克服，实在不行再汇报。

开了几次晚会，故事会，个人的一切杂念完全抛弃，只有一个念头，人都是党的，啥也没自己的。

责任感特强，每天走路检查电缆，每个地方摆着石头记号，动没动都要检查，有什么地方动了，马上汇报。

有接错线头的时候，结错要记大过。批评很能接受，一批评，很难过，哭啊，责任心过不去。

男女同志，出去很不方便，谁要上厕所，喊声报告，就谁也不往回看了。几公里喊好几个报告。

吃饭，那时食堂总开饭。打个电话炊事员就给准备好。光想喝水，炊事员说你们喝吧，多喝点，再放点糖，好多走几公里。

撤回去后，让我们去洗个澡。到孔雀河看到水，衣服也不脱，跳进去先喝几口。打上肥皂，头发都分不开了；洗了衣服出来都是白的。

很热闹，互相泼水，真高兴，还唱歌。脑袋怎么办，拿梳子一点一点梳。

打球，和首长一块打，挂两个牌——马兰村、楼兰村，首长们那些老头是马兰村，让老头把我们赢了。张爱萍副总长、张司令、张震寰副主任等首长都上场打，老头们暂停，说让着她们点，别给打哭了。

任务完后举行一个舞会，在小礼堂。其中还有几个女飞行员，当时抓我唱歌。

在 201 举行庆祝会，高兴啊。一爆炸，啥样的都有，有的一跳好高，摔到那里，有的流泪，抱着打滚。总理、中央的贺电。周总理一直在电话机前听，总理说话，场区也可以听到。

场区有海市蜃楼，能看到楼、亭、湖水。

还吃到了西瓜和哈密瓜、苹果。

吃西瓜时，女同志吃一点就甩掉了，一看二局胡局长一直啃着瓜皮，她们又悄悄捡起来，接着啃……

第一颗原子弹爆炸前，待命，大家心里都很紧张，张爱萍副总长带我们到戈壁滩上去拣石头，那里是古海，有很多化石，挺美的，还有各种各样的石头，也都挺好看。我们拣了不少，后来又都丢了，没带出来，不是说不能动场区的一草一木吗。想起来挺后悔的。怎么不从爆心附近带回块石头作纪念呢！那里的石头，后来都被原子弹烤化了。

1988年春，在电视片《祖国不会忘记》的文学脚本草稿中，我说了这个故事，说了这个50岁还在独身生活的核大姐唯一的后悔是没留下一块戈壁的石头。当时任军委副秘书长的张爱萍将军在这段文字旁边批示说：代我问候这位女同志，她如果想要，我这里有几块戈壁石可以送给她……

在记忆里珍藏着那些戈壁石的还有春雷文工团的演员们，当年的文工团政委郝作非回忆说：

1964年年初，为迎接首次核试验，基地组建了“春雷文工团”，试验前夕，参试人员陆续进场了。当时，对进场人员控制很严，张副总长，基地首长，为使文工团人员实地体验生活，特批文工团全部进场，并严格地进行了保密教育。

孔雀河畔的老开屏有2间破旧的土房子，他们住在那里，这是特殊照顾，其他地方有几个帐篷和大席棚，再有的就是那跌宕起伏的大戈壁，隐约可见的大小山脉。这里的气候真可谓“早穿皮袄午穿纱”，刮起风来连饭里都是沙石。多变的气候和蚊子，使大家很不适应，大、小便都很困难。他们一面坚持基本功训练，一面练习节目，适应气候。有的团员就近去体验生活，收集材料。他们收集到了很多故事，从孔雀河古老而美丽的传说，到伸手就可抓到30斤重的野鱼；最感人的是阳平里气象站，石板上烙饼充饥，艰苦创业的动人事迹。每天晚饭后到戈壁上走走，拣些五颜六色、晶莹剔透的小石子，还可爬上小山，拣一些化石。有人说这里原来是汪洋大海。那只有留给考古学者们去考证了。

核试验的日子就要到了，大家对气候还不适应，尽管灶别待遇很高，大家都不想吃饭。只好强迫大家吃，党、团员带头，吃得越多越好，以保证演出……

试验成功的当天晚上，召开了庆祝大会，演员们精神饱满，信心百倍。观众在欢声笑语中坐满场地。当宣布庆祝会开始，他们一个接一个的演着节目，在戈壁沙石铺平的舞台上，或高歌，或欢舞，迎来了掌声。然天公善变，不时迎面吹来一阵阵风沙，给演出带来了一定的困难。但他们叫“春雷文工团”，又怎能愧对自己的“春雷”呢！徐全官还是个十几岁的孩子，正当他的笛子独奏达到高潮，观众赞不绝口的时候，笛膜一下破了。他跑回后台，换好笛膜，重新吹奏，一曲未了，笛膜再崩。是那里的气候过于干燥，不适合笛子演奏，可他又跑回后台，再换笛膜，终于吹奏完全曲。这时，掌声四起，这掌声震慑了戈壁风沙的淫威，当他再次登台敬礼谢幕时，大家高高的举起双手，向他致意，他年纪虽小，演奏水平却很高，而更令人感动的是，他小小年纪，竟有老戈壁人顽强不屈的精神作风。《三千里江山》开始了，年轻的姑娘们脚踩沙尘面迎风沙，白裙飞舞，舞步轻盈，列队而出，潇洒的英姿，增添了几分英气。她们获得了很高的赞誉，却也吞咽了不少沙尘。唢呐吹奏喜歌，乐队伴奏助兴，《洗衣歌》长袖飘飘，轻歌曼舞，嬉戏生风，别有一番风韵，平添了多少情趣；小木生背靴洋洋自得的稚气，博得了更多的掌声，笑声。高潮迭起的晚会，使连日来高度紧张、极度疲劳的观众如春风化雨，顿觉欢快、轻松。演员们虽吃了一些苦，他们都为自己参与了党的伟大事业，欢欣鼓舞，观众的掌声、欢笑是鼓励，使他们倍感肩负重任的光荣。谢幕时，掌声再起，经久不息，贵宾紧握住他们的双手表示感谢，首长们抚头、拍肩，祝贺他们成功。这是力量的源泉，震撼着演员们的稚嫩心灵……

金戈铁马大漠风

罗布泊大军云集，连营千里。

在场区 26 个集中点上，开设了 32 个临时伙房，负责伙食；开设了 7 个兵站，负责机关和分散人员的食宿招待工作；建立了临时补给仓库，承担包括被装、帐篷、营具、汽车材料、医药卫生等物资的储存，以备补充临时需要；设立了 3 个加油站，1 个汽车修理站，负责场区车辆的统一加油和修理；开设了 1 个 50 张床位的野战医院，负责收容一般伤病员与放射病员的急救后送，并组织了 1 个医疗队，负责平时的巡回医疗和发现放射病时进行现场急救工作；抽调了 35 台汽车，组成 1 个水车排，负责场区的用水输送。

在“零前”现场准备中，运输任务十分繁重，场区几个点的生活用水要从数百公里外的甘草泉或马兰往里运，施工用水从孔雀河拉，蔬菜要到焉耆、库尔勒和乌鲁木齐等地运。军需和物资器材大部分在克拉玛依、独山子、吐鲁番等地起运。从物资主要集中点吐鲁番到场区单程就 600 公里，点多线长，要求急迫，道路颠簸难行。而进场物资 22 类 3000 余种 3201 吨，使用火车车皮 1116 个，动用汽车 1270 台，行驶 1852 公里，相当于绕地球 460 圈。空运精密仪器和急用物资 73 吨。

毛主席“大力协同”的指示，产生了巨大的力量。场区流传着这样几句话：“试验工作一盘棋，走路行车想全局，大力协作搞试验，步调一致得胜利。”从全国来说，有 20 多个省市自治区的 900 多家工厂、科研机构和大专院校联合攻关，解决了近千项重大科研项目，提供了大量的物资和力量，才使第一颗原子弹研制试验成功。

试验基地驻北京办事处主任李维平回忆说：

我国第一颗原子弹爆炸前，基地来电要我想法找到一块最准时的钟作报时用。我带着使命来到国家一轻部军工局。他们告诉我，北京市正在召开全国钟表展览会，可能有较准时的钟。我立即驱车来到北京市仪表局，听完我的情况报告，刘局长立即打电话告诉展览会，下午有人去取准时石英钟。下午，我来到青龙桥路北礼堂展览会，总工程师问明来意后，从上层披红绸的架上取下了上海做的第一个石英钟交给我说：“它走了一个月了无差错。”我给他实物收据和付款账号，总工告诉我：“这是我们做的第一个，没有成批生产，原准备送国外展览，无价格；这样吧，你拿走，算是我们对核试验事业的一点心意吧！”

在预爆前三天的一个夜晚，基地司令员突然打来电话，说开关板上没装稳压器，这样将严重影响记录结果。因此，他指示我无论如何要想法搞到并于预爆前送到场区。放下电话已晚上 9 时，我即刻到北京去找，得到的回答是，这样的产品是上海生产的，于是，我立即用京办专用电话要通了上海警备区，并请他接通上海开关厂，正巧副厂长值班，我把情况告诉他后，请他不要扣电话，迅速查明他们厂有无现货，并恳求他无论如何也要在明天 10 时前准备好 24 件。15 分钟后，副厂长告诉我“无现货，只有已装上开关板准备发运的稳压器，假如需要，可从上面拆下来，明日十时可装箱”。他请我们带介绍信，以便向被拆户交代。货源有了，但如何在三天之内把它们从上海运到新疆？只能找飞机。我立即要通国防科委值班室请他们申请飞机直接送到场区。我又马上通知空军值班室，让他们作好准备。第二天 7 时我们乘专机飞往上海，装上这宝贝般的稳压器后又飞回北京，又在当天飞到罗布泊深处的核试验场区。

汽车兵及时地把各种物资送到试验第一线，运输线长，任务重，时间性强，道路崎岖难行，大家忍受着汽车的颠簸和劳累，日夜奔忙，保障了工程施工和人员生活的需要。数千名参试人员的进出场和数以万计的各种物资器材的运输，做到了安全无事故和承运物资完好无损。

1964 年 8 月的一天，场区 201 地区突降暴雨，聚集的洪水将参试的科研单位的帐篷冲走。汽车 36 团 12 连接到基地的命令后，连夜出动 38 台车，前往乌鲁木齐拉运帐篷。经过 30 多个小时的连续行车，终于提前完成任务，使科技人员很快住进帐篷。

有这么一件事情在人们的记忆中留下了深刻的印象：36 团 4 连一名叫周明亮的战士，在一次运送试验物资的途中突然病倒，为了把物资及时送到，他不顾病痛坚持开车，当货物运到现场后他却因高烧脱水当即休克。

运输工作的另一项特殊任务是参加回收取样工作。第一次原子弹试验时，为了保证试验回收任务的圆满完成，汽车 36 团党委决定以 2 连为基础，从全团选派思想好，技术过硬的 27 名司机充实到 2 连，组成取样回收队配属到科研单位。接受任务后，他们一丝不苟精心检修车辆，严格进行防护训练。“零前”训练正值 8、9 月份，他们在穿胶制防护衣、戴着防毒面具的情况下冒着驾驶室内 50 多度的高温整整训练一个月，在一次训练中 18 人中暑，严重的 20 多分钟才苏醒过来。头晕、呕吐、吃不下饭，平均体重下降 4 斤多。但他们却由开始戴防毒面具坚持 1 小时最后达到 6 小时，有的同志能坚持 10 小时，练出了过硬的本领。在核爆炸之后，他们进入了沾染区，配属 12 个大单位 43 个效应点回收取样。50 多台车辆进出沾染区 375 次，没一台车抛锚，没一台车跑错位置，没有发生任何大小事故，胜利完成了任务。

在核试验的史册里

经过各参试单位的艰苦奋战、忘我工作，在全面完成了现场各项准备工作之后，首次核试验进入预演阶段。

1964 年 7 月 21 日，张震寰来电传达了周恩来总理 7 月 14 日关于预演工作的指示。周总理强调：模拟产品运输工作要做细致、做周到，防止意外，每个环节都要加强保卫保密工作。预演工作要扎扎实实，一步一个脚印。要通过预演训练，考验各项准备工作。

为了实行集中统一的领导，确保试验成功，遵照周总理、中央专委的指示，报经中央军委、总政治部批准，成立了以张爱萍为书记、刘西尧为副书记、朱卿云为秘书长的中共首次核试验委员会，并成立了以张爱萍为主任委员，刘西尧为副主任委员，由各参试单位负责人和专家共 68 人组成的首次核试验委员会。主要领导成员有：国防科委副秘书长张震寰，空军副司令员成钧，核试验基地司令员张蕴钰，核武器研制基地负责人李觉、朱光亚，核武器试验研究所程开甲，防化兵部副主任毕庆堂，总政科工部副部长朱卿云。试验委员会下设 12 个部（队、室），具体负责试验的各项工作。

试验部：张震寰为部长，朱光亚、程开甲、陈能宽、胡若嘏、张超为副部长。

司令部：张蕴钰为参谋长、张英、徐斌、贺格非、范志赤、程尚友为副参谋长。

政治部：常勇为主任，朱卿云、邓易非、郝苏、任中咸为副主任。

后勤部：张志善为部长，王力华、王忠义、于清河为副部长。

航空工作部：刘忠惠为部长，张开帙、恽程前、姚士章、程尚友为副部长。

防护工作部：毕庆堂为部长，徐行、周村，卞克强为副部长。

工程工作部：谭善和为部长，曾旭清、韩济、杨荣新、陈宽为副部长。

摄影工作部：张景华为部长，洪杰、杨采、王元才、冯瑾为副部长。

第九作业队：李觉为队长兼政委，吴际霖、李信、朱光亚为副队长。

第二十一作业队：张超为队长，张绍华为政委，程开甲、董寿莘为副队长。

效应试验队：范志赤为队长兼政委，杜牧平、王锋戈、杨斌为副队长。

办公室：李旭阁为主任，许中坚、环克军为副主任。

8 月 24 日，中共首次核试验委员会召开党委扩大会议，宣布两委的组成和人员名单，确定了预演的活动日程。26 日，场区的预演工作正式开始，先是由各单位分别组织单项、单元演练，着重检查技术操作和小分队的行动。

28 日，试验常委会召开第二次会议，强调各单位要进一步搞好单项、单元预演工作秩序和建立工作制度，任何岗位都必须明确统一领导指挥、技术专业和政治思想工作三大任务，并决定实行“五定”的岗位责任制，即定职务、定位置、定动作、定关系、定人员，更科学地组织指挥试验。

30 日，试验党委会召开第三次会议，研究综合预演计划，并根据气象预报，决定 8 月 31 日至 9 月 1 日进行综合预演，31 日 8 时 30 分为预演的“零时”（起爆时间）。接着，组织了包括弹的装配、遥控起爆、测试、剂量侦察、取样、回收成果、防护洗消以及各项指挥保障的全部预演。预演中，模拟弹的装配和控制系统是两个主要环节。在模拟弹的装配上，第九作业队组织了专门队伍，李觉、吴际霖、李信、朱光亚、陈能宽等领导和专家赴现场和技术人员一起，反复检查每个部件，严格按照工艺规程进行装配与检验。结果，弹的结构和部件尺寸公差，都达到和超过了原定要求。控制系统经过 53 次联试，证明是灵便的、可靠的。为了使它更加符合实战的要求，更换了质量不高的元件，并准备了备用的设备和零件。

预演活动为进行试验提供了直接经验，也从中发现了许多问题，最初的演习出现了秩序乱、不协调、技术措施不够完善、动作不够熟练等问题，随着演练的深入，上述问题得到了解决，却又出现了松懈和麻痹大意情绪。为此，试验党委及时提出了“整顿、提高、落实”的号召，在短时间内开展了一次思想整顿和组织整顿，修订了规章制度和操作规程，逐一解决了技术上存在的问题，并成立了主控、安全撤退、回收取样等指挥所，分工张震寰、邓易非等负责主控指挥所，张蕴钰和朱卿云负责撤退指挥所（即试验中心区“零时”前最后的撤退），毕庆堂、任中咸等负责防护指挥所（“零后”剂量侦察、预报、进出沾染区、洗消等工作。）

9月4日，张爱萍、刘西尧领命到北京向中央专委和周总理汇报试验准备工作和预演情况，请示正式试验时间。

国家元首级警卫的核弹专列

1964年9月，原子弹运往罗布泊，为保证这颗核弹的绝对安全，专门成立了保卫工作小组。

这个组由4人组成，有基地保卫处副处长崔寿桐，公安部科长胡伯鑫和王学玺、马杰成。主要任务是核弹的运输及安全试爆。

虽然这任务看来只有一句话：将核弹安全保密地运到试验场区……但做起来困难却是很多的。不仅要防止敌人破坏和窃密，更重要的还是技术上的要求。如怎样防止放射性物质外泄，以及温度、湿度、震动等都要保证在规定标准的安全系数范围之内。并且，核弹制造厂距离试验基地长达数千公里。在运输的过程中会遇到什么问题，大家心里没数。

当时各级领导对保密问题非常重视，核试验场区曾有一张工程图纸在基地司令部保密室一时查找不到。周总理得知此情后，指定杨成武代总长为组长，由张爱萍副总长、总政治部保卫部副部长郝苏、国防科委保密检查处长谢朴山等同志组成调查小组，并派专机专程到基地查找，基地也成立以邓易非副政委为组长、办公室主任许中坚等同志组成的查找小组。图纸找到后，张爱萍立即电告周总理，请他放心。张爱萍怒气满面，但口气和缓地批评保密员：“你的脑壳给猴子吃掉了吗？”

核弹运输是在国防科委主持下，由参加各单位共同协调进行的。这 4 人小组既要负责核弹运输的安全保密，还要负责各参加运输单位的协调工作。

经过协商、安排，由空军、总参军交部、铁道部、二机部、基地、新疆军区保卫部、新疆自治区公安厅以及总参谋部、公安部、总政保卫部、国防科委等组成了主要运输单位。并对参加核弹运输单位除了确定负责此项任务的领导人和参加人员的政审外，还规定：定任务，定人，定位，定职责，定知密范围，简称为“五定”。

长途火车专列，由总参军交部和铁道部负责准备。这是一列特殊专列，各车厢都装有通信及空调设备。从火车机头、车厢、电机、空调、通信仪器，到司机、列车员、检车员、列车长都是按规定挑选最好的。为了安全保密，对列车进行了改装，为了保证安全，防止火花，把检车使用的小铁锤都换成了黄铜锤。这列车上所有同志都很辛苦，他们是随车作业，不完成任务不换班。在途中除了司机有换班休息外，其他人员很少休息。他们对工作真是做到了极端负责、一丝不苟。他们的工作似乎很平凡，但是他们知道这列车不仅仅装的是几颗原子弹，而是装载着党、国家、军队和全国人民的信任和重托。他们知道自己肩上的分量，当时凡是知道他们这列车情况的工作人员无不为之感动。因为当时保密要求极严，接近这一专列的人都受到严格控制，后来也无人宣传他们。他们为党、为人民、为我国首次核试验做出了很大贡献。他们是真正的无名英雄。

空军负责飞机转载运输。当时有空军作战部长恽程前、场外部长张凯帜、保卫部长姚士章负责调动专用飞机。挑选最好的机组人员和地勤人员并随机察看航线所经过的场站。为了准确查看各场站指挥塔设备情况，空军指挥所所长也随机到运弹所要经过的各场站作了详细检查。一次他们随机从北京去新疆乌鲁木齐查看由乌鲁木齐市到马兰的航线。途经兰州机场加油再飞时，飞机刚进入航线，右边发动机突然升温，驾驶员立即将其关掉。当时恽前成部长坐在右边，向外看到右边风洞口外有一只老鹰翅膀。

恽前成命令立即返航着陆。经检查发现一只老鹰打在右边风洞口上妨碍进气，影响发动机散热；有一只老鹰被左边螺旋桨打掉；第三只老鹰沿机右翼根部斜上方右边机舵，打了 1、2、3 厘米不等深浅的沟。排除右边风洞口上的老鹰后，经检查试车一切正常然后起飞。大家在飞机上很长一段时间无人讲话。但是从每个人的面孔上可以看出大家都在想着一个很严重的问题，那就是当把核弹装上飞机后遇到意想不到的问题该怎么办？……这件事提醒大家，要进一步多想问题，多动脑子，多想办法。要把问题想得更全面，准备工作做得更充分，更细致，保证把核弹安全可靠地运到试验场区。

基地负责用汽车和空军直升飞机将核弹从马兰机场运到试验场区。为组装核弹直接服务的许多重要设备仪器，除了用飞机运输外，有的还需要用汽车运输。这段运输由基地保卫处长赵印江等监督实施，并派出警卫部队押车、押机。核弹装载转换运载工具的各个大的环节都有专人负责监督实施。

核弹专列沿途警卫和到达乌鲁木齐后的警卫都是按照国家最高元首级警卫的。列车沿途通过的重要车站、路段、桥梁等警卫工作由总参谋部通知该专列通过的铁道沿线驻军和民兵担任外部警卫，内部警卫由公安部通知铁路公安局、处担任。专列到达终点乌鲁木齐后，外部警卫由新疆军区担任，内部警卫由新疆自治区公安厅担任。

当专列进到终点站后，新疆军区派了三层警卫，内层 30 米左右一岗，无关人员根本不能接近专列，有关领导及工作人员发有专门证件。若没有证件而要接近专列时，要派专人陪同。新疆军区保卫部部长李子香和副部长都在夜间亲自查岗；自治区公安厅厅长侯良同志夜间亲自守车；公安厅处长崔士范、科长朱文良和运输组的同志共同行动。为了搞好从火车站到机场的运输，他们连续几夜不睡觉，查看从火车站到机场这条公路上夜间行车规律，选择什么时间用汽车将核弹运到机场为最好，经调查发现白天是不能装运的。白天公路上各种车辆多，行动目标太大，不利于安全保密。他们只能夜间转动。因为这条路上不能戒严，一戒严就等于告诉别人有重大行动，反而带来不安全因素。经过几个夜间的查看，终于发现在凌晨 2 至 4 点这段时间该公路上车辆最少。他们就选择在此时进行工作。于是便组成了一个小的车队，前有开道车，遇到前面来车一律让他靠左边停车，等车队通过后才能放行；接着是警卫车，中间是装核弹的车，后边又是警卫车。车队一到机场，立即装机，机上有基地的保卫队警卫，机外有机场加强的警卫。天亮后选择最好的气象时间起飞到马兰机场。

新疆军区和自治区及乌鲁木齐市委的领导对首次核试验弹运输工作给予极大的关怀。王恩茂书记，军区、自治区领导接见了核弹运输的全体同志，并请大家吃了顿饭。王书记并没有讲多少话。原因是有极严的保密纪律，在场的除参加运输的人员外还有招待服务人员。他只说道："同志们辛苦了！"大家回答："为人民服务！"接着他又说："请大家品尝一下新疆特殊风味烤羊肉串，我专门请天山大厦的高级厨师为同志们烤的。我代表我们几位领导同志祝同志们工作顺利。"

在参加核弹运输的各单位的大力协同积极配合下，第一颗核装置终于顺利地运到了试验场区。

就在核弹安全运到场区后不久，张爱萍副总长就命令运输组立即离开场区，回到乌鲁木齐想办法把运核弹的专列隐蔽起来，在下达命令时，总参军交部部长在场并表示："只要你们找到隐蔽的地方，运输方面需要什么条件，有什么问题要解决，尽管提出来，我们想尽办法给予解决。"为什么这么急切让他们返回乌鲁木齐找隐蔽专列的地方呢？因为这一专列共运了数枚核弹，一枚进场准备试验，专列上还有几枚预备弹，这一机密知道的人极少。另外，苏联对我国核试验场区的情况可以说是熟悉的，场区规划设计开始是苏联帮助搞的，后来我们靠自己的力量建起来。但是他们对场区的具体地理位置是很熟悉的，特别是首次核试验前场区内外车水马龙、川流不息，成千上万的人、车昼夜不停地在场区内布置各种效应物。有飞机、大炮、坦克、楼房、火车、舰艇、猴子、老鼠、假人、衣服和各种布料、民防工事、导弹竖井、100 多米高的试爆铁塔等等，应有尽有。外行人不懂看不出什么名堂，内行人一看就知道是在干什么的。当时美国苏联的卫星在上空转，他们在利用一切手段搞中国的情报。中国核试验爆炸后没几小时，日本取样飞机就升空取样。在这种紧张的形势下，任务就显得格外地紧急和重要。

所以他们接到隐蔽专列的命令时虽然思想上早有准备，但也感到情况紧急。专列不是什么小东西容易隐蔽，这项任务难度很大。崔寿桐和胡丛鑫等同志领命后立即返回乌鲁木齐市，向在那里的公安部高伦副局长和自治区公安厅处长崔士范、科长朱文良等，传达了张爱萍副总长的命令。经研究后他们和公安厅处长崔士范、科长朱文良等，乘汽车在乌鲁木齐市周围侦察寻找隐蔽地。

他们将查看情况、研究结果及时向张爱萍副总长作了汇报，并提出了一个较远距离的隐蔽方案，就是将专列拉到甘肃境内的导弹基地碱湖暂作权宜之计。经中央同意后，专列便离开乌鲁木齐市掩蔽去了。

当蘑菇云从罗布泊升起的时候，核弹运输组的同志们正在旅途中。

八千里路云和月

张爱萍将军说：“谁见过土匪呀？哪来的土匪呀？胡编乱造！胡说八道！”

一本叫做《时代青年》的杂志上登了这样一篇文章：“中国第一颗原子弹起爆前的意外发现”，文章写道：

1964 年 10 月 16 日在我国原子弹即将爆炸的时刻，发现了一个令人紧张而又难以料到的重要情况——一支一二百人的杂色队伍突然出现在大漠上，鬼鬼祟祟地向早已禁控的试验区靠近，几十匹老马在沙尘中凄厉地嘶鸣着、奔跑着……

那是 1964 年 10 月 13 日，原子弹爆炸的前三天，此时，一组伊尔观察机从 800 米高空拍摄的照片秘密送至担任试验场指挥的张爱萍上将面前，他打开一看，不由得惊呆了——一望无际的沙漠中，一堆未燃尽的枯柴，发出一团火光，腾起一股细烟；一些马蹄和人工凿出来的深水坑清晰可辨……

“不好，有意外！”将军心里一震，不用细思，抓起电话发出了紧急命令：“马上调查！”

三天后的暮色中，小分队终于在 3 号目标区意外地发现一顶破帐篷，周围零乱地丢弃着一些干柴和一些破损的刀鞘。

专家们的分析判断，这伙人马很可能是早已销声匿迹的“马匪”……

原来，1949 年秋，人民解放军长驱西进，在我军强大的威慑下，不堪一击的“马匪”纷纷溃败，缴枪投降，一小股残留匪徒不甘失败，无处可藏，只好趁机逃往戈壁大漠，从此销声匿迹。

这批逃窜到原子弹试验区的“马匪”残余人马，就是当年从新疆楼兰和甘肃酒泉一带进入大漠的。这股残余匪徒中还有五六名妇女。十几年来，他们断绝了与外界的联系，在茫茫大漠中盲目地游荡，过着野人般的生活，顽强地生存下来。终于有一天，他们盲目地游弋到核武器的试爆区。当这群“马匪”看到大漠深处高高耸立的塔架时，惊恐不安，魂飞魄散，知晓是一个不寻常地方。于是回旋于附近，白天逃得远远的，隐散在沙漠里，到了晚上，纷纷跑出来找食吃，天长日久，他们便放心地在此“安家”，搭篷扎帐，打算长期“住”下来。次日，这伙人马便被我派去的现代化交通工具运出了茫茫沙漠……

不仅是这篇文章，重复着这个离奇的“神话”的有电影，有电视和所谓的纪实文学作品。

甚至连两位美国学者写的《中国原子弹的制造》一书也引用了这个故事：

准备期间，在一次试验区空中检查过程中，发现了意外情况，图像显示出附近有人居住。负责安全的官员马上命令进行仔细的调查。几天以后，一支小分队发现了一个露营地。搜索人员偶然发现一群衣衫褴褛的国民党败兵。他们自 1949 年起一直逃亡在此。“他们都是男性，面容憔悴衣服破烂，步履蹒跚。一个小孩拼命地哭喊，大人们粗鲁地咒骂着”。这些人是骑马逃跑的。小分队总共花了三天多时间才跑遍靶区周围的 200 个隐居处。

直到1995年4月17日，《北京青年报》刊登的一则摘自《科技经济导报》的短文，还在重复着这个传闻：“在准备过程中，一次空中侦察使人们大吃一惊。照片显示出在作为爆炸现场的地方有人居住。安全官员下令试验地带的侦察员立即进行搜索。几天后，侦察兵发现了野营的迹象。搜索继续进行，遇上了一群衣衫褴褛的国民党军队的亡命者，这是一群自1949年以来拒不投降的士兵。又花了三天多的时间才找到了爆炸现场附近的20多个秘密居住点。”

这些东西情节大同小异，但有一点是共同的——都言之凿凿地说我国第一颗原子弹爆炸前罗布泊发现了土匪，有的甚至还说张爱萍将军接见了土匪。

基地的创业者对这样的编造，气愤者有之，不平者有之，嘲笑者有之。曾在基地任副司令员、并在首次核试验中任试验委员会司令部副参谋长的张英气愤地对我说：“那些东西你看了没有，捏造那样的东西传来传去，有什么意思呢？”当我在采访中同首次核试验总指挥张爱萍上将谈起这些神话时，老将军淡淡地一笑，说：“谁见过土匪呀，哪来的土匪呀，胡说八道，胡编乱造！”

于是，我无言。面对那些踏遍罗布泊荒原的前辈，面对年复一年奋斗在核试验场的战友，对这些“神话”我能说什么呢？张蕴钰、常勇、张志善等老一代创业者在罗布泊整整奔波了两年，不就是为了选择一个远离人烟、远离生命的核试验场吗？那些在半年中每人磨烂了12双鞋，巡逻了8000里路的战友们不就是为了不让每一个可能存在的人不受核爆炸的伤害吗？我们的周恩来总理在决定每次试验“零时”前不总是距爆心几百公里外的每一口水井、每一个居民点都想到，问到了吗？那样的“神话”怎么可能出现呢？也许，我应该把这片土地上发生的一个真实的故事写在这里，可能这就是神话的原型——

这个故事在核试验场已经流传了30年。

七名警卫战士在罗布泊最荒凉的地带徒步巡逻。半年时间里走了8300里，相当于从东海岸到帕米尔高原。后来，张爱萍将军给他们每人都写了一首诗；后来，他们在托举原子弹的铁塔下站了一夜岗；再后来，他们都走了，都转业复员了。

1969 年春天，一群穿着洗得发白的军装、戴着皮帽子的军人把我从鲁西那个贫穷的农村带到了核试验场。当时我并不知道其中那位沉默寡言的丁排长就是巡逻路上的“铁脚板”，现在听说这位转业回乡的河南汉子已经不在人世了。1977 年 10 月 19 日，他在离开部队前同当年巡逻队副队长王万喜一起，给我介绍了巡逻的日日夜夜。也是在这次采访中，就要调离部队的王万喜教导员把他们在巡逻路上写的诗稿留给了我。后来，我在警卫二连时的副指导员、巡逻路上的新兵“骆驼”潘友功又把他在国防科委学习毛著积极分子代表大会上《巡逻八千里，全靠老三篇》的发言底稿给我留下了。这些，至今还在我的书桌里珍藏着。1989 年在拍摄电视片《罗布泊人》时，我们又在河南的一个小镇上采访了巡逻路上的班长王俊杰。

尽管他们的名字仍然写在核试验基地的历史展览中，但今天知道这件事情的人毕竟不多了，请允许我从头讲起——

他们的名称是打猎队，任务却包括抓特务。

其实，他们却只发现野猪、野骆驼和野鸭……

1964 年 4 月，为确保首次核试验顺利成功，基地命令警卫营抽调骨干力量，组成一支精悍的巡逻小分队，进场担负安全巡逻任务。警卫四连党支部根据上级要求反复研究，决定抽调副连长何仕武，排长王万喜，战士王俊杰、司喜忠、丁铁汉、潘友功、王国珍共 7 人组成巡逻小分队，由何仕武为队长，王万喜为副队长，王国珍为随队卫生员。

出发前，基地副司令张志善在马兰指着地图向他们交代：“这次巡逻任务将要在艰苦的环境下完成。距离：8300 里；方式：徒步；时间：180 天；衣、食、住、行全由你们自理，不能带任何交通工具通讯器材。”细心的张副司令还交代了在任务执行中遇到各种紧张情况时的处置方案，并特意嘱咐他们要每人戴一顶草帽，要穿布鞋，胶鞋太闷脚。

为了保密，这支小分队当时的名称是“打猎队”。

1977 年 10 月 19 日王万喜告诉我：

“我们听到是执行战斗任务，心情又高兴又紧张，当时不知具体是什么。巡逻三个目的：一是当年场区空中绘图，当时苏修知道，防止苏修破坏，防止苏修空降空投。二是把场区外围的地形地物查清，掌握第一手材料。三是看看场区有没有流动人员，要把那里的人清出来。”

“我们先在马兰搞了几天擒拿格斗的训练，当时情绪高，劲头足，没底，很紧张，走之前，在决心书上按了血指印。把其他东西存起来，做好牺牲的准备，写了遗书。决心任务完成不好，不回来见首长。”

“4 月 13 日（1964 年），我们到了出发点。是在孔雀河支流铁板河边上。孔雀河的地势高，水可以吃。是蚕食巡逻，路线是扇面形。那里是扇把。”

4 月 15 日，他们从生活点出发，开始巡逻。他们每人肩背着被子、毛毡、雨衣、两个水壶、270 发子弹、8 个手榴弹、一支冲锋枪、行军镐锹，还有粮袋和简单的炊具，平均负重 74 斤。没有向导，只有一张军用地图，一个指南针。

由于地形复杂，为了前后有个照应，队长指定司喜忠、潘友功担任巡逻尖兵，在前方开路，接着他们就呈前三角战斗队形前进。队长何仕武、副队长王万喜时前时后指挥、不断变换着战斗队形及战术动作，且根据情况的变化，对每个人在巡逻前进中的任务，不断作些交代。

在出发后两个多小时，他们没有遇到任何情况，但天气热得难受。用“汗流浃背”来形容，一点也不为过。戈壁滩下流传着一句俗语，叫做“早穿袄，午穿纱，围着火炉吃西瓜”。他们早上穿棉衣还感到冷呢！天气虽热，但大家不敢懈怠，喝了点水，顶着烈日继续巡逻。大约下午 5 点左右，他们终于到达目的地。

大家正想坐下来好好休息一下，突然，队长又发出命令，要求大家运用变换战术队形，继续探索前进。原来，在他们左前方芦苇塘中发现异常情况。大家立即作好战斗准备。稍停一会，只见前边有几个模糊黑影在慢慢地移动，队长何仕武用手势迅速通知大家作好战斗准备。等黑影走近一点的时候，才看清是一群野猪出来觅食。他们刚要放松一下，又突然意识到，有野猪活动，此处有人的可能性就不能排除。于是，大家继续小心侦察，在确认四周无敌情之后，决定将这群野猪干掉。谁知由于芦苇太密，能见度低，当他们把位于明显目标的野猪全部干掉的一刹那，被芦苇挡住的另一群野猪便顺势向他们扑了过来，大有为死去的同伴报仇之势。新兵潘友功急得端着枪直喊："别过来，别过来，我枪上有刺刀！"正在这时，枪声又响了，那群野猪只好无可奈何地落荒而逃。一清点，死伤 24 头，大家只觉得比在靶场搞实弹射击还过瘾。

一阵笑声过后，他们决定宿营。为了尽快安置下来，分工队长、副队长和王俊杰为一个战斗组，负责查清周围敌情和地形；司喜忠、丁铁汉支锅拾柴开始做饭；潘友功、王国珍平整河滩准备露营。

太阳西下之后，这里的蚊虫也开始寻找目标，准备饱餐一顿了。尤其是一种叫作"小咬"的虫子，更不客气，不声不响地钻进头发里边，爬到腿上、脖子上，一口下去身上便是指头那么大的肉疙瘩，不一会儿就肿了。司喜忠和王俊杰脖子肿得连出气都感到困难。好不容易挨到了开饭时间，做好的饭菜却一口也吃不下，原来做饭用的水又苦又咸。无奈，队长何仕武只好再到周围找水，但到处都是盐碱水。于是他要求大家把吃饭当作一个必须完成的任务。

谁料想，用盐碱水做成的饭，不但难以下咽，吃下去后比泻药还灵验，不大一会大家都拉起肚子来。队长、副队长坚持把当日巡逻的行军日记整理好，准备开会进行总结并安排夜间站岗，但 7 个人怎么也召集不齐。这个拉完了，那个又拉，有的蹲下后甚至连裤子都提不起来。俗话说："好汉难抵三泡稀"，真是一点也不假，短短的几个小时，你看看我，我瞧瞧你，个个眼窝都明显地陷了下去，精神不振。小分队 3 个共产党员一碰头，都认为考验自己的时候到了，再苦也要咬牙坚持，一定要做出好样子。

第二天，他们决定早走晚宿，中午多休息。吃过晚饭正准备休息，天气突然变化，寒流袭来，沉睡的戈壁滩上刮起了大风，小石子打到脸上无遮无挡。这时，天已经黑下来了，周围一片平川，连个避风的地方也没有。他们留下一个人放哨，其他 6 个人用被子把头蒙住，紧紧靠在一起。谁也没有睡着。第二天起来一看，他们几乎都被沙土和小石子埋住了。

往回返时，几天的折磨，体力下降很厉害。摔倒后，自己爬不起来，大家互相帮助。王万喜建议要有个鼓动口号。经大家研究提出："为革命掉几斤肉是光荣的，瘦五斤是特大光荣。先烈献出了一百多斤，我们不能献个斤八两？！"从此这几句话就成了他们的口号。从此没一个人说自己瘦，都是说别人瘦了。

按照计划，5 月 1 日应该回到生活点，但他们没能按时返回来。丁铁汉说："返回的路上，我们发现一行骆驼蹄印，跟踪追击，又发现了骆驼粪，一捏是两三天前的，分兵两路继续追，追了七个小时，一看是群野骆驼。很想打，但又一想是国家财富，就没打……"

"五一"那天，大家围坐在戈壁滩下，开了个纪念会，大家都说："我们虽然没在北京，毛主席也在检阅我们。"同志们还是提议开展行军比赛来庆祝"五一"。5 月 2 日，他们回到生活点。

稍事休整后，他们进入第二阶段的巡逻，范围扩大到孔雀河下游两岸的苇塘和沼泽地。此处地形复杂，视野很不开阔，路很不好走，除了盐碱地就是一道道的水沟。有时遇到较深的河，又绕不过去时，就由队长何仕武和队员潘友功搀扶着战士趟过去。因为除他们二人外，大家都不会游泳。

当走到一个大草滩里，只见一片苇草一片水。多少年的芦苇，长了烂，烂了又长，都烂在这些水里，水都是黑乎乎的。一脚踩下去全身往下陷，左脚刚拔出来，右脚又陷了下去，真是寸步难行。加上小虫咬、烈日晒，个个满身汗水和臭泥，头晕眼花，脸、胳膊和腿被苇秆刺得鲜血直流。

一天傍晚，又刮起了大风，他们只得进苇塘避风。风一停，刚决定离开苇塘休息，转眼就是暴雨倾盆，他们都成了落汤鸡，但大家首先想到的不是自身该如何躲避，而是武器弹药的安全。他们用雨衣把武器、弹药和粮食包好，背靠背地坐在一起。

七个人坐了三个被包，打开三床被子顶到头上，再盖上雨衣。到后半夜，风停雨住。天亮时他们打开雨衣一看，背包和粮食全被雨水浸湿，带的面粉成了糨糊，已无法食用。队长决定暂时返回生活点休整后再继续前进。这一天，他们每个人背着一百多斤重的湿东西，沿原路返回。路上经过一段盐碱地，从上面看还是硬硬的，但下面早已变成泥浆，踩不去陷到膝盖。因盐碱地面积太大，他们绕了几圈也走不出去，只好用背包带将每个人拴在一起，一个拉一个地艰难跋涉。丁铁汉的鞋掉进泥浆里，找不回来，大家纷纷把自己的鞋脱下让他穿，可丁铁汉仍然坚持光脚走到目的地。后来同志们给他起了个外号叫“铁脚板”。司喜忠走泥塘既轻又快，他主动担任尖兵，大家就称他为“飞毛腿”。这一天，他脚上划破了 37 处，却没吭一声。潘友功个子大，行军时常抢着替别人背被包，大家就叫他“骆驼”。

王万喜说：“回来后，休息了三天，又出发了。重新到罗布泊。一天走一百多道河水，宽的二三十米，窄的六七米，都是臭水沟。有点路，是野骆驼的路。宽的地方让潘友功下去试水，用被包带捆上胳膊，水流盖到头顶上。芦苇塘，不到两小时，衣服全被拉烂了，衣服撕成一条一条，当时卫生员发明了个好办法，打绑腿，好像新四军一样。那天想数一下到底有多少水，一百一十多道河水，变成水兵了。回来时想到罗布泊洗澡。可是一看那黑黑压压的，像人一样，立即做好战斗准备。走近一看原来全是野鸭。”

一条河突然消失。两个人喝了八壶水和一锅稀饭。他们到了楼兰，却差一点没命了

1989 年，早已经复员的这支小分队的班长王俊杰同志，给我们讲述了当年巡逻路上那一件终生难忘的事情：

有一次为了向组织报告我们的行踪和勘察结果，队长、副队长写好详细的汇报材料，派我和丁铁汉迅速返回连队向首长汇报。我们两个接受任务后，就马不停蹄地朝连队出发了。一路走一路作标记，以便返回时不至于迷失方向。因为我们仅有一张地图，小分队要带着它去罗布泊腹地进一步巡逻。

在连队只停了两天，我俩就带着领导的关怀和同志们的期望重返戈壁，去寻找我们的小分队。

此时已是1964年8月下旬，天气暴热，时而风沙弥漫，我们全力向生活点赶去。可当我们快要走到中途加水站——铁板河时，却再也找不到这条本来还是很大的河了。无奈我们俩只得再次往东南方向摸索。想着别迷路还是迷了路，我俩冷静地分析了地形及方位，认识到铁板河所以突然消失，是由于气候干燥，水位下降，加上风沙所造成的。于是，决定立即由东南转正北方向前进。走出一段后，由于没有水分补充，加之气温高，我们谁也难以迈动脚步了。丁铁汉的体质比我强一些，我便对他说："先别管我，你先去与小分队取得联系，能够回去一个就是我们的胜利。"可丁铁汉执意不肯离去。当时太阳即将落山，热气依然逼人，实在无法坐下休息，我只好把军装脱下用腰带捆成一团垫在地上，无精打采地坐在那里，示意丁铁汉别管我。可丁铁汉前进不到50米，就突然摔倒，爬了几次都没能站起来，我立即挪到他跟前。扶他起来，脱下他的军装，照我的办法，让他坐下来休息。

累，渴，坐下烙屁股，走又走不动，最后在一个高坡上再也走不动了，天也黑了，不走了，就坐在那里开始放枪，隔一会放三发。过一会儿有回声了，也是枪声。我们放一枪他们放一枪，我们放三枪，他们放三枪，这时候高兴了。五个战友都找来了，给我们带了八壶水。我们两个一会儿喝光了，没动地方喝得光光的。赶回宿营点，已经是深夜了。同志们说我俩完成任务了，要开罐头给我们包饺子，我说别包饺子，啥也吃不成了，就煮稀饭吧。七个人平常用的那个钢精锅那么大，熬了一锅大米稀饭，我们俩一会儿又喝完了，那水分不知缺成啥样了……

大约在7月份的时候我们到了楼兰古城，当时也不知道那是楼兰……

楼兰那惊险的一幕使他们每个人都终生难忘。巡逻小分队的排长王万喜在后来的回忆中这样写道："眼冒星，嘴吐烟，汗出尽，力用完，盛夏缺水两昼夜，向前一步如登天。三剂糖液七人喝，上甘岭事现眼前。"

那一天，天还没亮，他们就吃了早饭，到楼兰古城遗址去勘察。从地图上看，那里离宿营点只有20多公里，他们决定每个人带两壶水，带些饼干，晚上返回宿营点。不料那一带地形特别复杂，开始是芦塘，是深沟断堑；往前走是树林，但全是枯酥了的原始胡杨林；再往前走是沙漠，更难走，浅黄色的细沙被太阳一照，刺得两眼生疼。大地晒得发烫，走起来烧脚，坐下来烙屁股，走一步退半步，汗水滴到沙上，是个小小的白印。坐不能坐，站着头晕。走到楼兰就花了 13 个小时，带的两壶水都快喝完了。肚子虽然饿得咕咕叫，但是没有水，干硬干硬的饼干谁也吃不下去。

他们一到楼兰，就点起了两堆篝火，开始实地勘察，此时，他们又渴又累，本想歇歇脚，可所带的水已所剩无几，加上天色已晚，夜里勘察将更加困难，于是他们决定兵分三路进行实地勘察。不一会，丁铁汉发现了一些土陶碎片。大家顿时精神振奋，忍受着饥饿和干渴，进一步侦察。此时，潘友功已经登上了土堡，他用行军镐挖了挖，终于发现与土块粘在一起用细树条子拧成的绳子。随后，又上去三个进一步开挖，证实此处不是自然高地，而是人工筑起的土坯高墙。大家分析这可能是城墙的一角。

王万喜说："楼兰东、北、西三面有城楼，全是用大土坯做成，一个有二十多斤。城像个庙。我带三个人从西南角走到城中心，走了一个多小时。那里一片废墟。有很厚的灰尘，有石碗石瓢，有铜钱。骨头分不出人、牲口，一片白骨，风化了，一碰都碎了。太阳落了。我们起不来了。坐下。一定要吃点东西。要求每人吃五块饼干。嘴里没唾液，舌头干了。饼干像锯末。在楼兰，除我们七个之外，一点生命也没有，连棵草连个虫也没有。"

等到任务完成准备返回时，他们突然发现随身携带的淡水早已全部用完。大家摇了摇行军壶，一脸的失望。幸好，祖籍山西的潘友功出发前身上带了醋精，他赶紧拿出来兑在仅有的一点水里，给大家传着湿了湿嘴唇，提提精神。王万喜开玩笑说："过去的山西国民党兵在战场上缴枪都不缴醋壶，咱们的潘大个真不愧为山西人。"

大家商量，决定连夜返回。原因一是再饿一夜人会更乏；二是晚上凉快走路比白天省劲。他们还把随身带的醋精，兑在半壶水里，准备路上喝。

启程返回的时候，已是满天星斗了。他们依靠着指北针，看着前面有一条明晃晃的河流在闪光。走到河边离宿营点就不远了，可是，那河总在眼前闪就是走不到。天亮了一看，闪光是一大片石英滩。这完全是一个陌生的地带，对照地图，他们才发现走偏了。该向西北，走到了东北，等于一夜没走。王万喜说：“当时大家不约而同都蹲下了。太阳出来了，像火。坐在那里不想动了。一想，我们完了。准备牺牲吧！想起基地首长说困难了要学习毛主席著作。可书拿出后，谁也没能读出声音来。我们翻到《为人民服务》，指着毛主席说的那条‘我们的同志在困难的时候，要看到成绩，要看到光明，要提高我们的勇气’，互相鼓励一番。爬也要爬回去向首长汇报，不能等死。半壶酸水在队长的命令下你推我让喝完了，继续走。有的摔倒后，喊不出声音。走一步咬咬牙，如不下决心，连回头的力也没有了。特别是到下午更不想动，只想坐下来休息。”

这时，三个党员开了党小组紧急会议。他们要求大家为了完成党交给的任务，就是死身体也要倒向前方。

走了没多远，又有好几个同志连着摔倒几次。大家干渴得嘴唇出血，有的同志不能背东西，走路都很困难了。大家互相搀扶着继续走。

太阳落山了，离河边还有两公里，可他们实在走不动了。于是决定轻装。水壶、挎包扔下了，在楼兰拣的铜钱、鹿角扔下了，还有拣的一面不知哪个探险队的小旗子也扔下了……

王国珍正要解下卫生箱，突然说：“这里头还有三支葡萄糖呢。”

大家知道，这三支注射液已是他们的最后希望，只能留在最关键的时刻。

一天一夜没吃东西的同志们已明显表现出严重脱水状态。队长咬了咬牙，下了最后决心，让国珍打开葡萄糖针剂。王万喜说：“副连长让我们四人先喝，去取水。我想如果让副连长死在这里怎么能行呢。我想谁也别等。你们三个喝，我们不能喝。”大家你传给我，我传给你，接过了针剂，然而传到最后一个人时，三支针剂依然没动，队长的眼角湿润了，同志们的眼角湿润了，七双友爱的手，不约而同地伸出来，紧紧握在一起。队长说：“别再推让了，这样吧，四个团员每两个一支，三个党员分一支。”

丁铁汉回忆说：“那时我们想起了上甘岭上一个苹果的故事，那点葡萄糖液，也只能湿湿嘴唇，但体现了革命友情，比看上甘岭电影还受教育，大家鼓足了劲，爬起来继续走，到了河边，趴在那里就喝开了，苦水也觉得甜了。”

这时他们都感到饿了，没吃的。打黄羊没打到，抓鱼抓不住。只好吃芦苇根。然后就连夜去找生活点。

一直到第二天天亮。他们才回到生活点。

潘友功 1978 年转业前对我说：“那次几乎是没命了。到生活点已是凌晨五点多钟，最后是爬，队形不能前后排列，怕丢下一个，大家并排走。要不是毛主席著作鼓舞我们，我们早死在路上了。那时翻开毛主席著作觉得真亲，真激动，毛主席怎么知道我们会遇到这些困难呢？可那时就觉得毛主席那些话就像当着面在鼓励我们一样。什么叫幸福啊？克服了困难，取得了胜利是最幸福，不经历那样的困难，也就体会不到那样的幸福。”

战士和将军一样也爱写诗。

他们却一直遗憾走了几个月路，没抓到一个特务。

那一夜够他们记一辈子。

所谓生活点也就是孔雀河边的那个土丘，没有房子也没有帐篷，只是挖了一个存放食物等物品的土坑。连队每个月用汽车来这里送一次给养，放在土坑里用沙子埋起来，再插上红柳枝作标记。巡逻的途中风餐露宿，回到生活点也仍然是天当房地当床。整整半年他们就一直没铺褥子睡过觉，背包一打开，一条毛毡往沙子上一放就是床铺，好在这里有几丛红柳，能遮遮荫，挡挡风。后来，他们挖了一个地窖，上面用红柳条盖一盖，才算有个“宿舍”了。

人的精神往往在最艰苦的环境中迸射出最灿烂的光华。

王万喜说：“当时感受最深的是团结。七个人轮流放哨，每个主动多站，两三个就能站一夜。如不早起，别人把东西都背起来了，每个人都把自己的东西压在头底下，怕别人背走了。潘友功常常背双枪。丁铁汉背着锅，一直背了 8000 多里路。我分工背图袋。如果谁病了，就把雨衣放在戈壁滩上，用红柳枝条擀面条给他做‘病号饭’”。

刮风下雨做不成饭，就用雨衣捂着做。再就是夏天热得实在没办法，休息时就泡到孔雀河里去，头上顶着裤子。在最困难时，一讲老红军、老八路的故事，一忆苦，劲头就来了。晚上经常开晚会，唱歌，眼睛被“小咬”叮肿了，睁不开，就折个小红柳棍支在眼皮之间，照样唱。每出去巡逻一次是半个月，回到生活点就做总结、写心得。大家还写诗，诗都写在烟盒上，信封上，信纸上……

交谈中，王万喜把 8 页发黄的稿纸送给了我，那上面整整齐齐地写着一组题为《巡逻的日日夜夜》的诗歌。这组共有 8 个部分的 336 行诗歌，是他们于 1964 年 7 月 1 日至 15 日在巡逻途中创作的。

每当捧起这几页诗稿，我就感到惭愧。比起这些朴实乐观的诗句，我觉得自己笔下的语言往往显得那样苍白。我想把其中的一部分抄录在这里，让朋友们看看，我的这些可爱的战友们是勇敢的战士，也是很不错的诗人。

战士的话

可爱的孔雀河，
漠大的罗布泊，
辽阔的戈壁滩，
祖国的好山河；
为了你的完整，
为了社会主义建设，
红色的革命战士，
日夜扛枪
在你身旁不停地巡逻；
你的正义身躯，
你的每个细胞；
战士都留下了足迹，

对你那么熟知；
就是你的一块石头，
战士也对你亲爱，
就是你一棵青草，
战士也对你亲热。
因为你是属于人民的，
战士就有权利保护你，
决不让敌人把你摸一摸。

战士不怕困难多

吃的是孔雀河水，
住的是戈壁沙滩，
走的是崎岖不平的路，
陪同我们的是大地和蓝天；
白天太阳同行路，
月亮相伴过夜晚，
气候多变化，
规律无寻常；
有风沙打脸，
无风蚊蝇狂，
白天太阳毒，
晚上气候凉，
雾天迷道路，
下雨湿衣裳……
困难喜欢软弱人，

碰到战士净打光；
风沙寒暑挡不住，
饥渴劳累难不倒。
因为他意志坚决，
因为他风格高尚，
这是党教育的结果，
这是毛泽东的思想，
把战士的头脑武装。

行军路上的党团员

红五月，第一天，
劳动人民正联欢；
战士扛枪烈日下，
巡逻走在戈壁滩；
水壶缺了水，
汗水湿衣衫，
背包更沉重，
两肩更发酸……
走呀！快点找到水，
有水就好办。
铁板河头三湖水，
夺目蓝闪闪，
战士喝了一大口，
唉呀！
怎么？
苦咸！苦咸！

中午做顿饭，
不要再放盐，
肚子早就饿透了，
无品滋味就盛了一大碗，
吃了不几口，
饭到喉咙不想咽；
嘴干难喝水，
肚饿难咽饭，
打只黄羊吃点肉吧！
哪知水煮羊肉也苦咸。
几个同志闹肚子，
浑身发虚汗。
一天、两天、第三天，
身体瘦了，眼窝深了，四肢发软，
两眼直跳，乱打转转，
啊，毛主席的战士呀！
这时候，
是党对你的严峻考验。
毛主席啊！
不愧为你培养出的好战士；
共产党啊！
不愧为你教导出的党团员。
他们用坚定的口语说：
身体瘦了，
为党献肉献血我情愿，
为革命没有克服不了的困难。
想起了毛主席的话，
身上就充满了力量的源泉；

想起了首长的教导，
心里就充满了革命的乐观；
想起了自己，
自己是党培养的党团员。
嘴里吃力咽着饼干，
身上一直冒着虚汗；
党员走在前面，
同志们紧跟后边，
谁也不肯掉队，
因为他们在想：
决不让自己加重别人的负担；
战士终于战胜了困难，
就在这第七天晚上，
于铁板河边上进行联欢。

戈壁之上观故城

楼兰故城呀！
故城楼兰，
戈壁滩上的城楼，
不知何时就无有人烟；
人民战士，肩扛枪杆，
要找到你，把你瞧看，
你在哪里呀？
五十万分之一图纸上的一个星点，真够走一天。
你很远吗？
不，只有二十公里远。
二十公里呀！

哪能算远，
可你要走这二十公里路啊！
就不那么简单；
这里地形复杂，
有的是芦苇塘，
有的是深沟断壁。
有的是流沙滩，
有的是干树林，
有的是土岭川，
这才二十公里呀！
巡逻出发了，
正是六月天，
无有一点风，
烈日照沙滩；
肩上扛着枪，
带着手榴弹，
饼干身上背，
水壶挂腰间；
黎明走到太阳西，
才找到了故城是楼兰。
同志们高兴的双脚跳，
今晚上咱要住“旅馆”，
忽然感到嘴唇干，
水壶的水已喝完，
七个人只剩下半瓶醋精，
可是，明天一路怎么办？
开了临时会，
大家拿主见：

明天天气热，
今夜往回返，
副队长作动员：
今晚上，看谁当个铁脚板，
同志们作保证：
保证不掉队，来回夜锻炼。
水呀！战士多么想念，
哪怕是只有一碗水，
也会感到多喜欢，
这时候，
副队长拿出半瓶醋，
让每人喝一点，
但是，可爱的战士呀！
谁也不愿，
推来让去，
还是副队长带头，
湿了一下嘴边，
因为大家知道路程还远；
听到副队长在说：
同志们！
想一想上甘岭上的两个苹果事迹，
让咱在楼兰故城体现……
好月亮不如赖晴天，
返回的路标看不见，
走呀，走呀，
真走不动了，
就在这休息的时刻，
副队长讲起了他的苦难，

战士们忆起了自己的童年。
从前为啥吃不饱？
从前为啥挨皮鞭？
父亲为啥常害病？
母亲为啥泪不干？
自己为谁来楼兰？
想到这，有了劲，
提起精神往回返……

雨中行军

孔雀河东岸，
近靠土高山，
今晚的宿营地，
就在这芦苇滩，
河水潺潺流，
今天打到了两只大野猪，
肥肉可真鲜。
要不是天热吃不了，
咱一定把好肉带回去，
让连里同志尝尝鲜，
对，明天我背一条腿
你背猪心和猪肝……
忽然一阵风，
黑云遮满天，
一声鸣雷过，
小雨阴绵绵，
战士无法睡，

只好坐起肩并肩，
夏天的雨夜啊！
虽说不长，也不算短，
被服全淋湿了，
又湿了衣衫，
同志们紧紧坐一堆，
感到心热身上寒。
终于天明了，
可毛毛的小雨还在下，
并且风更紧了，雨更大，
眼看河水暴发了，
战士们立即渡水往西扎；
顶着倾盆大雨，
任着北风横刮，
多次摔倒在泥坑里，
重新往起爬……
你看，他担了一担，
猪肉和背包，
把柳条压的弓弯，
虽然他歪歪斜斜，
可他却走在队列前面，
是谁呀？
他是士兵党员。
整整走了五小时，
大雨夜送回到家，
回头再看走过的道，
——昨天的戈壁滩
今天的洪水洼；

战士互相看一下，
笑的劲头大，
你像泥母猪，
他像落水鸭。

罗布泊的日日夜夜

罗布泊呀罗布泊，
战士对你情意多；
为了探望你，
走了大片的芦苇地，
渡了四十八道河；
罗布泊呀罗布泊，
你性情泼辣又宽阔，
战士遥远看望你，
你虽然拍手欢迎，
可未给一口水喝。
四十八道臭水沟呀！
也不算多，
密密的芦苇地呀！
也算走过，
虽说年轻战士初次见你，
可你给了战士的考验，
给留下了记忆很深刻。
污臭的水坑，
水涌胸膛，
战士的装备，
顶在头上，

四十八道苦水呀，
终于走完，
战士啊！
十多个小时穿着水浸湿的衣裳。
接着就过芦苇滩，
算是苦了“小四川”，
因为他身低腿儿短，
不断摔跤，军裤全弄烂，
卫生员给了白纱布，
细心地把腿裹缠，
“小四川”变成了小红军啦，
他还说：
过完“草地”走“雪山”。
雨衣每人带一件，
铺一半盖一半，
今晚风大天气凉，
宿营扎在芦苇滩，
谁知半夜风停止，
大群蚊虫来“联欢”。
不能睡了！
起来吧，
只好将宿营地往山上搬。

巡逻小分队在楼兰之行遇险的消息传到了指挥部。张爱萍将军立即乘坐直升飞机去看望他们。

飞机在孔雀河畔、楼兰故城的上空盘旋。

战士们激动地跳着跑着向飞机欢呼。

张爱萍将军从机舱窗口望着下面的战士，急切地问飞行员：

“怎么还不降落？”

飞行员：“地形不行，不能降落。”

张爱萍将军说：“好吧，那我就乘坐汽车再来。”

几天后，张爱萍乘坐吉普车来到了他们的生活点。

一下车，张爱萍就笑着说：

“看来楼兰王国不喜欢我这个老头子，不让直升飞机降落，但我还是要来，来看看你们，你们辛苦了。”

在孔雀河畔的土丘上，张爱萍席地而坐，同战士们聊起了家常。他伏在一个罐头箱前即兴挥毫，为巡逻小分队写了这样一首诗：

人民战士不怕难，巡逻戈壁保江山，沙岭连绵腾细浪，罗布湖洼满胯间。

饥食野肉饮苦水，风雹露宿促膝谈，八千里路再艰险，主席思想是源泉。

张爱萍给每个战士都写了一首诗。

时当盛夏，暑热逼人。将军说：“走，咱们一起到河里洗澡去。”

望着孔雀河边那丛丛的芦苇，何仕武为难地说：“首长，这河你不能下……”

张爱萍将军哈哈一笑：“你们能下，我就能下，我这老头子还要和你们比一比呢。”说着，他挽起一名战士的手臂和大家一起来到那清澈的河水中。回到岸上，热风一吹，一个个湿漉漉的头发粘到了一起，怎么也梳不开，大家你看我，我看你，都大声笑起来。

开饭了，将军亲自拿着勺子一个一个地给战士盛菜。

基地的摄影家也随将军来了，随着相机快门“咔咔”的脆响，这些战士的形象和将军一起永远留在了核试验事业的史册中。

临走，张爱萍对陪同前来的工作人员说：“过几天，把他们接到七二〇指挥部去休息两天吧，让他们好好洗个澡，看场电影。也给他们理理发，这几个月，他们都是拿剪刀剪的……”

望着首长远去的汽车，丁铁汉感慨说：“张副总长真是老红军作风。”

王万喜却有点遗憾地说："首长还专门来看我们，我们就是走了几个月路，连个特务也没有抓到……"

何仕武笑了："还特务呢，连个人影都看不到！"

10 月上旬，随着那个伟大的历史瞬间的临近，小分队的巡逻范围逐渐缩小到距离核爆心几公里的范围内。10 月 14 日，他们来到托举原子弹的铁塔下，进行昼夜 24 小时巡逻。10 月 15 日的夜晚，他们手握钢枪警戒在铁塔周围。王万喜说："那一夜够我们记一辈子，那时候我们才真正体会到什么叫光荣和神圣。"

核爆前两小时，巡逻小分队随基地司令员张蕴钰最后一批撤离爆心。

"死亡之海"的探空气球

在托举原子弹的铁塔下，每隔一个小时就有一颗红色的气球飘上天空。

为了迎接那个神圣的时刻，这些气象战士已经在被称作"死亡之海"的罗布泊奋斗了四个春秋。

曾任阳平里气象站指导员的王国元，至今仍然清楚地记得当年找"家"的故事；在常州的一个干休所里，他激动地向我讲起了那艰苦的岁月：

"1961 年 11 月 7 日，我们这支由十名战士组成的气象小分队，拿着地图和指北针出发了，当时领导让我们到罗布泊地区找那个测绘队留下的写着ⅢB—57 的木桩，在那里安家建站。在那没边没沿的戈壁滩上，我们整整找了三天，看一个木桩，不是，看一个木桩还不是。直到第三天黄昏，终于找到了那根木桩，同志们高兴得跳啊、喊啊，可找到家了！有的同志说：我们就像这根木桩一样，钉在这儿啦！"

"1961 年 11 月 12 日早上 8 点钟，当太阳从大漠升起的时候，罗布泊升起了有史以来第一个探空气球。这一天，好几个战士都写下日记。"王国元的日记是这样写的："我们用自己的双手，在这块沉睡了千万年的土地上，第一次建立了气象站，结束了无气象记录的历史，做了我们的前人想做而没有做的平凡而又伟大的工作。"

20世纪初，西方一位探险家经过这里时，曾惊恐地说："可怕，这里不是生物所能插足的地方，而是死亡的大海，可怕的死亡之海！这里人是不能生存的，是会发疯的。"

30多年来，这个气象站却一直像木桩一样钉在这大漠深处，战斗在核试验的最前沿。直到1978年，我作为基地政治部的干事到气象站蹲点时，他们还住着帐篷和芦苇、土坯搭成的营房。整整一个月的时间，我和这些气象战士一起看日出日落、云长云消。在那里，我一遍又一遍地翻看着他们珍藏在一个旧木箱中的站史，品味着那一件件看上去似乎很普通也很平常的事情：

戈壁滩送给气象站的第一份礼物就是严寒。白天在外面放球，冻得眼里直流泪，下巴、眉梢上都结了小冰疙瘩；夜里住着单帐篷，穿上棉衣、毛皮鞋，盖上所有能御寒的东西，还是睡一会又冻醒了。第二天起来，被头结了一层白霜。这十名年轻战士，有的来自四季如春的江南，有的来自天府之国的四川，乍到戈壁滩就尝到这种滋味，生活上难免不习惯，有的人开始感到环境艰苦。"苦不苦，想想红军二万五"，这句在今天的人们听来有几分"傻气"的口号，在当时却是这些战士实实在在的行动。他们和当年许许多多的战友一样，遇到困难的时候首先想到的是从前辈的教诲和榜样中寻求答案，于是他们捧起毛主席著作，讲起了红军的故事。有的同志说："红军长征穿着单衣，饿着肚子还翻过了雪山，我们这点冷算啥？只要头脑里有了毛主席的思想，再冷也不怕！"他们同大自然展开了顽强的斗争。为了防止观测时冻伤面孔，战士们用冰擦脸，增强抗寒能力；他们还从几十里外割回芦苇，编成草垫子，防风御寒。

严寒退却了，可大风季节接踵而至。三四月份，在祖国内地正是风和日丽，春色明媚的大好时光，可戈壁滩上却是风沙滚滚。大风一来，沙尘飞扬，天昏地暗，帐篷就像惊涛骇浪中的孤帆，被刮得翻来覆去。黄豆大的沙粒打到脸上，火辣辣的疼，眼睛也没法睁开，可大家都牢牢地钉在工作岗位上。有一次，炊事员头天晚上发了面，准备第二天早上蒸馒头，不料第二天天没亮大风就"呜呜"地刮了起来，伙房是苇子搭的，不敢生火，战士饿了一顿。等到中午，风还是一个劲地刮。大家就说："三顿合一顿吧，晚上一起吃。”可是风好像故意刁难人似的，天黑了还是一点没小下来，大家饿得肚子咕咕叫。这时，王国元同志想了个点子，拣了块石板支在帐篷里，把面团子拍打成薄片放在上面烙起来。饼熟了，大家一边吃着，一边谈笑风生，有的同志风趣地说，“这戈壁滩的风味，北京饭店里都尝不到哩！”

大风还没结束，炎热就开始了。白天，地面气温竟然升到 42 ℃，地表温度高达 70 多度，帐篷像个大蒸笼，热得透不过气。把帐篷撑起来透透风吧，却冲进一股一股热浪，身上的汗珠还没冒出来就被蒸发干了，整天干热得难受。这时，站里已成立了党小组，他们带领战友们顽强地同酷热作斗争，他们说：“比起邱少云来，我们这点热算啥！”炊事员小杨嫌做饭时火烤得厉害，干脆穿上棉袄，一来防火烤，二来太阳也晒不透，别人要帮他烧火，他说：“不！为了国防科研事业，人人都出力，我也要添把火。”说着，抄起拨火棍朝灶膛里猛捅。有的同志中午热导睡不着，就不声不响地找个僻静地方看书学习。

在戈壁滩上，最困难的还是喝水。一年四季都是喝又苦又咸的水，这些水还是从 40 里路以外拉来的。冬天，要用镐头把冰凿开，拉回来化水；夏天，这些又苦又咸的水，放几天就发臭了。他们每天五六个人合用半盆水洗脸，洗完脸还要留到晚上洗脚，洗了脚再留着制氢。连洗碗的水，澄清后也要倒在锅里蒸馒头。有一次，汽车出了毛病，站里的水只剩下三小桶，顶多只能维持四天。党小组立即召开骨干会，决定组织全体同志学习毛主席教导和上甘岭英雄的故事，再困难也要坚持，气象资料决不能中断，并研究了节约用水的措施。观测员提出制过氢的废水澄清了再制氢；炊事员也提出把蒸馒头改为烙饼，省下水来喝。

王国元回忆说：“那是 1962 年 8 月 18 日，那几天，正是高温天气，气温都在 42 摄氏度左右。同志们个个口干舌燥，唇裂出血。有的就把牙膏挤出来放到嘴里，有的把清凉油抹在嘴唇上，好歹凉爽舒服一些。这样一直坚持到第四天，即 8 月 22 日中午，还不见有汽车来，仅有的那点水也快用完了。于是，我们就准备兵分三路：留下三人坚持工作，挑选三人去 90 公里外的 124 团求援，其余的人转移到 18 公里外的孔雀河边。出发前炊事员把所剩的水，灌了 9 壶，准备给求援小组。

“就在那天下午，快到 5 点钟的时候，突然有人喊了声‘汽车’！一个同志从帐篷里冲出去，爬到高坡上向西北方望去，果真看到远处沙土飞扬，像烟一样。‘汽车来了，确实汽车来了！’这时大家一齐窜出帐篷，站到高处眺望。十几分钟后，汽车到了。我们大家都兴奋得不知如何是好，自动站立在大路两旁，像举行欢迎仪式似的。车还没停稳，大家就七手八脚打开驾驶室门，连拉带拖把司机接出来。车是 124 团的。司机被弄得莫名其妙：‘咋啦！你们发生啥事啦？’一个战士说：‘你不来，我们可要塔西郎（维语：完了或死了的意思）啦！’我连忙向司机作了解释，他才恍然大悟。司机把首长的一封信交给我说，我们接到基地首长的电报，首长知道你们有许多困难，叫我们派车来看看你们，并带去水和蔬菜表示慰问。你们要经受住考验，克服更多更艰巨的困难，完成好任务，首长寄希望于你们。大家一听，都止不住流下了激动的泪水，一致表示要战胜一切困难，决不辜负首长的信任。”

最难耐的是寂寞，方圆数百里之内杳无人烟，每天睁开眼闭上眼就是这十个人，那时还不通电话，连个小动物的声音也难以听到，四周静悄悄的。有一次，一只小鸟飞到帐篷里，大家高兴地把它捉住了，有的建议把它放了，有的说：“把它放了谁跟我做伴哪？”后来他们还是把它放了。

1961 年的春节前夕，基地首长专门派了一个电影组，长途跋涉 30 多公里来气象站。电影放完后，这些长年看不到电影的战士却对放映员说：“请转告首长，路这么远，汽车颠簸得厉害，一旦把放映机震坏了，弄得别人都看不成，以后不要专门来给我们放电影了。”

进场勘察选点的人逐渐多了，阳平里是他们的必经之路。气象站就主动当起了食宿站，迎来送往把自己好吃的都拿出来招待大家，晚上宁愿自己穿着大衣坐在地上休息，也要把铺位让给勘察的同志。总参测绘大队在场区进行大地测量，经常路过这里，他们对气象站的热情接待非常感动。有一次他们对王国元讲，以后我们绘制地图时，要把这条大沟命名为气象大沟，以纪念你们的事迹。后来气象大沟的名字果然出现在军用地图上。

来基地检查工作的张爱萍上将知道了他们的事迹，给他们写了一首诗：人民战士巧夺天，戈壁滩上乐家园。耕云播雨观变幻，善断未来赛神仙。

国防部发布命令，授予阳平里气象站一个光荣的称号——“模范气象站”。

让我们再回到铁塔上。在1964年3月上旬，气象站接受了一项新的任务，对高102米的铁塔顶上存放原子弹的爆室中进行温、压、湿测量并在塔顶安装测风仪进行测风。观测员刘保才、姜海鹏同志到了气象处韩处长的办公室。

“有一项特殊任务，这也是我们气象保障工作的开始，想叫你们去完成，不知你们有没有胆量去完成它？”处长笑着问。

“下命令吧，处长。”他们同声回答。

“要爬很高很高而且风雨无误。”处长强调一个高字。

“没问题，我从小就爱爬树。”刘保才说。

“处长放心，再高我们也敢上！”姜海鹏说。

处长看他们决心很大，就把任务详细讲了一遍，并叫他们到医院去检查身体。政治部保卫处给办好了进场手续后，他们乘车来到场区铁塔附近的一顶帐篷中。当时铁塔已进入最后安装阶段，工人们上下铁塔都是乘塔身中心的一个桶形升降机。工人同志帮助把风向杆固定在爆室外平房顶上。这是当时我军也是我国所有气象站中拔地最高的一根风向杆。

当建塔的工人们得知气象处派来的两名瘦小的战士是来执行登塔观测任务的时候，都摇着头说：“开玩笑？不经过训练怎么能上得去？！”面对那个有30多层楼房高，只有一条狭窄的铁梯的庞然大物，刘保才、姜海鹏也有点紧张，但并没有气馁。他们向安装铁塔的师傅请教，并每天试着爬塔五六次，逐日增加高度，到第七天终于爬到塔顶。而且他们还摸索出左手、左脚和右手、右脚同时攀登，胸部和腹部离开铁架子上的梯身攀登方法。这种姿势要有很大握力和胆量才行。按规定，风力超过5级（8米/秒）时，可以不爬，但为全面取得这个特定点上的各项气象数据，他们仍坚持攀登。在执行任务的85天中，他们共攀登91次，其中在5级大风中攀登28次，还有8次是在9级以上大风中攀登到塔顶的。

按照预定的操作程序，一颗模拟的原子弹，被送上了塔顶。

陈常宜、张寿齐他们要下塔时，意外的情况发生了：气候瞬息万变的戈壁，突然间狂风大作，飞沙走石，风力达到了七八级。

天渐渐黑了，狂风却越来越猛。高高的铁塔已经开始摆动了。为了保证安全，陈常宜他们要坚守在上面。他们已经连续工作了几个小时，此刻由于铁塔的不停晃动而感到头晕目眩；而且，又渴又饿，他们连晚饭还没吃呢！

塔下的帐篷里，李觉院长正紧张地用电话与塔上联系。

“上边怎么样？”

“塔顶晃得厉害！”

“产品震动情况怎么样？”

“没超出正常范围！”

“注意观察！注意积累资料！”

“明白！”

“告诉同志们，再坚持一下，等风小一点，就给你们送水送饭！”

科技人员在高达 102 米的茫茫夜空，忍受着饥饿、干渴，仍在顽强地工作。他们站立不起来，就半躺着观察在大风吹动下的塔上的各种情况。

阳平里气象站的刘保才，自告奋勇，装上馒头、水壶，攀着摇摇摆摆的铁梯上了塔顶。

直到今天，我也未能找到这位早已复员的战友现在何方，但每想起这个故事，眼前就浮现出这样一个身影，沙尘弥漫中，一个高高的铁塔上，年轻的士兵正一步一步向上登攀，军衣在狂风中鼓荡着，飘动着，像旗，像鹰。

第九章 伟大的瞬间

周恩来——我劝你去问那个向北大西洋公约组织提供这个消息的部长，这对我来说是一个新闻

随着 1964 年的临近，世界对中国爆炸原子弹的议论纷纷扬扬，高潮又起。

从大国首脑到港台小报，仿佛都成了预言家，他们以自己的想象和推测，非常认真地安排着中国原子弹爆炸的时间表。

拂去岁月的烟尘，在 60 年后的今天翻阅旧日档案，我仍然能触摸到冷战中的世界神经是何等的紧张和敏感，我面对的似乎不是一张张变黄发脆的纸片，而是一张张嘴巴和一双双眼睛——惊讶的嘴巴和瞪大的眼睛。

美、苏关于《部分禁止核试验条约》的谈判开始后，1963 年 3 月 7 日，合众国际社从华盛顿发出一则电讯说：美国众议员、原子弹联合会委员摩里斯猜测共产党中国将在 10 年内造出一颗原子弹，他说："中国有一些非常、非常出色的科学家，中国拥有的科学家不是很多，但是她拥有的那些科学家都很杰出，这些科学家有许多是美国培养出来的。"

1963 年 6 月 28 日，在莫斯科签订"三家条约"前一个月，联合国秘书长吴丹预言：中国将于今年或明年试爆原子武器。合众国际社从联合国发出的电讯说："吴丹称，在裁军谈判中，必须估计中国的核子潜力；阻止中国试爆一个原子炸弹（可能是今年或明年）是十分困难的。吴丹说：近代历史表明，经过 1920 年的英国控制后，与 1930 年希特勒控制后，以及 1950 年后至 1960 年的美、苏两国控制之后，现在已有了一个不会被认错的趋势，这就是说，在 20 世纪 70 年代中，世界将看见四个大国，它们就是美国与欧洲及苏联和中国。世界领袖们在研究拟定他们的政策时，考虑好这些因素，将成为一部分智慧。"

在美英苏草签"三家条约"的同一天，1963 年 7 月 25 日晚上，路透社驻巴黎记者哈罗德·金发出了一条消息："今天晚些时候，美英就美英苏三国临时签署局部禁试协议一事给法国的信件，已经送到了戴高乐在科龙贝双教堂的别墅中。接近总统的人士说，他大概会说'不'，法国要继续执行原子计划，

戴高乐认为，中国首次原子试验爆炸将在 12 个月内进行，但将限于小型的原子弹。”此后不久，美国前副总统尼克松对前来参加遇刺身亡的肯尼迪总统葬礼的戴高乐说：“十年以后，当中国在核技术方面取得了显著进展的时候，我们就将没有别的选择了，我们应该同他们比现在有更多的交往，这是十分重要的。”戴高乐表示同意并且说了一句巧妙的话：“你现在承认中国要比你将来由于中国强大起来而被迫承认它更好一些。”

1963 年 7 月 26 日，“三家条约”签订的第二天，中国科学院院长郭沫若在北京纪念抗美援朝胜利十周年大会上的讲话，又一次引起了西方对中国核试验的猜测，“美联社”“合众国际社”“南通社”相继从北京发出电讯，对郭沫若讲的“何况任何新技术都不是什么高不可攀的，都不可能长时期为少数人和少数国家所垄断”一些话特别注意，评论说，“他暗示，中国也将能制造核武器。西方观察家们估计，中国可能在今年底或明年爆炸一个原子装置”；“虽然他没有直接提到了禁试条约，但是当他指责俄国‘试图把世界人民的革命利益拿来同帝国主义作交易’的时候，他显然是指这个条约。”

与此同时，伦敦《金融时报》《每日邮报》发表消息，推测“中国可能已处于爆炸自己的原子弹的边缘”，报道说，“英国的一家公司已卖给共产党中国一部测量原子堆或原子弹爆炸的辐射的设备。贸易部压了好几个月之后昨天已批准这笔订货。这部设备价值七千英镑，是肯特郡伊里斯伯恩德普特电气公司的产品。公司的一位负责人昨天晚上说：这部设备可能在和平原子能发电站计划方面使用，也可以用来监听原子弹爆炸……”

紧接着，伦敦《泰晤士报》在 7 月 29 日以《中国与炸弹》为题发表评论，对郭沫若 26 日讲话中说的核垄断“不会很久，也一定会被打破”的含义进行推测：“这一……说法其实表达了某种推迟的意思。因此‘不要很久’——记住中国最近的困难以及收成良好的情况下可能预测到的恢复速度——可以解释为今后四五年而不是一两年。”

第二天，日本共同社在东京发出电讯：“最近已经获悉，目前正在日本逗留的中华全国总工会秘书长赵国强，接见日本社会党《社会新报》记者时说，‘中国不能在五六年以内制造核炸弹’……”

又过了两天，美国总统肯尼迪 8 月 1 日在华盛顿举行的记者招待会上，宣称，中国要成为一个原子国家可能需要十年，他说：“我们在 20 世纪 70 年代将被困扰，所以我们现在只好采取一些步骤，以减少一些将来总统可能要应对的问题。”

中国新华社于 1963 年 7 月 28 日以《一个巩固核大国核垄断地位的条约》为题全文发表了《部分禁止核试验条约》，并以《坚决反对危害世界人民利益和世界和平事业的大骗局》为题，在编者按中同时发表了肯尼迪、赫鲁晓夫评价条约的谈话摘要和各方面的反应。中苏两国政府围绕“三家条约”展开了一场激烈的论战。在中苏之间针锋相对的唇枪舌剑中，西方观察家们才有点明白，中苏两党、两国的分裂和对立已经到了何等地步，中国原子弹的研制遇到了多少困难。

《纽约时报》巴黎版 8 月 16 日刊登美国的中苏问题专家的话说：“现在看来，当时提供援助是出于涉及赫鲁晓夫总理在共产党世界的地位的政治考虑，而后来的撤消援助是对中国的报复。”

“专家们对短命的苏中核关系性质的看法是在北京的指责的背景下重新形成的，北京指责莫斯科在拒绝提供‘原子弹样品和生产原子弹的技术资料’之后，1959 年‘片面撕毁’了防务协定。”

《纽约时报》说，美国专家们仍然认为，中国人会在今后或明年初试制一个原始的核装置。但是，中国在十年以内不能完成一项核导弹计划。

从赫鲁晓夫在莫斯科对美国外交官的谈话来看，苏联同意这种估计。

9 月 1 日，当中国政府发言人第二个声明发表后，美联社记者康德拉·芬克从东京发出的电讯说：

“共产党中国星期日在它将在什么时候拥有核武器来支持其强硬的反美外交政策的问题上引起了新的混乱。”

“中国人在再次批评苏联时广播了‘中国政府发言人’的这一声明。”

“亚洲的许多军事和外交专家们觉得，中国人离掌握强大的核能力——这必须包括发送弹头的飞机和导弹——还差得很远。”

“但是，据认为搞一次核爆炸——也许是试验性质的和粗糙的——的时间要近得多。”

“在这第一次爆炸发生的时候，它将对非共产党的亚洲的小国发生深刻的心理影响，它们中间大多数国家对它们的大邻居打常规战争的能力都已经敬畏得张着大嘴了。”

“在从新德里到东京的一些国家的首都中不时传出消息说中国人已经拥有这种炸弹，甚至已在内地荒原上爆炸了一颗。这些消息就可说明整个这个问题周围所弥漫的神经紧张的气氛。”

扑朔迷离，真真假假，围绕着中国和中国的原子弹，不仅有丰富的推测和想象，而且有荒唐的谣言：

“法新社巴黎 1963 年 10 月 6 日电，巴黎的苏联问题专家今天对下列消息表示怀疑：出生在意大利的苏联原子能科学家庞特科沃在人民中国新疆省的一个原子实验所工作。”

“罗马《大陆》通讯社传出来的消息说，庞特科沃已经在中国工作了很长一个时期。然而据悉庞特科沃最近是在苏联的原子中心杜布纳，他的一家在这里住了几年，西方科学家在这里会见过他。”

“9 月 6 日庞特科沃得到了列宁勋章。”

“此外，这里指出，庞特科沃是苏联公民，不得官方许可不得离开苏联，因此看来他不可能是在为完成一颗‘中国原子弹’而工作。”

一波未平，一波又起。1963 年 11 月 8 日，英国下院又传出谣言说日本有人在帮助中国制造原子弹，据台湾“中央社”19 日伦敦专电报道：“工党国会议员伍波恩在下院指出，一名日本核子科学家曾在研究英国民用原子事业历时甚久，他又说已有报道说大日本核子科学家正在中国大陆与中共合作。这位工党议员又问：‘你可能做到规定我们的情报不被其他国家用来制造原子弹吗？’外交部次长汤玛士在回答这项问题时说，他必然会调查此事。不过他又说政府对此事毫无所悉。”

据时事社东京 20 日电：“此消息传至当地后，有关各省不禁为之呆然。日科学技术厅称：‘日本对原子能之研究似乎颇得各方面赏识，不禁为之苦笑’。日本外务省亦云：‘日本原子能学者之中或者有人偶尔应邀访问中共。若此，则完全将其看作一个问题。’”

面对动荡不安，风云变幻的世界，毛泽东眼睛里却始终流露着机敏的笑意，他欣然挥毫，写下了两句豪气横溢的诗句：“暮色苍茫看劲松，乱云飞渡仍从容。”

而陈毅元帅却以特有的坦率和幽默给世界一个响亮的回答。1963 年 10 月 28 日，他在北京会见了来访的日本记者代表团，在两个小时的会见中，谈到中国发展原子弹的问题时，陈毅说：“我们可能还要几年以后才能进行原子弹试验，因为我们的基础工业还很落后。苏联领导人不是说我们连裤子都没得穿吗？就算是没有裤子穿，我们也一定要把自己的原子弹搞出来；不管有没有原子弹，我们都不会向美国屈服。”

陈毅外长的谈话，又一次轰动了世界——

[日本广播协会电台 29 日广播]“摘自今天的报纸”。播讲人：长滨明

有很多报纸报道这则消息：共产党中国外长陈毅说，“共产党中国一定要在几年内进行核试验。”这是在接见目前逗留在北京的日本记者时发表的谈话。

各报都报道了陈毅外长的谈话的主要内容。《朝日新闻》和《读卖新闻》等就陈毅外长的这个谈话的背景发表了述评。陈毅外长说，一定要进行试验。对此，《朝日新闻》说：“共产党中国对发展核武器的决心和信心现在仍然没有改变，但是（中国）认为拥有核武器并不影响国内政策和外交政策，暗示把重点放在国内建设上。人们认为，共产党中国将于今年或明年进行核试验，但是，似乎可以认为，如像陈毅外长所说的那样，恐怕将于几年以后进行。”

[新华社伦敦 29 日电]《纽约时报》10 月 29 日在第一版的第二栏和第三栏刊载了一条美联社发自东京的关于陈毅副总理接受日本记者的电讯。该报使用了一个很突出的标题：《北京说原子试验还是“几年”以后的事情》《外长把核武器计划的推迟归咎于工业落后，并且说经济正在进行调整》。

[新华社卡拉奇 29 日电]卡拉奇的日报今天在头版刊登了西方通讯社发

的关于陈毅副总理接见共同社记者谈话的消息。

《晨报》的标题是:《中国宁要核武器而不要裤子》《不向尼基塔屈服》。

《黎明报》的标题是:《陈毅元帅说，中国将在不久的将来进行核试验》《防御也需要原子武器》。

[美联社华盛顿 28 日电]（记者：戴维斯）美国官员星期一说，共产党中国把极其需要的物资不用来发展其他经济部门而用来发展核武器，那可能犯重大的政策错误。

注视着共产党中国经济情况的专家对陈毅外长同日本记者的谈话几乎都不感到惊奇。陈毅外长说，中国要进行原子弹的试验还需要几年时间。

据报道，陈毅回答了苏联的嘲弄，他说，中国即使没有裤子穿，也必须有现代武器。

[合众社华盛顿 30 日电]中共外长陈毅所说将须几年才能制成一颗原子弹的话，今天为华盛顿官员所注意。官员们说，陈氏星期一在北京透露的原子时间表太含糊，使人无法捉摸到共产党中国的试验计划。一位美国官员说:“共产党中国显然想造成一个使人惊奇的因素。共产党中国可能认为不得不说这些话。他们说出一个数来，人们便不会再想它。一旦他们突然举行一次爆炸，那么他们就会使世界大吃一惊了。”

1963 年 12 月 13 日，周恩来总理和陈毅副总理应纳赛尔总统和萨布里主席的邀请去阿联（埃及）访问，开始了他们的非洲之行。

12 月 16 日，周恩来在阿联第九届庆祝教育日大会上讲话说:“西方国家嘲笑我们落后，夸耀它们的文明。其实，西方的近代文明，在很大程度上是依靠牺牲亚非国家取得的。只要我们亚非人民掌握了自己的命运，我们不仅能够赶上它们，而且能够超过它们，在创造人类新文化的伟大事业中放出更加灿烂的光芒。”

就在这同一天，西方又传出了一条关于中国原子弹的消息——

[路透社巴黎 16 日电]北大西洋公约组织部长理事会会议人士说英国外交大臣巴特勒今天对会议说，中国可能在明、后年内爆炸核装置。

他说，虽然不可能作出确切的预言，但他预料中国人到 20 世纪 60 年代结束时（1970 年）拥有基本的核能力。

巴特勒在谈到中国时说，中苏争吵的影响将使北京获得最新式武器更加困难。

会议人士援引他的话说，可是，无疑，中国人也许随时能对印度边界再次发动进攻，但是没有迹象表明目前在集结军队。

巴特勒又说，相反，中国的政策看来是在实际控制线基础上，接受边界地区的现状。

英国外交大臣说，他认为，中国拥有了核武器不会激剧改变它对西方的外交政策，但它拥有了核武器肯定会提高它的威望和加强为影响邻国而进行的斗争。

12 月 20 日，即将结束访问的周恩来在开罗库巴宫举行了记者招待会。“美联社”当天从开罗发出的电讯说：“周恩来讲了一百分钟，得心应手地回答了大多数问题。”

“本周从巴黎北大西洋公约组织部长会议上传出的一个消息预测，中国就在年内试验一个原子装置。一个记者向周提到了这个消息，周对此避而不谈：‘我对此毫无所知，我劝你去问那位向北大西洋公约组织提供这个消息的部长。这对我来说是一个新闻。’”

“周重申共产党中国反对部分禁试核武器条约。他说，这个条约是要使大国的核垄断永远保持下去，他说：‘这个条约远没有减少核战争危险，反而增加了核战争的危险。’”

“周指出地球上每四个人中有一个中国人，他说：‘全人类的四分之一不能不反对这种欺骗性的条约。’”

“他重申中国赞成全面销毁一切核武器和‘禁止核战争’。”

空中谍影。艾尔索普扬言要使中国“核方面绝育”，只要几声相当小的爆炸声就能成功

中苏关系破裂后，美国急于知道中国是否会加速自行发展核武器。

1961 年间，U-2 型飞机加紧展开高空侦察，不只是深入中国内陆，有时也会在沿海地区打转，侦测对岸的军事部署动态。那一阵子，每月平均有三次内陆侦察。U-2 出勤就直飞西北，回程经云南上空再折回桃园基地。

1962 年 7 月，中国就通过人民广播电台喊话，表示 U-2 投诚可获得相当于 28 万美元的奖励。接着，在 9 月 9 日那天，新华社突然宣布，“一架蒋帮的 U-2 飞机在华东上空侦察时被击落”。飞行员陈怀生在飞机坠毁时身受重伤，送医院途中死亡。

陈怀生驾驶的 U-2 被击落后，台北和华府方面分头发布消息，遮掩事实真相，双方都说是洛克希德公司在获得美国政府的执照后，将两架 U-2 出售给台湾，言下之意，整个事件跟美国无关。在新闻记者一再追问之下，美国国务院发言人仍然宣称：“有关U-2飞机这个问题，我们该说的都说了。”他又说：“我们已一再表明，那是国民党政府自己的事。”这样的说法当然骗不了中国人民。中国政府始终坚称，美国政府是“整个侵略行为的主谋”。

美国在我国周围建立了二十多个监听站，三十多个测向站。据美国情报局说，一至二千吨核爆炸，距离爆炸地点 5000 公里的收听站可以收到反应，测向站可以测出爆炸地点。美国在全球建立了 125 处地震观察站。均可以根据震波、音响来测定爆炸点和核弹的大致当量。1964 年 10 月 21 日，《合众国际社》报道说：“美国还利用了好得不得了的精密电子窃听系统，这些放在地上飞机上和船只上高度灵敏的装置无疑是以在核试验之前必然有大量的通信活动为目标的。”

美国不断利用间谍卫星，高空飞机窃取我们核武器试验情报。美国在 60 年代发射卫星，计有萨摩斯、迈达斯、泰罗斯、发现者和维拉-霍特尔等。这些间谍卫星有的是用照相或电视方法拍摄我国军事目标，有的是使用 X 射线、γ 射线和中子辐射探测器来探测高空拍摄我们地面的照片，能看到人员和车辆活动的情况。1964 年 10 月 30 日美《时代》周刊以“罗布泊”为题说：“在新疆深入沙漠的试验场有明显道路、运输车辆、住房和供应站，试验场地上试验前的频繁活动，U-2 飞机和侦察卫星看得很清楚。”英《星期日电讯》1964 年 10 月 22 日报道：“自从北京爆炸原子弹以来，对美国人来说，从空中拍摄新疆罗布泊试验场的照片显然已经成为首要任务。几个月来他们利用间谍卫星在中国上空进行了有效的监视，已经取得了明显的成就，这使国务卿腊斯克可以在 1964 年 9 月底的时候完全有把握地‘预言’中国人即将进行核试验。显然已经拍摄到罗布泊建立的试验塔的照片，而且必然发现在那个地区进行着爆炸情况的行动。”并说美国“正在考虑一九六五年年初第一次向世界发表卫星拍摄到的清晰照片问题”。据说“一个‘萨摩斯’卫星目前每天大约在中国上空至少二次，最新式的‘萨摩斯’卫星可以偷听到雷达和无线电站的情报，甚至可以把地面上的短波电话线路上的声音收录下来。利用卫星可以拍摄到军队调动、增加供应、在导弹发射场周围的活动或类似的感兴趣的地点的精确的照片。”1964 年 10 月 24 日《巴基斯坦时报》报道：“据说，美国 U-2 飞机利用印度占领的机场对中国作间谍飞行。”

西方大国的政治家和谋士们一直处心积虑地阻止中国的拥有原子弹，在“三家条约”签订两个月之后，1963 年 9 月 28 日一期的美国《星期六晚邮报》刊载斯图尔特·艾尔索普的一篇文章，题为《禁试的实际意义》。文章说：

中国共产党人愤怒地说，禁试协议使中国无法得到核武器，所以是“束缚”中国的一个“阴谋”。他们对禁试的实际意义比反对禁试的参议员们要了解得多。因为事实是，总统和他的核心顾问们原则上都认为：必须不惜用一切办法来防止中国成为一个核国家。禁试是达到这个目的的非常重要的第一步，但只是第一步。

这是大多数官员不愿详细讨论的敏感的问题之一，一个官员在别人问到他时只是怪模怪样地、但是有意思地笑了笑。即使这样，这种要防止中国成为一个真正核国家的意图，在总统的某些公开声明中是很清楚的。例如他说：“那个（中国共产党）政府鼓吹战争，鼓吹国际战争，以实现共产主义事业的最后胜利……在这场斗争中又加进了核武器……他们也许要在十年以后才成为一个十足的核国家，但是……我们愿意现在就采取一些步骤，以减少这种可能性……就是出现一种比我们在第二次世界大战以后面临的还要危险的局面。”

换句话说，总统认为，虽然这种活动对脆弱的中国经济来说已经很大了。第一次试验大概在六个月到十八个月内进行，地点大概在蒙古边界附近的宁夏省内。

当然，光是一次试验不会使中国成为一个核国家。任何国家如果不在大气层进行一系列核试验是不可能成为核国家的。禁试的作用是，它提供了一个防止中国进行大气层试验的半合法的理由。如果美国和苏联仍然在进行试验而沾污大气层，那就不可能做到这一点。但是这个条约对一种情况作出了含蓄的谅解，这种情况在现行的华盛顿隐语中称为“使中国共产党人在核方面绝育”。

这种“绝育”最后将需要武力——决策者们在这方面并不抱有幻想。但是它不会需要很大武力。谁也没有考虑到进行“预防性战争”。用一个专家的话来说：“这次手术不会比割扁桃腺的手术更严重。”

艾森豪威尔和肯尼迪作出的不派 U-2 侦察飞机飞越俄国上空的保证并不扩大适用于中国。由于使用 U-2 飞机和其他秘密装置，情报机构能够确切知道中国两个主要原子工厂的地点。这种工厂是非常经不起袭击的，连一枚高爆炸力弹都经不起。

因此要使中国“在核方面绝育”，在技术上是一个容易的问题——只要几下相当小的轰炸声就可以成功。政治——战略问题则是一个困难问题。禁试并不解决这个问题，但是它使这个问题有可能得到解决。

在理想上，这个问题可以用公开的国际的办法来处理。总统说：“我们有巨大的义务——四个核国家都有巨大的义务——用尚剩的时间来防止核武器的扩散。”他在说这番话时肯定是有上述考虑的。

这几乎肯定是过大的希望。戴高乐已经用他的长鼻子拨开美国就核援助方面探出的触角。而且很难想象赫鲁晓夫会公开同“帝国主义者”一起防止共产党中国成为核国家。但是有一些其他方法处理这个问题。可以公开地和单方面地进行这件工作，例如，我们可以警告中国共产党人不得进行试验，同我们去年 10 月警告赫鲁晓夫必须把他的导弹撤出古巴一样。

也可以采取“间接的方法”。早在 1956 年就进行了用 U-2 飞机携带特殊武器的实验。能够击落 U-2 飞机的是 SA-2 导弹，但是苏联并没有向中国人提供 SA-2 导弹，原子工厂毕竟是危险的地方。一家英国工厂温兹卡尔一号工厂在 1957 年由于一个事故不得不加以放弃和用混凝土加以埋葬。的确会发生事故。还有其他的间接的办法。

无论如何，重要的是作出基本决定——至于时间和办法暂不作决定也无妨。中国在很长时间内也不会成为一个像美国或苏联那样的“十足的核国家”，但是在不多几年内，共产党中国能够制造出炸弹和粗糙的投掷系统。

按照美国总统及其主要顾问们的集体判断，决不能允许中国共产党人得到这种力量，因为这种力量能够使世界投入战争。紧接着，艾尔索普又发表了美国总统的一篇谈话：美国情报部门通过 U-2 飞机和其他秘密侦察手段，已经获得原子弹和中国核工厂的具体地理位置。

肯尼迪对前来汇报的美国情报部门负责人说：“原则上不管用什么手段，必须阻止中国成为一个有核国家，因为中国拥有核武器将使美国面临空前的危险局面。”

首先行动是总统本人，他把远东问题专家找来，在他的办公室进行了一次密谈，以探索在中国成为一个“羽毛丰满的”核国家之前，“美国如何采取措施”以“消除威胁”。

总统：那么让我问你另外一个问题，按照你前面的说法，你是否认为美国应该允许共产党中国成为一个“羽毛丰满”的核国家？

专家：不应该，总统先生。

总统：假如你处于我的地位，那你将怎么办？

专家：我对这个问题考虑很多。在中国核武器发展的现阶段，摧毁他们的核工厂并且使人看来像是他们发生的一次原子事故一样，这在技术上是可能的。只用高能炸药而不用核武器，就可以完成这样一次“外科手术”。在不久的将来，我们可以向你提供搞掉这些工厂的各种可行的计划。

总统：这件事就由你办吧！

就在这次谈话前后，该文作者曾报道，总统已经决定“原则上，不管用什么手段，必须阻止中国成为一个‘核国家’。”在数周前举行的一次记者招待会上，肯尼迪总统强烈地暗示了这个原则决定。

总统说：“中国共产党政府是一个诉诸战争的政府。如果把核武器用到这场争端中来”，其结果将使“我们面临比二次世界大战结束以来所面临的任何局势更为危险的局面”。因此，“在他成为一个，‘羽毛丰满’的核国家之前……我们现在就要采取能够削弱这一危险前景的措施。”

不久，1963 年 12 月 17 日新华社从香港发回这样一条消息，香港《星岛日报》今日刊登泛亚社东京 16 日电：美军事评论家艾立欧今日在美军《星条报》上撰文，主张对战略问题采取大胆行动。艾立欧认为仅需一个使用普通武器之苏联中型轰炸机大队，即可摧毁中共所有核武器研究设施，美第七舰队亦可在天气良好之任何二十四小时摧毁之，纵容此“毒瘤”之日益长大，就美国或苏联而论，实不合选择。

毛泽东——原子弹既然是吓人的，就早响

“沧海横流，方显英雄本色”。中国，正以自己的时间表一步步走向辉煌。

1964 年 9 月 16 日，张爱萍和刘西尧向中央专委作了首次原子弹爆炸试验的准备情况和正式试验安排的汇报。

选择爆炸试验的时机提上了议事的日程。当时有迹象表明，超级核大国图谋阻止中国掌握原子弹，有破坏中国核设施的动向。面对这种尖锐复杂的形势，中国首次核试验时机选择成为中央专委特别关注的问题。9 月 16、17 日，中央专委对此进行了慎重研究，并提出了两个方案：一个方案是早试，另一个方案是晚试，先抓紧三线研制基地的建设，择机再试。

中央专委议定，进行首次核试验的时机，等报请中共中央政治局常委和毛泽东最后决定。但无论早试还是晚试，准备工作都不能有丝毫的松懈。二机部、国防科委要继续积极稳妥地做好各方面的准备工作。

中央专委会议后，周恩来向毛泽东、刘少奇汇报了首次核试验的准备情况和中央专委对正式试验的方案。毛泽东从战略上进行了分析，指出原子弹是吓人的，不一定用。既然是吓人的，就早响。他们果断决定按早试的方案进行。

9 月 23 日，周恩来在西花厅召集贺龙、陈毅、张爱萍、刘杰等召开了一次极为机密的专委小会，传达了他与毛泽东、刘少奇研究的决定，并对首次核试验的有关工作作了周密的部署：由刘杰负责组织关键技术资料、仪器设备的安全转移；由陈毅组织外交部做好对国外工作的准备；张爱萍、刘西尧赴试验现场组织指挥（场区指挥部代号为 20 办公室）。刘杰在北京主持由二机部、国防科委组成的联合办公室（代号 17 办公室），负责北京与试验场的联络。周恩来对首次核试验的保密工作提出了严格的要求，不准向外人，包括向自己的亲属泄露任何有关试验的信息。

当时的国际气氛很紧张。周总理请贺龙、聂荣臻两位老帅转告杨成武代总参谋长，下达防御任务，要求部署全面戒备。严防美、苏和蒋军的空袭及派遣特务进行破坏。一切部署就绪后，党中央最后决定 10 月 1 日前做好一切准备，年内爆炸。周总理立即要求必须做到绝对保密。他对几位老帅说，今天会后，除了参加会的，对谁都不能讲，我的老伴是老党员，又是中央委员，我保证不对她讲。他还对陈毅同志说："你可不能讲啊（指不对外宾做任何透露）!"陈毅同志当即操着四川口音说："我不讲哇。"

邓颖超在纪念周恩来 90 诞辰时回忆说："我国第一颗原子弹爆炸时，他也向我保密。当时向主管的负责人说，这次试验，全体工程技术人员都要绝对注意保守国家机密，有关工程、试验的种种情况，只准参加试验的人员知道，不能告诉其他同志，包括自己的家属和亲友。他说：邓颖超同志是我爱人，党中央委员，这件事同她的工作没有关系，我也没有必要跟她说。主管的同志到试验场传达了恩来同志的讲话，要求大家严守保密纪律，因此事先没有任何透露。这件事是我最近看中央文献研究室的访问材料时才知道的。"

周恩来确定原子弹爆炸“零时”

9月27日，张爱萍、刘西尧飞回核试验基地。

9月下旬至10月初，原子弹零部件从西北核武器研制基地分批运到试验场区，然后在离铁塔约150米的地下室里，顺利完成了原子弹的装配，试验进入最后的待命时期。

10月9日，试验常委根据气象预报，拟定试验时间在15至20日之间，张爱萍随即派试委会办公室主任李旭阁乘专机赴京向周总理报告，10月10日两点，3241号专机从罗布泊201机场起飞。

飞机到包头后，因风沙不能继续飞夜航，接着军委派另一架飞机将李旭阁连夜接到北京。

报告10月10日23时10分送达总理办公室王亚志秘书，10月11日凌晨两点，王亚志告刘杰办公室，这个报告问题已批送中央首长传阅。

王亚志回忆说：“当总理下定决心后，除他自己报告毛主席、刘少奇等中央领导同志外，还亲笔写了一封短笺，装入信封，写上送阅领导人的名字，要我和赵茂峰专传。即先同首长办公室联系好，首长在某处办公，我二人乘交通车前去呈首长阅后，再去另一首长处。除首长一人外，办公室工作人员都不知道文件内容，把机密控制在最小范围内。记得我俩曾去邓小平、聂荣臻和罗瑞卿首长处送阅。总理办公室的秘书们，也只有我和另外一两个人知道。邓颖超同志毫无所悉，她历来是无关的事从不过问。”

当日，毛泽东、周恩来等中央领导同志批准了张爱萍、刘西尧的报告。

周总理的短笺是这样写的：

刘杰同志：

张刘两同志10月11日3时10分的报告已阅，望告张刘，同意他们来信所说的一切布置，从10月15日到20日之间，由他们根据现场气象情况决定起爆日期和时间，决定后报告我们，你们来往电话均需通过保密设施以暗语进行。

周恩来

10月11日

当晚 20 时 10 分，北京试验办公室根据二机部部长刘杰的布置，将周总理的指示传达到试验场区。

就在同一天，周恩来主持会议研究了爆炸原子弹的宣传工作和有关国际问题，提出了相应的措施和办法，并报经毛泽东同意。接着，周恩来又陆续将中华人民共和国政府声明、新闻公报、致各国政府首脑电报等文稿送毛泽东等领导同志：

主席、少奇、林彪、小平、彭真、贺龙（不在京）各同志：

有关爆炸原子弹的宣传和政治斗争的工作，昨天已在书记处，后来又向主席做了报告，并得到同意。现在先将已拟好的三个文件，即政府声明、新闻公报、中央通知的草稿，送请审阅。其他还有致各友好国家政府首脑信，外交部通知，对外宾外国记者谈话要点，将陆续送审。我国这次试验，决定采取公开宣传办法，以便主动地击破一切诬蔑和挑拨的阴谋，并利于今后斗争。

爆炸时间，前方还在作最后研讨，今晚方能定夺，当另告。

周恩来

十月十四日十九时

正式试验时间得到中央批准后，试验委员会开始集中力量搞天气预报。第二天，气象部门预报 16 日左右有出现好天气的可能性，试验委员会便把试验的日期瞄准在 15～16 日，并按 15 日准备。

10 月 13 日，首次核试验委员会召开会议，经研究，一致认为试验前的准备工作已经完成，可以进行正式试验，并确定：第一，这次试验一定保响，确保完全，基本保测。第二，一定要做好安全防护工作。第三，“零”时选择的关键在于气象预报。第四，要做好成功和失败的两手准备。

10 月 14 日 18 时 25 分，20 号办公室李旭阁向 17 办公室电话报告：

“根据气象情况分析，经过党委常委研究确定 16 号为零日”。

20 时 30 分 17 办公室李鹰翔、宋炳寰到总理办公室面报。

总理亲自做了批示：

“刘杰同志并告成武同志：

同意16日作为零日，请以暗语加密告张刘两同志，零时确定后望即告。”

20时50分，17办李鹰翔用保密电话把总理指示传达给罗布泊试验场区指挥部。

14日19时19分，原子弹安全吊上铁塔，场区各方面工作处于待命状态。万事俱备，只欠“东风”。天气是关键。张爱萍、刘西尧等领导同志与气象专家顾震潮等，同气象人员昼夜研究天气变化。经几次订正发现16日比15日天气好，因此预定16日8时为“零”时，到15日凌晨3时，又研究确定16日15时为“零”时，并报告周总理批准。

10月15日12时，17办接到20号办公室的保密电话——

总理、林总、贺总、聂总、总长：

经党委常委研究，根据气象情况零日定为16日，零时为15点请指示。

张爱萍、刘西尧

10月15日12时零5分，李鹰翔、宋炳寰把电话面告周总理。

12时30分，总理批示：

刘杰同志并告成武同志：

请以保密电话嘱张刘，同意零时定为16日15时。

周恩来

10月15日12点半

“零”前24小时。张爱萍又一次来到铁塔下。张震寰下达爆炸口令

15日，试验委员会向各参试单位发出做好“零”前准备工作的通知，要求各单位务必以“零”时为准，做好一切准备工作，保证试验任务胜利完成。

试验场区进入“零”前24小时，盼望已久的时刻终于指日可待了。

基地司令员、试委会司令部参谋长张蕴钰心里感到踏实一些。

14日晚上开完会，张蕴钰连夜将试验日期告诉张英，再由他通知在马

兰的张志善，以便安排“零”时前后的工作。

按他早些时候的想法，觉得能在国庆节之前爆响原子弹最好，可以大大宣传一下社会主义建设的成就。他几次这样说，张爱萍都一言不发。后来他才听说是周恩来总理指示，等国庆邀来的国宾送走后再试验。

从 9 月下旬到 10 月 16 日，这是一段漫长的日子，无论是对于运筹帷幄的将军和科学家，还是对于枕戈待旦的士兵和普通科技人员，这段日子实在是太难熬了。

张爱萍和刘西尧拿出了很好的办法，号召所有参试人员进行“预防预想查漏补缺增加演练，继续任务动员教育”。一着看似平常的棋，却下到了它最理想的位置上，既确保了试验准备工作的万无一失，又很好地稳定了参试人员的情绪。

在核爆炸试验前 3 天，周总理让刘柏罗邀请在京的彭桓武、王淦昌、邓稼先、郭永怀等几位核物理学家，乘坐张爱萍总指挥派回的专机一同飞往罗布泊，观看原子弹爆炸实况。一时间，这片沉寂千载的荒原成了中国物理学界群星闪耀的辉煌星座。

当年美国研制原子弹，曾集中了全世界最卓越的物理学家，光是名字能够表示科学发生转折的就有爱因斯坦、玻尔、费米；科学大师有恰德威克、尤里、克罗夫特、维格纳、西拉德、特勒、魏斯科普夫、劳伦斯、西博格、麦克米兰、康普顿、奥本海默和数十位其他物理学家。

我们没有这样的大师，我们最先来“放炮仗”的是一些像邓稼先一样的“娃娃博士”——一批很少有人知道的年轻人。

到 1964 年，那些被年轻人称为老头的王淦昌也只有 57 岁，郭永怀 55 岁，彭桓武 49 岁，程开甲 46 岁，而朱光亚刚刚 40 岁，邓稼先 40 岁，陈能宽 41 岁……

他们虽然没有那样惊人的名声和资历，但他们以比当年大洋彼岸世界上最大的科学集团更强的信心和勇气向前迈进。

他们和千百万人共同孕育的这个科学的产儿就要问世了。

分娩前的企盼是很折磨人的。为了使大家绷紧的神经能轻松一些，张爱萍邀请领导同志和科学家，到孔雀河和古楼兰王国废墟进行了一次短途旅行，拣了许多鱼螺化石和泥陶碎片，在干涸多年的古河床上野餐，追赶惊恐的黄羊……

10 月 15 日早晨，张爱萍和张蕴钰、李觉、朱卿云去铁塔，张震寰去主控站。接着，他们分头到各个单位进行最后的检查和落实。在防护作业队张爱萍走到队伍前，作了鼓舞人心的动员，大家群情激奋，齐声表示：“坚决完成任务！”

15 日下午，张爱萍又一次来到铁塔下。在 1988 年和 1993 年的两次采访中，老将军都激动地向我谈了当时的心情：

“离开铁塔后，我又回头看了看，再有一天，这个钢铁巨人就要在爆炸中消失了。我带着相机呢，想照张相做纪念。又一想，我规定的不准照相，我要带头遵守才行，就没照，连张相片也没留下……”

这一天，当张蕴钰赶到阳平里气象站的时候，已经是下午很晚的时候了，气象员分别在几顶帐篷内抄收来自阿拉山口、和田、敦煌和国际台的气象预报资料。正在这里的气象处处长韩云升告诉他：“中长期预报都和今天的实况相吻！”他感到一阵轻松。

而在这同一时刻，北京的刘杰却又感到一阵紧张。

一份急电从罗布泊发到北京，说突然发现了一种材料中的杂质超过了原来的设计要求。

当晚，北京风雨交加，一辆小汽车飞速驰进核武器研究所。一到理论部大楼前，汽车还未停稳，刘杰就推开车门匆匆上楼，他找到周光召、黄祖洽和秦元勋，迫不及待地说：“场区出现新情况，周总理要求重新计算一下成功的概率，八个小时内给我结果。”

刘杰又匆匆离去。他相信周光召他们能完成这项特殊的任务。

大楼外依然风雨交加，办公楼内，周光召和同事们连夜紧张的运算，10 月 16 日上午，一份计算报告呈到周恩来面前：

“经计算，我国第一颗原子弹爆炸试验的失败率小于万分之一。”

10 月 15 日的夜晚，张爱萍通宵未眠，基地春雷文工团政委郝作非回忆说：

最后一天夜晚 2 点多钟，张副总长还把我叫去问文工团的情况。我报告说："舞台已经搭好，团员们情绪很高，不管气候变化多大，大家都保证完成任务。"首长问："你有把握吗？""有！'保证完成任务'是大家的心愿、誓言。"首长关切地说："一定要大家休息好。"我说："大家都很兴奋，睡不着。""那不行！命令他们去睡！"又补充说："你告诉大家，我已向防化部队打招呼，明天让大家好好参观一下。不睡觉，我就把命令撤销。"我说："是！请首长也注意休息。"张副总长站起来，伸了伸腰说："不工作 12 小时，还算什么共产党员！"我说："我看你两夜没关灯了。""啊，原来是你带头不睡呀！快给我回去睡觉！"我说声"是"。忙跑回来，叫大家快睡。大家都躺下了，可谁也没睡着。此时已是凌晨 3 时多了，再过几个小时，我们的"春雷"就要响了。大家怎么能不激动呢？！

爆炸前的这最后一个夜晚，九院院长李觉将军是在铁塔下度过的，他的心情也很激动，但更多的是担心，他在 1993 年告诉我：

那天晚上风很大，大风吹得钢丝绳打到铁塔上当当直响。这要是不安全可不行，我不放心，就又去铁塔下，一看，哟，这油机的盖布怎么变样了，一块大帆布下面鼓鼓囊囊的，推也推不动，不对呀！我一揭盖布，老天爷，一个工人在底下！还戴着帽子，穿个皮夹克一样的衣服。我说："你怎么在这儿？怎么还不回去？"他说："我不能回去，明天是我的班，今天晚上油机万一出了事，明天我不能把产品送到塔上去，我这个责任可就大了，我不能去，得在这儿守着。"我一看也就不好说什么了，只好说："好吧好吧，你要休息好，风太大，盖好，别感冒了。"我同意这个工人没回去，他在油机旁守了一夜，第二天开油机卷扬机把我们和产品送到塔上。这是个老工人，叫王振禄，从大连调到九院时就是 8 级工，十几年只涨了 5 块钱工资，"文化大革命"中又受到很多委屈，有人说他心是黑的，他一急自己把肚子剖开了，叫你们看看黑的还是红的。当时医院没给他打麻药就缝上了。我在北京听到这个消息，打电话到厂里，说你们行行好，一定治好他。后来这个老工人又调回大连了，临走前到北京，一敲门就叫我："李部长，你还认识我不？”我说：“认识！认识！怎么能不认识啊，你不就是王振禄吗？那天晚上你不是在爆心守了一夜吗？”他一听就说：“认识就没意见了，你只要还记得我是干这个工作的就没意见，没意见！”他高高兴兴地走了。前两三年我到大连开会，特意到他家去看他，没见着，一下楼在他院里碰着了，他刚从街上回来，戴个红袖章，原来他退休后在街头搞治安呢。

16 日凌晨，李觉向试委会报告，原子弹塔上安装和测试引爆系统第三次检查完毕，请求 6 时半开始插接雷管，张爱萍等签字批准。

李觉的报告是这样写的：

试验委员会：

产品塔上安装和测试系统第三次检查均已完毕，安装质量符合试验技术要求，系统动作正常，插接雷管前的准备工作已经完成，拟于十月十六日六点半开始插接雷管，特此呈报，请批准。

第九作业队李觉

“同意。”

张爱萍，刘西尧，成钧、朱光亚、朱卿云、张震寰、张蕴钰（签字）

接着，各单位最后进行自检、互检和领导检查。张爱萍、刘西尧等亲自到各关键岗位进行检查落实。

10 月 6 日凌晨，就要安插起爆原子弹的雷管了。

出发前，负责插接雷管的同志提出要带上主控站的钥匙。当时的塔上工作队副队长张寿齐 1993 年对我说：“我们一到九院就有一条规定，插雷管的人一定要带着起爆台上的钥匙，我对主控站的同志说，不拿钥匙我不放心。主控站的规定是不许把钥匙拿出去。这样，我们还争了两句。”

张蕴钰说：“我一看他们争论起来了，就过去对张爱萍请求，让我带上钥匙陪他们去吧，张爱萍点点头。我就从张震寰手里接过钥匙和他们一起到塔上去了……”

张寿齐说：“到插雷管时，我已经连续 70 来个小时没睡觉了。先是在塔下工房里装配原子弹。有的部件经过运输存放有点膨胀，到现场还要修，拿铜刀和铜网慢慢刮，一点点蹭，开始不让刮，怕弄响了就完了。我说我先试试，工人老师傅不让我动手，很多老师傅都在现场，不顾个人安危，那场面很感人。要刮一两个小时，不敢使劲，怕超差，边刮边量，从科学家到工人，都非常慎重。安雷管时，我记得李觉也陪我们上塔了。李觉说，我拿钥匙你们放心不放心，我们说放心。”

李觉说：“搞火工，安全很重要啊，插雷管时要把塔下的电源切开，不通电，上面才牢靠啊。我说把钥匙给我吧，底下两把钥匙都在我身上，变电房的，变压器控制的两把钥匙都装在我腰包里。先把电源断开，锁上、铅封。塔上才开始作业，我说你们看，钥匙来了，断电了，你们放心吧。”

上塔插接雷管的一共 6 名同志：队长陈常宜，副队长张寿齐，叶钧道，贾保仁（记录），李炳生（记录），杨岳欣（空调）。

按照试验委员会的安全规定，上午 10 时清场，张蕴钰和朱卿云、李觉、胡若嘏分乘两辆吉普车来到铁塔进行最后的检查。车到铁塔，他们在警戒线外下车。李觉对塔上的同志说，张司令和朱主任都在下面，等一会儿再上去。张蕴钰向操作吊车的卷扬机举手致意，然后围着铁塔小步地来回走着。不一会儿李觉又钻进了铁塔旁的一间小砖房，这里安装着引爆电缆的电闸和一部与塔上通话的电话机。按程序，塔上正进行接插雷管的工作。

过了一会儿，塔上缓慢地放下吊篮，几个操作手走下来，李觉从小砖房出来迎接他们。接着，张蕴钰和他登上吊篮，朱卿云主任留在塔下。吊篮徐徐上升，把他们送入塔上的工具间，在那里他们清除了身上的静电，又登上了几级台阶。才进入爆室。九院试验部副主任方正知和他的助手正在做最后的检查。他简单地对张蕴钰和李觉说：“就完了。”然后又继续埋头工作。检查完后，方正知合上起爆电缆的电闸。张蕴钰把墙上贴着的那张操作规程顺手取下来，在上面签了字：

“1964 年 10 月 16 日，张蕴钰。”

从塔上向四周眺望，极目所见的效应物都静静地展开在地面上，整个情景就像大战前的战场。不知为什么，张蕴钰突然摸了摸装在他口袋中的那把能够起爆这个核装置的钥匙。

走下吊篮后，李觉又特地嘱咐卷扬机手：“请把毛主席像降下来。”方正知又合上了小砖房内的电闸。这时，从铁塔上的核装置到主控站的起爆电缆，已经全部接通了。张蕴钰又一次摸了摸那把钥匙，它还是那样紧贴在他的衬衣的口袋里。

这一天，周恩来总理在北京一直守候在电话机旁。

12 时，他又给刘杰写了一封信——

刘杰同志：

在 12 时后，当张、刘回到指挥所时，请你与他们通一次保密电话，告如无特殊变化，不要再来往请示了，零时后，不论情况如何，请他们立即同我直通一次电话。

周恩来

十月十六日十二时

刘杰把总理的指示立即转达到核试验场，随后，他又来到钱三强的办公室，悄悄地说：

“我们的原子弹今天下午三点就要爆炸了，希望能够成功。”

钱三强听了很高兴，连声说：“会成功的，我相信一定能成功！”

当检查完核心部位的工作后，所有工作人员包括警卫战士立即撤离爆心区。张蕴钰的车是最后离开的。走出几百米，他又让车停下来，向铁塔看了最后一眼。

在返回途中，大概是“零前”一个多小时，他们遇到了首批进场的辐射侦察分队。张蕴钰和同车的李觉赶紧下车，向他们说了一些鼓励的话，预祝他们侦察成功。随后，张蕴钰来到主控站，把起爆控制柜的钥匙郑重地交给在主控室主持试验的张震寰。

在指挥部的路口，李觉把另一把钥匙交给了在那里等候的刘西尧副部长。那是铁塔下配电箱上的钥匙，引爆原子弹的电源已经合闸了。在 1993 年采访中，李觉感慨的对我说：“那时候分工很细，制度很严，各负各的责任，各拿各的钥匙，张司令那一把是主控站的。”

当张蕴钰来到白云岗观察所的时候，离“零”时已不到 20 分钟了。张爱萍对他说：“K1 指令已经发出。”这时，炊事人员送来了作午饭的包子，老远就闻到了香味，但吃到嘴里却一点也感觉不出来，吴际霖站在张蕴钰旁边，表情严肃，与平时判若两人。

主控站。气氛严肃、紧张，钟表“咔咔咔”的声音如洪钟敲击着每个人的耳朵和心脏，时间正一分一秒地走向那个庄严的时刻。坐镇指挥的张震寰又看了一眼手表，下达了最后一个口令：“发 K3！”

“K3”指令发出后，仪器设备进入自动化程序。9、8、7、6……读秒的声音让人感到了一种无法形容的激动，人人都屏住呼吸，戴着防护眼镜的头低着，等待着最后时刻降临。

永恒的瞬间——核爆炸现场目击记

——姚献新（国防科委二局参谋，距爆心 60 公里）

指挥所在离爆心 60 公里的白云岗，在山坡上挖了一道半人深的堑壕，张爱萍就站在堑壕里工作，我在他一旁守电话机。“零”时快到了，让参观场的人都背对爆心卧倒，堑壕里的人都蹲下，我蹲下后一看张副总长还站着，就站起来了，张爱萍一把按在我的头上，把我按下去了，我又站起来，他又把我按下去，我说首长你怎么不蹲下去呀？他说你们还年轻，一定要注意安全，我这个老头子眼睛已经花了，伤一点也没什么。他就那么一直站着，朝着铁塔的方向……

——张蕴钰（基地司令员，距爆心 60 公里）

那种可怕的寂静一直持续到读秒的“零”时过后，但随即被一道强烈的闪电打破了。紧接着传来了一阵我从未听到过的轰鸣声。专家们根据闪光、火球和蘑菇状烟云的景象，判定是核爆炸。

最初的欢呼声来自西侧参观人群，他们激动地呼喊着，跳跃着，流着泪拥抱在一起，把帽子抛向天空。

刘西尧和朱光亚都很激动，我走过去向他们祝贺成功。张爱萍立即拿起通向周恩来的专线电话，声音有些颤抖：“报告总理，原子弹已经爆炸成功！”周恩来反问了一句：“怎么证明是核爆炸？”尽管我们和所有专家都认定是核爆炸无疑，但却无法准确回答。正在这时，防化兵开设的有线遥测站最早测得了地面放射性沾染数据，从而不仅仅从宏观上，更主要的从科学依据上确认了首颗原子弹爆炸成功。张爱萍再次向周恩来报告："根据多方面证实，确实是原子弹爆炸，很理想，很成功！"

——韩云升（气象处长，距爆心 60 公里）

这时有线广播里播放着悦耳的音乐，各单位领导有说有笑。唯有刘西尧副部长和那些科学家们表情严肃，似乎在想着什么。而我则感到时间走得太慢了。突然广播里传来了广播员的声音：现在是"零前"15 分钟，请大家准备好防护眼镜看火球。"零前"5 分钟，大家戴好防护眼镜。没多久，广播里传来了倒时计数的报读声。我感到我的心脏随着报时的声音在剧烈地跳动"9、8、7、6、5、4、3、2、1，起爆！"激动人心的时刻终于到了！毕庆堂副主任一捅我，我急忙摘下眼镜，只见铁塔处一个像太阳一样的大火球翻滚着向上升起，一会儿一个蘑菇状烟云矗立在场区中心。刘西尧副部长急忙问我："你看云顶有多高？"我根据平时预测云高的经验，回答说至少有 7000 米。因为当时核云还在上升，没等我说完，刘副部长对着科学家们喊了起来："7000 以上，7000 以上！"顿时，整个白云岗被欢呼声淹没了。很快速测、速报数据来了，只见张副总长拿着电话筒问科学家们"怎么样？"有一位科学家说："是核反应，是原子弹爆炸！"张副总长高兴地对着听筒说："成功了！是原子弹爆炸！"最后又听到他答了一句"好！"就放下电话回"201"。

——李秉太（防化连排长，距爆心 10 公里）

试验场区从上午 10 时开始清场，进入戒严状态，无关人员都撤到安全地带，场区内不见一个人影，也看不到以往忙碌往返的车辆。千古大漠一下子又变得鸦雀无声，仿佛又沉睡到几千年以前的洪荒历史之中，唯有一梯队的五台侦察车急速向爆心最近的待机地域疾驶。

我的任务是负责剂量监测，保证剂量安全。我携带一部乙丙仪，随北线车组的车出发。

待机地域在气象大沟东岸，距爆心很近。隐蔽工号都构筑在背向爆心的山包或土丘下，装有坚固的水泥门。工号内装有通向指挥部的报时电话。

“零前”半小时，我们都进入隐蔽工号，等待“零”时的到来。刚才还是一片欢声笑语，现在却一下子变得寂静无声。“零后”会发生什么情况？对这些问题，我们心里确实没有底。但大家都有一个想法：不管遇到什么情况，一定要完成任务。

1964 年 10 月 16 日，北京时间 15 时，这一自豪和激动的时刻终于来到了！随着报时员“9、8、7、6、5、4、3、2、1，起爆”的声音，隆隆的爆炸声伴随着大地的震颤接踵而来。“零后”一分钟，我们打开了隐蔽工号的坚固大门，我拿起事先就打开了的仪器，第一个冲出门外。接着战士们跑步冲向发射阵地，仅用了约 20 秒的时间，就开始接二连三地向预定空域发射取样伞。此时，蘑菇云还没有形成，能见度非常好。最初跃入我的眼帘的是一个通红的大火球，紧接着是翻滚着的黑烟团，烟团中间好像包着一团火，在翻滚中时隐时现。云团正对着地面上，周围的尘土都急速地向中心移动，接着就形成了一个下粗上尖的尘柱，迅速地向翻滚着的烟云接近。这时，炮兵分队发射的白色取样伞，正好不偏不倚地在云头上方一个接一个地张开，缓缓地降入到烟云中。几分钟后，云头变大，与升腾的尘柱相接，形成了壮观的蘑菇云。炮兵分队的负责人不时地问我：“有没有情况？”蘑菇云几乎就在我们头顶上，但仪器没有反应，因没有实际经验，我怀疑仪器有问题，通过反复检查，仪器工作正常。于是，我果断地回答说：“一切正常。”

几分钟后，我们完成了发射任务。大家以迅速的动作上车返回驻地。我坐在汽车的最后边，仍然进行着监测。我看到尘柱和蘑菇云头慢慢地分离了，蘑菇云头也不再翻滚，由黑色变成灰黑色，逐渐扩散，犹如一片乌云，向东南方向飘去。这时，地面上的效应物有的在燃烧，有的在冒黑烟。坦克翻滚在地，炮塔与车身早已炸成两截。有的工事掩体倒塌、房顶被掀掉。一匹被光辐射灼伤了眼睛和皮肤的效应马惨叫着四处乱跑。路边的电线杆，向着爆心的一面都被烧成了黑色，几乎是朝着一个方向倒在地上。

——王俊杰（警卫四连班长，距爆心 30 公里）

10 月上旬，我们按照上级的指示，将巡逻圈逐渐缩小到距爆心数公里的范围内。14 日，来到指定地点 701 东南侧，进行 24 小时昼夜巡逻。701 是离爆心最近的 2 个光学测量点之一，我们已经预感到，一个庄严的时刻即将来临！

终于在 16 日快中午的时候，基地命令我们撤离现场，到指挥所东南侧参观现场观看原子弹爆炸。一到那里，有关首长就给我们每人发了一副防护镜。过了一会广播里传出了指挥员的声音，要求大家面向西坐好，戴上防护镜。不一会儿，广播里就传来了 9、8、7、6……读秒的声音。我们一个个都屏住声息，戴着防护镜的头低着，等待着最后时刻的降临。突然，大地震颤，巨雷轰鸣，我国首颗原子弹成功爆炸了！随着广播里“头向东”的指示，我们立即面向爆心抬起头来，只见色彩绚丽的蘑菇云冉冉升起。大家一时间欢呼雀跃，纷纷把帽子抛向空中。“共产党万岁！毛主席万岁！”的呼声响彻在戈壁滩上空。

——汪业广（后勤部助理员，距爆心 30 公里）

当时我和效应大队在一起，守着几笼兔子，是效应用的。我手里提着个锣，一听到起爆，赶快敲锣，怕兔子闭眼睛，当当一敲，兔子就睁开眼睛了。

——王建立（基地政治部干事，距爆心 60 公里）

在参观场规定要卧倒，没命令不许看。有的人就一直趴着，不敢动，“零时”都过去好大一会了，同志们一看说你还趴着啊，开玩笑的踢一脚，才抬头看，蘑菇云已经好高了。拍电影的同志更有意思，大家都蹦啊跳啊，欢呼啊，他们也跟着欢呼，忘了拍镜头，后来电影上那欢呼的场面是补拍的……

——于选成（防护工作部记录员，距爆心 24.4 公里）

按照试委会的安全规定，“零前”5 小时清场戒严，20 公里以内的人员全部撤离，“零后”马上进场执行任务的人员均进入 20 公里线附近的工事内掩蔽。其余的人员都集中在 50 公里以外的白云岗参观点，这些人员每个人都要戴上减光 5000 倍以上的墨镜，而且要在“零”时临近时按统一的口令“向后转”，背向爆心，以防核闪光对眼睛的伤害。这样，全场人员均看不见核爆炸开始时的情景。唯独我们观测组，大饱眼福，从闪光开始，足足观察了 25 分钟之久。

观测组共 8 人，组成南北两个观测所，每所 4 人。

南北两个观测所的位置分别在爆心以西 24.4 和 22.6 公里处的高地上，两所相距 5 公里，均构筑有半密闭式野战工事，观测窗上安装有活动的有机玻璃，既可防冲击波对耳膜的伤害，又便于观察。

防护工作部周村副部长也到我们这里来了，他让我们松弛一下情绪，不要紧张，我们沉着地戴上护目镜和耳塞，静静地等待着。但当听到电话耳机里的报时声……9、8、7……时，心又砰砰地跳了起来。随着一道银色闪电般的光亮过去之后，我们就沉着地摘下护目镜，有条不紊地开始了观测作业。

闪光过后便是一个通红的大火球，跃上那没有尽头的天穹，由红变黑，黑里透红，迅速地成为一团翻滚着的烟云。烟云上升的同时，地面又卷起了一个粗壮的尘柱，紧追不舍，直至与烟云衔接。这时，戈壁滩上生长出一个完整、高大、壮观而特别好看的“大蘑菇”。后来，它又缓缓地扩散开，向东南方向飘去。我们能够看到我国自己研制的第一颗原子弹的爆炸情景可以说是莫大的享受。我们从内心里为我们国家有了自己的原子弹感到骄傲和自豪。

——马子超（基地防化营化验室主任，距爆心直径 11.5 公里）

那时我带空气取样组，我们是暴露在地面最前面的人，11 公里。当时没有防护镜，一律背向爆心趴着，两只手交叉着支在地上，把胸部抬起来，防止冲击波伤害身体，头紧贴在地上，眼睛闭上。提前 15 分钟，我说大家卧倒吧。都趴下了。到了三点，当时感到背部有点热，我一看表，怎么还没响，走前对了表的呀？就想这可能是一次演习，过了三十秒，我想不对呀，回头看看，蘑菇云起来了。我喊大家快起来看，蘑菇云升起来了！刚起来，声音到了，呼隆呼隆响，我这才反应过来，噢，声速比光速慢！闪光没看到。这时蘑菇云就往上翻，还没形成照片上那种下边有个小把把的样子。那天气象特别好，蘑菇云形成后定在那里有十分钟没动，后来蘑菇云冠下面的烟柱左侧出了个小把把。当时心情很激动，中国终于有原子弹了，五个月总算没白训练……

——陆祖荫（基地研究所三室主任，距爆心 60 公里）

开始试验前，我们都戴上防护眼镜，蹲在防护堑壕里，背向爆心。时间到了，堑壕里陡然一片耀眼的明亮，我们赶忙转过身去只见一个蘑菇云渐渐升起。“成功了！成功了！”人们跳出堑壕，激动地互相握手，互相祝贺。

试验委员会当即用电话报告总理，总理向大家祝贺；并要求在两小时后上报爆炸当量。

当时彭桓武先生和我站在一起，我们用简易的目测去估计烟云高度，换算了爆炸当量，这个结果与以后精确的测量结果基本符合。

——葛才夫（防化兵部学术处中校参谋，距爆心 20 公里）

隐蔽工号在气象大沟东岸，距爆心约 20 公里。进入工号等待“零”时，觉得时间过得太慢，好容易等到“报时”，又觉得“报时”的时间太长，接近“零”时时，大家用棉花塞住耳朵静听爆炸巨响，听到爆炸的巨响后，我们侦察组立即跑出工号到顶部观看。此时，蘑菇云已初步形成，大家跳跃欢呼，庆祝试验成功。我们立即上车向着蘑菇云方向前进。前进中，大家精力非常集中，似乎都有些紧张，随着爆心的接近，爆炸后的景象逐渐出现在眼前，开始见到的蘑菇云，很像现在公开发表的照片上的样子，不久，尘柱和蘑菇头就脱开了，蘑菇头逐渐扩大成一片乌云，向我们靠近，尔后几乎就飘在我们头顶上。地面上，我们首先见到的是电线杆东倒西歪，电线被拉断，拖挂在地上。再向前，见到效应物在燃烧，效应物资被吹得四散满地，效应汽车被吹翻，被烧伤的效应动物在嚎叫，身上的毛都被烧光了。有的工事掩体倒塌，火炮的炮管被“震”弯。效应的房屋在燃烧，房顶被掀掉。地面像被狂风刮过一样，路面、车痕被尘土覆盖，很像刚修的新路。原来十几公里外就能看到的塔架不见了，到近处一看，它像面条倒在地上一样，弯弯曲曲。当仪器出现读数，快到沾染边界时，我们乘坐的装甲车油路不畅通，跑不起来了。当时我马上叫驾驶员小贾停车检查。为了给他壮胆，我也下车陪着检查，并鼓励他沉着不要慌。还不错，小贾有经验，马上就找出毛病所在，把车修好了。我们继续向前来到 0.1 伦/时的边界，该处距爆心约 950 米。当我们完成任务后，按返回路线回到洗消站时，周村和范志赤同志已在等候向我们祝贺成功。回到前进庄，在“凯旋门”外受到大家的欢迎。我想：“凯旋”这不仅是我们这些直接参加首次核试验者的骄傲，更是全国人民的骄傲。

穿越蘑菇云

原子弹爆炸后 55 分钟。

滚滚的雷鸣刚刚在远方消失，巨大的蘑菇状烟云正在空中翻卷，一架伊尔-12 运输机从马兰机场腾空而起，飞向罗布泊，飞向蘑菇云。

此刻，在几百公里外的另一个机场上，一架运输机正在跑道上发动起飞，准备把取来的蘑菇云样品运往北京。

1993 年，在北京航空博物馆的陈列场上，我看到了这架第一次穿越蘑菇云的飞机，旁边的解说词这样写道：“本架伊尔-12 为功勋飞机，1964 年 10 月 16 日，我国第一颗原子弹爆炸成功后，空军航空兵某师郭洪礼、李传森机组驾驶这架飞机，勇敢地穿过蘑菇云完成了烟云取样任务，荣立集体一等功”。

进行核试验最重要的测试项目之一是分析核装料的裂变燃耗，以此来确定原子弹引爆后是否发生核爆以及核爆的当量，从而判断武器的设计质量。要做这样的分析，首先就必须取得一定数量的爆炸样品。

1949 年 9 月，美国通过分析飞机取来的大气环流中的微尘样品从而得知苏联爆炸了第一颗原子弹。

后来，苏联也用飞机取样侦察过美国的核试验。

在各个有核国家的大气层试验中，用飞机直接穿云取样，更是诊断、测量核爆炸的重要手段。在美国的一次核试验中，曾用 28 架飞机穿过爆炸烟云。

我国对蘑菇云的取样，在第一颗原子弹爆炸前是一片空白。

核试验基地研究所成立后科技人员在调研中了解到，在 1956 年前后苏联曾在我国用飞机取过空气中的微尘样品。要详细知道他们的取样情况，关键是要找到当时的中方参加人员。几经打听，居然找到了。据他们回忆，苏联人是到华南取美国核试验的全球环流样品，用的是运输机，飞 5000 米高度。顺藤摸瓜，他们又终于找到了取样器收存单位，看到了实物。那是两个直径为 80 厘米，长达 3 米的庞然大物，这么大的横截面，空气阻力肯定不会小，小飞机当然带不动，挂到运输机上，升限也会受到影响。

空军科研部的同志说，我国能用的飞机只有苏制的伊尔-12 或伊尔-14，带上取样器后升限只有 5000 米左右。“能否挖挖潜力爬得更高些呢？”空军科研部门的同志回答说：“升限差 2000 ~ 3000 米，怎么也挖不了这么大的潜力，弄得不好，来个‘失速’，样品取不到不算，还可能出大事故呢！”

正当科技人员一筹莫展之时，国防科委张震寰副秘书长专门让人转告了一个消息：为了适应西藏高原的空运要求，第三机械工业部正在研制一种叫做“651”的发动机，如果研制成功，就可用到伊尔-12 一类运输机上，使飞机升限显著提高。这使他们看到了一线希望。但究竟能提到多高，还得最后试飞了才能确定。

我国当时的工业水平就是那样。虽说国家为核试验任务广开绿灯，但工业水平的提高毕竟有一个过程。

不久，飞机取样方面不断传来消息，“651”发动机研制成功，装上飞机后，空军作战部、工程部的领导亲自到机场，挑选了最优秀的飞行员，一次试飞成功。携带取样器飞行也获得成功，并且升限超过了 7000 米，达到首次核试验烟云取样的要求。

郭洪礼机组的五名勇士，从 7000 米的高空冲向蘑菇云。

伊尔-12 飞机的机舱不密封，飞行人员都得吸氧，这对避免内照射很有利。为了减少机舱内沾染，机舱的进气道由防化学兵研究院安装了过滤设备，外皮上所有看得见的缝隙都贴上密封条。

地面上，许多人都捏着一把汗。飞机进入蘑菇云后，会不会被烧化？蘑菇云从戈壁滩上卷起的沙砾和石头，会不会损伤飞行发动机？在强烈的气浪颠簸中，飞机会不会折断翅膀？蘑菇云中的核沾染，会不会伤害飞行人员……

种种疑虑迭生，这也难怪。尽管科技人员已对穿云取样的安全程度作过论证，指挥所也对飞机进云的时间作了限定，但仍难消除所有疑虑。原子弹的巨大杀伤破坏作用，留给人们的印象太深刻了。

蘑菇云，令目睹者回忆时心有余悸。

郭洪礼机组的勇士面对“骇人”的蘑菇云，却丝毫没有犹豫，他们操纵着飞机义无反顾地钻进了蘑菇云。

蘑菇云内，烟灰弥漫，一片昏暗。飞机承受着比平日飞行多出好几倍的负荷，几乎失去控制。郭洪礼和副驾驶李传森尽力保持住飞机的正常状态，继续向前冲刺……

他们先后穿云三次，收集到足够剂量的样品后，飞机钻出了蘑菇烟云。

飞机刚刚降落，防化人员便急步向前，把取来的样品转送上另一架已经发动的运输机。运输机立即起飞，用最快的速度将样品送到北京。

当时的基地研究所取样队队长，后来担任过基地科技委主任的杨裕生少将回忆说：“在核试验的取样工作中，我们十分注意安全问题。空运样品回北京的安全问题，空军的同志曾在张爱萍副总长那里告了我们一状。装样品的铅罐是在北京加工好带进场的，壁厚 7 厘米，每只重 110 多公斤，上面有一个密合的大铅塞，屏蔽射线的效果是不错的。样品打算装在由北京专门加工的塑料口袋，用橡皮圈扎好后，外套一个口袋再用橡皮圈扎好，然后放入铅罐中，这样处理后放射性物质是不会漏出来的。空军不放心，他们担心空中气压比地面低，扎好的口袋里面气压高，气要向外漏，放射性物质也会跟出来，就可能沾染机舱，所以要求把口子封焊起来，确保不漏气。这种说法一时也驳不倒，又没法做试验。可是塑料布焊接袋口，试了一下，不好掌握。塑料布是单层受热，温度低了一层不熔化，焊不牢，温度高了，上层塑料布易出现溶洞。办法终究是人想的。我们决定土法上马搞焊接机，弄来镍铬丝一点一点把它砸扁成宽约 3 毫米的不锈钢带，将两条不锈钢带分别固定在两块木板上，相对一合通上直流电，摸索控制好通电时间和电流，用这个法子焊成长宽各 15 厘米的气泡，站上个人也压不破。这样形象地一表演，空军不提异议了，张爱萍也满意了。”

满载铅罐的两架伊尔-14 运输机，先后于 17 日、18 日降落在北京南苑机场。陆祖荫和杨裕生分别把装箱单交给原子能所来接样品的同志。参加协作的几十名同志和原子能所的同志夜以继日，利用多种方法和先进手段对样品进行了精心细致的反复分析，得出了核试验最关键的测试结果裂变燃耗和爆炸威力。在国防科委专门召开的一次会议上，据此确认我国首次核试验的爆炸威力为 2.2 万吨梯恩梯当量。

在以后的核试验中，虽然也运用无人驾驶飞机、火箭手段获取蘑菇云样品，但飞机穿云取样一直是一项难以替代的重要方式。

在天山脚下的一个军用机场，我采访了一群穿越蘑菇云的勇士们，那一个个难忘的镜头永远闪耀在罗布泊的蓝天上——

1976 年 1 月 23 日 14 时，核弹爆炸时，已于 13 时 55 分起飞的飞机，正到达距离爆心 170 公里的位置上。凤景泉戴着密封头盔，从余光中看见了爆炸的闪光。飞机在一闪光中形成了特殊的编队：飞在后边的僚机李国生，只能埋头看着仪表飞行；飞在前边的长机凤景泉却要向后看，向僚机编队……

1994 年 3 月 15 日，已任师长 8 年的凤景泉向我讲述当年的情景：

“我疗养归队刚下火车，乌指就下达了任务。军事常识告诉我们，核武器的杀伤作用主要有光辐射、冲击波和放射性沾染三种。该次核爆炸当量较小，为取样可靠，要在‘零’前起飞，按理论计算，爆炸时我们将处于光辐射伤害范围之内。就是说，本次取样不但要受放射性伤害而且还有受光辐射烧伤的危险，尤其是眼睛有闪光盲的可能，对空中编队飞行威胁是很大的。执行这种任务难度也是可想而知的。事前如果说没有顾虑是假的，对自身的影响将是直接的，我刚结婚不久，还没有孩子，将来还可能影响后代的健康。但是，想到党和人民为打破西方国家的核垄断、加强国防付出了巨大代价，看到科学家们企盼的目光，想到养兵千日，用在一时，决心带领战友们完成好这一光荣而艰巨的任务，在实际中接受党和人民的考验。

“1 月 23 日上午，晴空万里，我们在机场整装待发，为了取得人体试验数据，在飞行服外套了一件布质防化服算是‘防护’。13 时 45 分，我和僚机李国生驾歼六飞机准时离陆，飞向那神秘的世界。57 分，根据时间和地面指令，我们放下了头盔滤光镜。为避免光辐射伤害，李国生埋头座舱看着仪表飞行，我用左手推动笨重的密闭头盔，将脸转向右后方，从前面跟僚机编队。14 点整，天空闪过一道带蓝色的光芒，爆炸成功了。02 分，在前指通报后我们转入正常飞行，在预定方位上，我看见暗红色的蘑菇云正冉冉升起。其情形非常壮观。

“我迅速检查航迹，校正时间，下降高度准备穿过。还有 50 分钟，我们下到预定高度。为便于三点成一线选择穿云的最佳部位，我让僚机变为长机位置。这时我发现我们仍高于蘑菇云顶，即指挥李继续下降，高度 1850 米改为平飞，立即打开取样器仓门，并关闭座舱供气开关。只见橘黄色的蘑菇云翻腾着迎面扑来，我们相继钻进‘云’中。这橘黄色的‘云’在阳光照耀下，形成五彩缤纷的光点、光环，遥相辉映，非常奇妙。我顾不上欣赏，因云中能见度很差，舱盖上糊了一层黏乎乎的东西，我们失去了目视联系，我赶紧检查飞行参数和取样情况。李报告 1.5 伦，完成任务。我让其上升左转返航，而我的计量仅指 1.4 伦，虽符合 1.3 伦的最低要求，但还没有十分的把握。又有马吉平、王汝平双机紧随其后，我来不及多想，毅然调转机头再次钻进‘云’层。这次够了，超了，我把表位换到高档，加大油门快速飞回机场。”

翟守东现任师参谋长。他是当年唯一没有结婚而参加穿云取样的飞行员，按照必须成了家，有了孩子，才能参加穿云取样的条件，他可以不参加。可是，他毅然推迟婚期，全身心地投入了 1977 年 9 月 17 日的穿云取样。

“那天，核弹爆炸后，高空风挺大，蘑菇云在七八千米至一万米的高空翻腾，远看是白的，到跟前看是红的，像哈密瓜里边的瓤，还略深一点，红黄色，很纯，”他端起一块红瓤的哈密瓜，指着说：“就这个颜色！”

他由南向北穿过蘑菇云的上部后，已经取够样品，但向地面报告时没有讲那么多剂量，指挥所只好同意他二次穿云的请求。他蹬转方向舵回过头来，由东向西，瞄准二十几公里长的条状云带，从顶部斜穿到底部，狠狠地取了一下……

“原子武器这玩意儿是厉害。过去，我身体好，像虎一样，跑一天不知道累。这次穿蘑菇云飞回来后，直接拉到医院，白细胞一下子就变了，没劲。到杭州疗养，一洗头，掉一层头发，每次一捞，匝把匝把一小撮。”翟守东像在谈论一件无关紧要的事。

还有许多飞行员穿云取样的感人故事留在沉默之中。他们的情况各异：有的转业地方，有的仍在部队，有的不幸牺牲，有的光荣退休……

冲向核爆心

15 时，随着蘑菇云的升起，我国第一颗原子弹爆炸成功。人群沸腾了，人们相互握手，欢呼，高兴得跳了起来。

而这些防化战士们却来不及欢呼和庆贺，辐射侦察第一梯队五个车组的 25 名战士，从各自待机地出发，迎着滚滚烟云，开进了爆区。几个月的苦练，不就是为的这一时刻的到来吗？

这支后来被国防科工委命名为“核爆射侦察先锋连”的英雄队伍是 1964 年 5 月从北京来到罗布泊的。

为了在被称作“生命禁区”的核沾染地带踏出一条生命之路，他们不知流了多少汗水。

从 6 月 5 日开始，他们先在天山脚下的戈壁滩上进行了一个半月的适应性训练。

六七月份的戈壁滩，气温虽说不很高，最主要的就是干燥难耐。开始，全连干部战士 100%的都适应不了这种特殊气候。不少同志感到头晕目眩，好像有什么重物整天压在头上似的，常有战士昏倒在地。嘴唇干裂出血，更是普遍现象。因为气候干燥，还有很多同志流鼻血，有的打个喷嚏就引得血流不止。同时，还有不少同志因水土不服拉肚子。最令人讨厌的是那些又瘦又长的花蚊子，一到晚上，就成群结队，像轰炸机一样来咬人吸血，赶也赶不走，咬得人人全身都是疙瘩。

戈壁滩上这种特殊环境，对初到戈壁滩的全连官兵来说，确是严峻的考验。

在戈壁滩上，天最热的时候是在中午的 13 点到 14 点。为了适应在戈壁滩上执行任务的需要，连队决定，从 7 月初开始，每天上下午进行乘车训练。由于中午气温偏高，训练强度大，战士们排汗过多，体力消耗很大。训练中时有战士晕倒，返回驻地有的就瘫倒在地上站不起身来。食欲普遍减退，有很多战士干脆就不吃饭，身体明显消瘦。为了让战士们吃饭，连队专门进行思想动员，指导员丁志盛提出："要把吃饭当作一项政治任务去完成。"副连长梁庆照蹲到炊事班，想方设法地改善伙食。大家坚持吃饭，坚持训练，这样，体质逐步得到恢复和增强，耐力也由几十分钟增加到两个小时左右，越野的距离也从几公里增加到十几公里。

7 月 22 日，一连进驻位于试验场区的前进庄，不少同志认为既然叫前进庄，一定是个村庄，也会有商店。等一到目的地，大家才明白，所谓前进庄，既没有村也没有人，只是一片戈壁滩，下面竖着一个几十厘米高的木牌，上书"前进庄"三个大字，除此以外什么也没有。他们就在这片"天上无飞鸟，地上无寸草，风吹石头跑"的灰褐色戈壁滩上架起帐篷，垒起炉灶，安营扎寨。

从 7 月底到 8 月底，为连队现场训练阶段。8 月份，是戈壁滩上全年气温最高的一个月，阳光直射如喷火，气温常在摄氏 42 度上下，地表温度则高达摄氏 60 多度。走在沙砾上，胶鞋都被烫得变形，同志们常常被热浪呛的喘不过气来。帐篷里则像蒸笼一样，气温常在 45 度以上，连凳子、被褥都烫手，中午根本没法睡觉休息，但晚上却要盖棉被。

一个月训练，就是在这种恶劣的自然条件下进行的。根据戈壁滩的特殊环境，上级决定在执行核试验任务期间，凡是接触沾染物的，一律穿戴防尘服，连队为了从难从严训练，无论是乘车训练还是越野训练，都坚持穿戴防毒衣。

戈壁滩上，立上几个桩号就是一个训练场，但千里瀚海，没个遮荫的地方，裸露的皮肤一不小心碰到汽车外壳，就会被烫出水泡。车内就像一个烤饼炉，闷热灼人。为了完成光荣而艰巨的任务，大家咬紧牙关苦练。吴康生等昏倒了也不下车，爬起来继续练。战士石吉珊、杜广贤等，热得直呕吐，吐光了食物吐黄水，呕吐时他们也不摘面具，连吐在面具里的脏物都呛进嗓子里。

他们的徒步越野训练时间，仍然安排在每天中午进行，大家穿戴着全套防毒衣，在烈日下跑步，爬山，增强耐久力。由于训练强度大，大家体力消耗很大。通过 40 分钟的训练，体重普遍减轻二三公斤，积聚在防毒衣里的汗水，大都在 1.5 到 3 公斤之间，这样大强度的体力消耗，是常人难以忍受的，但大家觉得苦中有乐。“为了核试验，再苦再累心也甘”，这是当时大家的口头禅。最后，绝大多数同志的耐久力达到四个小时以上而且能保持情绪饱满。

现场训练头三天，由各排排长带领大家观察了解整个试验场区的布局，重点是熟悉场区的道路、地形等基本情况。随后，根据任务区分和行动方案要求，按组进行针对性训练。当时，试验用的各种建筑还没有完全竣工，有的项目还正在突击。许多地方没有路，车辆行驶非常困难。根据首次核试验效应物的布局，他们分为南、西、北三个大组。各自按照自己的方向和任务反复进行演练。训练中，各车组把进出的路线，各测试点的动作以及从隐蔽工号出发到完成任务返回洗消站的各路段所需要的时间，都计算得十分精确，烂熟于心。

取样分队的训练现场是在爆心的下风方向，离驻地远，没有道路，地形十分复杂。为了取得更多的训练时间，他们坚持中午不返回驻地，带着干粮吃在现场。

到 8 月底，10 个多月的严格训练全部结束，全连干部战士的军政素质得到了最大提高，一个个练就了过硬的思想、作风和技术，练就了强壮的体质和坚强的意志，为最后执行核试验任务奠定了坚实的基础。

预演中，副总参谋长张爱萍、基地司令员张蕴钰首长专程来到下风方向观看，检查了取样分队。张副总长问：“车子（汽车）在沾染区出了问题怎么办？”排长李秉太将预想方案和措施一一作了汇报。随后又在一个取样点上观看了他们的取样操作表演。他一边认真观看，一边满意地微笑着，表演结束后，张副总长说：“我们是一次试验多方面收获，因此，取样任务很重要，通过样品可以分析出试验效果，指导今后科研。在大面积沾染区内执行任务，地形复杂，要多想一些困难和问题，做到万无一失。取样任务很光荣。预祝同志们成功！”

他用右手握住李秉太的手说：“小鬼，很好嘛！”同时又用左手掀开他的防尘服，看了看他佩戴的少尉军衔。

随着核爆炸任务的临近，大家求战的心情愈来愈迫切。当时，确定第一梯队即“零后”首批进场人员名单，成了全连最突出、最难办的事，就像战争年代成立突击队那样，人人争先，个个踊跃，谁也不甘落后。

“零时”的日子渐近了，10 月 15 日，一连在驻地前进庄召开了任务前的动员大会。全连干部、战士心情激动，梯队代表，班、排代表争先恐后地表达决心。挑战书、应战书贴满了饭堂。战士们请战情绪十分高涨，不少同志跑上台抢着发言。“闪光就是命令，烟云就是方向”这几个字，就是战士李万录用鲜血写成的决心书上的两句话。

原子弹爆炸后，他们先后出车 42 组次，圆满完成了对爆区、云迹区地面照射和放射性沾染边界的测量标定。三个小时后，航测侦察队坐着飞机进入了蘑菇云存在过的空间……十几个小时内，他们先后出航 10 架次，取得了 3000 多个科学数据。这时，担负核爆炸后样品回收工作的取样小组，也全部取回放置在爆炸区的各种综合测量仪。

排长李秉太在完成跟随炮伞分队剂量监测的任务后，啃了几口馒头，又同取样分队冲进爆区。他回忆说：

“我的任务是带领八班在云迹区内回收样品盘。样品盘分布在下风方向云迹区两条线共 20 个点上，每个点上有 2 个约 80 厘米见方的瓷盘即样品盘，它们被固定在一个支架上，两盘之间装有钟控装置，可按预定时间使瓷盘自动打开或关闭。下风方向云迹区，地面放射性沾染面积大，核辐射强度高，路线远。执行任务中，我们要横穿云迹区，通过‘热线’（云迹区的中心线，核辐射强度高，温度最高）。但此时，战士们想的并不是个人安危，而是祖国和人民的需要，大家决心用个人的‘失’去换取党和人民的‘得’，不管遇到什么情况都一定要完成任务。

“按照事前的安排，我们 6 个人分乘两辆嘎斯 63 车，包括司机每组 4 人，一个组负责一条线。我和张全生、李清太一个车组，主要负责第一条线。

“一出前进门，我们就急速地向云迹区冲去。司机加大油门，里程表上的指数指到 90 公里，我们还是觉得车速慢。路面都遭到不同程度的破坏，有的路面上堆起厚厚的沙土，高速行驶的嘎斯 63 车，将地面上放射性灰尘高高地抛向空中，落在我们身上，可大家只把它当作普通的尘土，全然不顾。

“进入作业区，我们立即投入到忙而不乱、紧张而又有秩序的工作中去。大家小心翼翼地从支架上取下样品盘，又用双手一个一个地把它们包起来装进样品箱。样品盘里积存的全是核爆炸碎片和从蘑菇云中降下来带放射性的沉降物，大多是不规则的黑色颗粒状，有的还闪闪发亮，像蓝黑色的琉璃球，直径最大的约有一厘米，绝大部分只有小米粒大小。大家都明白，每个样品盘就是一个强放射源，这里虽然听不见枪炮声，但仍然是一个特殊的战场，同样存在着生与死的考验。但当时我们想到只是多回收几个样品盘。‘零前’上级交给我们的任务是回收 6 至 10 个样品盘，结果我们回收了 40 个……

“‘零后’第二天，也就是 10 月 17 日，我带领西线车组，第三次进场执行任务。这次是侦察辐射剂量。车组也是 4 人，成员有石吉珊、孙兴娃，司机是苏遮。

“西线的道路已和戈壁滩混为一体，分不清哪是前进的路线，有时遇到松软的沙土，车轮打滑不能前进。

“当我们车组艰难地行驶到离爆心约 2800 米的地方时，发现 0.1 伦/时的沾染边界，我们随即停车，穿戴好防尘服，做完记录和地面标志后继续向爆心侦察。侦察到 10 伦/时的地方时，离爆心只有 900 多米，这时我们发现原高 100 多米的爆心铁塔，只剩下下端的一部分，估计不到原来的三分之一，就像面条似的弯弯曲曲地躺在地上，在爆心半径约 100 米左右的范围内，地面上的沙石像被熔化了似的，蓬软暄松，在阳光的照射下，闪闪发亮……”

毛泽东——是不是真的核爆炸要查清楚；周恩来——大家可以欢呼，但可不要跺坏地板啊

党中央期待着核爆炸成功的消息。

1964 年 10 月 16 日 15 时零 5 分，刘杰办公室接到场区指挥部李旭阁电话报告：

“原子爆炸，两小时后报结果，爆炸成功。”

15 时零 7 分，聂荣臻元帅来电祝贺：

“爱萍、西尧同志：

消息传来，深为兴奋，特向你们并通过你们向参加这一次试验工作的同志致以热烈的祝贺。”

15 时 30 分，彭真同志来电祝贺：

“完全按照你们的计划成功了，很好，向你们表示祝贺，并转告全体同志。”

15 时 35 分，杨成武来电祝贺：

“祝你们成功，这是党的胜利！人民的胜利！”

祝贺电话一个接一个的飞向罗布泊。

二机部部长刘杰回忆说：

周总理亲自主持对气象等有关爆炸试验时间的问题研究以后，1964 年

10 月 14 日，他下达核装置就位的命令。10 月 15 日，周总理在电话上问我：“试验可能会发生什么结果？”我说：“有三种可能，第一是干脆利索，第二是拖泥带水，第三是完全失败。”最后我满怀信心地说：“第一种可能性最大。”周总理叮嘱说：“要做好以防万一的准备工作。”随后就把爆炸试验时间定在 10 月 16 日 15 时。

首次核试验，张爱萍同志担任试验场总指挥，我在北京负责前后方与中央的联络。试验的当天，我在二机部的办公室里，守候在电话机旁；周总理在他的办公室，密切注意这次试验。爆炸时间到了，我在电话里听到了第一颗原子弹爆炸后参试人员的欢呼声。张爱萍同志报告原子弹响了。我立即向总理报告了这一喜讯。总理马上向毛主席报告，并传来主席的指示：是不是真的核爆炸，要查清楚。我立即转告张爱萍同志，他说，爆炸后的火球已经变成蘑菇云。我再次向总理报告了这一情况。主席指示，还要继续观察。总理要我们注视外国的反映，完全证实后再公布。

17 时 50 分，一份详细的文字报告经多方专家之手，由张爱萍和刘西尧签发，报给了设在北京二机部的 17 办公室，然后由刘杰部长报告给周总理。

报告写道：这次爆炸确是原子弹爆炸。

报告特别分析了爆炸的梯恩梯当量，证明与设计基本一致。

中国的核爆炸很快得到了东京的反应，说中国可能在它的西部地区爆炸了一颗原子弹。但是，由于同时在海上发生地震，发生两个震波相混，因此，还要进一步检测方能确认。接着，收到了美国关于中国爆炸原子弹的广播。当天傍晚，毛主席、周总理、刘少奇等中央领导同志在人民大会堂接见音乐舞蹈史诗《东方红》3000 多名演职人员。总理向大家宣布：我们的第一颗原子弹爆炸成功了！

国防科工委政治部创作室作家王振贤，对那激动人心的场面记忆犹新。

那天下午 3 点钟，是中央首长接见《东方红》全体工作人员的预定时刻。几千人早早就站列在了人民大会堂里半圆形合影台架上，怀着激动的心情翘首盼望着。

3点钟到了，首长们并没有出现。

4点钟又过去了，他们还没有来。

时针伴着心跳，在难挨的分分秒秒里，大家静静地却又急切地等待着，等待着……

5点钟，灯光亮了，掌声响了！几千人一齐把目光集注在一个方向。

毛泽东主席、刘少奇主席、朱德委员长和许多中央首长在周恩来总理的引领下健步走进了大厅，一个个神采奕奕、容光焕发，频频向大家挥手。

他们走到了圆心，和大家一起鼓掌。

周恩来总理、毛泽东主席到话筒前讲话，而毛主席执意要让周总理去讲，两个人的你请我让引起大厅里一阵更加热烈的掌声和欢笑声。最后主席说："今天应当由你讲，今天一定由你讲。"总理才走到话筒前。

总理炯炯的目光环视了一下大厅，又引起一片掌声。他笑着，笑得开心，笑得舒畅。大家也都笑着，笑得由衷，笑得甜蜜。总理平抬起双臂手心向下轻轻一压，大厅里安静了下来。

"同志们，请大家都坐下。"

像世界上最训练有素的部队，几千人一下子都坐在了自己脚下的台架上。

"因为，我们的合影架子还要接待很多人，还要留着接待外国人，我怕你们一高兴把它踩塌了。"

笑声哄堂而起，随即就静止了。大家都要听总理讲高兴的事。

总理轻轻吐了口气："我向大家报告两个好消息。"他举起一个指头，"一个，赫鲁晓夫垮台了！"

"噢——！"欢呼声震耳欲聋，所有的人都用最强烈的声音扫荡着几年来受那个光头压憋在心里的一口窝囊气！这欢呼声如长江黄河的大浪大潮奔泻万里。直到总理背后的毛主席一再含笑示意，大厅里才渐渐恢复安静。

总理提了口气，一反他平日的温文儒雅，用非常高亢的声音："第二，今天下午三点，我们的原子弹爆炸成功啦！”

一声惊天动地的春雷，轰鸣着回响着，掀起大厅里翻江倒海般的欢呼！人们忘情地呐喊鼓掌，掌心里拍溅着激动的泪花。热流一浪高过一浪，如大潮，似海啸。几百年的坚韧，几千年的豪迈，汇集起来，大潮怎比，海啸哪堪！在模糊了的视野里，领袖们在握手，在拥抱，也在呐喊，也在欢笑。在沸腾了的人群里抒发着人间最激越的欢快！

当晚22时，中国第一颗原子弹爆炸成功的新闻公报发表了，让所有的炎黄子孙都扬眉吐气的声音久久地在蓝天大地间回荡——

一九六四年十月十六日十五时（北京时间），中国在本国西部地区爆炸了一颗原子弹，成功地进行了第一次核试验。

中国核试验成功，是中国人民加强国防、保卫祖国的重大成就，也是中国人民对于保卫世界和平事业的重大贡献。

中国工人、工程技术人员、科学工作者和从事国防建设的一切工作人员，以及全国各地区和各部门，在党的领导下，发扬自力更生，奋发图强的精神，辛勤劳动，大力协同，使这次试验获得了成功。

中共中央和国务院向他们致以热烈的祝贺。

中国进行核试验，发展核武器，是被迫而为的。

中国政府一贯主张全面禁止和彻底销毁核武器。如果这个主张能够实现，中国本来用不着发展核武器。

大家知道，毛泽东主席有一句名言：原子弹是纸老虎。过去我们这样看，现在我们仍然这样看。中国发展核武器，不是由于中国相信核武器的万能，要使用核武器。恰恰相反，中国发展核武器，正是为了打破核大国的核垄断，要消灭核武器。

中国的命运决定于中国人民，世界的命运决定于世界各国人民，而不决定于核武器。中国发展核武器，是为了防御，为了保卫中国人民免受美国发动核战争的威胁。中国政府郑重宣布，中国在任何时候、任何情况下，都不会首先使用核武器。

中国政府完全理解爱好和平的国家和人民要求停止一切核试验的善良

愿望。

我们衷心希望，核战争将永远不会发生。我们深信，只要全世界一切爱好和平的国家和人民共同努力，坚持斗争，核战争是可以防止的。

中国政府向世界各国政府郑重建议：召开世界各国首脑会议，讨论全面禁止和彻底销毁核武器问题。作为第一步，各国首脑会议应当达成协议，即拥有核武器的国家和很快可能拥有核武器的国家承担义务，保证不使用核武器，彼此也不使用核武器。

如果已经拥有大量核武器的国家连保证不使用核武器这一点也做不到，怎么能够指望还没有核武器的国家相信它们的和平诚意，而不采取可能和必要的防御措施呢？

中国政府将一如既往，尽一切努力，争取通过国际协商，促进全面禁止和彻底销毁核武器的崇高目标的实现。在这一天没有到来之前，中国政府和中国人民将坚定不移地走自己的路，加强国防，保卫祖国，保卫世界和平。我们深信，核武器是人制造的，人一定能消灭核武器。

第十章

分娩在天空

天空的怪异现象

中国第一颗原子弹的震波还未消失，世界就惊奇地发现，罗布泊正孕育着一次新的爆炸。

1964 年 12 月 17 日美国《基督教科学箴言报》刊登的署名布伦的一篇报道写到："北京的飞机继续每周落在中共准备进行另一起核爆炸的新疆塔克拉玛干沙漠的小型机场上……" 1964 年 11 月 15 日，我空军部队击落侵入我国上空的美国军用无人驾驶高空侦察机一架；1965 年 1 月 8 日、4 月 3 日和 4 月 18 日，我空军部队又分别击落侵入我领空的美 U-2 型高空侦察机和美制蒋军的 RF-101 型飞机。

侦察卫星、U-2 型飞机又一次紧急出动，罗布泊的上空时时闪烁着窥视的眼睛。

紧张、神秘的气氛笼罩着核试验场。

基地的老摄影家陈书元告诉我："有一天，我从七二〇指挥部八一厂导演杨采住的那个地窝子出来，刚一出门，就觉得眼前一亮，听到一阵轰隆轰隆的响声，抬头一看，一个脸盆大小的火球从头顶盘旋而过，从东南往西北方向飞去，当时大地一片通红。许多人都跑出来看，谁也说不清咋回事，最后火球突然在西北方的山峦中消失了……"

在前两次核试验中一直在张爱萍身边工作的科委二局的参谋姚献新回忆说："那时有很多异常现象，连续几天空中出现一个亮点，白天也能看见，查来查去，不是咱们自己的气球，气球也飞不了那么高，更不是飞机，没闹清是咋回事，后来就突然消失了。每到刮风的晚上，天上出现许多小红点，一会儿一个红点，一会一个红点，从西北向东南方向飞……"

据说，一连几天的傍晚，罗布泊西南的天空都像是挂着一道血色的幕帐，通红、透明，不少人议论，这是天要分娩了。

随着训练投弹的飞机一次次从头上隆隆飞过，人们都觉得天空突然变得神秘起来。

紧张归紧张，神秘归神秘。新的核爆炸的准备工作仍在有条不紊的进行着。

1965 年 5 月 14 日 7 时 13 分 30 秒，西部某机场，一架喷气轰炸机腾向蓝天。

机场上，气氛平静而又紧张，二机部副部长刘西尧、李觉和兰州军区空军副司令员袁学凯，九院副院长陈能宽等注视着远去的战鹰，久久地挥动着手臂……的确，天空要分娩了。

迷路的汽车差一点跑出国境线

从起飞到罗布泊核试验场区有 1 小时 50 分钟的航程，茫茫云海中，机组的六位同志心里都很激动，他们执行的是我国第二次核试验任务，也是第一次空投原子弹试验。

1964 年 10 月 16 日，我国第一颗原子弹用地爆形式试验成功。但西方一些军事情报部门对此不屑一顾，认为那次爆炸的不过是个“原子装置”，至少还要过好些年中国才能使核武器适应飞机使用，有真正的原子弹。

其实，中国首次试验的核装置，起初是按空爆要求研究、设计的。核航弹是由飞机携带的原子弹。它由核装置、引爆系统和航弹壳体组成，并与携带它的飞机紧密协调，构成一个有机整体。核武器研究所的科技人员在郭永怀的指导下，从 1960 年 4 月开始，先后设计了三种核航弹壳体的气动外形模型。在国防部五院和北京航空学院的协助下，他们进行了多次低速与高速风洞试验，初步确定了核航弹体的外形、阻力系数，制成了缩小比例的空投模型，并于 1961 年 10 至 11 月在西北综合导弹试验基地进行了空投试验。1962 年年底，又进行了全尺寸的空投模型试验。根据反复试验的结果，最后选定了一种气动外形方案，并按此方案进行航弹弹体的结构设计和加工。

首次核试验方式定为塔爆后，核航弹的研究工作仍在继续进行。

1963 年，核武器研究所与空军某独立团协作，进行了引爆控制系统的飞行试验。

这次试验的目的有两项：

考核引控系统工作是否正常、程序与预估值有无差别。

弹道飞行试验。

试验航弹是在北京花园路五号研究所的那间模型厅内装配的。

在车间总装与测试中，张爱萍上将来了，刘西尧副部长来了。张爱萍上将参观那天，正好是美国总统肯尼迪遇刺，报上未登出来之前，他说：“我告诉大家一个好消息，肯尼迪被刺身亡了。”张爱萍、刘西尧看了测试演示很高兴，四发试验弹已全部备好发运。测试车、工程车均已按计划做好了发车准备，但由于西安霸桥一列西去客车和一辆载炸药的军用汽车相撞，造成事故。所以公安部通知参试人员晚走。待查明是否是针对这次试验的，再定出发日期。

出发的日子终于到来了，1963 年 12 月 1 日，龙文光、疏松桂带领试验队奔赴大西北的 14 号机场。

从 1963 年 12 月初开始，试验弹放进了机场的大机库，接着一个个地测试，调试，安装完毕，一切就等天气晴朗了。

这时郭永怀副所长也来到了试验基地，当时天气极冷，弱水河已全部结冰。每个人全副皮衣、皮帽、皮手套武装了起来，而他因个子太高，除皮鞋合适外，衣裤均无合适的。最后找了一件大号军大衣穿上御寒，也才能刚刚到他的膝盖，他也不戴帽子，满头银发在寒风中飘动，这形象，一直使年轻的科技人员记忆犹新。

严冬的戈壁，寒气逼人，气温在零下 20 摄氏度以下，郭永怀同青年人一道在戈壁滩上一整天、一整天地工作着，返回营地时，总是繁星点点，沙漠中除了围在一起的驼群与赶骆驼的人燃起的篝火外，一片寂静。

有一次，在返回的途中汽车迷失了方向，在沙漠中跑了半夜，幸亏基地来寻找的同志及时赶到，要不，差一点就跑出国境线到蒙古国了。

12 月 28 日，投了第一发试验弹，元旦后又接连投了两发弹。1964 年 3 月，在分析测试的数据及计算了实际弹道后，又找出了调整修正的具体方法，并对误差原因进行了分析计算。

首次核试验成功后，核武器研究所的科技人员根据核航弹的战术技术要求，对核装置的理论模型进行改进，提高了结构的可靠性。在疏松桂、俞大光主持下，设计人员在三个月内完成了遥测系统的设计。空投训练用的模型弹以及“冷”试验和正式试验用的核航弹，分别于 1965 年 3 月底和 4 月中旬在西北核武器研制基地总装完毕，并经大型振动、温度和模拟环境条件试验。

1993 年夏天，在大西南的一座科学城里，我找到了当年核武器工厂的副总工程师龙文光，提起核航弹的试验，这位年逾八旬的老人仍十分感慨：“哎呀！嗨！有一次振动试验，是我在现场指挥的，是在青海做的，在一座地堡里头试验，那东西里头都是真炸药，雷管也都装好，振动时间按飞机飞行两小时计算，两个人都撤到两公里外去了，炸药要是炸了，顶多设备垮了，人不会出问题……为了安全问题，真是伤脑筋透了。”经过各种试验证明核弹结构可靠，引爆控制系统和遥测系统性能正常，可以满足飞机运载和空投的要求。

于福海——差一点炸掉了靶标外的一座桥梁；张爱萍——投到哪里算哪里

1962 年于福海所在机组就受领了准备空投原子弹的任务，并开始试验空投原子弹的弹道。既无资料又缺飞行经验，于福海在投原子弹这种机型飞机上的总飞行时间还不足一百小时。他们在配合核工业部九院工作的过程中，先后在两年多时间里，艰难地探索着、试验着。于福海从瞄准投掷的角度，主动积极地提出了一些很有见地的科学思想，经反复协同论证，解决了一个又一个理论和技术难题，终于使有关部门编制出了我国第一代航弹的飞行弹道表。

1965 年春节刚过，当时的空军领导同志就亲自到部队传达了党中央和中央军委关于首次空投原子弹的命令，并确定李源一机组为执行任务的正式机组。机组成员有：航空兵独立 4 团副团长、第一飞行员李源一，第一领航员于福海，第二飞行员刘景新，第二领航员张公祥，通信员孙兴富，射击员韩惠安。

首长代表空军党委提出了“必须以最大的干劲、最高的标准、最严的要求完成试验任务”的口号。李源一当时 36 岁，于福海 33 岁，他们满怀信心地向空军首长表示：“我们有信心克服一切困难，有信心为祖国投好第一颗空爆原子弹！”在很长的时间里，他们两人一直在一个机组，互相都知道对方的经历，李源一是在抗美援朝期间轰炸大和岛的二等功臣，于福海是全团投弹的技术尖子，他们确信自己能完成这一光荣而艰巨的任务。

机组全体同志齐心协力。天上飞，地上练，白天投弹，夜晚总结，摸索提高投弹精度的规律。于福海计算、积累光学瞄准的各种数据，更是废寝忘食。眼看机组的同志一个个瘦了下来，但是轰炸训练成绩显示图表上，却是一条不断上升的曲线。在第一个月训练结束的最后一次飞行，他们投了 3 颗训练弹，其中最后一颗落在距靶心 35 米的地方。大家对指挥部规定的先连续 3 次把第一颗弹投在 300 米以内，进而保证投入 200 米圈中，最后突击 100 米大关的训练目标，充满了信心。

天有不测风云。大戈壁上的季风一反惯例，提前来临，西部高空终日涌动着恶劣的气流。这些，给操纵飞机带来很大的不便，给领航员于福海造成的困难就更是难以想象了。从万米高空看去，靶标小如硬币，飞机一遇上恶劣的气流，靶标在瞄准镜中就忽上忽下，忽左忽右，忽而闪现在眼前，忽而又逃得无影无踪。于福海俯身瞄准，眼睛不知被瞄准镜掸了多少回，简直没有办法把瞄准镜中的十字标线稳稳地压在靶标上，哪怕只压上 20 秒、30 秒。差之毫厘，失之千里，几个飞行日下来轰炸训练成绩显示图表上的曲线折而向下，又回到了开始起步的位置。

一次轰炸训练，正好遇上剧烈的高空气流，而投出的两颗弹偏偏又构造不好，结果落在离靶心 2000 多米的地方，另一颗干脆找不到在何处。接着，在掷 250 公斤航弹训练中，于福海心情紧张地按下按钮，炸弹晃晃悠悠地投了出去，一报弹着点，偏离靶心 690 米，差点炸到了靶标外铁道兵修建的一座做效应用的桥梁。

问题在哪里呢？许多同志多日来积聚的焦躁情绪爆发了。“于福海怎么搞的，大家给他提了那么多建议，可他连一点点进步也没有。”“该增加预备机组的训练强度了。”“不行就干脆把正式机组撤下来，用预备机组顶上去！”于福海心情十分沉重，但又非常委屈。他苦恼，睡不着觉，轰炸训练成绩下降，确确实实是因为高空气流难以对付，预备机组上来可能还不如我。但是像现在这样，怎么能完成任务？如果正式投也遇上了恶劣气流把弹投偏了，那造成的损失就大了，自己这一辈子也就窝囊了……一时间，大家心绪不定，思想动荡，出现了一些混乱。

首长们及时觉察到这一情况。

这个团的副政委于复祥是个老功臣，在战争年代就荣获过“模范政治工作者”的称号，他发现问题后立刻找到李源一交换意见，两人很快统一了思想，坚定地表示不撤换正式机组，排除了内外部的压力，马上把军心稳定下来。

当时的兰州军区空军副司令员袁学凯还亲切地把他们召集起来谈心。他说：“虽然有的弹投偏了，甚至投飞了，但是我们应该看到每次投出的第一颗弹，都比前一个飞行日投得靠靶心近，这肯定你们训练是有成绩的。”他还说：“不能把问题都集中到于福海一个人身上。飞行员有没有问题？高度、速度、飞机的空中姿态，都保持很好了？我就发现进入轰炸航路后，标图板上的标线不稳定。机务上呢？自动驾驶仪度偏航的毛病解决得怎么样了？瞄准具上陀螺仪摆动的情况还有没有？其他各种工作都要从自己这方面细致地发现问题，彻底地解决问题。这就是集体的力量，我们就是要发挥集体主义精神来克服眼前的困难。”

兰州军区空军刘镇副政委亲自找于福海促膝交谈。他肯定了于福海技术上的长处和训练中作出的巨大努力，同时也指出于福海考虑个人得失，给自己背上沉重的思想包袱。当时刘镇笑着批评说：“应考虑的是党和国家的大事，考虑怎样战胜困难，不能只想自己如何如何，真的投不好，也不能把你杀了，就是杀了你，也不解决什么问题嘛！”

张爱萍上将以特有的方式表达了对机组的关心——送来了一箱库尔勒香梨。那段时间飞机正要做定期检查工作，机组集中了几天，学习毛泽东同志的《矛盾论》《实践论》等哲学著作，冷静地总结经验教训。于福海读了徐寅生《关于如何打乒乓球》的文章很受启发，很快去掉了思想包袱，增强了“闯”的信心，运用辩证法来分析投弹中遇到的种种问题。李源一根据预备机组的经验，同刘景新一块对飞行员进入轰炸航路后的驾驶动作进行了科学的分析，一个集中精力保持高度，一个集中精力掌握速度，控制飞机的颠簸和摆动，保证于福海瞄准时不受干扰。就这样，大家集思广益，提出了一整套提高投弹精度的方法，机组内部也更加团结了。机组以崭新的面貌和姿态投入到训练之中。

正式投弹的日子越来越临近了。一天，直接指挥这次试验的张爱萍副总参谋长从指挥部来到机组，他传达了周总理和军委首长对机组的指示和亲切问候。临别时他轻松地说：“精神一定不要紧张。能投到 100 米以内最好，投到 200 米以内也行，就是投到靶标外面也没什么大不了的，不过在效应方面取得的数据要少一点罢了。投到哪里算哪里，重要的是我们从中获得经验，为今后的核试验打下基础。”说来也怪，从那以后，机组轰炸成绩持续地、迅速地提高，超过了以往的最高水平。训练归来，李源一常常都要感叹一番：“张副总长‘投到哪里算哪里’的话，有辩证法，有用兵之道！”

罗瑞卿——这件事还丝毫不能松懈

这次核试验的总指挥仍然是张爱萍。

国防科委和国防工办在组织实施原子弹塔爆试验的同时，即进行了原子空爆试验的准备工作。

1964 年 12 月，总参谋部、国防科委拟定了空中核爆炸试验方案，确定空爆核试验的目的是验证原子弹在动态情况下的技术性能，测定其威力，为改进设计提供依据，同时进行比较全面的效应试验，并要求在 1965 年 5 月 1 日完成一切准备工作。中央专委批准了这个方案。

到 4 月 11 日，核试验基地和铁道兵、石油部等单位的施工队，共完成设置靶标和雷达反射器、测试和效应试验等 351 项工程。设备安装人员经过 20 天的紧张工作，完成 727 台（套）控制与测试仪器设备的安装，并先后进行了 48 次联试，完成了综合预演的准备。总参气象局、空军司令部和兰州空军气象部、西北综合导弹试验基地、核试验基地气象部门组成的气象保障组，在总参气象局主持下，将大范围的天气趋势、场区各台站观测的实况、地方性的天气变化结合起来进行分析判断，基本掌握了短时好天的出现、持续和消失的基本规律，并利用现有的一切观测设备、器材，千方百计地监视场区天气的实况演变，检验预报的准确程度。

通信部门研究了各个阶段的工作重点，制定了保障计划，检查了通信设备和线路，反复演练了程序动作。总参军训部组织有关军兵种的战术分队，做好了利用这次核试验进行核爆炸条件下战术演习的准备工作。

3 月中旬，张爱萍、张震寰等到飞行训练场和核试验场区检查了机组投弹训练和现场各项准备工作情况。

3 月 20 日，中央专委研究了核航弹试验准备工作。周恩来在会上强调指出：这次试验一定要准备好，要吸取上次核试验的经验，更周到、更细致、更妥善地做好全面安排。在效应试验上，要搞清楚在空中、地面各种条件下杀伤和破坏的威力半径。总之，凡是通过试验应该得到的数据和资料都要得到。中国反对核讹诈和核威胁，不主张搞几百次核试验，因此我们的核试验都要从军事、科学、技术的需要出发，做到一次试验全面收效。会后，张爱萍、张震寰将这次空爆核试验的基本测试、效应试验、战术演习和核试验场外放射性烟云的侦察，以及地震、微气压、地面放射性微尘测量等全面安排情况，报告了中央专委，并经刘少奇、邓小平、彭真圈阅。周恩来还向中共中央政治局常委面谈了这次试验的准备情况。

3 月 30 日，罗瑞卿在张爱萍的报告上批示："这件事还丝毫不能松懈，还需精心研究，精心计划，不断检查，不断落实。有些事情还要反复演练，宁肯做一些重复劳动，把问题想得深一些，使之不致有任何漏洞，影响安全，特别是影响一次成功……我们的着重点，特别要放在充分看清那些（与首次试验比较）不同处，看清那些不同处中带关键的问题，认真加以解决。力争打一个有准备（准备得很好）、有把握（把握性很大）的漂亮仗。”

4 月 28 日，按正式试验程序进行了全场综合预演。李源一、于福海机组于 8 时 50 分在试验场区投了第一个冷试验弹，并按时爆炸，爆炸投影点在靶心东南 96 米，引爆、遥测系统工作正常。各种地面测试仪器设备工作基本正常。组织指挥和各项勤务保障都按协同动作要求完成任务。预演后，各单位针对暴露出的问题进行了查缺补漏，完成最后准备。与此同时，中央专委、中央军委批准由 90 人组成第二次试验委员会，张爱萍为主任委员，刘西尧等 9 人为副主任委员，统一领导试验工作。

5 月 1 日，气象部门预报，5 月 9 日至 15 日可能出现符合试验条件的气象。张爱萍等向中央专委、中央军委建议在此期间选择一个好天气，进行正式试验，并得到毛泽东、周恩来的批准。周恩来强调试验必须有把握，不要勉强。

7 日凌晨和 14 时，试验委员会主要领导人与专家、气象预报人员一起两次进行了研究，认为 8 日可能出现符合试验要求的天气，建议在 8 日进行试验。周恩来、罗瑞卿随即批准了试验委员会的建议。与此同时，周恩来找杨成武、罗舜初等，就加强战备、场区外放射性烟云径迹侦察及地面沉降测量等工作做了部署。

地勤人员的土办法

这一天终于来到了。为了这一天，空军地勤的同志们也非常辛苦。他们起五更、睡半夜，为准备原子弹的空爆试验日夜奔忙，遇到问题，他们想尽一切办法加以解决。比如前面的自动驾驶仪的误差，那是苏制杜-16 轰炸机原有的设备问题，进入轰炸航路后，飞行员打开自动驾驶仪，把飞机就交给了第一领航员，这时飞上一两分钟，飞机就出现 3 度左右的偏航，一般的投弹还可以应付，投原子弹就远远不能适应了。那时我国只有两架杜-16 轰炸机，更谈不上有什么更好的设备可以替换。地勤同志不为困难所阻挡，因陋就简，反复试验，最后用一截降落伞上的橡皮盘来克服自动驾驶仪扭转力。别看这种东西土里土气的不正规，但在当时那种艰苦的条件下却是解决了大问题。再如，对这次原子弹空爆试验，设计、制造单位提出了很高的要求。防碰撞、防震动、防潮湿、防酸、防碱，有这么几防就已经够娇贵的了，还要求保持恒温 20 摄氏度正负不超过 5 度，冷了不行，热了也不行，他们为此费了不少心血。装飞机，为了求得最佳平衡位置，常常头天晚上几个人一宿不睡，一架飞机一架飞机地画装机位置图，根据工厂提供的几十箱部件的有关数据，一箱一箱地事先安排位置，算好重量。保温问题，更是费事。有一次，春寒未尽，起运地的天气还挺冷，部队都穿着棉衣，夜晚的寒风还割耳朵，伊尔-12 飞机机舱不密封，他们事先在飞机内壁贴了一层玻璃纤维，垫上泡沫塑料，再粘贴一层隔热漆布，制成保温衬壁。

在正式空爆的前一天晚上，整整一夜，机场上人来人往，地勤人员异常忙碌。晚上给飞机加温，每架飞机用两台加温炉，安放在距飞机两三米的地方，将空气加热后送入机舱。部件到达机场后，从汽车上卸下就往飞机上装，那时机舱里的温度也正好达到要求。机务人员一直在现场照应着装舱，监测着温度。杜-16 飞机弹舱加温更是费事，除了贴装保温衬壁，使用加温炉以外，还特制了一个加温帐，把弹舱整个围罩了起来。在飞行前 4 小时，机务人员就进机场加温，在加温帐内，接受已安装好的原子弹，组织挂弹以及挂弹后的测试。

这天晚上，李源一、于福海躺在床上辗转反侧，把投弹程序和要领默记了一遍又一遍，预想了很多可能出现的意外情况，焦急地等待着起床。

他们终于驾驶飞机带弹起飞了。每个人的心情虽然都异常地激动、兴奋，而且紧张，但飞机在他们手中仍然像平时一样，矫健轻盈地通过机场上空，柔和地拨转机头，向西飞入云絮重重的航程。他们都知道，弹舱里挂着的，已不是经常投掷的那种水泥训练炸弹，也不是装着梯恩梯炸药的普通航空炸弹，那是一枚球型、乳白色的原子弹。他们明白，那些科学家，还有首长们和战友们，为什么在飞机滑向起飞线直至已经在空中收起起落架的时候，一直高高地扬起他们的右手，久久不愿放下。

周恩来决定试验紧急刹车

1965 年 4 月 1 日，在青海核武器研究基地厂组成首次国家空投试验的工作队第九作业队。这次核试验共准备了冷弹两发（遥测系统用）、热弹两发（核爆用）。在投遥测弹时发现气压引信仍有提前动作一百米的情况。当时工作队队长李觉、陈能宽与总体组组长龙文光、系统组惠中锡以及试验组秦鹏飞、系统组刘敏讨论、分析原因。随即作了修正。

1965 年 4 月 20 日、24 日、5 月 4 日连续进行了配重弹与遥测弹的试验。为了了解靶场气象，机场与试验基地 720 气象台建立了专线，每日三次通报场区气象，为捕捉空投时气象修正作准备。

1965 年 5 月 6 日接到中央命令，试验进入 48 小时准备。一切准备井井有条，机场岗哨全换了大学毕业下连当兵的学员，通讯、机场均进入了准备阶段。李觉坐在装配车间的一把折叠椅上，旁边的一个小凳上摆着一包花生米和半瓶白酒，实在疲倦了就抿上一口；一切测试停当，大家都只能睡在原子弹旁铺的泡沫塑料上。

第二天夜里，已临近试验了，他们仍在弹旁休息，伙房送来了各式粥与包子、牛奶、点心，直到半夜，周总理仍不断来电话询问实验准备情况，刘西尧、李觉每隔一会儿就用直通电话向总理汇报各程序工作情况。周总理在电话中询问：安西放牛放羊的人都回去没有，下风方向的水井加上盖子没有，柳园的火车准备好没有。刘西尧一一作了回答。电话中，周总理特意嘱咐，让飞行员好好睡觉。

夜里三点，刘敏、梁玉舟、疏松桂由小车送至机场塔台，与罗布泊 720 气象站宋崇喜参谋通了话，并预报了气象，他们准备早 6 时全部撤出 720 站了。通报气象后互相祝贺成功！经刘敏作了计算，梁玉舟作了检查，疏松桂主任复查了计算后，小车送他们至停机坪，停机处灯火辉煌，弹已挂好，地勤人员已在等刘敏调表了。刘敏戴着白手套，打着手电筒爬上飞机，为防止工作钳不慎落入弹仓，他用绳子把钳子挂在脖子上。

当调完后，疏松桂与陈能宽副院长一一作了最后检查，而后盖好口盖。

这时，天快亮了。早晨 8 时飞机已滑至起飞线。可是，试验场区上空出现了东风层。8 日晨升到 9000 米。若在这种情况下进行试验，不利于参试人员和场外居民的安全。预报组的同志出于对事业的高度负责和严肃的科学态度，几次向有关领导报告了气象情况。张震寰、张蕴钰立即组织有关人员进行了可能的沾染范围计算，结果表明，如进行试验，将会对场区造成污染。6 时许，张爱萍在罗布泊立即与周恩来通话，汇报了这一情况，周恩来当即确定暂停试验，转为待命。

“老六可以吃黄豆了”

1965 年 5 月 13 日又进入了 24 小时准备。

又要安插原子弹爆炸雷管了，李觉像上次一样搬个小板凳坐在原子弹旁边，为使大家紧张的情绪能放松一些，他对站在凳子上安雷管的张寿齐说：“我来插吧，我个子大，半个小时能插完。”张寿齐听了笑笑，仍聚精会神地按程序操作着。

经过上次演习似的工作，刘敏比那次平静多了，弹又重新测试，半夜一点同其他三人去机场塔台了解罗布泊气象情况。算完后又进行了检查，当他们在机场调完气压引信表后，天已亮了，他们在停机坪一侧等着飞机徐徐升起……

罗布泊又是一个不眠之夜。凌晨两点半钟，气象预报人员经过反复分析计算，确认 9 至 12 时是短时好天。试验党委、试验委员会当即决定 9 点半为“零”时，并报中央专委。全体参试人员即刻进行各项准备。各位指挥员分别到关键部位检查后，于 6 点半钟进到距靶心 20.5 公里的红岩观察所。7 点多钟，张爱萍直接向周恩来报告试验的情况并请示试验。总理详细询问了气象情况后，于 7 点 54 分同意试验“照计划进行。”于是，命令用暗语传到机场：“老六可以吃黄豆了。”就是说，飞机可以起飞投弹了。

仿佛是太阳落到了他们脚下

飞机起飞十几分钟后，他们心情逐渐平静下来，似乎开始把一切都忘记，只是集中全力地操纵着飞机在茫茫云海中穿行，向西，向西……

航程已过大半，一直在机身两侧翻滚不息的云浪，渐渐平静，渐渐淡薄，透过机舱向下望，往日熟悉的蜿蜒的河流和碧绿的点点湖泊，又依稀可见。当飞机飞近试验场区，天气已完全转好，蔚蓝色的晴空，只缀着几朵浅浅的白色云朵，他们一阵振奋。没过多久他们就发现了靶标，那是个方形的白框，里面套着一个直径 200 米的白圈，圈中画着白色的“十”字。

为了确有把握地投好这颗原子弹，做到万无一失，事先研究确定了投弹程序，飞机要进入靶标 3 次。

于福海回忆说：“我们由东向西进入，第一次进行瞄准，看投弹的角度，要求很精确，分秒也不能差，半秒就一百多米出去了，第一次靶也看准了，条件基本也看出来了；第二次又进行瞄准，和第一次再校对一下，气流啊、投弹的角度呀，投弹角度就是投弹时机，瞄准是自动的；还有个第二领航员，他用雷达也可以看，他看的条件和我的一校对，信心更大了，把情况给机组通报了，然后第三次进入要正式投了。说不紧张，也真是紧张，在空中我和李源一商量了一下，当时对投弹时间没具体要求，到时转几圈才能投要看具体情况定，只要投准，当飞机转过来时，李源一说，你看看时间，咱们算算，取个整，我一看一算，说按十点爆炸，李源一说：‘好，往前延长一分钟拐弯，正好十点钟。’”

李源一打开自动驾驶仪，把飞机交给于福海，并说：“我和大刘（刘景新）一定把高度、速度保持好，你放心大胆地瞄！”于福海用信任的目光看了看李源一，然后试着用光学瞄准具瞄了瞄靶，的确，瞄准镜中看到的靶标并不怎么晃动。

于福海发现靶标，立即接过飞机操纵，进行瞄准，迅速求出了投弹诸元。报告瞄准情况：“航向 270 度，偏流负 2 度，中间风修正 80 米，按照规定的高度、速度和原子弹的标准落下时间，计算结果，用 34.8 度的投弹角，没有发现靶标有偏离的趋势。”

听完了于福海的报告，机组人员立即互相通报各自情况。

李源一："速度好，偏流对，飞机平稳。"

刘景新："航向和高度都很准确。"

张公祥告诉大家："于福海求出的弹角数据和我计算的完全一样。"同时报告："原子弹温度正常，设备良好。"

于福海回忆说："投原子弹有一些特殊要求，弹上有一些开关，需要人工操作，提前打开，再往地面发信号，我按要求有提前七分钟打开的，有五分钟打开的，有三分钟打开的，打开一个要向地面报告，每作一个动作自己讲一遍，飞机通信员往地面报告。最后一次转弯进入了。我休息了一会儿，我怕自己紧张，我告诉李源一，说你照顾点飞机，我静一静。第一领航员有两个位置，一个在前，一个在后，平时我都是坐前面，我靠后椅子坐了一会儿，坐的时间也不短，有一分钟，闭上眼睛，养养神，快转弯前还有一分钟，我和李源一协调对靶，飞行员看不见靶，完全靠领航员协调，对上靶了，我告诉他，我接过飞机操纵，靠自动驾驶仪，我说现在我来操作，已对上靶标了，他说好，飞机交给你。"

通信员孙兴富发出了"进入靶场上空投弹"的指示，地面指挥员成钧副司令员立即予以批准。关键的时刻到来了。

李源一把飞机交给于福海，并说："沉着一点，瞄准时间长一点。"于福海接过飞机操纵，把瞄准具里的十字标线稳稳地压在靶标中心，并开始做投弹动作，每做一个动作就要口述一遍，机组成员按事先分工对每个动作进行检查落实。

爆炸前 3 分钟，于福海报告："接通原子弹电源。"

爆前 1 分 20 秒，于福海报告："打开自动投弹器。"

"打开自动投弹器！"第二领航员张公祥激动起来。

"打开弹舱！"

"打开弹舱！"

……

9 时 59 分 10 秒，于福海操纵瞄准具使得观测角和投弹角准确重合，电路接通，原子弹脱钩而出，飞机减轻了重量，突然向上窜了一下。

于福海向外一看，乳白色的原子弹在阳光下亮闪闪地直向靶标落去，他又在瞄准具中观察了 10 秒钟，十字标线仍然死死压着靶标，丝毫没有偏移。李源一忙问："你看一看投得究竟怎么样？"于福海很有把握地报告："没问题，肯定能投进去！"

这下大家放心了。"立即关上遮光罩！"李源一高兴地命令着，并加大油门，争取远离原子弹爆炸中心，获得最大安全系数。

他们刚把机舱玻璃上用来防止光辐射的遮光罩拉闭，一阵耀眼强光闪来，约持续四五秒钟，光焰刚过，于福海实在忍不住，摇开遮光罩飞快地向靶标看了一眼，靶标上空出现了一个巨大的火球，仿佛是太阳落在了他们脚下。光芒耀眼。于福海怕伤眼睛，又关上遮光罩，关上又想看，就又打开，这时火球不见了，靶标已不见了，靶心半径三公里的环形公路也不见了。机翼下是一片汹涌壮阔的火海，乌黑的浓烟从火海中不断翻滚而出，越聚越多，飞速升腾着。这时飞机加速到每小时 950 公里。他们飞离原子弹爆炸中心大约 19 公里，冲击波赶来，飞机强烈地抖着，这样持续了六七秒钟。飞机拐弯到靶心的侧面，蘑菇云已有飞机这么高了。

这是一次非常准确、非常成功的投弹。据地面雷达测定，原子弹爆炸时，距靶心只有 40 米！

这时坐镇指挥的成钧副司令员兴奋地说："周总理刚刚和指挥部通过话，总理说你们工作很好，祝你们安全返航，回去很好总结经验。"

"明白！明白！"听到周总理这么及时的鼓励和赞扬，他们一时无法表达出内心的激动。

返航了，飞机从试验场区侧面通过。眼前，那核爆炸特有的蘑菇烟云已经形成，宛若一条黑褐色的巨龙直冲九霄。他们一言不发，都静静地凝望着这壮观的场景直至把蘑菇烟云远远地留在了后面。

蘑菇烟云留在了后面，前面却又是浓云密布。似乎老天爷只给了他们投弹那么一个机会，一转眼又重新为难他们。返航途中，地面通报："机场天气变坏，侧风增大，能见度不好。"他们还是 1959 年在苏联改装杜-16 时进行过复杂气象训练，回国后再也没有飞过。但他们明白，现在还不是庆祝胜利的时候，只有安全落地了才算圆满完成任务，此刻必须抑制住投弹成功后的喜悦，操纵好飞机，迎接新的考验。进入着陆航线，机场周围猛然间狂风骤起，沙土弥漫，他们看不清跑道，跑道上欢迎的人们也看不到飞机，经历了正式投弹那样的考验，他们沉着多了。机组成员之间的配合也更为默契。他们不慌不忙地按照远距导航台的信号下降高度，于福海则全神贯注地寻找地标。

在狂风稍有间歇的刹那，于福海发现了近距导航台前那条熟悉的小路。他看了一下各种仪表，随即报告："高度好，速度好，方向也好！"李源一果断操纵飞机下滑，安全着陆。

蔽日的沙土遮住了飞机的身影，呼啸的狂风淹没了飞机的轰鸣，机场上的同志正茫然不安地寻找，飞机滑进了停机坪，靠在了同志们的身边。大家顿时欢呼起来，欣喜万分地拥向飞机。

一小盘草莓和一米高的纪念碑

试验取得巨大成功。从此，我国开始有了可供实战使用的核武器。几天后，于福海和李源一应张爱萍同志之邀同机到罗布泊核试验场参观了核爆炸的爆心。然后又同张爱萍同机来到北京。

这天，一张大红请帖送到于福海手中：

于福海同志：

订于1965年5月30日（星期日）中午12时在人民大会堂新疆厅举行便宴，敬请光临。

周恩来

人民大会堂新疆厅。

30日上午11时45分，于福海与李源一等代表按照"通知事项"要求准时到达。

周恩来、邓小平、林彪、贺龙、陈毅、徐向前、聂荣臻、罗瑞卿、薄一波等党、政、军领导人接见并宴请两次核试验有关人员。

隆重热烈的庆祝宴会上，于福海坐在陈毅和贺龙的中间。

陈老总递给他一颗“大中华”：

“你们立了大功啊！”

“功劳是党的。”

“今年多大了？”

“三十三岁。”

“投弹时害怕了吗？”

“当时想不到怕，”于福海说，“只想着如何按训练的动作，把弹投下，投准……”

“你们太辛苦了，应该好好慰劳。”贺老总把一块鸡大腿放进于福海碗里，还不停地夹着菜……

直到今天于福海仍然记得最后一道菜是一盘草莓，有五六个，上面撒了点白糖。

1993 年，当我费尽周折，在西安那个简陋的楼房中找到于福海，交谈中他感慨说：“说是宴会，其实最好的菜也就是鸡和鱼，老帅们也挺能吃，菜一上来一人两筷子就光，哪像现在的宴会呀，东西多得吃不完，都倒了……”

于福海最后一次到罗布泊是 22 年后的 1986 年。他乘坐直升机，又一次飞到空爆试验场。

在我国进行的 16 次空投核试验中，于福海先后参加 10 次，传授经验，培养新手。二十几年云起云落，苦辣酸甜，在他的心目中都已淡薄了，留在记忆里的只有那个永远也抹不掉的目标，那个闪光的目标。

透过舷窗，那石灰画就的长方形白色框架，套着十字圆圈，清晰地映入眼帘。

这就是空投靶标。

白色框架北端的一片凸形地上，是石灰铺成的长方形白色光学反射体；以及靶标框架与靶标，主靶 9 个，副靶 3 个。

靶标正中位置，立着一块低于三角反射体的大理石质纪念碑，高 1 米，宽 40 厘米，厚 20 厘米，碑上的红色铭文用隶书体篆刻，从右上角开始，竖向是两列小字：

自 1965 年 5 月 14 日至 1980 年 10 月 16 日在此上空共进行了 16 次空投试验

正中是 11 个大字：

中国空投核试验瞄准靶标

左下方署着：

一九八六年七月一日立

于福海抚碑伫立，良久无言。在这块小小的石头上，凝聚着多少人的心血和感情，埋藏着多少动人的故事呢？

第十一章

不可思议的神话

1966年10月27日，一条惊人的新闻传遍了世界——

新华社十月二十七日讯　新闻公报

1966年10月27日，中国在本国的国土上，成功地进行了导弹核武器的试验，导弹飞行正常，核弹头在它预定的距离，精确地命中目标，实现核爆炸……

消息传出，举世震惊。

美国国务院在保持了一天的沉默之后，于28日发表声明说这次试验是在美国“预见的时间之内”进行的；苏联却只是用21个字简单地报道了这个消息。

导弹核武器发射成功三天之后，亲自指挥这次惊世壮举的聂荣臻元帅从导弹发射场飞往罗布泊。

在核试验场的戈壁滩上，67岁的聂荣臻元帅顶着五级大风站在解放牌卡车大厢板上，向参加这次试验的将士们发表了激情澎湃的讲话：

“这次试验是在我们国土上，响在罗布泊，却打在敌人身上，爆炸原子弹，它产生的巨大威力却来自不知强大多少倍的精神原子弹，这个伟大的力量正在引起强大的连锁反应，强烈地震动着全世界。

“你们直接参加了这次试验，付出了巨大的劳动，发挥了高度的智慧，夜以继日地不怕苦不怕累，辛勤工作，兢兢业业，保证了这次试验任务的完成，这是你们的光荣，是中国人民解放军的光荣，是全中国人民的光荣，是我们伟大祖国的骄傲。

“介绍一下西方世界的反应，他们说：中国发射成功导弹核武器，是特等重要事件，使美苏发抖，万万没有想到，这好像是亚洲上空的一声春雷，震撼了全世界。中国闪电般的进步，也是神话般不可思议……”

的确，这是一个特等重大事件，是一个不可思议的神话。

周恩来——当然是真试；聂荣臻——有百分之九十的把握就可以下决心了

1966年3月11日，人民大会堂新疆厅。

中央专委在周恩来主持下举行第十五次会议，周恩来开门见山：“今天的会议主要是讨论国防科委关于两弹结合试验的报告。”

这时，已经到了关键时刻，专委办公室副秘书长刘柏罗问了一句：“是真试还是假试？”

周恩来严肃地说：“当然是真试，一切准备工作在八月底前完成。二、七机部互派工作组深入有关院、厂进行工作，工办检查落实。”

实际上，周恩来以他审慎的态度和科学的思维，早就对在我国本土进行导弹核武器试验进行了深入的思考。

1963 年 12 月，鉴于原子弹、中近程地地导弹的研制工作已经取得重要进展以及美、英、苏三国签订部分核禁试条约后出现的国际形势，中央专委研究了核武器的发展方向问题，认为核航弹作为一项重要技术，应继续进行研究、试验，但其作战使用价值不如导弹核武器。确定核武器的发展方向，应以导弹核弹头为主，空投核航弹为辅，并责成国防工办、国防科委组织二机部和五院立即对导弹核武器的研制工作作出全面的计划和安排。1964 年 1 月，中央专委决定待原子弹试验成功后，立即开展核弹头的研究设计，并加快中近程地地导弹的研制，力争早日以配有核弹头的中近程导弹装备部队。中共中央和毛泽东批准了这一计划。

研制导弹核武器的工作在两条战线上进行。

由于没有实践经验，研制过程中，对如何鉴定导弹原子弹头的性能有一个认识过程。起初，二机部核武器研究所认为，原子弹头在经过导弹飞行环境条件的地面模拟试验、爆轰试验、引爆控制系统全射飞行试验、检验原子弹头核性能的地下核试验后，便具备了配装中近程导弹的条件。因此，国防科委原安排的第三次核试验是一次地下核试验，目的是测量中近程导弹原子弹头的威力和性能参数。1965 年 11 月，国防科委和二机部经过深入分析后认为，这次地下核试验不能考验原子弹头在实际飞行状态下的动作是否符合要求。为了研制出经过实际飞行考验的核弹头，拟暂不进行地下核试验，而改为先进行飞行状态下的“冷”试验，在确有把握的基础上，再进行飞行“热”试验。从实战要求出发，飞行“热”试验最好是按全当量、全射程来安排，以达到实际考验“两弹”结合技术是否过关的目的。

12 月 13 日，二机部向中央专委提出了上述建议。12 月底，周恩来主持中央专委会议，对这一建议作了慎重研究，责成国防科委会同二机部多做几种设想，进行研究比较，然后提出方案供中央专委审定。

周恩来说：“进行这样的试验，我总是不放心，怕掉下来，二、七机部研究一下，七机部保证不掉下来，二机部研究万一掉下来，保证不会核爆炸。”

1966 年 2 月，国防科委邀请二机部、七机部、总参作战部、装备计划部和西北综合导弹试验基地、核试验基地等有关负责人，研究了中近程地地导弹核弹头的试验问题，并讨论了试验方案。会议认为，采用地面各种环境条件模拟试验和地下核爆炸试验，都不能完全模拟飞行过程中的真实状态，起不到综合检验的作用；采用飞行“冷”试验方式，也不能综合检验原子弹头在飞行过程中的真实状态；采用全射程、全威力、正常弹道、低空爆炸的试验方式进行“热”试验，既可达到试验目的，又符合实战情况。从导弹的可靠性及试验的安全问题分析，中近程地地导弹（改型）本身有自毁装置，如在导弹飞行的主动段发生故障不能正常飞行时，可由地面发出信号将弹体炸毁，可靠性是高的，核弹头有保险开关，如在主动段掉下来，因保险开关打不开，只能发生弹体自毁爆炸或落地撞击，不会引起核弹发生核裂变。从安全角度分析，“热”试验也是可以进行的。因此会议商定使用近程地地导弹（改型），先进行飞行“冷”试验，作为飞行“热”试验的练兵；飞行“冷”试验成功了，接着就进行飞行“热”试验。同时还就发射阵地、弹着点的位置及射程、测试项目、任务分工等问题作了具体研究。

在三座门军委办公厅的一间会议室里，主持会议的聂荣臻元帅细心地倾听着各个方面的情况，直到深夜，讨论还在热烈地进行。

聂帅问：“导弹和原子弹结合，在我国本土上进行热试验，大家说说看，到底有多少成功的把握？”

会议室一下沉静下来。

聂帅说："你们放开讲。"

钱学森首先说了自己的估计，接着其他同志也一一发言，大家都认为"百分之九十的把握还是有的。"

听了大家的发言，聂帅沉思片刻，右手在桌子上有力地一拍：

"就这么定了。科学试验总是有成功，有失败，谁也不敢打百分之百的保票。有百分之九十把握，我们就可以下决心了。"

2 月 26 日，国防科委将研究结果报告中央专委。在 3 月 11 日的专委会上，审慎地研究了国防科委的报告，为了对人民高度负责，必须采取最严格最可靠的措施，保证导弹飞行弹道下面的居民绝对安全。为此，中央专委广泛听取了有关专家和二、七机部领导干部的意见，经慎重研究后确定：由二机部负责对核弹头进行附地撞击和发生燃烧等异常状态下严格的地面模拟试验，确保核弹头在未解除保险时，即使发生各种异常状态，也不会发生核爆炸；由国防科委在实施正式发射试验前，组织进行若干次以严格检验导弹及其核弹头的安全性和可靠性为目的飞行"冷"试验（不装核燃料），在确有把握的基础上，再进行飞行"热"试验（装核燃料）；由总参谋部、国防科委切实做好紧急疏散居民和参试人员的准备工作。

载核弹头的汽车沿青海湖猛跑。两年前，他们让原子弹坐沙发还要包上毯子

盛夏时节，青海湖畔的金银滩草绿花红，景色宜人。

一辆汽车一颠一颠地奔驰在草原的简易公路上，似一只出没在波峰浪尖中的小船。

驾驶室内，安全技术部门的负责人苏耀光对司机说：

"能不能再快一些，再颠一些？"

司机点点头，用力一踩油门，里程表上的指针指到了 80 公里/小时。

苏耀光看看表："就这样，猛跑，越颠越好。"

车上载的是一个真正的核弹头。

在两年前的一次试验中，原子弹娇贵得像个刚刚出世的婴儿，为减少震动，特意将一个沙发抬上了吉普车，原子弹裹着毯子放在沙发上，就这样人们还不放心，一路上技术人员还小心翼翼地扶着、抱着。

而现在，苏耀光却生怕颠得不够，震得不够……

1993 年 6 月 26 日，已经 82 岁的李觉老人在北京给我讲述了上面的情景，他说："小振动分步分次在振动台上做了以后，没有大的振动台，就上汽车干，看究竟怎么样，核弹头要能经得起这个振动才行。就这样拉一拉、跑一跑，心里就有数了，要可靠啊！在我们自己国土上搞两弹结合试验，不容易啊！周总理一开始就非常谨慎，一再强调要确保安全，要保证万一掉下来不会核爆炸……"

当时担任核武器工厂副总工程师的龙文光是"两弹结合"试验核弹头的技术负责人，1993 年 7 月在西南的一座科学城，我采访了这位瘦弱的老人，他说："只有个原子弹还不行，还不是武器，像国防科委二局胡若嘏局长说的，它还没有眼睛，没长腿，不会跑。两弹结合试验，就是要让核弹头能飞能跑。这次试验，国家费老劲了，周总理不放心，怕出问题。当时我们都很小心，怕它一试验要不行了呢？核弹头乱跑就不得了。我们做了不少试验，各种环境的试验，受热有没有问题，震动有没有问题，从导弹上掉下来能不能摔响，安全不安全，可靠不可靠，一点一点地算，一项一项地试，有些试验条件不具备，就拿土办法，有时甚至拿火烧，用柴火烧，用煤烧，还拿雷管炸。按总理说的，一切经过试验，各方面都没问题了才行……"

一座木桥凌空飞架在孔雀河上。

大地测量的三角旗又一次飘动在楼兰废墟，连楼兰古城的那座佛塔上也竖起了一根引人注目的测量杆。

中央专委决定罗布泊核试验场作为这次导弹核武器试验的弹着区。

当李觉在青海湖畔组织核弹头的各种试验的时候，核试验基地司令员张蕴钰、副司令员张英也率领有关人员踏遍了罗布泊西面 800 平方公里的荒漠，对弹着区进行了多次勘察。

1966 年 4 月，张蕴钰签署了给国防科委的勘察情况报告，报告说：

弹着区中心点选择在离孔雀河××公里，距 3 号发射阵地×××公里的一片荒漠上。这样，遥测站和试射用的观测站绝大部分都可设在孔雀河北，测试、工程、通信绝大部分可利用空投试验场区原有设施，工程量小，对场区安全没有影响。

这项工作是在完成含有热核材料的核试验的同时进行的，核试验基地工作非常繁忙，但这份报告写道：

“凡属基地承担的各项准备工作，预计可于 7 月底完成，8 月可供试射。”决不能因为我们工作的问题影响国家试验的任务，这是核试验基地的一个口号，也是一个传统。

1966 年 5 月 9 日，含有热核材料的核试验成功，5 月 14 日，国防科委致电导弹试验基地和核试验基地对做好两弹结合试验的准备工作，进一步提出了注意事项。

根据国防科委的要求，导弹发射基地于 1966 年 6 月至 8 月抢建了 50 号阵地作为简易发射场。

发射任务交给了具有光荣传统的发射二中队。

一名新兵发现导弹里面有一根五毫米长的小白毛，钱学森要把它带回北京去

完成“空爆”试验后，二机部李觉副部长、七机部钱学森副部长分别带领专家和技术人员组成作业队、试验队，进驻场区与基地共同承担测试发射任务。二机部、七机部的专业技术人员到首区后按照对口专业，交思想底，交产品质量底，交技术底。对测试中的问题，充分发挥技术民主，以主人翁的态度及时通气，互相商量。整个试验队伍就像一台庞大的机器，每个零件都非常有秩序地运转。

参试人员以强烈的革命事业心和精益求精的精神，做到扳一个开关，

按一个电钮，检查一个螺帽、一个焊点都不马虎，使每个环节都绝对可靠，每项设备、每个参数都达到最佳状态。进行弹体内、外观察看时，新战士王长山发现弹体内部24号插头第5接点里有一根约5毫米长的小白毛，他怕造成通电接触不良，就用镊子夹，细铁丝挑，都没能取出来，最后用一根猪鬃，费了很大的劲才把它挑出来。钱学森得知这件事后，极为赞赏，并小心翼翼地把这根小白毛用纸包好，说是要带回北京去，作为工作细致的典型事例教育大家。

安全控制中队在检查主车输入电缆总接头时，第一、二遍检查没问题，他们又进行第三遍检查，结果发现了一个虚焊接点。通信中队对仪器、设备的每条线路、每个元器件、每个焊点都一个不漏地认真检查，仅检查接点就达10831个，调试电子管1313个，逐个排除了疑点和隐患，提高了设备的可靠性。

参试部队认真落实“五定”（定人员、定设备、定岗位、定动作、定相互关系）制度，大力开展预想活动。共预想出各种可能出现的故障及异常现象1865条，并分门别类记成卡片，逐条排队落实，对其中可能影响全局的21条重大预想故障制定了处置方案，对这种记成卡片逐条落实的预想作法，周总理在一次专委会上给予了充分肯定。

发射基地作为首区指挥协调枢纽，为使弹着区可靠接收进统信号，几次派技术人员携带仪器到核试验基地协同演练。核试验基地先后3次到发射基地研究协同事项，并派人组成作业队担负发射首区的安全防护。

1966年9月，核弹头的部件分别运往首区。张蕴钰和张英副司令也乘飞机赶到首区。一方面了解运载火箭的发射情况，另一方面向他们介绍核爆炸的有关情况。

导弹基地李福泽代司令员也向张蕴钰一行介绍了发射情况，也一再强调导弹弹着点的准确性，他们互相鼓励。

张蕴钰说：“发射首区之行，使我感到非常愉快。他们和我们一样常年战斗在戈壁滩上，在这次任务中他们和我们一样承受着很大的风险，某种程度上说比我们的风险更大。……一颗原子弹放在他们几万人生活的地区中间，他们是一种什么心情我完全理解。我对他们说：要鼓捣响这玩意儿并不容易，一般比常规炸弹要安全。”

张蕴钰在这里和李觉又见面了，老朋友异地相逢格外亲切。李觉说到原子弹在火箭舱里如何和别人“争地盘”，又颇为诙谐地说：“不管怎样吵嘴，最后总是钻进同一个被窝，不是冤家不聚头嘛。”

张蕴钰、张英看望核试验基地派到发射首区的防护分队时送给他们一个大西瓜，防护分队的同志们却说这个西瓜应该送给对“决战”起关键作用的发射二中队。他们写了一封热情洋溢的慰问信，把西瓜送到发射二中队。二中队的同志认为这个瓜他们也不该吃，写了一封慰问信，把西瓜又送给七机部工作队。就这样，这个瓜转了 16 个单位，带着一叠慰问信，最后转到试验临时党委。11 月 3 日，导弹发射基地政治部受全体参试人员之托，给国防科委政治部写信，请他们把这个瓜和部分慰问信送给毛主席。

这次试验任务，发射二中队增加了调温新设备，合练前 3 天才临时组织调温组。全组 13 个人，来自 6 个单位，有设计员、工人、技术员，还有首次接触设备的战士。第一次合练时，由于大家没在一起配合过，暴露出许多问题，强寒流袭来时，又给调温工作带来一些新困难。工人师傅看到战士缺乏经验，就手把手地教，耐心讲解；二中队的同志则主动给工人师傅、技术人员送来棉衣被褥。在零下十几度的夜晚，为了不让机器、设备冻坏，老工人就睡在机器旁，夜间多次起来开机预热。

周恩来——我国在自己的大陆上搞这次试验，不能出乱子；毛泽东——这一次要准备打败仗

1966 年 6 月 30 日，周总理访问罗马尼亚、阿尔巴尼亚后，由拉瓦尔品第回国，于 14 时 40 分到达导弹试验基地，检查这次导弹核武器试验的准备情况。

据刘柏罗回忆，周总理这次视察也到了核试验基地。可是在核试验基

地却没有有关的任何记载。为此，我特意访问了刘柏罗和原核试验基地副司令员张英等一些老同志。刘柏罗非常肯定地说："总理是去了核试验基地，我记得是乘飞机去的，在核试验场上空看了看。周总理在中央专委会上不止一次地讲，第一次原子弹爆炸用的铁塔弯弯曲曲地倒在地上，从空中看得很清楚，总理还说，真是不到新疆，不知新疆之大。"

提起这次视察，张英回答说："对，是有这件事情。本来总理是准备降落在马兰机场的，后来考虑是从国外回来，机上人员多，对基地不方便，就没降落，让飞机到核试验场空中转了一圈，那里本来就是飞机的一条航线……这事当时很保密，基地很少有人知道。"

我推测，周总理专机很可能是沿导弹核试验的飞行轨道到达导弹发射基地的。他要亲眼看一看导弹核试验沿途的情况。以周总理那样严肃认真、周到细致的作风，这么做是件很自然的事情。

总理不顾长途飞行的疲劳，一下飞机就在基地第一招待所接待室听取了汇报，还与正在基地检查工作的杨成武代总参谋长谈了话。随即又视察了地地导弹发射阵地，观看了地空导弹的实弹发射。当火箭喷着浓烈的火焰腾飞时，总理从座位上站起来，用手遮着光线，全神贯注地注视着火箭在天空中飞翔。

第二天上午，周总理由杨成武和基地李福泽代司令陪同，乘直升机视察了场区以北的居延海、黑城子、乌苏木等地，还察看了兰州军区防务工事。

9 月 5 日，聂荣臻听取了国防科委及各参试单位领导人的汇报，检查了准备工作完成情况。

12 日，张震寰率机关工作人员先后到这两个基地检查准备工作，具体落实了试验方案、计划及安全防护措施。

15 日，总政治部批准成立"两弹"结合试验党委，张震寰任第一副书记，栗在山、张蕴钰任副书记。

24 至 29 日，发射区和弹着区多次进行了时间统一勤务信号和通信联络的合练以及发射合练。实际检查了弹着区的各种测设设备、控控系统、有线电及无线电通信设备及线路工作状况。

“真试”的时刻一天天临近了。

1966 年 9 月 25 日，中央专委召开了第十六次会议。周总理说：上次专委会后，就主要是“文化大革命”了，五、六、七（月）想开专委会都没开成。接着他强调指出：“中央已经决定，工厂、企业、研究机关、农村、财贸、党政、群众团体一律不组织红卫兵……。有些单位如涉外机关……已有红卫兵，要主动取消。科研机关可仿此办理……如二机部可取消红卫兵。各种要害的、尖端的部门工作，必须继续进行，不得中断，保证高质量，如期完成。”“对科学家、技术人员……应该加以保护，要把‘抓革命促生产’两套班子组织好。”

会议原则同意国防科委的安排，在 10 月初进行“两弹”结合自毁试验，10 月中旬进行飞行“冷”试验，并根据这两项试验的情况，再决定进行飞行“热”试验。公安部及有关部门组成联合小组，统一指挥导弹飞行弹道下面一万余名居民的临时疏散工作。

9 月底，“两弹”结合自毁试验和飞行“冷”试验用的导弹及弹头运往导弹基地。这时，正是“红卫兵”串连和动乱的高涨时期，为了保证产品运输安全，周恩来专门指示发一个布告：这趟列车不准任何人登车，不准随便靠近和检查。

为了确保“两弹”结合飞行“热”试验万无一失，10 月 7 日在导弹试验基地进行了一次实际检验安全自毁系统的“两弹”结合飞行试验。导弹起飞后，弹上和地面所有的设备工作正常，并按预定程序、弹道、时机，弹头在先、弹体随后在空中爆炸自毁。弹着区也按正式试验程序进行了合练。这时试验的结果证明，导弹工作正常，安全自毁系统可靠，达到预定的试验目的。

10 月 8 日，周恩来主持中央专委会议，听取张震寰关于“两弹”结合安全自毁试验的结果以及“冷”“热”飞行试验的准备情况和 10 月份符合试验条件的好天日期预报的汇报。周恩来指出：这次试验关键性大，美国是在海上搞的，法国还未搞过，我国是在自己大陆上搞，不要出乱子。“冷”

试弹要严格检查，都要记录下来，“热”弹一点差错没有才行，要把各种因素都考虑到。弹头撞击试验，斜撞击、横撞击都要进行试验。红柳园安全问题，由铁道部政治部派一名副主任去安排，在10月20日前准备好。弹着区安全问题，“冷”弹试验时，弹体在被动阶段也会炸，人员要撤远一些。“热”弹头运输要用专车，由国防科委负责安排。这次试验，由国防科委张震寰负责，10月10日到基地，两个基地都要看一下，冷试回京再汇报一次，报主席下决心。冷试现在就做安排，时间在10月15日前后。冷试详细结果要在两三天内报来。这次试验二机部李觉和七机部钱学森同志参加。

会上聂荣臻元帅说：“安全问题，核试验基地工作区还要作一些工事，热试验时，另一任务场区工程要停一下。”

10月13日8时30分，第一发“冷”试验弹发射成功；16日17时30分又成功进行了第二发“冷”试验弹的发射。这两发运载模拟核弹头的导弹飞行正常，引爆控制系统工作可靠，并在弹着区内预定的高度按程序起爆了炸药部件，从而进一步检验了导弹以及爆控制系统的可靠性。

10月20日。人民大会堂福建厅。

这是导弹核武器试验前的最后一次专委会。

罗舜初、钱学森、李觉、张震寰和胡若嘏、谢光选、龙文光等工作人员围坐在两圈沙发上，一张巨大的地图在中间的地毯上展开。

人们在等待周总理。会议原定晚8点半开始，秘书进来说：“总理那个会还没结束，结束后再开这个会。”

一个小时后，总理和叶剑英来了。

这时，一位服务员端来一小碗面汤、两个包子，秘书说：“总理还没吃饭呢。”

叶帅说：“吃过饭再开会吧？”

总理说：“你们开会，我边吃边听。”

张震寰汇报了两次“冷”试的结果和热试的准备情况。

总理对大家说：“今天的会议，请我们的叶参座来了，”又面对着叶剑英说：“不要什么事情都要让我们去管，你们年轻人来多管一管嘛。”

参加会议的胡若嘏回忆说："当时我看很像是让叶帅管一管专委的日常工作。叶帅对这方面的工作是很关心的，经常主动来问，让及时给他报告情况，但后来一批'二月逆流'，叶帅就没管。"

在这次会议上，叶剑英说："这次试验搞成功，在国内外将引起很大震动，过五关斩六将，热试这是最后一关，一定要检查得更仔细，连一个螺丝钉都要检查到，提出 100 条、若干条方案，坚决杜绝疏忽大意。"

叶剑英勉励说："根据中国的实际情况，这样的试验只能在本土上搞。这得冒一定风险，要做好准备工作，把试验搞成功。"

周总理说："这次热试只许成功，不许失败，一定要百分之百地完成"，"从领导到每个人都要更加细心，保证地面上没问题，操作中不出问题，坚决消灭掉人为的差错。工作检查好了，要让部队好好休息，搞好伙食。"

周恩来强调指出：凡想到的问题都要检查到，一切缺陷都要弥补好，要做到所有检查结果都没有问题，尽最大努力使试验获得成功。在该做的都做好了之后，也要敢于冒一定风险，无限风光在险峰啊，要沉着地打好这一仗。

龙文光回忆说："总理一边吃包子，一边问这问那。图纸摆开在地毯上，总理趴在图纸前，看看导弹飞行弹道，看看弹道下的居民分布情况。总理反复问：导弹能打多远？核弹头杀伤范围有多大？有没有危险？他的着眼点，一是安全，一是国际反应。"

胡若嘏说："一直到十二点过了，这个会才开完。秘书告诉总理，家里还有一班人等着哩……"

就在这次会议上，周总理决定聂荣臻同志去发射现场主持这次试验。

临近试验前，聂荣臻生病了。一天，周总理忽然打来电话，询问聂荣臻身体状况如何。聂荣臻知道自己肩上的担子的重量，也清楚此时此刻总理打电话来一定有要事，便回答说："一点小病，已经好了。"周总理又问："能不能去发射场？"聂荣臻提高声音回答："身体好好的，怎么不能？"

10 月 24 日，毛泽东在他的会客厅里，亲自听取了聂荣臻和钱学森关于这次试验准备工作的情况汇报。他听得很仔细，不时还插话询问。当聂荣臻汇报到两弹结合的研制工作进展顺利，靶场试验准备工作基本就绪时，毛泽东高兴地笑了起来，他说："谁说我们中国搞不成导弹核武器呢，现在不是搞出来了吗？"汇报完后，毛泽东亲自送聂荣臻、钱学森出门，走到门口，毛泽东又亲切地关照聂荣臻："荣臻同志过去是常打胜仗的，这次要准备打败仗，打了败仗也不要紧，接受教训就是了。"

聂荣臻果断同意按程序进行。李觉不敢鼓掌，心脏病当场发作

1966年10月25日，聂荣臻受毛主席、周总理的委托，第二次飞抵导弹试验基地，亲自指挥导弹核武器发射试验。

根据气象部门的预报，25日夜场区将有强寒流和20米/秒以上的大风，可能直接影响按程序的顺利进行。他到达基地后，立即召开试验临时党委会，听取导弹、核弹头测试情况和气象部门的汇报。他说："我来之前，毛主席对我说，你过去是常打胜仗的，这次也可能打败仗，打了败仗也不要紧，搞试验哪有不冒风险的。毛主席的意思是要有两手准备，让我们不要打无准备的仗，不要打无把握的仗。这次试验前三发'冷试'是顺利的，所以'热试'一定要谨慎。"聂荣臻听了场区气象情况汇报后，果断同意按程序进行转运、加注、发射，但指示组织要更严密，工作要更周到，动作要绝对准确，一定不能出差错，并要求及时将情况报国防科委和周总理。25日夜里，气温果然下降到零下十几度，狂风裹着黄沙，刮得天昏地暗，电线发出刺耳的尖叫声。

试验基地的弹头系统联试大厅中，本来就稀少的空气，仿佛都凝住了。那闪烁的氖灯，变动的波形，跳荡的数据，急促的口令，构成了一种神秘而奇妙的氛围。这里正在进行导弹核试验前的最后一次系统联试检查，再过二十几个钟头，导弹就将按预定时间在首区发射升空。联试大厅里显得格外的宁静，除了指令声和仪器的声音外，再也没有其他声响。人们屏住呼吸在静静地等待着。时间一分一秒地过去了，系统部件按照指令，正常地运行着……正在这时，意外故障发生了，引信机发生误动。

此时，离预定发射时间越来越近了……

引爆控制系统是整个弹头的“中枢神经”，是关键的部位，也是最担风险的部位，稍有差错，整个试验就将失败。这时，联试大厅里的空气骤然像凝固了一般，人们的心都提到了嗓子眼。

此刻的电子学专家彭定之也坐在指挥桌前，陷入了沉思，毕竟是第一次碰到这种情况，也许是紧张的缘故吧，他的手指不停地在桌上敲打着，此刻，整个大厅里的人都以焦急的目光注视着他。而此时，又有多少人在焦急地期盼着。人们心里明白，试验一旦失败或被推迟，带来的损失和影响将是不可估量的。

同志们一起献计献策，分析，测试，企图找出误动的原因。“嗒嗒嗒……”彭定之的手指还在不住地敲击着桌面。这时有人做了一个动作，蓦地，他的手指停住了，他受到启发。头体分离后，是不会发生引信误动的。随后反复地模拟试验证明了这一认识的正确性，同志们开心地笑了，领导同志也落下了心头上的一块石头。

26 日，导弹和核弹头向发射阵地转运。由于风沙遮天蔽日，能见度不到 20 米，汽车开着大灯，顺着电线杆走，还迷了路。50 多公里的路走了近 3 个小时。

导弹、核弹头转到发射阵地后，聂荣臻和国防科委张震寰副主任、二机部副部长李觉、七机部副部长钱学森等领导同志冒着大风一直在阵地上仔细观察着部队操作。在进行瞄准、校零及临射前各项测试检查时，聂荣臻也始终在试验现场，坐镇指挥。

到达发射阵地后风速稍微小了一点，但仍在 20 米/秒左右，飞沙走石，打在脸上像针扎一样。在这样的情况下，二中队吊装组打破了风速在 15 米/秒以上、气温在零下 11 度以下不能展开高架起重机的规定，迅速展开了设备，进行吊装。由于风太大，导弹刚吊离运输托架，就在空中不停地摆动。他们即组织了 16 个人在两侧用绳子将导弹拉住，可是，人站立不稳，龙门吊也有轻微晃动。一直在现场的张震寰副主任关切地对一部参谋长、阵地指挥员王世成说：“风太大，不行就停一会儿。”为了防止碰撞，他们重新组织人力，又增加了 1 条绳子和 12 个人，有人拉着，有人扶着，有人观察，准确而精细地操作着，用最低最慢的速度一毫米一毫米地起竖对接，终于将导弹安全转吊到起竖托架上，并顺利对接上核弹头，将导弹安全地起竖并固定在发射台上。

测试发射人员顶着狂风，冒着严寒，连夜进行各项测试检查。

在进行导弹瞄准时，一阵狂风袭来，眼看瞄准仪器被刮倒，操作手毫不犹豫地解开衣服将仪器抱在怀里，避免了一起事故。舵机操作手赵富修为了消除导弹起飞的零位误差干扰，冒着零下十几度的强寒流坚持不戴手套，用冻僵的双手认真仔细地调整。按技术要求调到 0.3 伏即可，当他调到 0.05 伏时，还不满足，硬是将 4 个舵机全部调到零位。这次试验凡是能想到的问题都想到了，一切该检查的部位、项目都检查了，并且使仪器、参数达到最佳状态。

10 月 26 日，罗布泊靶场。

张蕴钰在指挥所和张震寰用电话互相通报了首区与末区的情况。告诉他，人们已经做好了充分准备，气象条件以及其他一切工作的安排首先考虑首区的需要，什么时候发射都可以，弹着区的各项准备工作已基本就绪。光学、力学测量仪器、遥测设备、系统接受设备、观察仪器、控制仪器等设备分别布放在各个测量点上，经过调试，单项和全场联试以及发射首区进行合练，所有仪器设备工作正常可靠。

为这次试验，在戈壁滩上架设了几百公里专线和复线，以有线电为主准备两套通讯方案，和首区建立了专线联系，经过四次合练预演，证明完全可以满足指挥和勤务保障的需要。

安全问题仍然是试验考虑的重点。根据弹着最大偏差距离和安全边界的范围，把测试点、站全部布放在安全边界之外。部队配置在导弹走廊横偏几十公里以外较安全的地区。配备充足的防护器材。对远区居民点的安全做了论证，对距靶心以东导弹走廊几百公里内进行了空中侦察搜索。空中穿云取样各型飞机进行了多次演练。

夜间，张蕴钰决定把指挥所搬到预先选定的靶心以北的一座山头上的指挥所内。他所以要选择在夜间上山，有着心理因素上的考虑——这样指挥人员就可专心致志避免任何事情的干扰，没有任何杂念地干好当前的工作。

通过首区不断传来的电话，导弹从完成最后的测试到进场、加注、弹头对接、起竖的各个环节的进程，末区都得到了清楚、及时的通报。

10 月 27 日凌晨 5 点多钟，发射阵地一切准备工作就绪，就等待加注推进剂了。阵地上安装有直通周总理办公室的专线电话。张震寰副主任在电话上向周总理作了汇报，请求加注、发射。周总理听了很高兴，指示说："可以加注，要安全发射，准时发射，祝你们成功！"紧接着，阵地上进入加注推进剂及临射前的各项检查之中。

七机部作业队长谢光选回忆说："导弹加注前，临时党委特别考虑聂帅的安全，做出决定让他进防护掩体。眼看加注时间到了，可聂帅还在外边察看。发射团长着急了。问我是否加注。我说：聂帅不撤至安全区，我们就不加注。过了一会儿，基地司令把我喊去，要我去请聂帅回安全区。我说：这件事该你司令来办，我去算什么？他答：聂总尊重专家，你去嘛。我奉命行事，先给聂帅敬个礼，然后说：该加注了，您在这里，我们只好中止；您离开这里，我们就可以加注了。聂帅问：这是谁说的？我回答是党委定的。他没有再说什么，又细心地察看一番才走向安全区。"

地下控制室距发射台最近，也是最危险的地方，控制室离发射台只有 100 米，深 4 米，万一试验不成功，很可能遭致惨重后果。

当发射程序进入"一小时准备"时，李福泽代司令员下到控制室里，坚持要留下。控制室本来就小，一人一个岗位，因为这里危险，经过慎重研究才确定留下 7 名同志，没有司令员的位置，人们也不能让他留在这里，所以竭力劝他离开。当聂荣臻得知李福泽不肯离开时，亲自打电话让他赶快回到敖包山指挥所。李福泽仍坚持和控制室同志们在一起。后来，高震亚政委说："你不离开控制室，就推迟发射。"这样，李福泽才勉强上到地面，但又在发射场坪坐了下来，直到进入"30 分钟准备"，张震寰副主任再次打电话催他立即离开发射场时才离去。

上午8时，按程序进入“30分钟准备”。此时，阵地上只有地下控制室的7名同志，他们是：基地第一试验部政委高震亚、参谋长王世成、中队队长颜振清、控制系统技术助理员张其彬、加注技师刘启泉、控制台操纵员佟连捷、战士徐虹。

地下控制室是完全密闭的，空间非常狭小，只有十几平方米，还摆放着许多仪器装备，像是与世隔绝的另一个小天地。为了防止意外，他们准备了几天的饮用水和食品，安装了氧气再生设备。各种设备通电后，散发出大量热量，使室内气温高达40摄氏度，又闷又热，连呼吸都感到困难。工作时间长了，有的同志直喘粗气。徐虹的身体本来很弱，因进入阵地时晕车，连饭都吃不下去。佟连捷连续几天拉肚子，面色蜡黄。大家似乎都忘记了这一切，全神贯注地做着每一个动作。

“15分钟准备!”阵地指挥员王世成下达了口令。首区指挥所用密语请示国防科委并周总理：“卫要武、戴红身体检查合格，可以出发”（意即导弹、核弹头技术条件全部合格，可以发射）。

这时，王世成、颜振清又到阵地上仔细检查了一遍。到地下室后，王世成怀着激动的心情，声音洪亮地顺口给大家朗诵了一首诗：“主席思想更高举，雄心壮志定实现；为了革命搞试验，誓把生死抛一边；严阵以待要沉着，关键时刻更勇敢；巨龙腾空震五洲，春雷撼动地和天；主席思想放光芒，四海欢腾敌悲惨。”接着，高震亚做了临射前的再动员，鼓励大家就是出了天大的事，也要顶得住，紧紧地团结在一起，一定要争取胜利。

时间一分一秒地过去，离发射时间只有七八分钟了。高震亚拿出国防科委首长赠送的毛主席像章，郑重地缀在每个人胸前。大家不约而同地转向毛主席画像，心情更加激动，发誓要完成党中央、毛主席交给的任务。测试最后的参数时，大家全神贯注，激动而又紧张地轮流着互相检查了一遍，直到确信无误后才放心。

上午9时10秒，王世成下达了“点火”口令。操纵员佟连捷沉着果断地按下发射按钮。霎时，一声轰鸣，导弹托举着核弹头，喷着浓烈的火焰起飞了。此时，地下控制室里静极了，大家凝神屏息，连大气也不敢出。

除了心脏的跳动声，似乎周围的空气也凝固了，个个焦急不安地等待着外部世界的最后消息。

柳园。警报器、军号和紧急集合的哨声响成一片，一万多群众在部队的组织下进行了防空演习。为防万一，人们都撤到了安全地带。

罗布泊，核试验靶区。“零”前一小时。

在指挥所里，张蕴钰不时地和张志善、张英两位副司令员交谈着，借此来冲淡紧张的气氛。山头上的风和气象预报大不一样。风很大，至少有七到八级。天气有些冷，大家虽然紧张但都表现得非常镇静。他们把指挥所选择在山顶上的另一个目的是，一旦导弹出现偏差，如果落在前面，可隐蔽在山后；如果在山后爆炸，可隐蔽在山前。山顶成了他们进退依托的屏障。其实，这完全是一种自我安慰。如果导弹出现毛病落在这里，在高空爆炸，无论隐蔽在哪里都无济于事。一个人所能承受的压力是很弱的，何况这一切都发生在瞬息间，根本没有和它回旋的余地，但能够自我安慰一下也好。

当预定时刻临近的时候，气象变化对弹着区的安全有些不利。但首区已经做好了一切准备，特别是燃料加注后更不便推迟发射，那里几万官兵、职工、家属和附近上万名群众已经作了疏散转移。

箭在弦上，不能不发！

和首区相比，他们觉得末区几乎是无足轻重的，因此也就没有什么再可顾虑的了，一切听候首区的。

“点火”口令下达了。刹那间，大地轰鸣，核导弹腾空而起，像一条怒吼的巨龙直冲天宇。

遥测仪器不断传来无线电信号：“程序转弯”“发现目标”“遥测信号良好”“导弹飞行正常”。

敖包山上的指挥所顿时响起一片热烈的掌声。

唯有李觉却不鼓掌，他正在紧张地等待着那个最后的信号，那一刻，显得那么漫长。

在 1993 年 6 月的采访中，80 高龄的李觉老人向我讲述了当时的心情：

“我站着，看着，像个木偶一样一动不动，心里非常沉重。进入程序飞行，还有一段路哩。我准备它掉下来，掉下来得自毁，不能让它落地；飞行正常，核弹正常不正常，还要看我的那套系统信号清楚不清楚，还有什么问题。心里装着这两个事很紧张，心都掉下去了。那面传来消息，核爆炸的动作正常，阿弥陀佛，我这才放心了。人家说你怎么老不鼓掌啊！我说我那玩意的结果还不知道，怎么鼓啊！你鼓你的掌，我这个掌不能鼓啊……”

9 时 9 分 14 秒，从罗布泊传来了激动人心的信号：“核弹头命中目标，实现核爆炸！”一直悬着的心总算放下了，李觉和大家一起鼓掌。刚拍了拍手，他就被一群年轻的科技人员抬起来抛向空中：成功了，成功了！这些年轻人一边抛着他们的院长，一边忘情地欢呼，大家都忘了，院长有心脏病。

成功的消息传到了控制室，七位勇士激动得热泪盈眶，互相握手拥抱向着毛主席像连连高呼：“胜利了！成功了！毛主席万岁！万万岁！”

27 日 9 时过 10 秒，当张蕴钰听到首区按预定计划时间发射的报告后，周身的热血一阵奔涌，他笔直地站立在山头，望着首区导弹飞行方向的上空，神色肃穆。

最先看见的是一条细长的白烟划过湛蓝的天空，很高很远像一条白带，那是飞行中导弹留下的轨迹。云烟出现的时候，导弹也已经来到了他们的上空，人们这时适时地戴上防护眼镜。

20 年后，张蕴钰仍清楚地记得当时的情景：他的目光没有敢在那条云带上停留，“按照我预先从专家们那里得来的导弹在空中所飞行的时间，导弹到了该爆炸的时刻。在我戴好防护眼镜的一瞬间，看到了闪光，随即听到一个咆哮怒吼的声音，粗犷沉重，就像暴风雨前一个蓄聚已久的滚雷。我们所在的山颠为之一颤，是爆炸声的震动，没有感到冲击波的力量，没有出现我们事先所想到的种种意外，核弹已经成功地在预定的靶场区内上空爆炸了。

“在最初的强烈闪光之后，我们都取下了眼镜，我看到的是一张张脸上充满了欣喜的表情。在各种准确的数字还未得到之前，我迫不及待地对着话筒喊了一声：‘成功了！请报告聂帅。’在这次试验前，我一直同张震寰副主任保持电话联系，他和我都觉得这次任务痛快。

“爆炸的效果是我在前几次核试验中所未能见到的。因为是在海拔几千米的高空爆炸，火球明晰得一尘不染，其辉煌和美丽我前所未见，世间万物都无与伦比。火球与位于东方上空的太阳遥相辉映，整个空中闪烁着赤橙黄绿青蓝紫七色的彩带，罗布泊顿时出现难得一见的景观。

“爆炸过后，弹着区的全部测试、记录仪器设备工作正常。在很短的时间内，我得到了有关这次爆炸各个方面准确详细的数字报告，命中目标精确。当我兴奋地向首区报告完情况后，目光仍在追逐着空中美丽的景观，渐渐淡薄的放射性烟云，追忆着最初的记忆。火球不断地上升，高空强烈气流引起上升火球波动，它不停地摇晃着，像一条天空的巨龙，呈现出红橙黄绿青蓝紫的光色，太美了，一会儿又变成了像仙女的形态，像明霞、像白雾。我投入到想象中去了。过了一会儿，指挥所内的我们好像才刚刚想到了欢呼和庆贺。

“爆炸以后的若干小时内，我们仍然坚守在山上的指挥所里。我把地面测量、取样的情况源源不断地报告给导弹发射首区，报告结束时，我在电话里又一次与张震寰将军互道祝贺，并通过他转达我对聂老总的邀请。”

在一片欢呼声中，敖包山上的张震寰和罗布泊的张蕴钰通了电话：

“我们成功了！”

“祝贺同志们，再告诉你一个好消息，聂帅过两天要到你们那里去，到核试验场去看望同志们！”

发射成功后，聂荣臻立即在敖包山指挥所向周总理作了报告。27日晚，基地在大礼堂召开了隆重的庆祝大会，聂荣臻、张震寰、钱学森、李觉等领导同志出席了大会，聂荣臻铿锵有力地宣告：“我国进行的导弹核武器试验圆满成功了！”此刻，整个大礼堂欢声雷动。讲话后，聂荣臻高兴地对钱学森和李觉说：“你们也讲讲，二机部、七机部，二、七风暴嘛。”李觉说：“聂老总你讲了就行了。”聂荣臻说：“你一定要讲。”钱学森讲话后，李觉在掌声中走上讲台，没头没尾地讲了两句：“万里长征第一步，我们继续努力吧。”就站不住了，他觉得心脏不对劲，一手扳着椅子，一手扶着桌子，聂荣臻说：“你坐下说嘛！”李觉说：“我没啥说的了。”他匆匆走下讲台，被人扶出了会场。这些天，他太紧张，也太劳累，心脏病又犯了。

试验成功后，聂荣臻元帅在给毛主席、林彪、周总理的报告中，讲到“在自己国土上用导弹进行核试验，并且一次就百分之百地成功，这在国际上是一个重大创举……从第一次核爆炸到小型化核弹头，美国用了十三年（1945—1958），苏联用了六年（1949—1955），我们只用了两年，比美国快六倍半，比苏联快三倍。”

聂荣臻元帅亲临罗布泊

1966 年 10 月 31 日，元帅飞临罗布泊。

在近一个小时的航程中，聂荣臻翻阅着一件件外电的评论，脸上露出了欣慰的笑容，看来，这次试验是打了一个胜仗。

日本《共同社》10 月 28 日报道说：

中国用导弹进行实战用核爆炸试验取得成功的消息，在中国发展武装的速度快得超出预料这一点上，大大地震惊了全世界。

中国问题专家早稻田大学安藤彦太郎教授说：

过去每次成功地进行核试验的时候，我一直住在中国。当时，中国有意识地避免用支持原子弹的游行等群众行动来表示喜悦。中国政府似乎贯彻着：“人比武器重要”“为了消灭世界上的核武器而拥有核武器”的原则，但是，中国人民因此有了信心。

阿尔及利亚《圣战者日报》10 月 28 日评论说：

中国的新的核试验——它是人民中国自 1964 年 10 月以来进行的第 4 次试验——是十分重要和十分有意义的，因为它一方面表明中国已经成功地把核弹头微型化并使它具有作战价值；另一方面又表明中国拥有可以把弹头运送到一定距离的火箭。

日本《每日新闻》10 月 29 日评论说：

共产党中国在第 1 次核试验以后仅仅两年时间就进入核导弹时代。这件事比前些时候的红卫兵旋风更加强烈地冲击了世界。它发展核武器的速度的确是迅速的……

核试验基地爆炸当天发来的情况报告也摆在聂荣臻面前的文件夹中。

聂荣臻回想着这些已读了许多遍的文字，望着舱窗外的阳光和白云轻轻地舒了一口气：十年了！从 1956 年受命担负起国防尖端事业的重任，经历了多少风风雨雨啊！这是在和平环境中进行的另一种形式的紧张战斗啊！

飞机徐徐降落在马兰机场。

聂荣臻元帅第一次踏上了罗布泊的土地。

当时任基地副司令的张志善回忆说："聂老总一下飞机就问长问短，问博斯腾湖水是咸是淡，问这里的土地能不能种，他鼓励我们开荒种地，植树造林。后来我们根据聂老总指示，提了个每人一亩地，一亩林的口号……"

第二天，聂帅参加了庆祝试验成功的大会；11 月 3 日，聂荣臻又驱车几百里，专程到试验场区看望参试员。那天，戈壁滩上刮着五级风，气温在零下十几度。67 岁高龄的聂荣臻，穿着大衣，戴着皮帽，站在放下挡板的卡车上，向大家表示热烈祝贺，他一口气讲了近半个小时。

在基地短短几天里，聂荣臻不辞劳苦，到部队、研究所、医院、子弟学校、服务社视察，和基地的干部、战士、职工、家属广泛接触，对基地建设作了许多重要指示。

聂荣臻说："原子弹除继续突破大当量的以外，要搞小型化，搞地下试验。我们搞大当量的，要搞百万吨级的，千万吨级的再看一看。运载工具，主要不搞轰炸机，飞机花钱多，不易进入敌空，即使两倍音速的飞机也很难。我们超越了机载阶段，外国人也看出来了。敌人就是怕导弹，现在不只是政治上、心理上的问题，而是有军事上的问题。所以这次响不响是有历史意义的。"

关于在科学研究上要自力更生，赶超外国，聂荣臻说："苏联撤走专家，逼我们自己搞，这是好事。没有修正主义这一手，我们不会发展这样快。

所以主席说要给赫鲁晓夫一吨重的奖章。苏联专家在时，保密搞得很神秘，对自己人神乎其神，照那样是搞不出原子弹的。

“不能依靠外援，躺在外援上，过去连石头都从苏联运来。走自己的道路，并不是把自己孤立起来，不要外国书籍，不要参考国外技术了，那是蠢人，为什么不利用人家的成果！

“这次导弹核武器试验国外很震动。美国十年办到的事，我们两年就搞成了。

“尖端可以带动一般，两弹研制和试验促进了其他工业的改进。毛主席说：要有、要快、要超。两弹结合试验成功，信心更增大了。

“两弹结合是有历史意义的，要继续突破，加快速度。”

张志善在 1983 年 5 月 10 日告诉我：“聂老总这次来基地住在马兰招待所四楼一层三号。他在这里住了一个星期。老总也像毛主席一样，爱吃红烧肉。他夫人张瑞华天天打电话，问情况，问有没有红烧肉。

“我就回答说：‘有，但聂总没吃一块。’

“聂帅听了就笑着说：‘没有，说没有。’实际上，一天没有他就问今天咋没红烧肉。每次睡觉前，他都要围招待所转十圈，有十来里路，他拿根拐棍，开始提着，走得很快，后来两臂架着，再后来才拄着。

“在这里，聂帅血压降下来了，精神也好，吃饭也多，睡觉也香。他说，在这里真好，没人找，这里真安静，现在已经没有这样安静的地方了。”

那时候，“文化大革命”已闹起来了，基地文工团也有人开始闹。聂荣臻就问他们：“你们懂不懂什么叫文化？什么叫文化革命，文化革命就是文化改革嘛。”

聂荣臻的苦心并没能挡住那场动乱，时隔不久，基地这块安静的绿洲也被政治的冲击波淹没了。

为了稳定部队，保证氢弹试验顺利进行，聂荣臻在这年年底和第二年又接连两次来到马兰，来到核试验场……

第十二章 炫目的太阳

世界震惊不已

1967年6月17日。新疆吐鲁番火车站。

太阳刚刚从地平线上升起，从北京开往乌鲁木齐的69次列车停靠在站台上。这时，一片耀眼的光芒照亮大地，一位乘客吃惊的大喊：

“快看呀！天上又升起了一颗太阳。”

人们纷纷拥挤到车窗前，站台上，惊奇地张望着、议论着。

突然，一声巨雷从半空飞落，大地久久震颤，门窗哗哗作响……

与此同时，乌鲁木齐、库尔勒等地也爆响了晴天霹雳，许多楼房的玻璃被震得粉碎……

当天深夜，一条激动人心的消息从北京飞出：

中国第一颗氢弹爆炸成功！

一时间，举国沸腾，举世震惊。世界又一次把关注的目光投向北京——

[共同社东京十八日电]特派记者福原北京18日电，北京广播电台17日深夜广播说，中国第一颗氢弹爆炸成功。到18日零时半的时候，北京市内就已经出动了大批的敲锣打鼓的游行队伍，天安门前的长安街的路灯辉煌，全部点起，交通警察大量出动。在天安门前广场上张贴了“热烈欢呼第一颗氢弹爆炸成功”的标语。

[新华社伦敦十九日电]英《太阳报》6月19日刊登文章《北京敲响了氢弹的战鼓》：

昨天北京举行盛大游行庆祝中国的第一颗氢弹的爆炸。

兴高采烈的中国人汇集成一排排的游行队伍，敲着锣打着鼓前往共产党的总部送交贺信。

[新华社伦敦十九日电]英《每日简报》6月19日发表评论：

他们有七亿人，而现在他们有一颗氢弹了。

他们进行了试验，告诉了我们这个消息，在这个疯狂的世界上，谁也没有任何理由认为他们在说谎。

在朗读毛主席语录，和用浆糊抹英国外交人员以及互相戴纸帽子的当儿，中国人却有时间在核弹事业中从原子弹发展到氢弹，其速度比任何其他初搞核弹的国家都快。

而合众国际社的一则消息则说，美国国务院的官员注意到毛泽东主席、国防部部长林彪和目前的其他高级领导人昨晚在北京看京剧。也许这是为了配合在新疆省罗布泊附近的沙漠中的这次爆炸。

费鲁齐奥·帕里主编的《观象仪》周刊6月25日的一期发表了卢查诺·瓦斯科尼的一篇文章，题为《中国：可信任的氢弹》。文章是以下述的小故事开头：

听说，6月17日一位塔斯社记者气喘吁吁地跑到了玻璃宫——那里联大特别会议刚开始——走到柯西金面前说："总理同志，北京电台已经宣布，中国掌握了氢弹……"柯西金瞅着这位记者，但是说不出话来。记者又说："总理同志，这次爆炸是在新疆进行的，就是反毛派所控制的省份……我们曾经报道过此事……他们会让炸弹爆炸吗？"柯西金更加注意地瞅着记者，面容显得越来越可悲和可怜。后来，他终于开了腔："同志，你为什么如此慌张，你信任塔斯社吗？"

《星期日泰晤士报》以《中国爆炸氢弹》为题，发表一篇评论：

中国在通向完全核地位的道路上前进的速度，又一次使西方专家们大为惊诧。它的第一颗氢弹爆炸的实现，比预计的早了六个月到一年的时间。中国由原子武器制造热核武器所用的时间，比任何其他国家短，现在已经追上了法国。

这次爆炸肯定地使毛主席走在法国前头了，法国尽管戴高乐总统热心，却预计要到70年代初期才能试验其第一颗氢弹。

法新社22日晚以《莫里斯·舒曼在国防委员会上的讲话》为题广播了如下消息：

负责科学研究的国务部长舒曼，今天在国防委员会上说："法国旨在制造热核武器的试验进展顺利。"

舒曼作了获得成果的政治总结。他说，法国只是在1967年才开始生产铀-235，旨在制造热核武器的试验进展顺利。他说，同中国的成就作任何比较都是不合理的，因为法国在掌握热核武器之前，首先是希望拥有核武器系统。

[法新社巴黎十八日法文电]：

中国人民爆炸热核炸弹所取得的惊人成就再次使全世界专家感到吃惊。惊奇的是中国人取得这个成就的惊人速度。

中国人在核方面的成就，使世界震惊不已。

1964 年 10 月 16 日中国第一次核爆炸使人吃惊，因为中国人试验的炸弹，不是一颗钚弹——其他核大国遵循的老路，而是一颗浓缩铀弹。

1966 年 5 月 9 日中国第三次核爆炸是另一次吃惊，因为试验的炸弹包含有热核材料，是一颗“加强了”的炸弹。

1966 年 10 月 27 日第四次爆炸，又是一次惊奇。这是一颗原子弹，爆炸前由一枚中程火箭运载。

1966 年 12 月 28 日也使人十分惊奇。因为中国的第五次爆炸是一颗威力达几十万吨级的、包含铀-237 的原子弹（广岛的炸弹是一万五千吨级）。

最后，中国在 1967 年 6 月 17 日试验的第一颗热核炸弹（氢弹），甚至使美国最有经验和最了解情况的专家感到惊奇。

7 月 7 日，毛泽东在北京接见军训会议代表时兴奋地说：

“两年零八个月搞出氢弹，我们的发展速度超过了美国、苏联和英国，现在在世界是第四位。我们搞原子弹、导弹有很大成绩。这是赫鲁晓夫帮忙的结果，撤走专家，逼我们走自己的路，要发给他一个一吨重的勋章。”

80 年代，一位来访的法国科学家告诉他的中国同行说，中国第一颗氢弹爆炸后，戴高乐总统曾将他们集合起来，发了一顿无名火。

对于西方来说，中国如此神速地爆炸了氢弹，这似乎是一个不解之谜。

就连中国人民的老朋友美国作家埃德加·斯诺对中国氢弹爆炸成功的速度也感到十分惊奇。

1970 年 10 月 19 日晚 8 时 35 分，周恩来在人民大会堂福建厅第二次会见美国作家埃德加·斯诺和夫人。斯诺问，为什么相对工业不那么发达的中国试验氢弹方面取得成就的速度要比法国和美国快一倍？

周总理说：“不光氢弹，整个核武器我们还在试验阶段。试验速度比较快其中一个原因还得感谢赫鲁晓夫，是他撕毁了在原子能方面同我们签订的合作协定，是他在 1959 年撤回了在中国的全部苏联专家，迫使我们自力更生解决问题。所以，在 1964 年，比我们原来预计的提前爆炸了第一颗原子弹。但那么凑巧，正好成了把赫鲁晓夫送下台的一个礼物。赫鲁晓夫 15 日下台，第二天我们第一颗原子弹试验成功。这完全是巧合，完全没有预计，我们怎么可能晓得苏联国内的政局到那么准确的程度？第一次试验也不能就一定那么准确，即使知道他要下台，马上爆炸，除非我们手里掌握了大量的原子弹，像放焰火似的。”

钱三强、刘杰的一着妙棋。“半导体”“中国的国产专家一号”

钱三强的办公室里，来了一位 30 岁的年轻人。

他叫黄祖洽，是原子能研究所第四研究室的一个组长。

钱三强用信任的目光看着这位 1950 年就已加入中国共产党的青年物理学家，平静的语气中透着几分严肃：

“小黄，今天叫你来，是要告诉你部党组的一个重要决定，为了早日掌握氢弹技术，我们要组织一个轻核理论小组，先行一步，对氢弹的作用原理和各种物理过程，可行的结构进行探索、研究。现在，我们只能靠自己啦。”

黄祖洽专注地听着钱先生的叮嘱，不由得挺起了胸膛。

钱三强又特意叮嘱说：“你原来那个小组叫 47 组，这个轻核理论组就叫 470 组吧，要特别注意保密。”

这是 1960 年 12 月的一个早晨。

在钱三强的组织下，一群年轻的科技工作者，悄悄地开始了氢弹技术的理论探索。

氢弹是利用原子弹爆炸的能量点燃氘、氚等轻核的自持聚变反应，瞬间释放巨大能量的核武器。又称聚变弹或热核弹。氢弹的杀伤破坏因素与原子弹相同，但其威力可大得多。原子弹的威力通常为几百至几万吨梯恩梯当量，氢弹的威力则可大至几千万吨梯恩梯当量。

1942 年，美国科学家在研制原子弹过程中，推断原子弹爆炸提供的能量有可能激发大规模的核聚变反应，并想以此来制造一种威力比原子弹更大的超级核弹。10 年后，1952 年 11 月 1 日，美国进行了世界上首次氢弹原理试验，试验代号为“迈克”。试验装置以液态氘作热核装料，爆炸威力在 1000 万吨梯恩梯当量左右。但该装置连同液氘冷却系统重约 65 吨，不能作为武器使用。

苏联宣布于 1953 年 8 月 12 日进行了氢弹试验。试验装置中第一次使用了氘化锂作热核装料，因而重量体积相对较小，有可能用飞机或导弹来投放。

美、苏为了显示核威慑力量，在 50 年代和 60 年代初期，曾研制过一些威力高达几千万吨梯恩梯当量的热核武器。1961 年，苏联试验了一个 5900 万吨梯恩梯当量的热核装置。这是威力最大的一次爆炸。从技术上讲，要研制威力更大的氢弹也并不十分困难，因此一般不把威力的大小作为衡量氢弹技术水平的指标。氢弹的运载工具一般是导弹或飞机。为使武器系统具有良好的作战性能，要求氢弹自身必须重量轻、体积小、威力大。因此比威力的大小是衡量氢弹技术水平的重要标志之一。20 世纪 60 年代中期，大型氢弹的比威力已达到了很高的水平。美国 1962 年开始部署的“大力神”洲际弹道导弹，弹头重约 3700 千克，威力为 900 万吨梯恩梯当量，比威力达 2400 吨梯恩梯当量/千克。苏联在 1965 年部署的 SS09 洲际弹道导弹。弹头重约 6100 千克，威力近 2000 万吨梯恩梯当量，比威力约 3300 吨梯恩梯当量/千克。

两个超级大国一直把氢弹技术作为核威胁的主要手段而严加保密。直到 1979 年，美国人莫兰德发表了《氢弹的秘密》一文后，人们对氢弹的奥妙才略知一二。而这篇文章在当时还曾被美国政府作为一起泄密事件。

如果说，我国原子弹的理论设计还有苏联专家讲的一点原理性知识起了一些引路作用的话，而氢弹技术当时则完全是一片空白。

1961 年初，于敏加入了氢弹探索者的行列。

这对于于敏来说，是又一次改行。

1951 年，于敏从北京大学分配到原子能研究所。他接受的第一个任务就是改变自己追求几年的“量子场论”的研究，从头学起，去搞原子核理论。十年寒窗，于敏发表多部专著和 20 多篇论文。钱三强说他“填补了我国原子核理论的空白”。世界著名物理学家诺贝尔奖金获得者 A·玻尔于 50 年代来华访问时，在短暂的接触中发现，于敏是位“出类拔萃”的人；日本的科学家则称于敏是“中国的国产专家一号”。

从一个基础性很强的科研领域，突然转到氢弹原理这个应用性很强的领域，于敏很快就显示了新的才华。

一次，国外刊物报道了一种新的截面，这个截面的数据非常理想，大家都很感兴趣。但要重复这个实验，不仅需要几百万元人民币，还要花两三年的时间。

于敏苦苦思索了两天，作了详细的分析，得出了结论。他对同事们说：“无论如何也达不到这么个截面，而且任何其他反应截面都达不到这个数。我们根本没必要用那么多人力、物力和时间去重复这个实验。”

过了一段时间，外刊又报道，有实验证明那个报道是假的。

一切都要从头开始。这些年轻的探索者出发的阵地只是最基本的物理学原理，他们手中的主要兵器只是一张书桌、一把计算尺和一块黑板，他们最大的优势是有一颗颗火热的心和一个个不知疲倦的大脑。就凭着这些，他们顽强地拼搏着，探索着，一步又一步地向前推进。

探索者的队伍不断扩大，最多时曾达 40 多人。这期间，钱三强又委派黄祖洽兼任九所理论部的部分工作。钱三强说：“这里的情况你可以带到那边去，但那边的情况不能带到这里来。”因此，同志们称黄祖洽是个“半导体”。紧张的工作，连续的失眠使黄祖洽得了高血压和疲劳综合症。但直到今天这位年近古稀的教授对当年的生活仍充满了怀念之情。在 1993 年冬天的一次采访中，他满怀激情对我说：“如果你要问我那些年工作是不是太苦了，是太辛苦了，但我觉得，如果要我再去做的话，我还是情愿去做的。”

一篇又一篇的论文交到了钱三强手里，一个又一个未知的“山头”被绞尽脑汁、呕心沥血的科学勇士攻克。四年中，黄祖洽、于敏和同志们提出研究成果报告 69 篇，对氢弹的许多基本现象和规律有了更深的认识。

历史已经证明，氢弹理论探索先行一步是钱三强、刘杰的一着妙棋，为尽快突破氢弹技术打下了基础，赢得了时间。

在 1993 年 8 月的采访中，当我向刘杰部长问起为什么在原子弹尚未突破时就想到了要抓氢弹的理论探索，刘杰回答说：

“我在和专家的接触中，知道原子弹和氢弹是不同的，有很大的差别，也知道美国在比基尼爆炸的氢弹有那么大的个头，但当时对氢弹的基本原理还不清楚，就和钱三强同志谈这个问题，可不可以从理论上先做一些工作，考虑先做一些基本的探讨，在这个基础上再下决心。钱三强同志在这个问题上下了很大功夫，做了大量的组织工作进行研究，起了很重要的作用。”

与此同时，1963 年 9 月，核武器研究所组织一部分科技人员围绕设计含热核材料的原子弹，开始氢弹的理论探索。首次核试验成功以后，核武器研究所迅速将大部分理论研究人员组织到氢弹研究中去。

有人把原子弹比作引爆氢弹的火柴。

火柴已经具备，中国的氢弹之路在哪里呢？仿佛是一片被如墨的夜色浸透了的荒原，没有路。最初的探索和猜谜毫无二致，攻关者坚定地探寻着、摸索着。

那是一个热火朝天的年代，花园路五号的那座灰楼，灯火通明。从老一辈科学家到年轻的大学毕业生，人人畅所欲言，献计献策。1963 年，彭桓武教授专门作了一次报告，从理论上阐明了加强型的原子弹还不是氢弹。

周光召作了一次关于氢弹的报告，他抱来一大堆书刊，有的印载了美、苏核导弹的外形照片，他分析这些导弹的外型类别，认为原子弹与氢弹在结构上有很大差别，也可能在原理上相应会有质的不同。

1965 年 1 月，为了加强氢弹理论的攻关力量，二机部决定将原子能研究所的黄祖洽、于敏等 31 人调到核武器研究所。这样，氢弹的理论研究队伍汇聚一起，形成了强有力的科研攻关拳头。

毛泽东——氢弹也要快；邓小平——看来我这个任务非完成不行了

为了尽快突破氢弹技术，1964 年 1 月，中央专委根据氢弹预研工作的进展情况，要求原子弹炸响后，在“三五”计划期间解决氢弹的“有无”问题。

第一颗原子弹爆炸成功后，刘杰向周恩来、彭真、李富春汇报。刘杰说：“三年到五年能爆炸氢弹。”

周恩来说：“三年才能爆炸氢弹，太慢了，要快。”

1965 年 1 月，毛泽东在听取国家计委关于远景规划设想的汇报时指出：“原子弹要有，氢弹也要快。”刘少奇也提出要像炸响原子弹那样早日炸响氢弹。

根据上述要求，周恩来立即指示二机部尽快研究提出加快氢弹研制的计划，要求把氢弹的理论研究放在首要位置上，并注意处理好理论和技术、研制和试验的关系。

1965 年 2 月，中央专委批准了二机部报的计划，确定力争 1968 年进行氢弹装置爆炸试验。8 月又批准了二机部《关于突破氢弹技术的工作安排》，决定在继续进行理论探索研究的同时，进行若干核试验，争取在 1966 年 6 月进行一次含有热核材料的原子弹试验，按理论与实践相结合的路子，逐步突破氢弹技术。

同年 5 月，聂荣臻召集国防科委、二机部等单位研究氢弹试验的准备工作，再次强调不要受美、英、苏三国签订的部分禁止核试验条约的束缚，继续走自己的路。他要求国防科委及早做好氢弹试验的准备工作。

直到今天，九所的老同志还都记得那辆红色的奔驰车。那时，一看到那辆红奔驰，大家就说：“刘部长又来了。”

刘部长是刘西尧，当时是二机部副部长，在氢弹攻关的关键时刻，不知他和科技人员一起度过了多少不眠之夜。

在 1993 年的采访中，我向刘西尧部长谈起“红奔驰”的故事，刘部长说：“那时，我是经常往九所跑……要研制氢弹，首先遇到两个问题，一是从哪里入手，二是要搞出一个什么水平的氢弹。”

“从哪里入手？就是要先突破氢弹原理。为此，我们提出了要抓‘龙头三次方’，这是个比喻，即搞核武器的龙头在二机部，二机部的龙头又在核武器研究所，研究所的龙头又在理论设计部，即邓稼先他们所在的单位。首先要靠他们来探索和突破氢弹原理。要搞出一个什么水平的氢弹？那时有两种考虑。一种是，只要是热核聚变就行。据了解美国第一次氢弹试验的就是一个很大的装置。另一种是，一步就研制出能装上导弹头的氢弹。也有同志主张，‘从低级入手，向高级争取’。周恩来总理 1964 年 7 月关于原子弹小型化的指示，为九院理论部的专家们指明了研制氢弹的方向。经过多次研究，他们决心一步就研制出能装上导弹头、锑恩锑当量不小于 100 万吨的氢弹。简称‘1100’”。

1965 年 2 月，在朱光亚、彭桓武主持下，邓稼先、周光召组织科技人员总结前一段的研究工作，制定了关于突破氢弹原理的工作大纲：第一步继续进行探索研究，突破氢弹原理；第二步完成质量、威力与核武器使用要求相应的热核弹头的理论设计。

准确完整的核数据，是核装置设计的重要依据。核武器研究所的科技人员在文献研究中发现记载数据很不一致。1965 年 2 月，原子能研究所何泽慧率领 30 余名科技人员，在丁大钊等曾进行过的关于轻核反应的科研工作基础上，经过半年左右的实验研究，对热核材料的核反应截面进行了测量，获得了可靠的实验数据。

1965 年 9 月，于敏带领一支小分队赶赴上海计算所，抓紧计算了一批模型。经过分析研究获得热核材料燃烧规律的重要成果，但这种模型重量大、比威力低、聚变比低，不符合当量的要求。接着，于敏在总结经验的基础上，作了一系列详细的分析报告，科技人员又计算了一批模型，发现了热核材料自持燃烧的关键，解决了氢弹原理方案这一重要课题。他们奋战 100 天。

于敏说："我们到底牵住了牛鼻子！"

喜讯传到理论部，邓稼先第二天就飞到上海。他一下飞机就直奔机房，兴奋得像个大孩子。

20 多年后，当人们问于敏是怎样攻克氢弹原理的，于敏回答：

"研究氢弹原理的是一批科学工作者，参加设计、实验的人就更多了。要说攻关，是集体攻关，我只是其中一个卒子。"

1965 年 12 月，在核武器研究所副所长吴际霖主持和二机部副部长刘西尧、李觉，国防科委二局局长胡若嘏等参加下，核武器研究所的专家在西北核武器基地多次进行研究后，确认于敏等提出的利用原子弹引爆氢弹的理论方案从基本规律上推断是合理的、可行的。据此分析，在 1967 年底或 1968 年上半年有可能研制出体积比较小、重量比较轻、聚变比比较高的 100 万吨级的氢弹。因此，确定突破氢弹要以新方案为主。原定方案的研究和试验也不放松。

在采访中，于敏感慨地告诉我："刘西尧这个决断非常重要，进可攻，退可守，退可守是为了进可攻。这是稳妥的，积极的，再拖，'文化大革命'要起来了，就要误事了……"

胡若嘏从青海回到北京后，立即到聂荣臻元帅家汇报了会议情况，聂帅听了很高兴，说："好啊，我同意，你再去向张爱萍同志报告一下。"胡若嘏连夜踏上了南下的火车——张爱萍这时正在扬州郊区搞"四清"……

按新方案研制氢弹，必须解决用原子弹爆炸点火装置的技术难关。经过上百次爆轰模拟试验，以及多次深入的学术讨论，陈常宜、陶祖聪等采取了巧妙的办法，解决了这个技术难题，为确定引爆弹的理论设计方案提供了实验数据。

在进行氢弹主体的理论设计中，物理和力学工作者研究装置爆炸过程中各阶段的物理图像和发展规律，论证了引爆弹爆炸对氢弹主体的作用和影响，掌握了部件的配置和能量释放的关系，从而制订了氢弹主体的理论设计方案。

加速氢弹研制的一个重要条件是热核材料的生产和热核部件的加工。二机部当即将原子能研究所从事轻同位素分离的科技人员调到包头核燃料元件厂，共同攻克技术难关。在原子能研究所、北京大学、清华大学的协同下，厂科技人员围绕热核材料生产中的95个课题展开全面攻关，克服了重重困难，于1963年初将工艺设备基本安装完毕。

化工部组织大连油脂化工厂和上海化工研究院，加快用电解交换法制取重水的中间试验，并分别于1963年10月和1964年5月生产出合格的重水，为重水工厂的建设创造了条件。接着，在北京化工设计院、一机部和建工部有关单位的大力协同下，吉林化学工业公司迅速建成了一座小型重水生产车间，生产出第一批合格重水，在此期间，氘化锂-6生产线投料试车一次成功，并生产出第一批合格的锂-6产品。接着，又先后取得了氯化锂和金属锂制取、重水电解制氘的成功，于1965年9月11日合成了第一炉氘化锂-6产品。

西北核武器研制基地负责把氘化锂-6按设计的几何形状和尺寸加工成热核材料部件，作为氢弹的装料。1965年初，宋家树等研制人员展开了热核材料部件的研制工作。经过研制人员近一年的努力，制成了第一套合格的氘化锂-6部件，解决了加强型原子弹和氢弹试验的装料问题，为研制成功氢弹创造了重要条件。

1966年3月30日，中共中央总书记邓小平和国务院副总理薄一波、西北局第一书记刘澜涛等从西宁专程来青海湖畔的核武器研制基地视察。

一下火车，邓小平马上就来到总体部参观原子弹样品。在几间专门布置的展室内，他仔细地观看着一个个核弹头，当看到核航弹时，邓小平说：“这个我看到过。”

李觉在汇报中说：“我们花了不少钱，就达到现在这么个水平，还有不少的浪费。”

薄一波鼓励说：“花点学费还是必要的，没经验嘛。你们不容易啊。”

在现场进行技术讲解的龙文光1993年告诉我：“我们在休息室里专门

准备了纸、笔，小平同志进来一看就说：‘看来我这个任务非完成不行了’。说着，拿起笔来就写了这几行字：高举毛泽东思想的伟大红旗，遵照毛主席指引的方向，奋勇前进——别人已经做到的事，我们要做到；别人没有做到的事，我们也一定要做到。邓小平一九六六年三月三十日”。

周光召——无论如何我们的计划要加速进行。中央军委的“特别公函”；周恩来——你们让我喘喘气嘛

正当科技人员在氢弹攻关中忘我拼搏的时候。当时他们谁也没想到，一场历史大劫难的序幕正在他们身边拉开，上海报纸刚刚开始的对《海瑞罢官》的批判，就是信号。

1966 年，九院理论部薄薄的围墙挡不住那场“史无前例”的台风、红旗、红袖章、红标语、大字报，甚至某些重要机密也被糊上了墙头。

一夜之间，理论部大楼灰砖墙上和走廊内，糊上了密密麻麻的大字报，周光召成了“推行刘少奇资产阶级路线的代表”“资产阶级反动技术权威”。他的名字横倒竖歪地出现在上面。周光召小心翼翼地推开办公室的门，生怕把大字报碰撕一个角，招惹更大的麻烦。

红卫兵冲进了他家，翻箱倒柜，到处搜寻。本来，在这狭小的天地里，书籍资料堆放得满满的，要直起腰侧着身走路才行。这一抄家弄得满地狼藉，竟无插足之地了。周光召深夜回家，发现自己的论文手稿遍地撒落，他急忙到书籍杂物堆中去找，可是，翻来找去，只剩下二十来张的“零头”了。他拿起被踩破的手稿，用手轻轻拂平。他望着那模模糊糊的字迹，心如刀绞，就像人用粗暴的手抓住他的心在恶意地揉捏。

周光召一面承受批判，一面抓设计。一天下午会议结束后，于敏心情沉重地说：“老周，我们的研制恐怕要受影响了。现在不抢时间，将来会后悔的。”

周光召面部毫无表情，说：“是啊，本来可以实现的事，不努力去干，

就会犯下一个错误，子孙后代会抱怨我们的。无论如何，我们的计划要加速进行。”

厄运也降落在邓稼先头上，在北京医学院工作的妻子许鹿希，受到批斗。家被抄——能分清这是神经解剖学教授的家还是核科学家的家吗？家门上被砸上了一块块煤泥，煤泥散发着尿臭。邓稼先默默地推门回家，又默默地开门上班。不久，他敬重的三姐突然死于“意外”：三姐夫被打成“特务”，造反派勒令三姐连夜写材料，她将自己关在厨房里，次日清晨，人们发现她倒在煤气灶边。这就是他美丽而善良的三姐。上中学时，三姐常常给他送菜；临出国时，又是三姐为他准备行装和盘缠。邓稼先还保留着一件姐姐和姐夫送他的捷克斯洛伐克尼龙衬衫。这件衬衫他再也没有穿过。

钱三强受到批判；王淦昌受到冲击；狂热和动乱在最神圣最革命的口号下扫荡着一切，连张爱萍将军也被关押五年之久，刘杰部长也被拉上了批斗台……

崇高与滑稽在这里复合成一种不伦不类的杂乱空气。昨天事业依然神圣，昨天的热情依然沸腾；当狂热的人群向科学发起全面讨伐的时候，科学的产儿核弹却继续受到珍重；具有讽刺意味的是：当听说“法国人就要进行氢弹试验”的消息时，连造反派居然也要求“加快氢弹研究步伐，抢在法国人之前”……

对于科技人员来说，所有属于个人的厄运都无关紧要了，他们一边忍受着最狂热的政治讨伐，一边坚持着最严谨的科学实验。用苦涩的心血喂养着科学的产儿；用羸弱的脊梁，支撑着祖国腾飞的翅膀。

在这危急的时刻，聂荣臻元帅紧急下令，派兵把守研究所宿舍区大院，任何外人不得进入。周恩来总理指示，一些从事机密工作的专家，名字不许上大字报。

1966 年 9 月，周恩来得悉二机部有的专家被抄家，家属受牵连，引起科技人员的严重不安，影响科研工作。他立即要求中央军委严肃处理。陈毅、徐向前、聂荣臻、叶剑英等指示国防科委、二机部认真做好善后工作，该道歉的道歉，该赔偿的赔偿，并将处理结果报告中央军委。接着，聂荣臻和国防工办、国防科委领导人，以开座谈会、交心等多种方式，同一些专家、技术骨干谈心，做思想工作，勉励他们顾全大局，以事业为重，继续积极为国防现代化作贡献。

周恩来利用一切机会强调国防科研、生产，只许促进，不得影响。同时经毛泽东批准，以中共中央、国务院的名义于 1966 年下半年多次发出通知，要求维护正常的科研、生产秩序。聂荣臻在同年 8 月召开的中央军委常委会上提出，试验基地不要搞“四大”（大鸣、大放、大字报、大辩论），只搞正面教育。中央军委随即发出了国防科委所属试验基地进行正面教育的通知，从而使试验基地的形势基本保持稳定。

氢弹原理试验用的铁塔是华北金属结构厂加工的，“文化大革命”开始后闹得这项工作根本无法进行。在一次专委会上，周总理说：“张震寰，你去用三天三夜把这个问题解决了。”总理想了想又说，“你还是到场区吧，胡若嘏，你去把它解决了。”

胡若嘏在 1983 年告诉我：“实际上用了十二天十二夜才解决这个问题，难得要死。”

的确是难，核试验基地驻京办事处主任李维平至今仍清楚地记得当时的情景：

“1966 年春天，为加工塔爆用的塔架，我们曾两次去建工部华北金属结构厂联系加工事宜。

“第一次，我和杨明春一道，刚走进工厂生产办公室，就有七八个神气十足的小伙子围上来，声称他们是‘造反派’，有什么事可以同他们讲，看看他们的样子，我便灵机一动说，来看看上次剩料。回来后我把情况报告了科委二局。

“第二次，工办刘秘书长电话指示我和建工部施工局长、科委二局局长一块去，并说他已给‘造反派’头头说好，要他们不要干涉加工任务。我们一到大门口就见百十个手持小红旗的人拥了过来，刚进门，我们就被他们围住。他们有的辩论，有的要批建工部王局长。正在这时，一位老司机冲进去把王局长抓了过去并喊没有解放军的事，人群才散去。在我们回家吃饭的时候，王局长打电话告诉我，是那位不知名的老师傅救了他。

“鉴于当时的混乱局面，我把情况向工办刘秘书长作了汇报。不想几天后，总理也知道了此事，并为此专门指示我们‘你们就住在工厂，再做几条规定，要尽快把塔架加工出来’。根据总理指示，我即刻找人请来了工厂的各派头头和领导，向他们传达了总理指示，下午我和建工部一位副部长取得了联系，并说定第三次一块进厂。第二天，我们第三次进厂后，马上让厂里周书记召集有关人员在二楼会议室集合，听胡局长宣读周总理五条指示。时至今天，已过 20 多年，总理指示的大意，我仍记得：1）解放军驻厂参加工作；2）解放军不准参加工厂运动；3）参加这项工作的人员每人发一证件才能进出加工车间；4）划出加工办公室，无关人员不准入内；5）工厂要按时完成加工任务不得延误。最后，胡局长请大家回去。生产科在二楼划出两间房子做 03 工程办公室。我们遂在门口挂上了‘03 单位 33 部队加工办公室’的牌子，并按计划通知厂里各派头头：驻京办事处杨晾华、杨春明二同志为驻厂代表，具体工作由他们二人和生产科共同负责。就这样我们才提前三天完成了加工任务。”

1966 年年底，动乱的局势影响到氢弹研制协作任务的进展。这一天，周恩来开会到天亮，又到八宝山参加了一场追悼会，然后又直接赶到京西宾馆二层的一间会议室参加专委会。

周恩来一到，国防科委副主任罗舜初说：总理来了，开会吧。

周恩来说：“你让我喘喘气嘛。”这时他还没吃早饭呢。服务员端来一杯牛奶，周恩来和大家聊了一会儿天，说：“好，休息好了。”后来在 1970 年同斯诺的谈话中，周恩来说：“‘文化大革命’把我的身体搞垮了。”

在专委会议上，根据叶剑英的建议，决定以中央军委的名义发布“特别公函”，明确指出研制氢弹是中共中央和毛泽东主席批准的重要任务，要群策群力，按时完成。“特别公函”促使有关单位很快赶制出急需的仪器设备，保证氢弹研制、试验任务的圆满完成。

在一次讨论氢弹试验的专委会议上，工作人员在周恩来面前铺开了一张图纸，上面一个角印着毛主席像，一个角印着“最高指示”。

周恩来一看便皱起了眉头，严肃地说：“这样把毛主席的像放在地上，我的心里很不安。怎么你们也搞这一套啊？图纸就是图纸嘛，把毛主席像印到这上面，不严肃嘛，如果谁不小心撕破了，滴上点墨水，不就又说不清了，又是一个政治事件了？”

周恩来问国防科委二局局长：“胡若嘏，这是你搞的啊？”胡若嘏说：“这是九院搞的，我拿回来的，我也没考虑到这个问题。”

周恩来眼睛扫了下会议室，又说：“现在茶杯上，脸盆上也印这些东西。商店门窗上挂满了这些东西，让人都看不出是什么商店了，这是对毛主席不尊重嘛。我对毛主席是尊重的，我就戴这一个‘为人民服务’……”

整个试验装置的理论设计方案提交给设计和制造部门的时候，已是 1966 年 10 月中旬了。设计和试制人员要按计划要求完成试验装置的工程设计和加工制造任务，周期十分短促。而且，这个试验装置结构复杂，有些部件开关奇特，设计制造的技术难度很大。为了确保质量和进度，理论、设计和工艺加工人员团结协作，及时交流情况，相互提出要求，共同商定解决问题办法。在理论设计方案完成后，核装置结构设计与制造紧密配合，边设计边制造，平行交叉作业，争取了时间，于 1966 年 12 月全部完成了试验装置的设计加工任务。

可是，12 月 10 日核武器研制基地的科技人员对氢弹试验装置进行检查时，在一个主要部件上发现了质量问题。

周恩来得知后，马上对刘杰说：“你立即坐专机去看看怎么回事。”

刘杰说：“我是一个部长，坐专机不太合适吧。”

周恩来说：“部长怎么不能坐专机，这是为了工作嘛！”

第二天，刘杰乘专机来到青海湖畔。

经现场察看，发现是用放大镜才能看清楚的一条擦痕。他与科技人员研究后确认这个部件可装配使用，不会对爆炸试验产生影响。这样，氢弹试验装置如期运往罗布泊核试验场。

罗布泊，多雪的冬天

1966 年，是罗布泊核试验场最繁忙的一年：

5 月 9 日，飞机空投爆炸了含有热核材料的原子弹；

10 月 27 日，进行导弹核武器试验；

12 月又要进行氢弹原理试验。

1966 年 4 月中旬，国防科委在核试验基地组织有关单位研究了氢弹原理试验的方案。

6 月中旬，各参试单位和试验现场的各项准备，相继全面展开。

这次试验工程量大，共有大小工程 113 项，需要铺设电缆 1400 余公里，试验基地仅用五个月时间就完成了全部工程，其中，铁塔工程基础于 6 月 18 日开挖，10 月底塔架安装完毕，净作业日不到一百天，比第一次架塔周期缩短了 80 余天。

经理论设计和测试方面的专家和技术员共同讨论，拟定了测试项目。为了测量氢弹装置初始阶段的工作状态，新增加了 4 个测量项目。这些项目，在核武器试验研究所统一组织下，与核武器研究所、原子能研究所、科学院物理研究所、上海光机研究所、西安光机研究所、长春光机研究所及浙江大学等单位分工合作，共同完成。这次试验使用的 1014 台（套）各种测量仪器设备，仅用了一个月时间就完成了现场安装调试工作。

与过去几次试验相比，威力大、爆炸点低、地面放射性沾染比较严重是这次试验的突出特点。

为了尽量减轻放射性沉降对核试验场区及下风附近地区的影响，国防科委组织卫生部、军事医学科学院等有关部门的专家就核试验场区及下风附近地区居民的安全问题作了反复研究，一致认为对居民的健康不会造成影响。经程开甲等反复论证，确定要严格选定试验时的气象条件，同时还对塔基半径 230 米内的地面用水泥和石块做加固处理，以减少地面松土震入烟云。经用常规炸药爆炸模拟试验验证，上述措施相当于把铁塔加高约 60 米，可以保证这次试验的安全。

12 月 11 日，周恩来主持中央专委会议，原则同意国防科委和二机部关于氢弹原理试验各项准备工作的安排，同意在 12 月底或 1 月初进行这次试验。会议再次强调，对于这次试验引进的放射性沾染问题要严格控制，要选择适当的气象条件，掌握好高空气象，尽量避开、减少对试验场区下风附近地区的污染。中央专委还决定由张震寰担任这次试验的总指挥。

各项准备工作基本就绪后，12 月 18 日和 20 日，分别进行了全场联试和综合预演，全面检查了各项准备工作，并针对预演中暴露出的问题，制定了改进措施。

正式试验用的氢弹装置，于 21 日 15 时 20 分空运到试验场区，25 日完成了弹体总装配。

为确保氢弹原理试验成功，王淦昌和实验部副主任胡仁宇指导测试人员认真制定了测试方案，对探测仪器、传输系统和记录仪器反复测试、考核和标定，做好了各项准备工作。

正当氢弹原理试验任务现场准备完毕、严阵以待，就等天气的关键时候，12 月 25 日场区出现了阴雪天气，乌云满天，云底高度只有 600 ~ 800 米，还下着间断性的小雪。针对这一紧急情况，基地气象处立即组织技术人员查阅场区气象历史资料。7 年的气象资料中出现过两次阴雪天气，弱的一次维持 5 天，较强的一次维持 15 天，这次阴雪天气范围很大，北疆沿天山一带，南疆整个塔里木盆地都是这种天气，比历史上哪次都强，在这种情况下，想在年前抓一个典型的好天是非常困难的。

任务迫近，天气突然变坏，预报人员信心不足，情绪低落，工作忙乱。同预报人员并肩作战的韩云升处长看到这种情况，他先念了一段毛主席语录："我们需要热烈而镇定的情绪，紧张而有秩序的工作。"然后让大家坐下来，面对现实运用集体智慧研讨对策。任务的重大意义鼓舞着年轻的预报人员，大家一致表示不能消极地等待上帝恩赐好天，要在坏中求好，没有较长时间的典型好天，就抓短时好天，哪怕钻个空子也要保障年前爆响第 3 颗，为国争光。

调查发现，阴雪天气是一次系统性降雪天气，结束后出现的浅层地方性天气，距地面 2000 米以上是晴空万里，特别是发现了阴雪天气维持过程中有的也出现短时好天。这一现象为保障年前爆响第 3 颗带来一线希望。

26 日下午，氢弹装备吊装到塔上。张震寰与张蕴钰、李觉等试验党委的成员一起研究了气象情况，将试验“零”时定为 28 日 12 时。

周恩来复电同意，周恩来指示：从 27 日 23 时起，请与北京经常联系，以保密电话报告天气发展趋势，好下最后决心。

气象人员密切注视着风云变幻，阴雪天气维持过程中为什么会出现短时好天？好坏天气的转换条件是什么？气象预报室经过更深入地分析研究，终于找到了短时好天是小股冷空气东移入侵过境后造成的。有无小股冷空气入侵场区成了阴雪天气维持过程中有无短时好天的关键。

12 月 26 日晚上，从 20 时高空、地面天气图的分析中发现，在阿克苏西北部天山上有一小股冷空气在偏西高空气流的引导下自西向东移动。发现这一可喜的苗头后，立即集中全力跟踪追击。他们在各自岗位上紧紧盯住这小股冷空气的演变。为此，预约了地方 20 多个气象台站的每小时一次的天气实况和部分台站的高空风向定时报。基地所属的马兰、南山、辛格尔、“201”，特别是阳平里等气象站，除临时增加大量观察控测实况资料外，还派出大量天气监视哨，严密地监视着天气的变化。大量的气象情报资料不间断地传入天气预报室。从 27 日 8 时高空、地面天气图综合对比分析中看到：这小股冷空气已东移到库车附近，并得到北部冷空气补充势力加强。随着这小股冷空气的加强，少云天气区还要扩大。这小股冷空气正落在西略偏北的气流上，在这种气流的操纵下只能向东略偏南的方向移动，主势正好进入场区。预报室经过反复分析判断，预计场区将会出现短时好天。

短时好天什么时候出现，又成为必须说准的问题。如果“零”时定得比好天出现的时间早，就会出现全场焦急地在现场等天气；若“零”时定晚了，短时好天过去了，就失掉了良机。为能把好天出现的时间预报准确，经过多次反复分析推算，1 月 28 日中午这小股冷空气前锋过境，小片少云区可控制在试验场区。为能确实做到“稳妥可靠，万无一失”，全体预报人员细查不利因素，排除隐患，在充分研究讨论的基础上，经技术把关小组综合研究得出结果：“预报 12 月 28 日中午场区阴雪天气一度好转，出现适于执行任务的短时好天。”天气情况汇报后，指挥员的试验的最后决心就定在 12 月 28 日 12 时实施爆炸。

当时的气象室预报员王文清在 1979 年告诉我：“27 日夜里，只有薄薄的一层低云，有时云缝中露出星光，风很小，夜里很平静。但是，28 日黎明，天气不但没有好转，反而云层变厚变黑，不久又下起了小雪，各单位的参试人员顶雪忙着最后的准备工作，他们望着满天云雪议论着，都在为天气担心。720 指挥部内的首长们通宵未眠，披着大衣在雪地走来走去，时而看着云遮雾罩的天，时而看着手表。据说，从不抽烟的张震寰副主任那一夜抽了两包烟。7 时许，张蕴钰司令员从‘720’打电话到‘201’气象室找我，第一句话就问：‘天气到底怎么样？’我报告说小股冷气的变化完全符合预报，现在天气变坏正是小股冷空气加强靠近的反应，天气很快就会转好，可以按时进行试验，司令员听后连说：‘好，好。’并指示有什么不利变化要及时报告”。

“上午 9 时雪还下着，10 时雪停了，不久云变薄且出现裂缝，一会儿工夫在‘201’西部出现蓝天并迅速向东扩展，11 时云区移到场区东部，12 时全场少云，晴空如洗。这时，我们才总算松了一口气。”

聂荣臻再进罗布泊。几个年轻人在铁塔上枕着氢弹睡觉。于敏的心提到嗓子眼上

1966 年 12 月 27 日，聂荣臻元帅又一次踏上了罗布泊的土地。

飞机降落在马兰机场，聂帅迎着扑面而来的寒风走下舷梯，心情十分沉重。

中国九百六十万平方公里的土地上，再也没有一块安静的地方了！

在聂荣臻 25 日到西北导弹试验基地指挥东三导弹试验之前，北航的红卫兵们已贴出了大字报——“火烧聂荣臻”“万炮齐轰聂荣臻”，甚至还有

人说聂荣臻到基地去是给自己脸上贴金。一向沉稳、厚道的元帅不屑于为自己辩解，他时刻牵挂的是怎样让导弹继续腾飞、核导弹接连爆响。

在招待所一间客厅里，聂荣臻两手轻轻搓着，缓缓踱步。

门开了，周光召和于敏风尘仆仆走了进来，聂荣臻高兴地说：“好，把你们请来了，我要多听听你们的想法，跟你们多谈谈。试验要过细地进行检查，要万无一失，我相信你们。坐，坐。”

接着，聂荣臻和蔼的目光凝视着周光召的脸，关切地说：“我知道，光召的哮喘病还未好，经受了那许多折腾。你们跟我住在一块，就这么定了。”

周光召心中的热浪冲涌起来，对长者的敬重之情，对事业的坚定信念，此时完全融汇在一处。

第二天一早，聂荣臻驱车三百多公里来到核试验现场。

托举氢弹装置的铁塔在流云飞雪中挺立着。

阴云中渐渐透出一片蓝天。

27 日 21 时，陈能宽与李觉等来到托举氢弹装置的铁塔下。安装起爆雷管的重要工序即将进行。陈能宽随同操作人员李植举、邵乃林、钱云富、李祖卿等登上百米铁塔，安插起爆氢弹的雷管。

陈能宽从衣袋中拿出装有钥匙的信封对大家摇了摇：“你们放心吧，起爆开关的钥匙就在我这里。”

这时，塔顶的爆室里还有一位年轻的技术人员，他叫马国惠。

他已经在铁塔上奋战了 20 个日日夜夜。在和这位战友十几年的交往中，我从未听他谈起过这段惊险的经历。直到 1993 年在基地研究所摄制电视片时，一位叫李先海的老同志告诉我：“你知道吗？马国惠在铁塔上枕着氢弹睡觉。”经再三请求，已成为核试验基地又一任司令员马国惠少将向我讲述了当年的故事——

当时我在研究所二室负责光充量的测量，早期准备是在实验室搞的，弄完了以后，临时抽我和曹淑华等四个同志去帮着搞激光测速项目——用氩氖激光器测量弹体膨胀的速度。

“我们四个人负责塔上靶标和一个聚焦透镜的安装调试。我们在上面工作了整整 20 个日日夜夜。

“我们基本上都是晚上工作，光路系统晚上好调试。人家下班，我们上班，一上去至少十来个小时，最长一次在塔上待了二十个小时，带一壶水，带点干粮，在上面吃，也在上面睡。铁塔高 110 米，塔顶是爆室，晚上就在那里面休息，刮风时咯咯响，晃晃悠悠的，像摇篮一样。我们是在氢弹装置的爆室工作，真的头枕着氢弹睡过觉，脑袋枕在上面，大衣一盖，就那么睡。

“爆室外面有一个栏杆，像个小阳台一样，我们用一个电池箱装了一点沙子放在那里，在那里大小便。曹淑华是位女同志，我们也都不讲究了，谁要方便就到外面那个小箱子上，20 多个小时不能不吃不喝呀！说起来也挺有意思，四个探照灯照在铁塔上，小便时一串水珠随风飘落，亮晶晶的。

“冬天场区气温在零下 20 多度，上面更冷。可是有一次做环境试验，又把我们热得够呛，爆室里温度要高到 50 度，又没处跑，那滋味真不好受。”

“爆室旁边开了个窗口，激光从 500 米外的工号打过来，我们在窗口一边站一个，看激光的红斑，用电话和工号联系，看信号对不对，最后要确定对到窗口上，要瞄得很准才行，难度相当大。

“最后要对光路、安透镜了，可是窗子关上了，九院的同志不知道我们这个晚上还要干就关上了，从里面弄不开。但窗子不开就不能瞄，调不好就不好办了。爆室外面的脚手架还在，我们弄了个手电，我从外面的脚手架爬上去，有两米多高，正刮着大风，也没安全带，我一手抱着脚手架的沙杆，一手把窗子给拽开了。那时也年轻，顾不得许多，只想着别误了事。爆室离地面一百多米，要是掉下来肯定完了，但那时想不到生命危险……”

马国惠告诉我说：“那时，在铁塔上下，光我们哈军工六五届的同学就 20 多人，在学校时各个专业还互相保密，在这里大家见面了：噢，原来你也是干这个的呀！插雷管的邵乃林就我的同学，最后那一夜我们这个项目是我上去的，邵乃林说，插雷管了，你可以在边上看看，我说我不看。等雷管插完，我和他们一起坐吊篮从塔上下来。那已经是 28 日的凌晨了，寒风中仍然飘着雪花……”

28 日 12 时，铁塔上空终于出现了一片蓝天，氢弹装置按时起爆。

随着强烈的闪光，蘑菇云翻滚着直冲九霄，雷鸣般的轰鸣震撼着戈壁。

当时正在指挥部等待试验结果的于敏在 1993 年告诉我："看到蘑菇云了，知道爆炸当量是不错的，但心仍然悬着。我跟着唐晓威、吕敏他们，用挑剔的眼光看他们速报测试结果，不能随便下结论，就是要挑刺，可就是挑不出刺来，各种干扰的因素都想到了，排除了，这时我才完全信服了，一定是成功的！我们的氢弹原理试验成功了！"

"我到罗布泊不下十次，每次做这种试验，心都提到嗓子眼上，成功不成功，你想得再怎么周到，总还是没经过实践，何况这是国家试验，牵涉那么多人，花那么多钱，政治上影响那么大，心总是提在嗓子眼上。我记得有一次试验，当量当时知道了，在第二天才能知道物理试验的具体结果，会不会没有结果呢？那一夜睡不着，翻腾得厉害。真担心啊！心慌、心跳、紧张、不安，非常之难受！我躺在床上，不敢动，也不好意思叫人，强忍着，现在想起来真后怕，那时我是 40 多岁，如果是晚几年，心脏就会受不了，就会死在那儿了。第二天，还好，大部分成果还是拿到了，心脏也好了……"

采访中，我问于敏，这种心情该怎么形容，他说："这种心情只有经历的人才能知道，从心提到嗓子眼上，到成功，心情是无法概括的，简直不知道怎么形容，不只是欣慰，也不只是喜悦，久旱逢甘露，他乡遇故知等等都不足以形容，是一种说不出来的心情，前面提心吊胆得很厉害，知道成功了，好像五脏六腑、三万六千个毛孔全都舒服极了……"

说到这里，于敏笑了，但我却分明看到他的眼睛中闪着泪光，当我听着采访录音整理这些文字时，我总感到他的笑声中含着哭的味道。于是，我也哭了，整整几天，我再没写一个字，想起他们眼泪就不知不觉涌出来。

这也是一种说不清楚的心情，我不知道为什么流泪，这时我心里闪过的不光是于敏，还有邓稼先——有一次，他到周恩来总理处汇报试验情况，竟然紧张得满头大汗、脸色苍白，手颤抖着，结结巴巴地说不出话来。总理开玩笑地说："稼先同志，我们都是上了年纪的人，听你这样汇报，我们也要吓出心脏病了。”

大家都笑了。邓稼先也轻松了。

还有朱光亚，我亲眼看到他在一次试验前在马兰招待所四楼的房间里焦急地踱步，双眉紧锁，嘴里念叨着“要想个办法，怎么想个办法呢？”司机师傅和警卫员告诉我，每次去中南海或去罗布泊，主任一上车要是不说话就是没问题了；要是你听他嘘——嘘——，一声一声地直叹气，那就是心里有事情了，但他不说，就在心里闷着，我们也不好问……

几十年都“把心提到嗓子眼上”是一种什么滋味？手里是价值千百倍于黄金的珍物，面前是生命和荣辱都系于那一响的千军万马，背后是政治家信任的目光，常常是似乎整个国家的分量都压到了他们的肩上。中国的知识分子啊！你们的心脏究竟有多大的承受力呢？

在和于敏的交谈中，我们谈到了屈原、诸葛亮、鲁迅，也谈到了钱三强和李四光，还谈到了于敏永远也不会忘记的民族屈辱——他在天津上中学时，每经过日本军营，都要被迫鞠躬……于敏感慨地说：“中华民族有五千年历史，经过很多挫折，汉唐时有五六千万人口，五胡十六国剩了一千来万人口，但这个民族始终总是绵延不绝，几千年的民族精神总是有很深厚的基础埋在每个人的心里，到这个时代，集中爆发出来了。”

九死不悔的忠贞，舍身忘我的献身，这就是涌动在中国一代又一代优秀知识分子身上的血脉，这是一种比核爆炸更强大的力量，这是一种比原子弹的影响更为久远的东西。总有一天，核爆的火光会从地球上永远消失，但中国共产党人、中国一代精英在这个伟大创造中爆发出的精神的火焰将会在历史长河中永远照耀。

爆炸后取得了大量的测量数据，特别是取得了热核反应过程、氘化锂-6反应速率及聚变威力等重要数据，根据对多种测量数据的综合分析，这次爆炸的威力为12.2万吨梯恩梯当量，氢弹原理试验取得了圆满成功。

但是，当时的二机部和全国一样，也是风云紧急。周总理把刘杰、刘西尧等同志召集到西花厅，听取汇报，庆贺试验成功。他还特地为他们准备了晚餐，并且备了酒。

后来，刘西尧回忆说："这时二机部的造反派却到了中南海的西北门外，扬言要打倒我们，并把矛头指向周总理。周总理闻知后，风趣地说，他们反对我，我引为光荣。随后，周总理念起毛主席《水调歌头·游泳》中的两句词，'不管风吹浪打，胜似闲庭信步'，提醒和勉励我们要经受得起风吹浪打的考验。接着，他又举起酒杯。风趣地说，'今夜得宽余，喝酒吧！'"

1966 年 12 月 30 日、31 日，马兰招待所。

聂荣臻元帅连续两天在这里主持座谈会，讨论氢弹试验问题。

聂帅说："座谈一下，这次很齐全，有二机部、七机部、九院，基地、二十一所。请你们谈一谈对这次试验的看法和明年怎样搞法。这样对工作好考虑，九院、基地工作也好考虑。大家谈的时候不要过于慎重，随便些。"

张震寰、李觉、张蕴钰、钱学森、胡若嘏、刘长名、邓易非、王淦昌、彭桓武、朱光亚、程开甲、郭英会、陈能宽、方正知、于敏、周光召等各方面负责人和核科学家先后发言，他们一致认为，这次任务试验是成功的，从速测数据看，试验与理论计算和设计基本相符，是达到预期目的，可以初步肯定，这一设计原理结构是成功的，这条路走通了，走对了。

会议决定了 1967 年试验任务。与会人员一致认为，就利用这次试验的设计原理结构和已有的航弹壳，可在明年爆响一颗百万吨的航弹空投试验。据此，决定在 1967 年 10 月 1 日前即在 9 月份搞个大当量的氢弹试验，设计 200 万吨，爆响 100 万吨或 200 万吨，以肯定这条路子的方向。各方面的准备工作均按此进行安排。

部署完毕，聂荣臻元帅立即飞回北京。第二天，他就来到了北京航空学院。

站在临时搭起的批斗台上，面对"火烧聂荣臻"的标语和狂热的红卫兵，聂帅语重心长地说：

"我愿意把我身上的缺点错误都烧光，我可以更好地为党工作，有人说要烧焦我，可别烧焦啊！"

这时，中央文革小组组长陈伯达正站在旁边，用冷冷的眼光盯着聂荣臻……

“要响在法国前面”

1967年2月初，二机部核武器研究所几位科技人员向胡若嘏、朱光亚反映，全威力氢弹理论设计方案二月份可以确定，试验时间应该提前，要响在法国前面，建议改在7月1日前炸响。国防科委在与二机部、核试验基地、空军等单位仔细研究后，于2月20日向周恩来、聂荣臻汇报了首次氢弹空爆试验准备工作情况，建议批准在7月1日前进行这次试验。周恩来、聂荣臻同意这一安排。核试验基地和西北核武器研制基地分别制订了具体实施计划，试验的各项准备工作从3月开始全面展开。

这次试验采用轰-6甲型飞机为运载工具，空投带降落伞的航弹，预定在距地面3000米高度上空爆炸（俗称为机、伞、弹试验方式）。按照理论设计，氢弹的爆炸威力在150万吨至300万吨梯恩梯当量之间。航弹壳体由西北核武器研制基地设计，弹体部件由七机部地地导弹总装厂等加工。降落伞由三机部五一三厂研制。两架轰-6甲型飞机弹舱挂弹架等的改装工作，在空军、三机部、二机部有关人员组成的改装小组的具体主持下，由三机部西安飞机厂负责。这些单位都按计划完成了弹、伞、机的研制、加工和改装任务。轰-6型飞机改装后，于3月15日至4月3日，参加了西北综合导弹试验基地进行的鉴定降落伞和验证航弹弹道轨迹的飞行试验。试验结果证明，弹道符合设计要求，弹上的控制系统工作正常；降落伞的结构、强度和开伞程序基本正常，在对局部不合理之处做了修改和反复试验后，于4月上旬定型，正式投入生产。这次飞行试验还证明，改装后的飞机可以满足使用要求。核试验基地派人参加了这次试验，初步熟悉了机、伞、弹试验方式的工作程序，为基地组织正式试验打下了基础。

这次试验的威力大，爆炸点高，确保投弹飞机的安全和试验场区内、外的安全是保证试验成功的重要环节。国防科委组织西北核武器研制基地、三机部、核武器试验研究所和空军司令部等单位成立了飞机安全计算小组，按照规定的飞行高度、速度、投弹条件和爆炸高度对飞行员和飞机的安全进行了详细计算和论证，得出了在爆炸威力为 400 万吨级梯恩梯当量时飞机和人员是安全的结论。核试验基地根据国防科委的要求，组织有关人员对试验场区内、外的安全问题进行了详细论证，并借鉴组织前几次核试验的经验，制定了严格的安全保障方案。

根据聂荣臻元帅主持召开的会议精神，基地于 1967 年 1 月 2 日召开了氢弹试验工作会议，研究制订试验的具体计划，决定在 6 月 20 日前做好试验的一切准备，待命试验。由于中央专委决定将试验提前到第二季度进行，基地的各项准备工作加快了步伐。

当时工程保障任务很繁重，尽管国防科委确定要“充分利用已有的永备工程，不再修建大的工程”，但场区除了原有的 10 个永备工号和几十项大型效应工程以外，还需建设工程 327 项。这些工程包括第一期测试工程、第二期装配厂房改造和坑道式厂房的建设。负责领导工程保障任务的是张志善副司令员。张蕴钰和张志善一起，跑遍了场区的各个角落，整日为试验工程的选点、定点而奔波。担任场区施工任务的工程保障部队，刚刚完成了氢弹原理性试验的各种任务，本该撤场休息，但新的任务又迫在眉睫，因此，部队没有撤场，又投入了新的战斗。当时正值深冬季节，戈壁滩上的气候十分寒冷。狂风卷着地面的沙石漫天飞舞，不时发出令人颤栗的号叫。然而，战士们个个精神饱满，干得热火朝天。大家都有一个共同的心愿，就是早日看见氢弹的蘑菇云升起。

在试验工程准备工作进行的同时，各种测试项目的准备工作也在加紧进行。这次试验一共安排了 32 个测试项目，测试仪器设备 493 台（套）。为了获得准确、可靠的测量数据，这次试验在沿用飞机穿云取样的同时，增加了两个新的项目。一是将首次使用固体火箭取样，这是七机部八院利用“和平二号”固体火箭成果，研制成的新的测量手段。二是将采用雷达跟踪，这是二十一所的科技人员在机关和友邻单位的支持帮助下，经过日夜奋战，刻苦攻关取得的新成果。由于氢弹爆炸威力大，控制和测试距离也随之增大，原有的控制系统已不能满足新的测量要求，需要研制新的测控系统。二十一所的忻贤杰带领控制研究室的科技人员发挥高度的积极性和创造性，自行设计研制了灵敏可靠、能远距离测控的第二代控制设备。这个新型控制设备，原计划 6 个月完成，结果仅用两个半月就完成了。这期间他们从未休过星期天，每天加班到深夜。现场安装调试一般需要 20 天，他们仅用 9 天就完成了任务。

全当量氢弹试验爆点高，杀伤破坏区域和放射性沉降范围大，这对各项保障工作提出了更高的要求。气象上要求确保烟云经过可能到达的我国西北、东北、华东的十多个省区在试验期间无降水，还要注意到烟云出境后不给邻国带来危害。基地气象部门在总参气象局气象室、兰州军区空军气象处等有关单位的大力协助下，对场外广大地区降水情况进行了调研，收集了大量资料，综合分析了 1961 年至 1966 年的试验场区风向及烟云经过地带气象资料，于 5 月 30 日提出了 6 月份气象的长期预报以及可能出现的适合试验的日期。通信保障分队重新研制和改进了主要通信设备，对重要通信枢纽采取了防护措施，保证了试验中的通信联络畅通无阻。基地制定并下发了场区安全边界及特定点的防护规定，并制订了紧急转移方案和发生触地爆炸的处置办法。遵照上级指示，近区由基地派出工作人员到居民点组织安全防护工作，远区由兰州军区抽调防护分队、卫生医疗队到敦煌地区待命，以应对意外情况。总参、国防科委会同有关单位调动了备用的火车皮、汽车，在敦煌附近的重点地区作为转移居民的准备。

1967 年 3 月 1 日，基地在试验场区开设了指挥所。军内外 28 个参试单位的 6185 名技术和保障人员从 4 月下旬开始陆续进入现场开展准备工作。他们当中有总后、空军、海军、炮兵、工程兵、装甲兵、通信兵、防化兵、铁道兵、第二炮兵共 10 个效应大队。地方的参试单位有中央卫生部、建工部、铁道部、水电部、石油部、机械工业部、中国农业科学院、中国科学院生物所等。

各效应单位遵照周总理关于“一次试验，全面收效”的指示，在试验场区建起了各种效应工程，布放了各种效应物。这次试验安排效应试验 137

项，效应物 1877 件。中央卫生部、总后勤部为了研究核武器对人员的伤害及其防护，在场区的不同方位、不同距离上布放了猴子、兔子和狗等动物；铁道部为了验证正在修建的北京地下铁道对核武器的防护性能，在场区修建了两段模拟地铁工程，其他单位布置了各种武器及工程、通信等设施，其中包括飞机、舰船、装甲车、火炮、各种雷达、有线电、无线电通信设备，一些永备工事、人防工事、野战工事，一些民用产品例如服装、食品、药品、农作物及其种子，还有机车、工业厂房等也作为效应物参加试验。

5 月 9 日，周恩来主持中央专委会议，着重检查了这次氢弹空爆试验的准备工作。会议要求对试验的各个环节进行反复检查，反复落实，确保安全，保证试验成功；要切实做好烟云经过地区的卫生防护工作，对地面辐射累计剂量可能超过允许标准的地区，事先做好防护准备工作，并准备好应急措施，以预防发生意外。要求国防科委在 6 月 20 日前做好试验的各项准备工作。中央专委还同意这次试验的现场指挥由核试验基地党委负责，并派张震寰、李觉参加试验的领导工作。

同时，空军的轰-6 型飞机已转场到核试验基地马兰机场，进行了空投训练。

空军担负投弹任务的徐克江机组和张文德机组，训练极为刻苦认真。到 6 月 10 日止，两个机组在核试验场区共飞行 35 架次，投模拟弹 35 枚，弹着点绝大部分投在距靶心 500 米以内。经空军研究确定，徐克江机组为正式执行任务的机组，张文德机组为预备机组。

6 月 3 日，轰-6 型飞机在进行第三枚配重弹投弹训练时，因降落伞的主伞在空中破裂，致使弹体自由落地。事故发生后，张蕴钰、张震寰和三机部、西北核武器研制基地、空军的有关人员在现场仔细考查，共同分析原因。这一事故的出现，引起了张震寰、张蕴钰等领导人的高度重视。他们与有关技术人员研究，对降落伞采取了局部加固和改进折叠包装方法等措施，提高了可靠性。

6 月 5 日，正式试验用的氢弹在西北核武器研制基地最后加工完毕，6 月 8 日运抵基地。经检查，各部件技术状况良好。6 月上旬，在站级联试的基础上，进行了全场联试，全面检查了现场准备工作，重点检查了机、伞、弹的情况，氢弹空爆试验的全部准备工作基本就绪。

老帅忍辱负重，聂荣臻三临罗布泊。飞机多转一圈，徐克江遗憾了一辈子

1967年6月16日清晨，北京火车站红旗招展、锣鼓喧天，一支打着“落实毛主席六·二六指示医疗队”横幅的队伍在掌声、口号声中登上了西行的列车。

在那人们已经习惯于红旗和锣鼓的年代，很少有人注意周恩来也站在欢送的人群中，很少有人知道这支“医疗队”担负的秘密的使命……

与此同时，北京西郊机场一架飞机腾空而起，向西北飞去……

这是聂荣臻第三次飞往罗布泊。我国第一颗氢弹的空爆试验已经全部准备完毕。在6月12日的中央专委会议上，周恩来宣布，中央军委聂荣臻副主席将赴现场，亲自领导这次试验。

周恩来6月12日召集李富春、叶剑英和聂荣臻一起听取了罗舜初关于氢弹试验的汇报，此时他们三人都已被攻击为“二月逆流的黑干将”。

他们对“文化大革命”的冲击和破坏早已经忍无可忍了——

1月下旬，他们在京西宾馆召开的军委常委会议上气愤地拍了桌子；

2月，他们在怀仁堂“碰头会”上慷慨陈词。叶剑英对坐在对面的陈伯达一伙说，你们把党搞乱了，把政府、工厂搞乱了，还嫌不够，还一定要把军队搞乱！这样搞，你们想干什么？李富春因为协助周总理抓日常工作，经常找一些副总理研究情况，康生当面污辱他是“反党俱乐部主任”。李富春说，我再不抓，对周总理的压力更大，你们既然这么讲，就组织专案审查吧！聂荣臻在会上说，你们既然把干部子弟和许多青少年说成是“联动”成员，都是反动分子，进行打击迫害，纵容一些不明真相的青年人批斗他们，有的还关押起来，这种“不教而诛”的作法是极其错误的！你们不能为了要打倒老子，就揪斗孩子，株连家属，残酷迫害老干部，搞落井下石，这就是不安好心！徐向前、陈毅、谭震林、余秋里、李先念等都激烈地对

“中央文革”进行了批评。

聂荣臻回忆说：“从这两件事情以后，我们这些老同志的日子就更不好过了。林彪、‘四人帮’一伙煽动和操纵各种群众组织，对老同志每天都在打倒、炮轰、纠缠，使你无法进行正常工作……”在极端困难的情况下，聂荣臻仍时刻关注着氢弹试验的准备工作，5 月 30 日，他特意电示基地：氢弹试验已进入紧张阶段，各项准备工作务必周到细致，要慎之又慎，细之又细，万万不可疏忽大意。要千方百计地保证试验的成功和人员的安全。鉴于氢弹原理性试验的经验，一定要充分估计到这次试验的特点和可能出现的问题，做好各项预案，切实搞好场区警戒、剂量侦察和监督等工作。

临行前，叶剑英专门赶到机场，两位老帅用信赖的眼光互相凝望着，两双手久久地紧握着，他们都明白，自己肩负的担子是何等的沉重。

在 6 月 12 日的会议上，周恩来公布了毛主席 1958 年 6 月 21 日在军委扩大会议上的指示：“原子弹就是那么大的东西，没有那东西，人家就说你不算数，那么好吧，我们就搞一点吧，搞一点原子弹、氢弹、洲际导弹，我看有十年工夫完全可能。”

周恩来说要在场区进行广泛宣传教育，并在场区写大字语录牌，但不要把大字写在地上，以防敌人从空中拍照。这次热核试验，将要实现我们伟大领袖毛主席对发展我国核武器事业的英明预言和伟大号召。

在听取汇报中，周恩来严肃地说，基地于 6 月 10 日空投遥测弹情况的报告中说“均很正常”，伞有三处裂口，还能说“很正常”？缺乏科学态度，应为“较正常”。不要过分乐观，要实事求是……场区有的同志“有些经验主义”，这不行，必须认识这次试验的特点，并认真严肃对待，绝不能粗心大意，工作应精益求精，下定决心，排除万难去争取胜利。

周恩来详细询问了试验的安全防护工作，他说，对场区周围 138 公里至 150 公里的三个居民点，分别派出三个小组的毛泽东思想宣传队并携带警报工具，通信器材，于“零”前发出警报，要居民留在房子里学习毛主席著作。在考虑沉降沾染时，对场区以西地区，也要充分注意，要研究计算可能沾染的地区剂量。要有意外情况（地面西风、地爆等）的安全措施。

总之，要非常关心人民的安全。

周恩来强调说，这次试验要更认真。现在看来，防止意外情况发生，很关键的是保证伞的强度和正常开伞。这个问题，必须认真严肃对待，全面考虑和检查。6 月 13 日综合预演后，还要对产品总装认真地作全面检查，保证安全可靠。对遥测站消除干扰问题应进一步研究解决。对经常出现的示波器和相机卡片，也要重点检查。

机场上，两位老帅交谈着专委会后试验工作的进展情况。

6 月 13 日，基地进行了全场综合预演，轰-6 飞机空投了一枚不带核装料，有引爆控制系统的“冷”弹，全面检查了各重要部位的可靠程度，使各作业点人员进一步熟练了技术操作程序。

综合预演后，核试验基地已派员分赴距试验场区 150 公里以内的 3 个居民点，组织落实居民的防护工作；各级领导干部也分赴关键部位，并制订了发生地面核爆炸时进场区安全防护处置方案。

根据周恩来的要求，罗舜初与总参作战部等有关方面就万一发生意外情况时的安全防护问题进行了详细研究，制定了具体的措施和方案。由总参作战部、总后勤部、国家卫生部、防化学兵部、总参气象局和国防科委等有关单位组成安全防护小组，统一组织指挥意外情况下的紧急安全防护工作。兰州军区指派一名领导人负责统一组织指挥甘肃、陕西、宁夏地区的安全防护工作。卫生部、总后勤部、防化学兵部派人组成技术工作组，在兰州军区领导下开展工作；兰州军区在敦煌等地区开设了指挥所，组织指挥安全防护工作。为了紧急疏散居民之需，铁道部组织 4 列火车，于试验“零”时前在玉门哈密区间待命；总后勤部和国防科委抽调 300 余辆汽车集结在敦煌地区待命。卫生部、总后卫生部抽调 50 名医务人员组成的医疗队，已经从北京赶赴敦煌、西安、红柳园地区。

叶剑英说：“又辛苦你聂老总了。”

聂荣臻说：“你在北京坐镇，担子也不轻。”

一下飞机，聂荣臻直接赶赴试验场区。

张蕴钰、张震寰、李觉、袁学凯、邓易非等领导向聂帅汇报了有关情况。随后，他们向聂帅建议，正式试验“零”时定在17日上午8时整，聂帅表示同意。聂帅问：“怎么没见王恩茂？”于是，正在乌鲁木齐受到冲击的王恩茂被连夜接到了罗布泊。晚上，聂帅住到场区的开屏村，这里离指挥所约30公里。

第二天凌晨7时，天还没亮，聂帅便乘车来到指挥所，指挥所设在距爆心西55公里的白云岗。到达指挥所时，天已破晓。早晨的天气很好，一片晴朗，仅在靶场上空飘浮着一片卷云，确是试验的难得好天。试验场上，一切准备就绪，人们都怀着一种激动的心情，期待着即将发生的一切。

这时的马兰机场，更是笼罩着一种紧张而繁忙的气氛。轰-6飞机静静地停在停机坪上，机长、领航员和地面指挥员、调度人员都在做起飞前的准备工作。场站站长和政委亲自带领场站人员在机场周围担任警戒任务。

派往机场坐镇指挥的是基地张志善副司令员和邓易非副政委。飞机起飞前，要完成折伞、伞弹安装等项工作。折伞工作是一项技术性、安全性都很强的工作，为了做好这项工作，专门成立了折伞小组，由九院、空军和基地三方人员组成，张志善副司令任组长。在折伞厂房，操作人员以高度负责的精神和熟练的操作技术，认真对待每一个操作步骤，顺利地完成了折伞任务。然后，将伞运到氢弹贮存间，进行伞弹安装。接着，又做了认真细致的检查，确认万无一失后才运到飞机停机坪，按程序进行飞机挂弹。

一切准备就绪，只等飞机起飞。

担任这架飞机机长的徐克江在1993年告诉我：“那一天晚上我们都没睡觉，让提前睡觉，好好休息，可是在床上就是睡不着，一遍又一遍地想党把这么重大的任务交给我们，可不能出问题啊！4点钟，天还不亮我们就起床了，要做好各种准备工作……”

上午7时，担任空投任务的空军徐克江机组，驾驶726号轰-6飞机从马兰机场按时起飞，开始了氢弹空投试验。

飞机穿过一片薄霞，一双双戴着防护墨镜的眼睛久久仰视天空。

聂荣臻元帅始终站在参观场最高的山丘上。他不时地看看手表，又看看蓝天。

8 时整，徐克江驾驶飞机进入空投区。指挥员立即发出清亮而庄重的报时令：“……5、4、3、2、1，起爆！”

……

半分钟过后，仍无声响。

飞机在空中盘旋。

氢弹没有投下。

这架飞机上负责投弹的是第一领航员孙富长，他在接受电视片《共和国之恋》摄制组采访时说：

“一是由于当时我心情比较紧张，再加上受‘左’的干扰，在飞机上要不断地背诵毛主席语录，影响了我的注意力，所以忘了按自动投掷器，氢弹没能在预定的 8 点整准时投下……”

北京，中南海西花厅。周恩来从电话中得知这一情况，随即指示罗布泊指挥所：

“请告诉飞行员，要沉着冷静，不要紧张。”

机长徐克江要求再次投弹。

采访中，徐克江和当时在机场指挥塔上的于福海谈论起没投下的原因，他们说：“其实大家都有点紧张，当时每人都有一张工作程序表，作一个动作划掉一项，同时报告一次，一个忘了，大家都没听出来。飞机起飞时要先念一遍语录：下决心，不怕牺牲，排除万难，去争取胜利，要求起飞，到飞机上可没时间念语录了……”

徐克江说：“没投下来，反而一点也不紧张了，无非是多转一圈，关键是要稳定大家的情绪，互相提醒，不能让他紧张，不能再忘动作，我重点是协同、进入，保持高度、速度；下次一定要进入好，这次是投下了……”

试验场地的上空出现了一个白色的圆柱体——这就是中国第一颗氢弹——它在湛蓝的天空中被高速飞行的飞机抛出，犹如蔚蓝色海洋中一个浮沉着的深水炸弹；它使劲地拽着降落伞，摇晃，飘飞，寻觅，滑行……越来越远，越来越远，只剩下一个小小的白点，一个只能凭感觉而不能凭视觉捕捉的白点，突然——白光！白光，无所不在的白光，亮彻天宇的白光！

就在人们因强烈的震撼稍稍眯了眯眼的刹那间，白光中凸现出了金色，犹如一个新生的更为壮观的太阳，将另一个太阳挤向一边，那个在大自然中具有永恒意义的太阳竟然被挤成了一个小小的无光彩的弹丸。一片夺目的晕眩。茫然之中是灿烂的光海。核火，在这一刻超越了太阳。崇拜太阳的人在这一刻意识到了人类自身的力的燃烧。一切都按照预先的轨迹运行。火球的上方渐渐出现了草帽形的白色云团，云团悠悠地旋着，旋着，变成了一朵白色蘑菇云。在这数十公里高十公里宽的蘑菇云的顶部，是墨黑色的穹庐……

许久许久，人们的耳鼓中都留有两声惊心的巨响。一声来自前方的巨响是巨大的火球的爆裂，而另一声更为惊心的巨响，是来自背后的绵绵无尽的天山山脉的回响。

由于爆炸震波受到了气层的反射折回地面，形成冲击波远区聚焦。在距爆点 400 多公里处都能听到连续不断的爆炸声，在爆点以西 250 多公里处还能看到火球和清晰壮观的蘑菇云，爆点以外 420 公里处也看到了火球，门窗受到震动。

望着眼前的壮丽景象，大家都激动得欢呼起来。凭经验和直觉，试验成功了！这时各种速报数据源源不断地向指挥所传来，望着翻滚升腾的巨大蘑菇云，当聂帅得知这次试验当量不少于 300 万吨时，说：“300 万吨，够了，够了。”

他抓起身边的电话，电话直通军委副主席叶剑英办公室。

“一夜没睡吧。”

“睡不着，我等着你们的好消息呢！”

“试验完全成功，当量 300 万吨。”

“好，祝贺你们，我马上向总理报告。”

元帅笑了。

投弹飞机安全返航了。

当时正在马兰机场的九院负责验证氢弹弹道轨迹的女工程师朱志梅告诉我：“这些飞行员可真潇洒，他们下飞机时挥动着一打子火球和蘑菇云的素描，那是他们在飞机上画的……”

徐克江告诉我："画这些素描的是机组射击师，他叫苑程小。"

徐克江却从来没这么潇洒，因为飞机多转了一圈，他一直觉得是终生遗憾，在采访中他告诉我："在内心里一想这个事就很惭愧，前些时去西安黑河工程义务劳动，广播里说有个投过氢弹的人也来了，记者要采访，我就没同意，说这个干啥，难受，这个内疚一辈子消除不了，党把这么重要的任务交给我们，我们却没完成好，多转了一圈，想起来就觉得遗憾，你来采访，我也不同意。后来于福海告诉我，你是基地的，费了好大劲找来的，我才见了……"

在交谈中，徐克江说得最多的一句话是"没有共产党就没有我"，他说："要不是共产党，我别说当飞行员了，别说投氢弹了，早饿死了。1948 年参军前，我要过饭，在死亡线上挣扎，我参军时第一顿饭吃大苞谷饼子，那饥饿的样子，现在我的老团长还记忆犹新……党把这么光荣的事情交给我，我却多转了一圈，别的空投的飞机都没出过问题，就我们多转了一圈……"

面对这位 65 岁的老军人，我不知说什么好，他一直是我心目中的英雄啊！而他念念不忘的是内疚、惭愧、遗憾，就因为飞机多转了一圈，其实当时对投弹飞机转几圈并没有严格的规定，只要投准就行。我们经常把"圆满完成任务"挂在嘴上，从徐克江身上，我看到了我们的老兵是怎样认识"圆满"二字的。老徐啊！你怎么这样追求尽善尽美呢？

我说："飞机多转了一圈，是一个很辉煌的事件中的一个小插曲，这个辉煌事件因这个小插曲变得更有意思，无论是当时还是现在，我接触到的首长和同志谁都没有把这个小插曲当作一个问题来看待，而且，你们当时处理得也很冷静，很果断，最后的结果也很圆满，你为什么要内疚呢，为什么要跟自己过不去呢，以后你就把这个包袱放下吧，你应该感到光荣，感到自豪啊……"

这时，我看到徐克江的眼睛红了，但他却没让眼泪流出来，我知道，老兵是不会轻易流泪的。

毛泽东删去了《新闻公报》中的“四个伟大”

西苑机场，叶剑英在跑道旁时而踱步，时而凝望天空。

他在等待着聂荣臻从罗布泊归来。

国防科委二局局长胡若嘏从他身边走时，叶帅忙把他拉住，问：“试验场区有新的消息吗？”

胡若嘏说：“初步报告说是 300 万吨，具体结果过一段时间才能出来。”

聂荣臻的飞机降落了，叶剑英走上前去，元帅的手又紧紧地握在一起。

1967 年 6 月 17 日，中南海。

周恩来正召集卫生部两派的头头和军代表谈话，一群年轻人围着总理七嘴八舌地争论。

一会儿，秘书进来，拿着一个报告，悄悄告诉总理：“主席批了。”

这时，已是深夜。周恩来宣布说：“报告大家一个特大喜讯，我国的氢弹成功了。”

参加这次会议的胡若嘏告诉我：“当时我多希望总理早些宣布氢弹成功的消息啊！但主席没批，总理就不讲，主席批了他才宣布。这个报告是国防科委起草的，总理审批后报主席。当时我参加了公报的起草，开头原来我们写的是伟大的导师、伟大的领袖、伟大的统帅、伟大的舵手毛主席早在 1958 年 6 月就指出：‘搞一点原子弹、氢弹……我看有十年工夫完全可能’，中间那个省略号是‘洲际导弹’四个字，因为当时洲际导弹还没搞成，就用省略号代替了。等毛主席批回来一看，他把四个伟大删去了。把两边的引号和中间那个省略号删去了，就成了现在这个样子——

“毛泽东主席早在 1958 年 6 月就指出：搞一点原子弹，氢弹，我看有十年工夫完全可能。”1970 年，毛泽东在同美国友人斯诺的谈话中说，四个伟大“讨嫌”，有一天要统统去掉；1993 年，在纪念毛泽东诞辰一百周年时，曾在毛泽东家当管理员的吴连登回忆说：

“毛泽东不像有的人说的那样，非常喜欢人家搞个人崇拜。有件事我的印象很深，一次给毛主席放电影时，是一部纪录片，我国的原子弹爆炸成功。也许是氢弹爆炸，我记不太清了，当放到爆炸成功以后，人们欢呼‘毛主席万岁！’的声音响成一片。画面上还出现了毛主席语录‘下定决心，不怕牺牲……’

“看到这里，毛主席挥挥手，说：‘不看了，不看了。’

“我看到毛主席一脸不高兴。”

1967年6月17日23时30分，毛泽东亲自审批的《新闻公报》飞向全球：

我们向全国人民和全世界人民庄严宣布：毛主席的这一英明预言和伟大号召已经实现了，在两年八个月的时间内进行了五次核试验之后，今天，1967年6月17日，中国的第一颗氢弹在中国的西部地区上空爆炸成功了！

中国进行必要而有限制的核试验，发展核武器，完全是为了防御，其最终目的是为了消灭核武器。我们再一次郑重宣布，在任何时候，任何情况下，中国都不会首先使用核武器。我们说的话，从来是算数的……

第十三章 看不见的辉煌

这里没有纪念碑

又见荒漠，又见废墟。

铁丝网把这片荒漠与周围的荒漠隔开，围起这片荒凉中的荒凉、禁区中的禁区。

远远望去，这里和周围的景色好像没有什么不同；走到跟前，你才会发现这现代色彩很浓的废墟……倒塌的房屋、破碎的砖石、扭曲断裂的水泥基础上裸露着钢筋和电缆，这时你就会注意到脚下的土地有凹陷的痕迹。

一块水泥铸成的写着“永久沾染区”的牌子告诉你，这就是爆心了，我国地下核试验的爆心。

就在你的脚下，曾发生过一次核爆炸，这块沉睡千年的荒漠因为人工创造的太阳有了瞬间的辉煌。

那瞬间的辉煌却是看不见的辉煌，光和热都是在深厚的岩石之下爆发的，熔铁化石的力量被严密地封闭在地层深处。你所能感觉到的只是大地那微微的一震；你所能看到的，只是地面腾起一片烟尘，像刮过一阵旋风。

这地震，这旋风你也许永远不会看到，也不会知道，它离你十分遥远，遥远得像远古的神话。人们现在都很实际，不大注意那些神话了。

就是为了这瞬间的、看不见的辉煌，无数个日日夜夜，无数人兢兢业业，在这荒凉的大漠中默默无闻地生活着，奋斗着。

在离这废墟不远的地方，你会看到又竖起了一座铁塔，又扎起了一片帐篷。那帐篷已经发白了，住帐篷的士兵却十分年轻。你会看到，在帐篷的周围，有一株株用麻黄草扎成的人造树；在帐篷口，有一棵或两棵玉米苗或高粱苗，如果是傍晚，你也许能看到三三两两的战士抱着吉他在沙丘上弹唱，吉他伴着隆隆的钻机声……

谁也说不清那帐篷会扎多久，当他们撤走的时候，那里又会围起一道铁丝网，竖起一块水泥牌，埋下一段辉煌，也留下一片废墟。

这里的事业就是这样悄悄地进行着，继续着，一年又一年，一代又一代。

令人感慨的是，这里的创造恰恰是为了毁灭——最终彻底消灭核武器，这里的废墟恰恰是最神圣的建设——构造世界的和平大厦。

我曾给这爆心、这废墟起过一个很美丽的名字——“牛痘”。

因为种了“牛痘”，人们才能忘记天花。

的确，这里离你十分遥远。你可知道，这“遥远”正是这里的人们对你的祝福：他们来到荒漠中、废墟旁，就是为了让你远离它，忘记它，永远不要遇到它。

这里没有纪念碑。

这里也不需要纪念碑。

几年后，这里会长出几棵绿草，开出几朵小花，偶尔也会有一只雄鹰或几只乌鸦飞落在废墟上。

面对这顽强的小生命，你会产生许多感慨、许多联想。

周恩来连夜赶到国防科委大楼；张爱萍重返核试验场；王淦昌激动得见人就握手

1957 年 9 月 19 日，美国在内华达进行了代号为“瑞尼尔”的第一次封闭式地下核爆炸；随后苏联、英国、法国也分别在 1961 年和 1962 年开始进行地下核试验。

我国提出地下核试验的问题，是在 1963 年。这年 7 月 25 日，美、英、苏三方在莫斯科签订了《关于禁止在大气层、外层空间和水下进行核试验的条约》。这个条约的实质是防止中国获得核能力。为此，我国政府发表声明，揭露这一骗局。周恩来总理指示第二机械工业部和国防科委，就地下核试验的有关问题进行研究。

朱光亚回忆说：“我记得是在 7 月 16 日晚上，刘杰同志来到研究所，传达了周总理的指示。17 日下午，我们组织人员查阅资料、准备意见。下午刘杰同志与我们一起进行了初步座谈讨论。晚上我着手起草上报的资料提纲。18 日又进一步座谈分析。在此基础上，经过整理及几次修改，于 22

日上午报送刘杰部长。另外，我们还为《人民日报》准备了所需的稿件资料。通过五六天紧张的工作反而使我们科技人员进一步认识到，党中央做出的不依赖别人的核保护伞，独立自主，自力更生发展自己核武器的决策是多么必要，多么正确。大家一致认为，他们签订条约，企图捆住我们的手脚，办不到。地下核试验技术上更复杂，但这难不倒我们，却更增强了我们尽快研制成核武器，并进而攻克地下核试验技术关，打破超级大国核垄断的决心和信心。”

1963 年 9 月，二机部和国防科委就我国进行地下核试验问题作了初步的探讨。接着，中央专委于同年 12 月作出决定，在抓紧第一颗原子弹试验准备工作的同时，把地下核试验列为科研设计项目，并责成二机部和国防科委提出地下核试验的具体方案。

根据中央专委和国防科委指示，核试验基地于 1964 年 2 月 28 日向国防科委报送了关于地下核试验准备工作的报告。

基地张蕴钰司令员提出：地下核试验场选在核试验基地范围内比较有利，任何地方都不可能像罗布泊试验场这样有长期广阔的发展前景。从 1964 年 4 月下旬开始，在准备我国第一颗原子弹试验场内的兴地、东大山、西大山地域进行了首次勘选。随后，又组织有关人员进行多次勘察。当时基地研究所的地质水文室曾被称作地下核试验的“阳平里”，那沉默的大漠和大山应该记得，为了爆响地下的惊雷，地质专家丁浩然主任带领同志们在这崎岖的小路和险峻的山梁上有多少次艰难的跋涉，洒下了多少辛勤的汗水。经过认真研究，比较，论证，认为在南山进行首次地下平洞试验比较合适。

平洞核试验是在山体内开掘一条特殊设计的长坑道，在坑道内放置核装置和各种探测器按照特殊的方案回填堵塞之后，实施核爆炸。

正当基地加紧进行地下核试验准备工作的时候，中央于年底调整了核试验计划，决定首先拿出经过实际飞行考验的核弹头，并集中力量进行氢弹技术攻关。1966 年 1 月 11 日，中央专委正式通知，暂停地下核试验。

1967 年 10 月 30 日至 11 月 3 日，主管核试验工作的国防科委二局，邀请王淦昌、程开甲等各方面专家召开会议，全面地讨论了地下核试验问题。专家们一致认为：地下核试验对于提高、改进核武器具有重大意义。会议建议于 1968 年第四季度利用南山已完成的工程，进行首次地下核试验。这次专家会议为尽早进行地下核试验提供了科学决策依据，但由于“文革”运动的影响，直到 1969 年春才重新正式开始地下核试验的任务准备。

7 月 13 日，国防科委向军委提出了进行地下核试验并立即进入现场准备的报告。8 月 10 日，国防科委专机接基地副司令员张英到北京。第二天晚上，他和九院的同志一道，向中央专委和周总理汇报任务准备情况。汇报会在人民大会堂福建厅举行。出席会议的中央领导同志有周恩来、李先念、余秋里。当时的中央军委办事组全体成员和国防科委有关领导也参加了会议。会议由周总理亲自主持，九院副院长朱光亚汇报产品的准备情况，张英汇报试验任务的准备情况。当张英汇报到试验中可能出现“冒顶”“放枪”等有关安全问题时，周总理非常关心，问张英什么叫“自封”，又问“自封”的时间多长，能否封住？最后又问“放枪”可能性有多大？万一“放枪”，能打出多少公里？污染程度如何？张英一一作了回答。就这样，周总理详细地了解了各种情况。最后总理特别叮咛说：地下核试验首次进行，缺少经验，一定要注意安全。

遵照周总理指示，基地立即组织实地计算，把各方面困难因素都考虑进去，制订了预案，采取了措施，并向全体参试人员作了任务动员、战备教育、纪律教育和保密教育。

9 月 13 日，国防科委通知：经中央军委办事组批准，由赵启民、白斌、廖鼎林、杨焕民、郭子潭、朱光亚、董仁 7 人组成试验场区领导小组，领导地下核试验。第二天，国防科委又通知，经周恩来总理批准，试验用的原子弹可于 9 月 15 日接插雷管和开始堵塞坑道，9 月 25 日完成一切批准，待命试验。

这时候，坑道内装配厂房里核产品安装开始了。按照放射监测要求，厂房内外，人员的皮肤、衣帽，在上下班前后都必须监测表面放射性污染水平。监测发现，坑道里到处都有放射性，作业人员衣帽上有严重的污染，其关人员情况立即反映到场区试验指挥部。

指挥部召开会议，基地司令员白斌主持，到会的有赵启民、张英、王德林等同志，有王淦昌、彭桓武、程开甲等科学家，有参试单位的部门负责人。会议气氛相当紧张，为什么污染在坑道里到处都是？这些放射性从何而来？会上众说纷纭。但种种猜测说明不了何以坑道里到处都有放射性。也许还有另一种可能——阶级敌人的破坏。那年头阶级斗争这根弦早已绷得很紧，这种推测自然是合乎逻辑的。但是，核产品安装阶段，进坑道的人数是严格控制的，这些人都经过政治审查，都有特殊证件，从坑道口到装配厂房有很多哨位，坏人怎能轻易进入坑道？推理暗示人们，坏人可能出自内部。与此巧合的是，那几天发生了通向坑道的动力电缆被砍断；发现附近山头有两个形迹可疑的人等。一时间，核试验场区上上下下紧张万分，似乎破坏首次地下核试验的恶性事件随时会爆发。

一天夜间，陈玉从南山打来电话，说了坑道里放射污染严重的情况，让高浩松凌晨带上仪器赶到南山。第二天拂晓，高浩松和陆泉兴，刘鸿信三人带上仪器赶往指挥部。值班员简单地介绍了情况，随后，他们就分头到坑道里测量、取样。

他们边干边思索，经过几个小时的紧张工作，综合分析测试结果，认为这是氡气造成的污染。

那天下午，高浩松向白斌、张英汇报了测试结果和结论，问题澄清了，大家松了口气。张英问怎么办？高浩松答：加强通风，降低坑道内氡气浓度；作业人员都戴上防尘口罩。就这样，通知下去，坑道内恢复了正常工作。这场氡气污染风波给人们的印象太深了，在干部、战士们中间有恐惧心理。第二天，张英听说干部、战士仍有顾虑时，当即表示：那好办，给我在装配厂房旁边准备一个床铺，从今天开始，我白天晚上都在坑道里办公休息。当初在朝鲜战场上，整天蹲在坑道里，那时候也不知道有氡气污染，也顾不上那些。他告诉大家，严格执行防护措施，放心进坑道作业。

9 月 15 日，试验用的原子弹被安放在爆室内。15 时，雷管接插完毕，原子弹处于一触即发的状态。张英和王淦昌、赖祖武作了最后检查，确认一切符合质量要求后，便命令密封爆室。24 时，开始进行坑道回填作业。

担负回填任务的是工兵 124 团的 18 连和 19 连，这是两个很能吃苦又善于打硬仗的连队。

回填开始了，张英副司令员对参谋谭先志说：“带上保密机，走，我们进洞去。”

整整三天，那部与北京直接通话的保密机就放在离爆心 15 米远的一个工具箱上。张英一直在这里陪伴着紧张施工的战士们。他走进爆室，用手敲着原子弹的外壳对大家说：“原子弹这玩意儿不是随便就能捣鼓响的，用手榴弹炸都炸不响，同志们放心干吧！”战士们说：“张副司令都进来了，原子弹一定响不了。”部队的情绪很快稳定下来。

在回填开始的第一天，周总理一连三次打电话询问施工情况。

当时任国防科委二局副局长的高建民告诉我：“周总理问：谁在洞里？我说是张英副司令员。总理又问：他那里有保密电话吗？我说有。总理问回填情况怎么样？安全情况怎么样？洞内温度怎样？潮湿度怎样？一个礼拜的回填时间能不能再提前一些？我马上打电话把总理的话告诉了张英。”

张英回忆说：“当时高建民说总理正等汇报，这使我连认真考虑和与其他同志商量的时间也没有，但我相信我们部队是思想过硬和作风技术过硬的，只要动员组织好，是有可能提前完成的。因此我立即做了回答：可以提前。”

张英马上把洞内的作业部队集合起来，进行了短暂的动员，传达了周总理的指示，告诉部队加快回填作业速度是保证安全的最好方法，时间越长，不安全的因素就越多。让部队明白这一道理，对加快回填作业速度，起了非常关键的作用。面对着已经装好引爆装置的原子弹，同志们奋不顾身日夜奋战。

18 连担任主坑道回填任务，填料铁轨运不过来，战士们就肩扛手抬，12 名战士因劳累过度，昏倒在洞内，苏醒后又继续坚持战斗。19 连指导员亲自率领几名战士密封爆室，被滚烫的沥青烫伤了眼睛仍不下火线。顽强的拼搏终于创造了惊人的奇迹，仅用了 3 天多时间就保质保量地完成了任务，为试验赢得了宝贵时间。

在那些紧张艰苦的日子里，二机部的王淦昌、赖祖武等专家，始终在山洞里和作业部队战斗在一起，使参试官兵受到巨大鼓舞。

第一次地下核试验和另一次空爆试验是同时进行准备的，并且都要在国庆节前力争爆炸成功。为确保通往空爆场区道路和试验部队生活区的安全，对爆炸“零”时的气象条件提出了严格的要求。场区气象部门报告，9月20日夜间有好天气，可以实施爆炸。指挥部决定该日为爆炸“零”时。20日晚饭后，各参试单位人员纷纷乘车赶到南山东北参观场集结。队伍都等待在山坡上，大家既严肃又兴奋，盼望着观看地下核爆炸壮观的场面，盼望着首次地下核试验成功的喜讯。

指挥部设在帐篷里，外边立着一杆红旗，用来观察风向。大家时时注视着这面红旗，气象观测站定时释放探空气球，观测风向的变化。时间一分一秒地过去，预定爆炸时刻即将到来，不见东风出现。从领导到山坡上的人群，大家都坐立不宁，焦急万分。气球释放改为10分钟一次，大家看看气球随风飘去，西风越刮越大，毫无改向的迹象，真是万事俱备只欠东风，时间一小时一小时地过去了，黎明时分，阵阵凉风袭来，大家又冷又饿，仍然整齐地坐在山坡上，直到红日东升，红旗仍在西风中飘荡，预期的东风没有出现，无法实施核爆炸。指挥部通知，部队带回驻地，核爆另选佳期。老天爷开了个大玩笑。

试验场区的天气牵动着周恩来总理的心。高建民和当时任二局参谋的姚献新回忆说：“一天夜里，国防科委主任王秉璋向总理电话报告场区气象情况，没讲清楚；总理说，你讲不清就不要再讲了，我马上到你们办公室去。王秉璋放下电话上车就往国防部大院北门赶，以为总理会从那里来，没想到等他到了北门，总理已从南面那个门进来了，王秉璋一看就赶快跑步去迎接，总理一边走一边摆手说，慢点跑别摔着了。总理走得很快，一进办公楼就直奔二局的值班室，和参谋人员一块研究气象情况。总理说一定要确保安全，等天气好了再试验，不一定非要赶在国庆节前。总理总是把安全放在第一位，那次试验推迟了几天。”

1969 年 9 月 23 日，我国第一次地下核爆炸就要进行了。

那天夜间，参观的人比前次略少一些，从参观场远远望去，坑道口外一片光明，这是为了观察和拍摄山体运动，在坑口外挂了一长串灯。零时 15 分，一阵强烈的地震波传来，寂静的群山被震撼了，山表面剥离下来的几万方石头滚滚而下，山下烟尘迷漫，我国首次地下核试验成功了。顿时，参观场一片欢腾。

没有强烈的闪光，没有震撼人心的惊雷，但人们从那压抑沉闷的声音中，感受到了它力量的巨大。在朦胧的月光下，只见山顶因抖动而腾起了灰蒙蒙的尘埃。

防化侦察队很快进入爆区。25 分钟左右，研究所成果回收第一队队长李文峰经张超所长和程开甲教授批准后，率队进入爆区，抢收了第一批试验成果。

测试表明，爆炸“当量”完全符合设计要求，引爆自动控制系统良好，“自封”效果好，达到了预想结果，试验圆满成功。

那天夜里，在离爆心 100 多公里的马兰，基地副司令员张志善搬个小板凳，一直在门外默默地坐着，他的 15 岁的儿子张宁不知咋回事，就在一旁陪着爸爸，12 点刚过后，张宁突然听爸爸双手一拍，说：“好了！进屋睡觉去。”

“什么好啦？”张宁莫名其妙地问。

张志善呵呵一笑：“以后你就知道啦。”

1975 年 10 月 27 日清晨，我国进行了第二次平洞核试验。

一声低沉的轰鸣之后，在地动山摇的震颤中，国防科委主任张爱萍望着山梁上腾起的黄尘，随口诵出了这样的诗句：

“红日升，南山狮吼虎惊……”

老将军激动的心情溢于言表。前不久，一位老中医刚为他接好在“文化大革命”中被迫害致残的左腿。他拄着陈毅元帅夫人张茜送他的手杖，重新回到国防科技第一线，再次来到罗布泊核试验场。

在这次地下核试验的庆功会上，张爱萍一定要亲自见一见取样组的全体同志。他一个一个地同大家握手，说：“听说你们四进四出沾染区取样品。好样的!”

地爆“零后”5 分钟，取样组飞车直奔核爆炸的洞口。24 分钟后，他们到达距爆炸洞口 250 米的一个取样间。这时取样间的放射性剂量已到每小时几十伦琴，两分钟后，取样间门外的剂量高达每小时 180 伦琴。在场人员傅依备、胡广木、常炳离、丁厚本，陈玉山 5 人所受剂量已经超过允许标准。

作业副队长傅依备及基地高才生同志立即报告指挥部，指挥部命令所有人员马上撤回。

张震寰、张蕴钰、朱光亚、王淦昌、赵敬璞和试验基地的领导、作业队领导都在指挥部的帐篷里等候取样组归来。

听取了取样的汇报，会议室出现了短暂的沉默。朱光亚紧锁双眉沉思，赵敬璞用手轻轻叩击着桌子…

王淦昌比别人更加焦急，搓着双手走来走去，忽然停下来说：“我要进洞取样，一定要把气体样品取回来！否则我怎么向总理交待！向人民交待!”

大家都理解王老的心情。

朱光亚忙说：“那怎么行？你要是去取样，我们都要去坐牢。”

傅依备和第一批取样的同志都要求第二次取样，当天下午 6 时再次进场，结果又失败了。

当夜 12 时，丁厚本、张其林等第三次进场，仍然没有取回样品。

第二天，朱光亚、王淦昌等来到现场，在洞口紧急研究，决定采取一切防护措施，在确保安全的前提下，再次组织人员进洞取样。

第四次取样人员名单是：翟国良、叶全成、李怀曾、陈玉山、郑开璋、胡泽春。其中没有丁厚本。

领导说：“丁厚本同志，你不能去了，你已经严重超剂量，昨天夜里你又偷着去，已经有人告了你的状。”

许多同志纷纷帮着说情，丁厚本却没吭声。

出发了，汽车快速驰向洞口。这时人们才发现，丁厚本不知何时“混”

上了汽车，穿着一件“偷”来的特大号防护服，捂着大口罩，悄悄坐在卡车的后角。

来到洞口，山上塌方的石头仍然不停地向下滚动，放射性污染仍然严重。丁厚本说：“老胡，你在外面看着，我和老叶进去探路。”傅依备拉着丁厚本说：“老丁，你在外边看着，还是我进去。”丁厚本不肯留下，拉着叶全成冲进洞内。紧接着，翟国良、李怀曾也跟了进去。洞里很黑，越往里走放射性剂量越高。他们抬着钢瓶，钻进预备洞口，终于取到两瓶气体样品。

取样组迅速返回，郑天璋和丁厚本没有顾上洗消，立即随车将样品送到化验室。经化验分析，气体样品符合要求。

成功了！消息传开，整个试验场区一片沸腾。

王淦昌来到取样组，大家一阵欢呼，把他团团围住。王淦昌激动得不能自已，一个接一个地和大家握手，连声说：“太感谢你们了！太感谢你们了！”

王淦昌一连和大家握了三遍手，才匆匆走出帐篷到别处去致谢。凡遇到人，他就上前握手。

辛格尔荒原上的钢铁巨人。张震寰坐镇核爆炸的井口。张志善高兴地说给我们的英雄记功

1978 年 10 月 14 日，我国进行了第一次竖井核爆炸试验。

竖井核试验是地下核试验的主要方式，这种试验是把核装置和各种探测器一起吊放在大口径竖井底部，回填后实施核爆炸。竖井试验场区选在辛格尔地区，地层是沙岩和花岗岩。在这样的地层中，开凿一口径 3 米左右，深度百米或千米的竖井，靠普通人工法钻进是不好实现的。因此研究和制造大直径钻深井，又能钻花岗岩的钻井机，便成了能否进行竖井方式地下核试验的关键。

美国地下核试验，是用石油钻机在软岩中钻成的竖井进行的。国内要

制造能在花岗岩地层大直径深钻井钻机，设计加工、工艺材料等是否可行，技术上是一片空白。

1966 年 12 月 29 日，核试验基地张忠义带领调研小组一行 10 人离开茫茫戈壁，开始了钻井机研制的艰难行程。

1967 年 1 月 18 日，他们到达徐州一个小镇附近的矿井，煤炭科学院正在这里用石油钻机改装成煤矿钻井机，进行着冲积层的钻井工艺试验。当时正值“文化大革命”，工地早已停工，职工大都去闹“革命”了，只剩下几位技术人员在看家，他们只好在生产队的一户社员家里，暂借两间空房栖身，那两间房是土坯草棚结构，房内黑洞洞的。上有两个不大的洞，大概是当作窗户的，不时飘进一朵朵雪花，里面又湿又冷。他们只好亲自动手，从工地借来板皮方木，搭起一条长板铺，又从徐州军分区借了些被子，凑合着住了下来。每天早上，大家早早被冻醒，爬起来去工地就餐，晚上很晚又回到这冰窟窿般的住处，猫上一夜。他们在工地的工棚里查阅资料，摘录数据，座谈讨论，探讨所要解决的课题。有一天突然发现村里贴了春联，他们才知道要过新年了。经反复求教、分析比较，原先模糊的思想渐渐清晰起来，终于理出了钻硬岩的钻井机难点。

针对难点，他们又较系统地进行了研讨论证。

1967 年 4 月 13 日，在基地召开的竖井试验场区定点会议上，他们汇报了钻井机研制可行性的技术报告，地质专家丁浩然作了关于辛格尔场区的地质勘察选场报告。会上，张蕴钰司令员说：“地下核试验的方向应确定下来，要创造经验。”会议确定进行钻井机的研制加工工作和辛格尔地区的地质钻探工作。

1967 年 5 月 9 日，基地研制大钻机的计划经周恩来总理批准，以中央专委文件形式下达国防科委、煤炭部和第一机械工业部，责成共同研制一台为地下核试验用的钻井机，代号为 92 钻井机。

1967 年 5 月 16 日，国防科委二局高健民副局长、孙兆贵参谋带张忠义等人去见了煤炭部技术司张培江司长、总工程师陈炳强，按中央专委文件的要求研究了设计工作、人员调配、时间安排、工作步骤等。同时请一机部一办张树楠主任共同组织召开设计单位协作会，审查人员，分别交代任务。当时各部机关已指挥不灵，各单位都不知道找谁负责，抽调人员更是难办。但大家都表示一定尽快组织起来工作。特别是煤炭部陈炳强总工程师，亲自骑着自行车，跑遍北京城，到煤炭部所属煤炭科学院、北京煤炭设计院、北京矿业学院，去了解哪个造反派说了算，找谁联系才能解决问题。当时好在有周总理亲自批的中央专门委员会文件开路，无论哪个造反派见了都不敢不支持，到 8 月份终于把人员组织起来。

1967 年 11 月，开始了技术方案的论证。

这些五花八门，多姿多彩的方案，有的比较先进，国内外还是科研新课题；有的稳妥可靠，经济技术上比较合理，只是先进性稍差，各种意见相持不下。当时“文化大革命”派性严重，极左思想泛滥，讨论中有些同志也上纲上线，甚至把本单位的派性带了进来。有些人还在张忠义的办公室里贴大字报、贴标语，说他们是错误路线上的人。煤炭部指定参加组织领导工作的李丰阁工程师也被单位抓回关了起来。面对这种局面张忠义担心引导不好闹起来，设计工作会垮台。他向基地张英副司令员和国防科委二局高健民副局长报告了设计发生的问题。经研究，还是请煤炭部技术司张培江司长出面做工作，说明这是中央专门委员会和周恩来总理亲自批准的设计任务，对技术方案的争论，是对国家负责的态度，但要心平气和，本着百花齐放，百家争鸣的方针深入商讨，才是真正的革命派，等等，这才平息了对立情绪。

尽管当时社会上“文化大革命”闹得天翻地覆，设计小组仍是雷打不动，夜以继日地工作。

1968 年上半年，他们终于搞成了初步设计方案。

92 钻井机加工任务，一机部安排在兰州石油化工机器厂、太原重型机器厂、大连工矿车辆厂、上海石油配件厂、北京开关厂等 5 个工厂。为便于生产加工，设计组每人按各自所分担的设计任务于 1968 年末对口下厂，和各厂技术人员、工人组成施工设计组，按批准的设计方案进行施工图的设计。这段时间，大家工作很紧张，日夜加班，在 5 个月里，完成了近 2500

张设计图，又经5个月努力，完成了全部加工、装配、试车等任务。

1970年11月，他们终于在兰州石油机器厂进行厂内单机试验与综合试车。12月22日钻塔组装完毕，当日张忠义和刘绍镛与兰州机器厂领导组织钻塔竖立试验。经40分钟起升，40米高的钻塔在厂内立了起来，一切正常。试车成功了！中国第一台核试验专用钻井机终于依靠我们自己的力量试制出来了。

1971年秋，高大的钻塔像钢铁巨人般耸立在辛格尔荒原上，要试钻了，张忠义的心也提到了嗓子眼上，几年奔波的心血，就要被最后裁决了。随着送电命令的下达，转盘转动了，排浆喷水了，运转平稳，基本正常，一颗悬着的心终于放下来了。

经过两年的试钻，到1975年4月，终于完成第一口核试验用井。

1975年4月，核试验基地向国防科委提出进行竖井地下核试验的建议。在核试验基地、核武器研究设计院、国防科委工程设计所反复论证的基础上，1977年3、4月间，国防科委组织审定了首次竖井核试验的总体方案。

1978年国庆节刚过，核弹放入井底，一切测试、效应项目也都准备完毕，我国首次竖井地下核试验工程只剩下最后一道工序……“零前”回填。

担负回填任务的是技术总队六大队一中队。它的前身就是在1969年我国首次平洞地下核试验中做出了突出贡献的工兵124团18连。

井场上，拉料的汽车来来往往，石块、水泥、砂子堆得像小山一样，拌合机油光发亮，排列得整整齐齐，活像一个榴弹炮阵地，整个工地呈现着一派大战之前的紧张热烈的气氛。

临时党委批准了回填方案。一场“零前”会战就要打响了。

就在这时出现了一个意想不到的可怕情况：流沙管和产品导向绳、取样钢丝绳紧紧拧在了一起。如不迅速排除，回填工作就无法进行。排除，又谈何容易，几百米深的井，充塞着密密麻麻的流沙管、产品导向钢丝绳、取样钢丝绳和各种型号的测试电缆，井口上的吊挂设备、照明设备已被拆除，重新安装，最快也得个把月。别说一个月，产品、测试仪器哪怕在井水里多泡一天，成功的把握就会减少一分。

这时，指导员李文风风火火地跑到首长面前："报告首长，我代表全中队战士向党委请战，我们要求立刻下井排除故障！"

"你想过没有，没有安全、可靠的吊挂设备，人员下去很危险。"国防科委副主任张震寰关切地看着他说。

李文心里非常清楚，头顶上缺少安全可靠的吊挂设备，脚底下是待爆的核弹，一旦发生事故，后果不堪设想。然而，他坚决地说："为了试验的成功，我们宁愿承担最大的风险，付出最大的牺牲！"说到这里，他又变为恳求的语气，"请首长放心，我们有井下作业的经验，一定能顺利完成任务。时间不等人，就批准我们吧！"

目前也只有如此。试验临时党委经过周密的研究，尽可能地采取了一些安全措施以后，批准了他们的请求。

消息传到一中队，大家呼啦一声把李文围了起来，争着下井排险。但李文心里早就有了：有干部在，就绝不能让战士们去冒这个风险。他平静地说："同志们，不要争，我和一排长先下，二排长和五班长接替我们。"

一排长李奉北早已做好准备，随即跟指导员来到井口。张震寰、张志善司令员等首长一一和他们握手送行。他们乘坐临时用小绞车牵引的罐笼，艰难而缓慢地下井。如不小心，电缆卡瓦挂住了腰里的安全带，就会把人给吊起来，更重要的是，如罐笼碰坏了电缆，就会影响到测试。他们不得不将身子探出罐笼外，用手拨弄着，保护着电缆。李文光顾了电缆，有几次真的几乎被吊起来。井壁渗出的水浇湿了他们的衣裳，冰凉冰凉的，他们几乎毫无感觉，他们的全部心思高度集中到一点：排除险情，争取时间。

在离井底不远的地方，他们找到了故障点，手电光中，看到几根粗大的钢丝绳紧紧缠在流沙管上，周围是密密麻麻的电缆，锤子一类的工具施展不开。李文从身上抽出短钢钎，撬了几下没动静。他随即告诉李奉北："给井口回信号告诉他们一切正常。站稳抓牢，小心掉下去。打好手电，我开始撬。"他一下一下地撬着……脸上已经分不清是"雨水"还是汗水了。李奉北抓过钢钎，把手电筒递给指导员换了班。他连撬了几下，钢丝绳动也没动。他猛地用力一撬，不料钢钎弹过来打在鼻子上，顿时，鲜血顺鼻孔涌出来。李文发现后，正要向上报告。李奉北伸手抓住信号器，恳求地说：“指导员，鼻子碰破了，流点血没事。再说刚下来不久就负伤，对后面同志影响不好。快，别耽误时间了。”说着又一下撬了下去。李文一把夺过钢钎：“好吧，可你得听我的命令，只能拿手电，不许掌钢钎。”李奉北咧嘴笑了笑，一股血流进嘴里。这时井口打来信号，问工作情况怎么样，李奉北急忙回答：正常。又问有无险情，回答没有。

井口上，一张张绷紧的面孔，一双双焦急的眼睛，静静地注视着井口。

张震寰一直站在信号员孔令海的身边，他紧皱眉头，鬓角挂着晶亮的汗珠，目不转睛地注视着小绞车牵动的那根钢丝绳，一有信号上来，不等信号员报告就急忙问：“怎么样？”听到回答正常时，眉头才舒展一些。三分钟不见信号上来，他就催促信号员：“快，快问问情况。”

他一直站了几个小时，通信员看他太累了。就悄悄送来一把椅子，“首长，您坐下歇歇吧。”他好像听见了，又像没听清，轻轻地摆了摆手。过了一会儿，送来几块西瓜，首长，吃块西瓜吧。”他又摆了摆手。又过一会儿，通信员又送来面包，“首长，开饭时间早过了，您吃块面包吧，”这次他没有摆手，回头瞪了警卫员一眼，又急忙去问信号员：“有信号上来吗？”

准备接班的二班长安胜奎，五班长金进在一旁等不及了，匆忙向井口走来。

张震寰看了看表：“啊！四个半小时了，超过了规定的作业时间，快打信号让他们上来。”

直到六个小时，他们才上来了。看见李奉北，所有的人都吓了一跳。只见他脸色苍白，鼻孔和嘴巴上沾满了血块，浑身上下湿漉漉的，刚走下罐笼就晕倒了。大家急忙送他回连队休息。李文没有走，他在向首长和下一班作业的同志介绍井下情况。

当安胜奎、金进作业时间将到的时候，李奉北又迎着清晨的凉风赶到井口，要求接班。原来他醒过来后洗洗脸，吃过饭想休息一会，刚躺下就觉得睡不着，一骨碌跳下床又往工地跑来。在场的首长和同志们反复劝他回去休息，他总是这句话：“我熟悉井下情况，可以更好争取时间。”

李文、李奉北、安胜奎、金进四位同志交替奋战了一昼夜，当晚霞飞满天空的时候，井底发出了一个振奋人心的信号：故障全部排除！

守候在井口的张志善听到这个喜讯，激动地说：“记功！记功！给我们的英雄们记功！”

1978 年 10 月 14 日 9 时，中国首次竖井核爆炸试验成功。这次试验实现了全封闭爆炸。爆后三小时取到气体样品，第 16 天取到固体样品。在试验安全、工程、测试、取样等方面获得了较满意的结果。

从 1981 年开始，中国的核试验从大气层完全转入地下。

他们失去的都是生活中最普通的东西，他们的崇高就在于长期吃苦而不以为苦

今天的罗布泊已看不到那雄伟壮观的景象，昨天的辉煌与光荣都已凝聚在这地层深处偶尔传来的震波之中。

124 团二营是一支在罗布泊战斗了 32 年的工兵部队，从创业初期的场区建设、首次核试验的特种工程，到今天地下核试验的坑道掘进，他们一直奋战在最艰苦的地方。

二营在大山打了 17 年山洞，在罗布泊这空旷的天地间，属于这些年轻士兵的只是大山腹部一块小小的作业面；在这狭窄的坑道内，向前掘进每一寸，战士们都要把自身的能量发挥到最大限度。

是艰辛也是光荣，他们宁愿把这一切作为秘密永远藏在心里，他们盼望和亲人共同感受成功的辉煌，却不想让亲人知道这辉煌后面的艰难苦辛。那一天，我们到坑道内去拍电视片，那些干起活来就不顾一切的小伙子们在摄像机前却一个劲儿往后缩。从坑道出来，二营营长焦常贤拉我说：“我们那几个小战士让我告诉你，这个片子要是到中央电视台放，千万别把他

们的镜头放出来，他们写信从来没敢告诉母亲自己是打山洞的，这么苦，怕家里亲人们知道了难受……”

电视片还是在中央台播出了，不知他们的父母看到自己的儿子没有，他们可是祖国最好的儿子啊。

在场区的工地上，流行这样一副对联：

举杯邀月，恕儿郎无情无义无孝；

献身国防，为祖国尽心尽力尽忠。

那些和大山日夜为伴的热血男儿，也有牵肠挂肚的骨肉亲情，然而，在他们心灵的天平上，事业，这重于一切的砝码几乎凝聚了全部的情感。

现任团长的程继申在担任指导员的时候，有一天突然收到未婚妻寄来的三根白发，他这才意识到自己已经28岁，是大龄青年了。新婚十天，正赶上老兵复员，他就把万里迢迢赶来部队的妻子托给战友的家属，匆匆赶回几百里外的连队。

部队的家属区离施工场区还有 300 多里路，二营的军官家属们随了军却不能随夫，夫妻团聚依然是十五的月亮。丈夫们在场区钻山洞，打石头，妻子们的工作也是打石头，筛沙子。她们风趣地说：“老头子是工兵，俺们也是工兵。”

二营在核试验场转战 32 年，住了 30 年帐篷。营帐前的那些树年年栽，年年不活，他们还要年年栽；那些花年年种，年年不长，他们仍然年年种。

也许这只是一种愿望的表达，一种情感的寄托，一种对枯燥、寂寞的顽强抗争。

一批批新兵来了，一批批老兵走了，许多战士从入伍到复员也没离开过那座大山。临走前他们最大的愿望就是到基地的生活区马兰看一看。能痛痛快快地洗个澡，能到有座位的电影院里看场电影。

他们也想能在饭桌前从从容容地吃顿饭，也想能有点什么给他们遮遮阴凉。这些都是生活中最普通的东西，像阳光、空气、水一样普通，这些东西只有当你失去时才知道是多么可贵。

他们的崇高就在于长期吃苦而不以为苦。核爆炸时那些瞬间的辉煌使他们把所有的艰辛都当成了欢乐和光荣。

当新兵们走近这大山，以风钻铁锹开始这特殊的军人生涯，也许还没意识到自己正走向崇高和神圣。许多人想过家，流过泪。

上几次班，进几次洞，这些来自四面八方的孩子就成了坚强的汉子，成了吃苦耐劳的好兵。

二营的战士们常说："干部都这样干过来了，老兵都这样干过来了，他们能适应，我们也能适应。"

他们的老教导员唐庆桃在场区整整干了15年，入伍时体重140斤，转业时只剩下110斤。没有人能记清他有多少次累得晕倒。但二营每一个人都知道唐庆桃当年不顾高温高压的危险，以视死如归的从容为开挖取样打开了通道。

有一次，一条掘进到250米的坑道突然发生了罕见的大塌方，是吴海民这个普通的志愿兵带领排险小分队奋战三天三夜，战胜了塌方，为国家避免了数百万元的损失。他在祖国为边陲优秀儿女挂奖章活动中获得了金质奖章。

徐纯银，二营的那位老风钻手后来当了团长，现在已经转业了。他的青春和健康过早地融进了大山的坑道和脸上的皱纹。我们采访时已是初夏六月，可他的军衣里还套着厚厚的毛衣，但就是这副瘦弱的身板，在一次核爆炸前夕，他带领三名共产党员从装有原子弹的坑道中排除了五枚毛洞掘进时遗留的哑炮。

在二营，哪里有困难，哪里就有干部，有党员；哪里有危险，哪里就有干部，有党员。

战士们正是从身边这些实实在在的行动中懂得了什么是吃苦和忍耐，懂得了什么是奉献和牺牲。

这，就是传统。

艰苦奋斗，无私奉献的热血就是这样一代又一代地在这里流动。

他们的口号是献了青春献终身，献了终身献子孙；我们给予他们的，不应该仅仅是同情和眼泪

在核试验基地27年的生活中，在核武器研制基地的采访中，这样一组数字给我留下了深刻的印象：

从1945年至今，美国已进行900多次核试验，苏联也进行700多次，而我国从1964年到1988年共进行34次核试验（其中大气层23次，地下11次），研制经费仅有美国的百分之几。

同时我也看到这样几个数字：一个研究室近年来加班1300多个小时，每个人每小时加班费为0.3元。

在这里我们看到，“造原子弹的不如卖茶叶蛋的”这句广泛流行语言绝非夸张。然而，给我印象更深的却是这里流行的另一种语言，“我为事业献青春，献了青春献终身，献了终身献子孙。”

这是几代科技人员人生路的写照，这更是一种庄严承诺，一种悲壮的誓言，一种发自肺腑的奉献之歌。

阳光、空气、水是一切生命存在的三大要素。事业的特殊需要却使他们连这些基本的东西也不能完全拥有：青藏高原有阳光、水，但空气稀薄；罗布泊试验场有阳光、空气，但缺少水，大西南山谷中有空气，有水而缺少阳光……

有人积劳成疾，恋恋不舍地离开了工作岗位；有人英年早逝，过早地耗尽了生命。

车工班长戈听卿身患肾炎，但他常常在放射性的厂房中一干就是十多个小时。

在试验场上，50多岁的高级工程师陆根祥高烧到39度，住到医院一连三天输液。但他仍然强撑起虚弱的身体，用颤抖的手给领导写信：“……我十分希望你们能答应我，在这次检查装配前，一定把我接回试验场……搞

了这么多年，我不能亲自参加这项任务，会感到终生悔恨——这是出于我内心的请求，请理解一个老兵的心愿……”

不少人倒下了。

吴际霖——核武器研制队伍一位优秀的组织和领导者倒下了，高能炸药专家钱晋教授倒下了，在“文革”动乱的岁月中，他们满怀悲愤离开了人世。

邓稼先倒下了，这位为核武器发展献出毕生精力的科学家去世时年仅 62 岁，直到他辞世前的几个月，世人才从报纸上知道他的名字。在他生命中的最后一个国庆节，他强撑着病体来到天安门广场，在国旗下久久地望着。他对身边的警卫员说：“建国 100 周年时，你都 84 岁了，那时我们国家富强了，你可一定要来看我呀。”

宋大本倒下了，这位在核裂变点火技术方面有贡献的科学家 51 岁英年早逝，去世前的四个月，他仍然带病出差云南、四川、上海等地，奔波了 81 天。

黄豹倒下了，这位在核试验物理测量方面做出突出贡献的将军 1959 年大学毕业后就来到罗布泊，连婚礼也是在戈壁滩的地窖里举行的。他不但自己在核试验场奔忙了大半辈子，还让儿子也参加到核试验队伍中来，1992 年他病重住院，当儿子来探望时，他却劝儿子说：“这里不需要你，干你的核试验去”。

王芝萍倒下了。这位军事医学科学家年仅 49 岁的高级实验师在 1994 年一次地下核试验的当天，因疲劳过度，突发脑溢血，倒在辛格尔试验场区，再也没能醒来。

不仅是科技人员，不仅是第一线的奉献者，在这支悲壮的队伍背后，跟随着一支同样悲壮的庞大队伍——他们的父母、妻子和儿女。在科技人员忘我攻关的时候，他们的亲人正在默默地承受着和忍耐着生活中的困难和艰辛。

邵乃林，这位曾登上百米铁塔为第一颗氢弹装置安插雷管的研究员，在 90 年代的爆轰试验中，几十组实验，他每次到场，亲自处理了上万个数据。但当时他家中五口人竟有四口人在待岗待业，同时还赡养着长年有病卧床的 80 多岁的父亲。

青年工人郭继春，钻研了一身好手艺，能加工公差仅 0.01 毫米的关键零件。从 1990 年 5 月到 1992 年 9 月他完成合格产品 2657 套（件），但岳母去世也没能回去看上一眼……

有一个令人久久难忘的故事：那一年，在执行任务中一位年仅 45 岁的工人向珍和突然因病去世。他的妻子程国秀赶到实验场，她告诉领导不要任何照顾，不要牵涉领导的精力，耽误了国家大事。她仅请求领导“帮助查清楚，珍和借了多少差旅费，哪些同志托他在新疆捎东西带了多少钱，我再难也要想法还清。”

还有更令人心酸的故事。在马兰的一片墓地上举行过一次基地有史以来最隆重的葬礼。石头堆成的坟墓里长眠的不是英雄和烈士，而是一个十岁的小男孩。这个叫小明的孩子是我一位战友的儿子，他一生下来就和父母一起生活在戈壁滩上，从没有见过游泳池和溜冰场。后来从电视上看到这些东西，才知道人还可以在水里游。这个爱幻想的孩子就每天在院子里摆上一盆水，把头扎进去尝尝游泳是什么滋味。1987 年 9 月的一个星期天，小明听说连队修建了个养鱼池，就和几个小朋友悄悄跑去游泳。去了，就再也没回来……

没有哀乐，没有悼词。赶来参加葬礼的将军和士兵、老人和儿童都默默地在那小小的坟上放上一块石头。

后来基地修建了游泳池。一位将军感慨地说：“戈壁滩的孩子也是孩子啊！”

在北京领导机关举行的一次核武器研制先进事迹报告会上，许多听众流了泪。

我们应该流泪，当我们为祖国有效的核盾牌自豪的时候，我们应该记住这些普普通通的奉献者。

也许，我们给予他们的，不应该仅仅是同情和眼泪。

我们能为他们做点什么呢？

在历史和未来的交叉点上，核试验基地第一次有了一位科学家司令员

还是这条道路，还是这片大漠，不知走了多少遍看了多少遍，今天却觉得有点陌生，总觉得那开阔的地平线后面藏着点什么，走过去却还是地平线，一条新的更加辽远的地平线。

1983 年 10 月，钱绍钧坐在驶往核试验场区的小车上，默默地望着前方，似乎还有点不太习惯。

事情发生得太突然了。

三天前他还是基地研究所第七研究室主任，现在猛然间成了基地主管试验技术工作的副司令员。

许多人都没想到。他自己也没想到这么沉重的担子一下子压到他的肩上，他甚至来不及清理一下自己那纷乱的思绪。

1964 年 10 月，当我国第一颗原子弹爆炸的惊雷震动世界的时候，正在莫斯科杜布纳联合核子研究所工作的钱绍钧心里振奋之中又有几丝遗憾：作为一个核物理工作者，自己未能亲自为祖国的第一颗核弹做点什么。

1966 年 2 月，钱绍钧的愿望终于实现了。他被作为技术骨干调到了核试验基地研究所。

钱绍钧同基地千百名科技人员一样默默无闻地埋头苦干了十几年。他像一株无花果。

他们的名字，他们的业绩都打着“秘密”的印章锁在档案室的保险柜里。

直到 1983 年一位经验丰富的记者从六届人大代表的名单中发现了钱绍钧的名字，专程来基地采访。“钱绍钧”这三个字才第一次出现在首都几家大报的通栏标题上——

《我们时代的科学家》

《戈壁深处十七年》

《国防科技工作模范——钱绍钧》

……

人们这才第一次知道：钱绍钧亲自写的完成核试验任务的技术档案有20多万字，经他反复核实、推算、修改的科研题目档案100多万字，他领导的研究室1980年到1982年获得各种等级奖励的科技成果有43项。

人们这才惊讶地发现：在基地举办的新党章学习班上，作为技术干部的钱绍钧在政治测验中竟以98分的成绩遥遥领先，独占鳌头……

红花、奖状、美丽的光环，钱绍钧都不在意，他习惯于做一个真实的人，袒露一颗真诚的心：

“我个人没什么了不起，我多少年来就是这样，许多同志都是这样……”

他照样穿着白大褂在显微镜前一坐就是几小时，忘了吃饭忘了睡觉，到深夜啃上几口干馒头，下班后照样到同志们家去谈心聊天，聊得海阔天空，聊到凌晨两点，回到他单身宿舍再伏案苦读，以至通宵达旦。照样笑嘻嘻地让大家叫他老钱，或者为工作中学术上的一个问题与人高声争论，争个面红耳赤，争个水落石出，最后相视一笑……

当那位白发苍苍的老政委胡若嘏来研究室找他谈话，告诉说中央军委已任命他为基地副司令，钱绍钧沉默了。

面对老一辈那稀疏的白发、长满老人斑的面容、泉水一般清澈的眼睛，他能说什么呢？

说我承担的课题再搞一段时间很可能有新的突破，我舍不得丢下自己的专业？说我这责任太重大了，我不知道我能不能干好？……

1956年钱绍钧从北京大学毕业后总是不断改行，大学助教、团总支书记、北京科协干部、俄文翻译、外事秘书……以至于毕业十年之后终于复归自己所学的专业时许多业务要从头学起。现在，人过中年，正是专业上大有可为的时候，又要他去做领导，搞管理。这，又得从头学起了。

他是一名科学家，事业是他的生命。

他是一个共产党员，党的需要高于一切！以前几次改行他总是服从组织安排这次当然也应如此。

他终于开口了，说：

“这真是较劲的事。”

了解他的人都知道，每当他说这句话时，便是义无反顾地以身相许了。

从副研究员到副司令员，在有些人眼里也许是难得的荣升，谁能知道这对钱绍钧来说，这又是一次特殊的牺牲呢？

老政委呵呵呵地笑了，笑得那样欣慰。

钱绍钧依依不舍地脱下白大褂，离开他工作了十几年的研究室，走进了基地新领导班子的行列，走到核试验基地的千军万马面前。

在新老交替的谈心通气会上，钱绍钧发表了最简短的“就职演说”：

“我要努力在两年内摸清核试验的全过程。”

核爆炸轰轰烈烈，惊天动地，像一首雄壮无比的交响乐；而当你走进这个庞大、复杂的交响乐团，要摸清这里的一切，要做的却是那样细微、琐碎，简直平淡得让人不可思议。

钱绍钧和新班子成员一起默默地站在正午灼热的阳光下，看汽车司机们比赛补轮胎换车轮，看谁又快又好；微笑着走进厨房，站在热气腾腾的锅台旁，看炊事员炸油条，看谁炸得又酥又黄，还要拿一根尝尝是不是又香又脆；一本正经地走进队列中检查军容风纪，看的卡的良有无混穿，头发是否露出了帽檐，缀领章用的是红线还是什么其他颜色的线……

钱绍钧到场区的第一件事是组织老兵退伍工作。

“我们时代的科学家去抓老兵复员了。”有人惋惜。

“他，会打敬礼吗？”有人疑惑。

钱绍钧却认为，搞核试验要靠两支队伍，一是科技干部，二是施工部队。部队的基础是士兵，没有他们，再好的技术方案也难以实现。他没带过兵，但他下连当过兵，他知道这些战士是多么辛苦多么可爱。

他说：“我很乐意去抓老兵复员。搞科技管理工作首先要了解人，懂得人。老战士要走了，我应该去送送他们。”

钱绍钧走进一顶顶帐篷。

那些在施工中生龙活虎的小伙子在他面前却那么拘束，那么腼腆。

看着这些年轻人，钱绍钧一阵阵心疼。

就是这一副副柔嫩的肩膀撑起了地下核试验的巨大工程。

是他们在雄伟的大山腹部掘出了长长的坑道，是他们在坚硬的花岗岩地层钻出了深深的竖井，是他们从地下爆心取出了宝贵的样品……

人们把核爆炸比作雷霆，雷霆就在战士手中！

可是他们却那样沉默。默默地来了，又默默地走了，年年来，年年走……

钱绍钧是多么想听听他们的心里话呀！

他诚恳地说："我是副司令员，你们是战士，但我们人格上是平等的。你们有什么想法尽管说，我们是同志，是战友……"

沉默打破了。

一位老兵站起来，说：

"首长，我们想洗个澡……"

钱绍钧的心又一次被深深地刺痛了。

曾有一位客人到场区转了一圈，临走说了一声"寒酸"，据说也可以理解为简朴和清苦，"没想到你们是在这样的条件下搞核试验，这在我们那里是不可想象的。"

是的，谁也想不到我们从事国防尖端事业的战士们劳动手段是这样原始，生活条件这样艰苦。

这固然是因为我们国家穷，底子薄。然而，我们干部的责任呢？我们在赞美战士的牺牲精神并为之自豪的同时，不能在现有的条件下想方设法让战士们生活得美好一点吗？

钱绍钧来到连队饭堂，他要亲眼看看战士碗里是什么菜，他说，"战士的伙食费要让他们全部吃到嘴里"；

他来到坑道中看战士抱着风钻掘进，要求有关人员抓紧研制打钻机械，减轻战士的劳动强度；

他站在小钻机下看战士钻孔取样，指示防护人员加强放射性剂量监测，保护战士的身体健康……

地下试验场区，一次新的核试验正在紧张准备之中。

正在这时，中央军委授予钱绍钧“国防科技工作模范”荣誉称号的命令发表了。他匆匆赶到北京参加授奖大会，又立即赶回试验场区担负起现场指挥的重任。

高高的钻塔下虽然看不到第一次原子弹试验中那大军云集、连营千里的壮阔景象，但繁忙热烈的气氛仍然和当年一模一样。

钱绍钧头戴安全帽站在钻塔平台上，默默地注视着井口，注视着准备工作的每一个细节。

上百台仪器，几十束电缆，都集中在这个狭小的井口周围，稍有不慎，任何环节出点纰漏后果就不堪设想。

这责任太重大了，钱绍钧总觉得手里攥着一把汗。可是，每当他把眼光投向站在旁边的高建民顾问身上，心里顿时就踏实了。

高建民，这位 1938 年参加革命的老八路，1959 年就来到了核试验场区。从共和国第一颗原子弹爆炸到现在，他又作为国防科委的一名参谋，来现场协助首长组织指挥了 20 多次核试验，耗费了全部的心血，积累了丰富的经验。可是，他却一直默默无闻。八一厂拍摄的十几万米的核试验纪录片胶卷上，没有他一个镜头；他主持编写的 2500 万字的核试验技术资料中，没有他一个名字。现在，他又以花甲之年、病弱之躯来到试验场上，负起了“传、帮、带”的历史责任。

在基地机关，当钱绍钧深夜伏案苦读时，他悄悄下楼送去一瓶咖啡，小声提醒他注意改变在研究室时的工作方法，注意爱护身体；在施工现场，当钱绍钧遇到问题时，他总是默默来到跟前，同他一起研究解决的办法；回到指挥部宿舍，他又和钱绍钧倾心长谈，交流自己的工作经验；钱绍钧胃病犯了又不肯吃病号饭，早晨用米汤泡馒头，他就以自己的名义要点大米，熬成稀饭拉钱绍钧一块吃……

而他自己，却忍受着晚年丧偶的巨大悲痛。就在他到基地任顾问不久，无人照顾的老伴突然摔倒在机关大院的澡堂门口，连一句话也来不及留下就永远离去了。

每提起这位高顾问，钱绍钧总是充满感情地说：“从他身上，我学到了很多很多……”

试验马上就要进行了，钱绍钧突然接到通知要去北京开会。

老顾问爽快地说：“你放心走吧，这里有我。”

钱绍钧到了乌鲁木齐，心里仍牵挂着试验场区。临上飞机前，他把电话打到了场区指挥所。

“一切正常”。话筒里传来了老顾问那稳重的声音，钱绍钧高兴地笑了。

这时，离爆炸零时还有五分钟。

当地层深处又一次传出低沉的轰鸣，大漠又一次卷起遒劲的雄风时，人们看到的仅仅是一次试验的成功吗？

一道雄伟的山脉拔地而起，这是大漠坚实的脊梁。

在竖井试验紧张准备的同时，一支英雄的工兵部队正在大山腹内日夜奋战。

一颗新的核弹又要在这里爆炸了。

像偶然的巧合又仿佛是有意安排，临近试验时，基地首长从司令、政委到参谋长、主任都到京开会，老顾问也去上海检查病情。

他们都走了，放心地走了。

独当一面的现场指挥重任落到了钱绍钧身上。

这座大山中曾进行过几次核试验，钱绍钧一到现场就亲自带领防护人员到坑道中测量放射性剂量和有害气体浓度，不符合安全标准决不放战士们进洞施工。

他说：“文革期间我在连队打石头，看到战士们从试验坑道中出来手都不洗，抓起馒头就吃，心里很难过，不科学！我和放射性打交道最多，不怕放射性，但能避免的一定要避免。我们教育战士要有五种精神，需要牺牲时义无反顾；但不必要的牺牲一点也不能干，如果因为领导工作差错造成不应有的牺牲，那就是失职，是犯罪……”

在钱绍钧影响下，这支素以敢打敢拼著称的工兵部队在施工中开始更加注意讲科学、讲安全了。

“零时”就要到来了。

参观场上，几千双期待的眼睛望着大山；

指挥帐篷内，作试处长按程序下达一个个指挥口令；

钱绍钧和九院院长邓稼先从容地坐在指挥台前等待那胜利时刻的到来……

手拿控制台钥匙的政治部副主任就要出发去“合闸”起爆了，一位科技人员突然报告，控制系统出了毛病。

钱绍钧心里一惊，马上果断地命令；

“推迟合闸！”

大帐内立刻充满了紧张的气氛，人们都沉默了。

“为什么推迟？为什么推迟？”性急的政治部副主任一个劲询问

钱绍钧却笑而不答，镇静地坐在行军椅上，随意地捻动着手指。

控制系统是爆炸前最关键的部位，他早已和有关人员反复研究，预想了应急措施。

原因很快找到了，故障排除了。

“合闸！”一声令下，地动山摇，大漠又一次滚动起振奋人心的雷鸣。

试验取得了圆满成功。

我国核武器发展有了新的重大突破。

当人们激动地相互握手祝贺时，钱绍钧才发现自己手掌中攥了两把冰冷的汗水。

“真是较劲的事。”他长长地嘘了一口气，默默地走出帐外，向那烟尘弥漫的山峰久久地望着、望着…

测量侦察分队已经出发，科技人员正紧张地回收测试仪器……试验场上，一切都在有条不紊地进行。

富于献身精神才能在更高的层次上完善自身，不计较个人的价值才能获得人生的更大价值，钱绍钧作为一个高级指挥员，已经日臻成熟了。

在 1985 年国防科工委的一次“民意测验”中，基地的司令员李光启、政委许瑞枕不约而同地推荐钱绍钧为下一任司令的人选。

当年 11 月，钱绍钧正参加英模报告团在西北地区作巡回报告，从北京传来了中央军委的命令：

任命钱绍钧为核试验基地司令。

核试验基地第一次有了一位科学家司令员；

从钱绍钧开始，核试验基地的几任司令员都是有高级职称的科技人员。当年老红军、老八路开创的事业的接力棒已经传到新一代创业者的手上。

朱光亚——我们的事业是后继有人的；许鹿希—— 一个国家靠铁脊梁才能挺立。罗布泊—— 一种境界

共和国第一朵蘑菇云升起的时候，我国核科技人员的平均年龄只有 29 岁。如今，那些曾是风华正茂的热血青年已经鬓发斑白了。他们的青春汗水铸成的历史丰碑，正呼唤着、吸引着一批又一批从大学校门走出的年轻人献身国防，以坚定的步伐去追寻前辈的足迹。

1992 年 11 月 7 日，核武器研究院举行了隆重的第 3 届“邓稼先青年科技奖”授奖仪式。

当 4 名获奖代表怀着激动的心情，从著名科学家朱光亚、王淦昌、彭恒武、陈能宽手中接过获奖证书时，从老专家那亲切的目光中，他们也接下了一份沉甸甸的期望。

朱光亚说：“我怀着非常激动的心情来参加今天的大会，这是我今年第二次回娘家了。刚才颁奖我也是很激动的，这特别说明了我们的事业是后继有人的……”

从 1988 年开始，经过严格评选已有 11 个项目、60 多名青年科技人员获得“中国两弹元勋邓稼先青年科技奖”，有 26 名青年科技人员被破格晋升高级技术职务。有趣的是，其中 3 名最年轻者年龄也是 29 岁。

在这次颁奖之前，邓稼先的妻子许鹿希教授又将国家奖励邓稼先的 1000 元赠与科学城青年科协。许教授在信中写道：

“……一个人靠脊梁才能直立，一个国家靠铁脊梁才能挺立。研究院的工作能使中国挺立得更高更强，青年同志们会为自己的工作感到骄傲。同

时，在你们身边有和邓稼先共事多年，有的至今仍在奋战不息的元勋们。因此，青年同志们会感到在这样的环境中工作十分幸福……”

第一届“邓稼先青年科技奖”每项只有 200 元，这一届也仅仅 700 元。但在青年们看来，这却是一种很高的荣誉，是一种肯定，是一种证明，一种老一代的接受和认同。

每一位青年人都有自己的青春梦想，正是在邓稼先那样的献身者教诲和激励下，他们校正了人生的坐标，使自己的理想与追求有了实实在在的支点。

1993 年 5 月 25 日，中央军委主席江泽民签署命令，授予核试验基地研究所第二研究室“勇攀科技高峰研究室”荣誉称号。

这是几代科技人员的不懈追求共同创造的功勋和光荣。

在前几年的一次核试验任务中，这个研究室就有三对年轻的夫妻放下年幼的孩子双双进场，6 名 28 岁以上的已婚的女同志主动推迟生育。

有位组长叫曹锦云，是 1983 年毕业的大学生。在一次任务进场的前几天，正赶上爱人难产，小孩不幸夭折了。突如其来的沉重打击，使得他爱人情绪低落，经常哭哭啼啼。但是为了试验任务，他没等爱人伤口痊愈，就奔赴了试验场区。在现场设备安装调试过程中，曹锦云因过度劳累不慎触电，手指上被电打了两个坑，脸也摔伤了。这一连串儿的打击他都挺住了。他用加倍的工作来减轻内心的痛苦。

研究生欧阳晓平，在他负责设计研制一种具有国际水平的新型探测器的过程中，患了结核性脑膜炎，医院曾两次发出病重通知书，即使这样，他仍然惦记着新型探测器的研制工作，病未完全治好，就要求出了院。医生开了病假条，让他休息一年至一年半，但他一出院就投入了工作，接着他又主动要求进场参加试验，别人劝他注意休息，他却在场区同其他同志一样地拼命工作，病假条至今没有交给领导。当试验结果表明新型探测器的性能完全符合设计要求时，他说这比什么药都灵。

在一次核试验的关键时刻，一个探测器意外地发生了故障，时间很紧迫，这个项目组年轻的组长，1982 年南京大学物理系的毕业生从云和同志们在工地上日夜抢修，饿了啃几口干粮，困了就地铺块塑料布，轮班打个盹，一直奋战了八个昼夜，及时排除了故障，保证了任务的顺利完成。在另一试验的前夕，从云和战友们在洞里连续干了两个白天三个夜晚，第三天凌晨，一位施工的战士发现他后，十分惊讶地问："你怎么还在这里？"原来战士们工作三班倒，已经倒了两个回合了，他们在 48 小时前曾见过面。从云说："我们还得干一个白天，"这位战士听了后，二话没说跑到连队的保温桶前冲了一杯奶粉，又抓了一把饼干，一边递给他，一边说："你们科技人员真辛苦啊！"

1995 年，这位来京参加"优秀青年科技专家成长道路"报告活动的年轻战友对我说：

"我们经常讲'忘我拼搏，无私奉献'。我常常想，这两句话对于我们从事核试验的科技人员来说，不仅仅是一个口号，而是在长期的奋斗中自然而然地养成的一种自觉行为，达到一种境界，谁到了那个地方，谁投身这个事业，谁就能领悟什么叫无私和忘我。那个环境，那种场面不允许你想自己，你也顾不上想自己。从老一辈到我们这些年轻人，几乎都是这么走过来的，都是这么干过来的。"

传统，往往是现实的支柱和通往未来的桥梁。

当核试验事业的接力棒传到新一代手里的时候，创业精神正在罗布泊焕发着更加灿烂的光辉。

在这里，中国核试验事业的新一代和他们的前辈一起承担着一个共同的主题，那就是周恩来总理在中国第一颗原子弹爆炸时庄严宣告的神圣使命：

"中国政府一贯主张全面禁止和彻底销毁核武器，中国进行核试验，发展核武器，是被迫而为的，中国掌握核武器，完全是为了防御……我们深信，核武器是人制造的，人一定能消灭核武器。"

这是一个崇高的目标，一个美好的梦想。

总有一天，原子弹会在地球上彻底消失，人类将享有永久的和平。那时候，"核"这个字眼在人们心目中将不再是灾难和恐怖，而是温暖与光明。

走过罗布泊

在人造卫星从太空拍摄的照片上，罗布泊像一只巨大的耳朵，一个没画完的圈。

自从 1964 年这里爆响了我国的第一颗原子弹，罗布泊就以那一声声惊天巨响成为中华民族振兴的象征，成为一个举世瞩目的地方。

1996 年——夏，当人们的目光纷纷投向亚特兰大，投向第二十六届奥运会那激烈角逐的时候，茫茫太空一颗颗神秘的“眼睛”正紧盯着罗布泊。

这里，即将进行一次新的核试验。

这已经不是秘密。

1996 年 6 月 8 日，在成功地进行了一次核试验的当天，中国外交部声明，9 月份前我国还将进行一次核试验，之后将实行暂停核试验。

这次事先宣布的核试验，牵动着无数人的心。许多参加过第一颗原子实验的老同志，主动要求来现场参加暂停前的最后一次实验。这些从蘑菇云走过来的人们心里都揣着一个共同的心愿，给为之奋斗了几十年的事业，给自己几十年的人生亲手画上一个完美的圆。

我是怀着朝圣般的心情又一次来到这片大山的。

深深的坑道里，核弹已在爆室就位。

爆室前，进行核爆炸物理测量的技术人员正对他们的仪器设备做最后的调试、检查。

在忙碌的人群中，我忽然发现了那个熟悉的身影。草绿色的工作服在他瘦弱的身躯上显得格外肥大，安全帽檐下露着雪白的鬓发，脸上的笑纹疲惫而又从容，只有那双琥珀一般透明的眼睛依然那么年轻，那么明亮。

他就是我国核物理测量的开创者之一，中国科学院院士吕敏。

1963 年，这位刚刚从苏联社布纳联合核子研究所归国的科学家和程开甲、陆祖荫、忻贤杰一起，在钱三强指导下制定了我国第一颗原子弹的实验方案。筹建了核试验研究所。他在核试验基地工作了 25 年，身患重病后仍然坚持到实验第一线。同志们用担架抬他上飞机送往医院时，他还反复说："我不能离开，我的事业在这里。"在北京的医院里，他仍牵挂着核试验场，他在病床上作的一首诗中这样写道："梦魂西去北下，心神又到爆室旁。"调北京工作后，他还是经常来核试验场区；几乎是每一次实验，人们在工作现场都能看到他的身影。

走出坑道，站在洞口的平台上，望着从天空擦过的大朵大朵的白云，我们随意交谈着。我问，我们国家马上就要暂停核试验了，作为一位为这个事业奋斗了 30 多年的老同志，你现在的心情是怎样的呢？吕敏淡淡一笑给我谈起一段往事："当时钱三强点名要我们几个筹备研究所，叫我去，我一到新疆就多少年回不去，钱三强碰到我父亲（著名语言学家吕淑湘——作者注），我父亲在人大常委会开会，跟他在一起，他说：我把吕敏搞到新疆去了，这么多年回不来。挺抱歉的样子。后来我知道了，就给钱三强先生写了一封信，说：这个事我也不后悔，尽管 50 来岁就生了这么场大病，但总算给国家干了点事，干了点实际有用的事，知识分子能有这个机会也是不容易的。"

"给国家干点事，干点有用实际的事"，正是这种朴实而又深切的报国之情使他们在罗布泊走过几十年无怨无悔的人生旅程。

在即将进行核爆炸的坑道里，我遇到了年近古稀的乔登江，基地的战友们都亲切地称他"乔老爷"。乔登江是新中国培养的第一代大学生，1963 年 3 月，他正在江苏师范学院物理系任副主任，突然接到调令：月底前到北京报到。当时，乔登江的爱人刚从苏联留学回国在上海工作，儿子才一岁半，岳母年过八旬，家里很需要他支撑。但乔登江还是毅然服从组织决定。三天三夜的火车一下子将他拉到了"地上不长草，风吹石头跑"的核试验场。几十年来，他先后参加了 20 余次核试验，1988 年 5 月，基地组织例行体检。发现当时任基地科技委副主任的乔登江患了肾癌。组织让他离休到上海安家，与分居数十年的妻儿团聚。他人回上海，心系事业，每年穿梭于大漠和上海之间，在与病魔进行顽强斗争的同时，仍然与同志们一起为核试验呕心沥血。

在大山前，我又遇到了年逾古稀的老专家孙瑞蕃。他原是哈尔滨工业大学物理研究室主任，当年核试验基地选调技术骨干，他二话没说，立即奔赴罗布泊。

作为研究室第一任主任，他在光学测量方面作了大量开创性工作。在我国第一颗原子弹爆炸后，试验指挥部写给周恩来总理的证明核爆炸成功的报告中，就凝聚着孙瑞蕃和同志们的心血。在动乱年代，他一度受到冲击，但只要有试验任务，他仍然主动请求参加工作。

核爆炸是一种极为复杂的物理现象，一项测试成果的取得，往往需要几代人几年、十几年的艰苦努力。在一次地下核试验中，一项重要的光学测量项目取得了理想的成就，已经调离基地又主动要求回来参加试验的孙瑞蕃却累病住进了医院。在漫长的攻关苦战中，孙瑞蕃和同志们不知经受了多少挫折和磨难，付出了多少心血、汗水和泪水。喜讯传来，躺在病床上的孙瑞蕃特意掏钱让人买了几瓶好酒捎到场区，庆贺这来之不易的成功。

在最后一次试验前夕，孙瑞蕃教授又来到这给了他许多苦恼更给了他无比欢乐的大山。提起那次试验，孙教授高兴地告诉我："当时安装调试差不多结束了，我却住进了医院。好消息是我在医院从电话里听到的，我很高兴，当然很高兴！"

在这里，痛苦和烦恼，自豪和欢乐。人们的一切情感都紧紧地和试验联系着、和事业联系着。罗布泊、核试验，这已经成为他们最宝贵的精神财富、最难忘的人生记忆。

……我永远忘不了冲天而起的蘑菇云，忘不了戈壁滩上的搓板公路，忘不了试验人员三件宝：'水壶、风镜、大草帽'，忘不了从事核试验研究的成千上万的参试同志，忘不了给周总理介绍核试验纪录片的那个终身难忘的夜晚……呵，那如火如荼的岁月，忘不了，永远忘不了！

写下这段充满激情的文字的，是年过花甲的陆祖荫。他在发表这篇题为《回忆我国第一次核试验》的文章后不久就与世长辞了。陆祖荫是钱三强的得意门生，在原子能研究所的 12 年中，人们曾称陆祖荫和他的妻子是钱三强的"金童玉女"。作为核测试及放化分析研究室的第一任主任，这位才华横溢的学者在罗布泊默默无闻地工作了十几年，直到几次病危才离开基地。

在我国第一颗原子弹爆炸的第二天，陆祖荫带着样品飞到北京，交有关单位分析。一天深夜，陆祖荫被送到八一电影制片厂的放映厅，给周恩来总理讲解核试验纪录影片。在两个小时的介绍中，陆祖荫坐在周总理身边，详细地讲解着每一个尚未剪辑的核试验的镜头。

在核试验场区，许多老同志为陆祖荫教授惋惜。他们说："如果陆教授活着，他一定会来参加这最后一次核试验的。"

人们为之惋惜的还有黄豹研究员。黄豹是 1959 年基地初期第一批来罗布泊的大学生，他的婚礼，就是在戈壁滩上的地窖里举行的。当时基地首长对他的爱人小刘说："敢从苏州嫁边疆，真该改名叫爱疆。"这位苏州姑娘真的改名叫爱疆，他们一家在罗布泊生活了 30 多年。黄豹不仅自己在核试验场奔波了大半辈子，还让自己的儿子也参加到核试验队伍中来。在一次核试验前夕，黄豹患重病住进医院，当时儿子去探望时，他却劝儿子说："这里不需要你，赶快回试验场区。"直到临去世前，黄豹还忍着巨痛在病床上一字一行地审读他指导的研究生的毕业论文。

采访中，黄豹的夫人刘爱疆对我说；"他这个人平常不爱说话，就看书，得病以后反而爱说话了，平时很严肃，得病后也变得嘻嘻哈哈，跟孩子开开玩笑了。他一直到死都很清醒的，一看医院拍的片子就能推算出病灶有多大。直到最后一天，他说我不能死在家里给你们添麻烦，送我到医院吧。到医院第二天就去世了。"

一个人从青年到壮年、从新婚到去世都生活在罗布泊，把自己的青春、生命、家庭、子女都献给核试验事业，他是怎样看待自己的一生的呢？刘爱疆说："他病重以后也常给我谈起往事，他总是说这一辈子没白活，该付出的付出了，该得到的也得到了。他好像是个英雄人物似的。"

刘爱疆大姐，不是"好像"，你的黄豹就是一位英雄人物，一位真正的英雄啊！

黄豹是英雄，陆祖荫是英雄，被同志们称作"拼命三郎"的照相组组长康德春是英雄。那些在核试验事业中积劳成疾、英年早逝的同志都是英雄，所有为祖国的核试验事业埋头苦干的同志们都是英雄啊！

罗布泊的事业是集体的事业，这里的每一次成功都凝聚着千百万人的奋斗和创造。辉煌和光荣不属于哪一个人，却属于每一个人，属于每一个在这块土地上埋头苦干的无名英雄。

在轰轰烈烈的事业中他们并没有轰轰烈烈的壮举，他们只是“给国家干点事，干点实际有用的事”，他们只是踏踏实实在走着自己应该走的路，兢兢业业地做着自己该做的事情。

爆室旁一条窄窄的廊道内，一位身材高大的中年人正蹲在地上，和年轻人一起检查着电缆槽。他叫王奎禄，专业技术少将。这位在物理测量项目上倾注了大量心血的研究员曾 20 多次到现场参加试验，身上落下许多磕磕碰碰的伤疤。我曾多次听他讲述核试验场的故事，他最难忘的是上中学时解放军的一位胖班长送给一块银圆才交上学费，是助学金使他读完了大学。他最自豪的是作为国防科工委的代表参加了建国四十五周年国庆观礼活动。他说：“我出身于贫寒的农民家庭，我非常感谢党和祖国对我的培养。大学毕业时我就告诫自己：不能忘恩负义，要在工作中为国家多做贡献。”谈起试验场区的甘苦王奎禄告诉我：“我们那个廊道，早上进去，有时一直到晚上，最晚一次第二天 10 点才从洞里爬出来。那里面的空气因为封电缆槽酸气很多，所以眉毛、胡子有的发红，有的发白，几天才能缓过劲来。在那种环境中工作，确实很辛苦，技术上难题也很多，所以就要比别人付出的多。”

十几年前，一个偶然的机会，吕敏从资料中发现了一组新的英文字母。他敏锐地意识到这是一种新的测试技术，便立即建议开始这一课的研究、攻关。

不久，王奎禄成为这一课题的主要负责人。在吕敏的指导下，王奎禄广泛调研国内外有关资料，提出了研究技术方案。全室科技人员齐心协力，集智攻关，在历次试验中积累的技术基础上，先后突破和解决了一系列关键技术难题。

在技术攻关的关键时刻，王奎禄的爱人也因公出差，他就把两个不满 10 岁的孩子托给邻居，自己一头扎进试验室，饥一顿，饱一顿，病了就把药罐子放在身边，边伏案设计边熬中药。爱人出差回来，看到两个满腹委屈的孩子和老王的药罐子，流下了心酸的泪水。

为孩子心酸的不仅是王奎禄的爱人。在试验现场，在科技人员中间，最怕说起孩子这个话题。一次次试验中，不知有多少对夫妻双双共进场执行任务，年幼的儿女只能托付给亲友、托付给邻居。现在许多人在讨论孩子是在父母身边还是在祖父母、外祖父母身边对成长更有利，对核试验场上的这些父母们来说，这却是一个无法讨论也无须讨论的问题。从 60 年代到 90 年代，这已成了他们的习惯也成了他们的心病。在指挥部车群，我遇到了专程赶来参加最后一次试验的邱研究员，我只能称她邱研究员，她的名字需要保密。这位肩佩大校军衔的女同志是 1963 年毕业到罗布泊的大学生，两口子都能说一口流利的外语，和外国人谈话，就像和老乡聊天，可是对自己的孩子却常常不知说什么。孩子一生下来就送到了姥姥家，五岁才接回来，直到十几岁孩子很少张口叫爸爸、妈妈。这个研究室的另一位女同志是名在光学项目研究上颇有建树的中年专家，是 1996 年全军专业技术重大贡献奖 37 名获奖者之一，军报发表的两大版事迹简介和照片中，却没有她的名字，她的名字需要保密。在这里，我只好叫她老刘。29 年前的 1969 年春天，大学毕业不久的她下放在我们连队锻炼，脱坯、烧砖、种土豆，什么活都得干。从一名大学生到一位优秀的专家，谁能说清近 30 年的忘我奋斗中有多少酸甜苦辣。但研究所的老同志都知道这个令人心酸的故事，他的女儿不笑。孩子一生下来就送到姥姥家，十几岁才接回身边，小脸就一直绷着，没笑容。直到上大学，读了研究生，渐渐懂事了，也理解了父母的事业父母的心，她们的共同语言才多起来，笑容才慢慢回到女儿的脸上。可是，女儿童年的笑容呢？少年的笑容呢？那可是女孩最爱笑、最该笑的年龄啊！这个研究室的王超英是 80 年代毕业的大学生，在一次试验任务中，她们项目组的一个设备要在北京加工。当时她的丈夫正在国外进修，她就自己带着 6 岁的女儿出发了。在北京的饭店里她耐心地哄着女儿：“孩子，妈妈明天要出去工作，不能带着你去，一个人在这里等妈妈好吗？”女儿答应了。第二天一早她给孩子买来糖果和饼干放在桌子上，丢下熟睡的女儿去了工厂。跑完两家协作单位，暮色已经降临。当她急匆匆地赶回旅馆，推开房门一看，女儿手里握着半块饼干，满脸泪痕地趴在桌子上睡着了。王超英一把抱起孩子，泪水一串串滴在孩子脸上。

1996 年的夏天，罗布泊人多泪。在最后一次核试验成功后，提起参试人员的苦乐悲欢，基地司令员马国惠少将竟泪流满面，泣不成声。马司令曾被人称作："枕着原子弹睡过觉的人"，在 1966 年的氢弹原理试验中，他作为一名年轻的技术人员，负责塔上激光项目的调试工作，在托举氢弹的百米铁塔上连续工作了 20 多天。有一天夜里为了调光路，他冒着大风在没有任何安全措施的情况下，在 100 多米高的铁塔顶部、外面爬了两米多高，把那个视线的窗子卸了下来。现在，是什么使这个把生死都能置之度外的男子汉如此动情呢？马国惠擦着泪说"作为基地司令员，我也说不清这几年我们的参试人员有多少父母去世没能见上最后一面，有多少人孩子出生没能守在身边，有多少人亲人有病没能亲自照顾，现在我们试验成功了，可是大家在情感上的这些牺牲和缺憾却永远无法报答也无法补偿了。作为司令员，我从内心感谢他们，感谢那些同样为我们的成功做出了奉献的亲属和孩子们……"说着，眼泪又一次涌满了他的眼睛。

人的心田是需要滋润、需要洗涤的，纯洁的泪是心灵的净化剂。

1996 年的夏天，罗布泊多雨。莫非大漠也要洗涤、也要滋润，才引来苍天垂泪？莫非是苍天有情，把罗布泊人几十年积蓄的情感一下子全部倾注在大漠中？

在大山前测试车群，我又看到了写在测试车前的那个"OK"图像诊组组长、高级工程师王道华告诉我：这个项目比较重要，大家都很关心，我们人员分成两批，一批人上车抢收成果，另外一批人砍电缆回收测试车。我们事先约定，要是有成果，你在车上写个 OK，没有就什么也不用写了。我们的车冲向爆心的路上，抢收成果的车已经出去。我们一看到车群，先过来看上面有没有字，一看上面有个"OK"兴奋得不得了，防毒面具也摘了，大家都跳起来喊起来了，就在那天晚上的庆功会上，平时不会喝酒的王道华却喝了一杯又一杯。有人说他是一路唱着歌回到宿舍的，他自己却什么也不记得了。

特殊的事业，军人的职业使他们在生活中失去了许多，舍弃了许多；奋斗和创造，成功和进取，却使他们平淡的人生趋于崇高，他们在奉献的过程中收获智慧，收获欣慰，体味着常人难以感受的幸福和光荣。

1996 年 7 月 29 日，对于许多人来说也许是很普通很平常的一天，但对于罗布泊人来说这却是他们历史上最自豪的一天，是他们人生记忆中最难忘的一天。

这一天，我国又成功地进行了一次核试验。

这一天，中国政府庄严宣布：从 1964 年第一次核试验起，经过三十多年的努力，我国现已建立起一支精干、有效的核自卫力量；从 1996 年 7 月 30 日起，我国将暂停核试验。

一段轰轰烈烈的历史，画上了一个辉煌的休止符。

当天晚上，马兰人倾城出动涌向广场，舞狮子，放焰火，点燃了无数鞭炮，放飞了很多鸽子，节日般的欢庆持续了整整一夜。不知有多少人流泪，多少人醉酒，多少人通宵未眠……

蘑菇云早已消失了，核爆炸的雷声也已远去了，但这一切却从罗布泊走过的人们心中深深地珍藏着，一遍遍地回味着，时光之流难以把它冲淡，任何色彩也无法将它抹灭。

核爆炸之后，在大地的震颤中，我同侦察、回收的队伍一起最后一次冲向核爆心。望着山上滚落的巨石和腾起的烟尘，我想天上那一颗颗关注的眼睛，一定也看到了这壮观的景象。

罗布泊人心中的秘密却是任何卫星都无法摄取的，这就是无论何时、无论何地，如果有人问你从哪来？每一个到过核试验场的人都会自豪地回答：

我们从罗布泊走过。

我们用青春、汗水和热血为祖国也为自己在那遥远的荒漠中画了一个完美的圆，我们画得很漂亮……

不是尾声

我脚下的核爆心

阳春时节，我又一次来到罗布泊大气层核试验场，来到这蘑菇云升起的地方。

每踏上这条通向大漠深处的公路，我心里就涌起一种莫名的神秘感，总觉得在遥远的地平线那面有个声音呼唤我，吸引我……

可是，当小车来到东大山哨所，一眼瞥见那横拦公路的红白相间的木杆，瞥见那锁在横杆上的拳头大的铁锁，我突然意识到，这次大气层核试验场之行，很可能是最后的壮别！

我默默地打量着群山环抱中的哨所——这通向试验场的咽喉已经成了封闭场区的关卡。只有那镶嵌在山包上的第一次核试验总指挥张爱萍同志的诗句才能使人想象到这里当年的繁忙景象："东大山，要道站，人来车往夜不断。"车队川流不息，灯火繁星万点，帐篷连营千里，歌声此起彼落……

在一片沉寂中，听到汽车鸣笛，几个战士奔跑着围上来，哨所班长高兴地说："我们哨所好长时间没来这么多人了。"

过哨所，出山口，柏油公路由于多年失修，水冲风蚀，不少地段已是凸凹不平。司机风趣地称这为"搓板路"，小车跑在上面咯噔咯噔像跳"迪斯科"，我的眼光和思绪也随之飘忽起落，颠簸跳荡。

蘑菇云从罗布泊消失了。

那段轰轰烈烈的历史的结束同它的开始一样，是静悄悄地发生的。

撤离场区的战士们用砖块砌成了这告别的话："场区保重，再见吧 720！"

当这行摆在路旁的标语从面前闪过的时候，泪水一下子涌满了我的眼睛。

说不清是为什么。

也许，只有在罗布泊喝过苦水，住过帐篷和地窖的人，才能体会到那句话所包含的深刻而复杂的感情。

茫茫平沙中，一片片残破的营房已经空无一人，只有战士们用麻黄草扎成的人造树依然泛着淡淡的绿色立在门旁窗前，像一株株圣诞树；戈壁滩上，星星点点的蓬草正在返青，三五成群的黄羊在草丛中悠然自得地散步嬉戏，有的甚至在公路的中央觅爱寻欢，小车驰过，它们慌忙竖起白白的尾巴箭一般窜向远方；那些不知名的小鸟却十分大胆，热情，欢叫着绕汽车飞旋；一只肥硕的狐狸傻头傻脑地呆在路旁，似乎在犹豫对我们这些不速之客是回避还是欢迎……

曾几何时，翻动着红云紫烟、电光雷火的核试验场竟成了野生动物乐园，真令人欣喜万分又感慨万端。

我们经过了第一次核试验的参观场地，在这片开阔的沙滩上，人们望着翻滚升腾的蘑菇云欣喜若狂，手舞足蹈，泪流满面的将军和科学家紧紧拥抱在一起，年轻人把帽子、手套高高地抛向空中，摄影师激动得忘记了揿动快门，只好在事后补拍了这欢呼雀跃的场面……

在一片隆起的高地上，我看到了那巨大、惨白的十字。这是空爆爆心，1967 年 6 月 17 日，我国第一颗氢弹就是在这十字上空爆炸成功的。爆心周围寸草不生的跞漠上，依次排列的飞机、坦克、大炮、军舰、车站、桥梁等效应物呈放射状散开，有的仰面朝天，有的七扭八歪，有的面目全非，连那钢筋水泥浇铸的坚固的地下工事也被震出了条条裂缝，像一道道永难愈合的伤口……

在这里，我突然产生了一个强烈的愿望，想再看一眼蘑菇云，我们的那朵像大伞一样支撑在天地之间的蘑菇云。

我从未喜欢蘑菇云。在核试验基地的 27 年中尽管我第一次亲眼看到它时脸颊发烧热血沸腾心潮澎湃思绪万千，充满了光荣感自豪感和无数美丽奇怪的幻想，我却不喜欢；尽管我每一次看到它都像第一次看到那样新鲜那样激动那样想入非非，我仍不喜欢；尽管我们一次次亲手把它送上天空，我也不喜欢……

面对罗布泊上空这片纯净的蓝天，那逝去的蘑菇云却在我的脑海中暴出了新的光彩。

我们久久地在大漠上寻找，寻找那辉煌壮丽的景象，寻找那片托起第一朵蘑菇云也托起中华民族的自尊和威严的热土。

连自称十分熟悉场区道路的司机也一下子找不到第一颗原子弹的爆心了。小车像一叶扁舟在茫茫瀚海间奔波游荡，俯仰天地之间，放眼四野八荒，方圆几百里的大戈壁上只有我们一车数人，我心底蓦然泛起几丝难言的酸楚，我痛恨自己记忆力的浮浅与轻飘，大气层核试验才结束短短十几年时间，这片土地对我们竟变得如此遥远，如此陌生！

在那流行“下海”、留洋、炒股、搓麻、迪斯科、卡拉 OK 的大千世界中，会有人想起这里曾经发生的一切吗？千百年后，我们的子孙后代会记住这里曾经存在的一切吗？

落日夕照中，我们终于找到了那个张爱萍将军题写碑文的那块高 1.5 米，宽 0.5 米的花岗岩——

一九六四年十月十六日十五时我国首次核试验爆心
一九八六年十月十六日立

在纪念碑前，同行的战友忙着记录、拍照，我胸中却猛然翻腾起一种苍凉悲壮之感。我扑身伏卧在纪念碑下的沙砾上，一任泪水尽情地流淌。我想起了曾三次亲临场区组织指挥核试验的聂荣臻元帅，在戈壁滩上的帐篷城中，他迎着六级大风向参试人员进行战斗动员；想起了曾肩挎水壶走遍了爆心四周各个测试工号的张爱萍将军，阵阵漠风中仿佛又回荡着他专门为参试部队编写的那激昂的歌声：“我们战斗在戈壁滩上，不怕困难，不畏强暴，任凭天公多变幻，哪怕风暴沙石场，头顶烈日明月做营帐，饥餐沙砾饭，笑谈渴饮苦水浆……”我想起了爆炸前夕从容不迫地站在铁塔上为科技人员打气壮胆的张蕴钰司令和李觉院长，茫茫烟尘里，好像还闪动着他们沉着的身影；还有，那冒着狂风在铁塔上攀登了几百次的气象战士，那在大漠深处徒步巡逻了 8000 里、爆炸前又来到铁塔下站岗的警卫兵，那兢兢业业的科技人员，那在爆后最先冲入爆心的剂量侦察分队……

我知道，那些拥有世界上最大的核武库、却对中国的核试验说三道四的核大国至今还不愿做出不首先使用核武器的保证，不愿放弃它们奉行了几十年的核威慑政策。

我知道，在这个时刻，在大洋彼岸，在联合国的讲台上，我们中华人民共和国的外交部长正谈笑自若地讲述“全面禁止，彻底销毁核武器”的严正立场。

我想，总有一天全人类都会明白中华民族在实现这一神圣目标中的特殊贡献。

我知道，当那一天到来的时候，我们的后人再来罗布泊，会像我们今天登八达岭、观兵马俑一样为先辈自豪！

告别首次核试验爆心，回到东大山哨所，已是繁星满天。望着一钩新月下那轻轻落下的横杆，我缓缓举起自己的手臂：

敬礼！罗布泊核试验场；

别了！罗布泊核试验场……

1993 年 5 月—1995 年 5 月 1 日
于罗布泊—西安—绵阳—北京
2005 年元月修订